Calendar Girl 3

Bestseller Internacional

Audrey Carlan

Calendar Girl 3

Traducción de Vicky Charques
y Marisa Rodríguez

Planeta

El papel utilizado para la impresión de este libro es cien por cien libre de cloro y está calificado como **papel ecológico**.

Título original: *Calendar Girl. Volume Three*

Avinguda Diagonal, 662, 6.ª planta. 08034 Barcelona (España)
www.esenciaeditorial.com
www.planetadelibros.com

Canciones del interior:

Página 71: © *Billie Jean*, 1972 Motown Records, a Division of UMG Recordings, Inc., 1976, 1978, 1980 Sony Music Entertainment, 1979, 1982, 1987, 1991, 1995, 2001, 2015 MJJ Productions Inc., interpretada por Michael Jackson
Página 71: © *Uptown Girl*, 1973, 1974, 1976, 1977, 1978, 1980, 1981, 1982, 1983, 1986, 1989, 1993, 2001 Sony Music Entertainment, interpretada por Billy Joel
Página 77: © *Seven Nation Army*, 2008 Third Man Records, LLC, exclusively licensed to Warner Bross, Records Inc., A Warner Music Group Company, interpretada por The White Stripes

Adaptación de la cubierta: Booket / Área Editorial Grupo Planeta
Fotografía de la cubierta: © MaraQu / Shutterstock
Primera edición en Colección Booket: julio de 2017

Depósito legal: B. 14.251-2017
ISBN: 978-84-08-17334-2
Impresión y encuadernación: CPI (Barcelona)
Printed in Spain - Impreso en España

Biografía

Audrey Carlan ha alcanzado el número 1 en las listas de libros más vendidos de *The New York Times*, *USA Today* y *The Wall Street Journal*, y en pocos meses se ha convertido en la autora revelación de novela romántica. Entre sus obras se encuentran las series *Calendar Girl*, *Falling* y la trilogía *Trinity*. Vive en el valle de California, donde disfruta de sus dos hijos y del amor de su vida. Cuando no está escribiendo, puedes encontrarla enseñando yoga, tomándose un vino con sus «amigas del alma» o con la nariz enterrada en una novela romántica calentita calentita.

JULIO

Rosa McAnulty

Julio te lo dedico a ti, mi princesa puertorriqueña.
Gracias por asegurarte de que los modales y la forma de hablar del personaje son fieles a la cultura de Puerto Rico.
Gracias por ser un fantástico miembro de mi equipo, por apoyarme y, sobre todo, por ser mi amiga.
KISSES, mi ángel.

AGOSTO

Ketty McLean Beale

A ti te dedico agosto. Me rescataste de un océano de extraños y me ofreciste amistad, una sonrisa y un terrible sentido del humor. Nunca olvidaré cómo hiciste que mi primera vez con el gremio fuera una experiencia memorable. Nunca nunca... te lo perdonaré.

SEPTIEMBRE

Karen Roma

Septiembre es para ti, mi amiga australiana. Tus críticas son siempre sinceras, tanto si conectas con la historia como si no. Nunca te has dado por vencida conmigo, y creo que, al final, tus críticas constructivas me han hecho esforzarme y aspirar a más. Me haces ser mejor.
Muchas gracias, mi ángel.

ÍNDICE

JULIO

1

Una diosa alta, rubia y con los ojos azules. Por el amor de Dios, el universo empezó a reírse de mí a carcajadas mientras yo me quedaba de piedra contemplando el ir y venir de aquella modelo. Podría haber sido la hermana perdida de Rachel. Yo que pensaba que Rachel era impresionante, pues anda que no me equivocaba...

La mujer estaba de pie junto a un reluciente Porsche Boxster negro, balanceándose de un lado a otro como si algo la tuviera muy nerviosa. Tamborileaba con los dedos en el cartel en el que se leía mi nombre. El modo en que oscilaba de un tacón a otro aún la hacía parecer más fiera. Aunque era imposible no serlo con el calor de Miami. Por Dios, caía un sol de justicia y, sin embargo, la mujer iba perfectamente arreglada, como si acabara de salir de un vídeo de rock. Llevaba unos vaqueros de pitillo tan ajustados que le veía la curva del culo. La camiseta me tenía babeando, me gustaba hasta el monograma que le cruzaba las tetas redondas y que decía: «Abrázame y morirás». Por lo menos le colgaban del largo y suave cuello diez collares de distinta longitud y con cuentas de diferente grosor. Llevaba el pelo de estrella de rock recogido en un complejo sistema de trenzas y mechones sueltos, muy de roquera chic.

Tras inspeccionarla durante lo que me parecieron minutos, me miró con sus ojos azules como el acero. Resopló, tiró el cartel al interior del coche por la ventanilla y se me acercó a paso tranquilo. Examinó mi melena negra, el vestido de verano y las sandalias planas que me había puesto.

—Así no nos vales —me soltó meneando la cabeza con desesperación—. Vamos, el tiempo es oro —añadió dando media vuelta.

El maletero se abrió de repente y metí dentro mi maleta.

—Soy Mia. —Le ofrecí la mano mientras ella se bajaba las gafas de sol tipo aviador, volvía la cabeza y me miraba por encima de ellas.

—Ya sé quién eres. Yo te elegí. —Su tono revelaba un toque de asco.

Puso el coche en marcha y apretó el acelerador sin esperar siquiera a que me abrochara el cinturón de seguridad. Me eché hacia adelante y me sujeté a la guantera de cuero.

—¿Qué he hecho para que te pongas así? —Me coloqué el cinturón y me quedé mirando su perfil.

Dejó escapar el aire lentamente antes de menear la cabeza.

—Nada —gruñó—. Perdona. Anton me tiene cabreada. Estaba ocupada con algo importante cuando me ha llamado para que viniera a recogerte porque él necesitaba al chófer para poder ir a tirarse a un par de grupis en el asiento de atrás del Escalade.

Torcí el gesto. Genial. Mi nuevo jefe de ese mes era un capullo baboso. «Otro no, por favor...»

—Qué mal.

Dio un rápido giro a la derecha y se metió en la autopista.

—¿Empezamos de cero? —Su voz denotaba una sincera disculpa—. Soy Heather Renee, asistente personal de Anton Santiago. El artista de hip-hop más popular del país.

—¿En serio?

Caray. No sabía que fuera tan famoso. No solía escuchar mucho hip-hop. Me iba más el rock y la música alternativa.

Heather asintió.

—Sí, todos sus álbumes han sido disco de platino. Es el chico de oro del hip-hop y, por desgracia, lo sabe. —Sonrió—. Anton quiere conocerte de inmediato, pero no puedes ir vestida así —dijo mirando mi sencillo vestido de verano. Me resaltaba los ojos y me hacía un pelo precioso. Además, era muy cómodo para viajar.

—¿Por qué no? —pregunté dándole un tirón al bajo y sintiéndome un tanto insegura.

—Anton está esperando a una modelo de las que quitan el aliento con curvas de vértigo. —Le dio un nuevo repaso a mi atuendo—. Las curvas las tienes, pero el vestido es demasiado estilo niña buena, a lo Sandra Bullock. Tendrás que ponerte algo de lo que te he comprado. En la casa tienes un armario lleno de ropa. Úsala. Anton espera que siempre vayas hecha un bombón.

Fruncí el ceño y miré por la ventanilla mientras el Porsche cruzaba Ocean Drive. Los edificios *art déco* con vistas al Atlántico desaparecían a lo largo de un extenso terreno.

—¿Hay agua a ambos lados? —pregunté tras dejar atrás uno de los puentes más importantes.

Heather hizo un gesto con la mano.

—A un lado está la laguna de la bahía Vizcaína y, al

otro, el Atlántico. Como puedes ver —dijo señalando unos edificios altos—, casi todo son hoteles, como el hotel Colonial y otros lugares emblemáticos. Luego están los tíos que pueden permitirse vivir aquí, como Anton —añadió enarcando las cejas.

Observé los edificios mientras el Porsche volaba por la carretera. El viento entraba por las ventanillas y me revolvía el pelo, y vi una paleta de colores a la que no estaba acostumbrada. En Las Vegas, todo tenía un tono terracota. En Los Ángeles había de todo, blancos luminosos y tonos apagados que encajaban con la personalidad de California. Aquí, los colores parecían explotar en pálidos naranjas soleados, azules y rosas mezclados con blanco.

—¿Ves todo eso? —dijo Heather, señalando con la mano establecimientos como el hotel Colonial y el Boulevard. Asentí y me estiré hacia ella para verlos mejor—. Por la noche los iluminan con luces de neón. Es parecido a Las Vegas.

Las Vegas. Estoy segura de que abrí mucho los ojos al oírlo y sentí una punzada en el pecho. Necesitaba llamar a Maddy y a Ginelle. Madre mía, Gin se iba a poner como una fiera cuando le contase lo que había pasado en Washington, D. C. ¿Y si no se lo contaba? La idea era muy tentadora.

—Qué guay. Yo soy de Las Vegas, así que me encantará ver los hoteles iluminados —dije echándome hacia atrás en mi asiento, disfrutando de la brisa y dejando que se disipara la tensión que había acumulado en Washington y en Boston, donde se habían quedado Mason y Rachel.

Con torpeza, saqué el móvil del bolso y lo encendí. Vibró varias veces. Miré los mensajes: había uno de Rachel, que me pedía que le escribiera para decirle que había llegado bien. Otro de Tai, preguntando si el nuevo cliente era un caballero o si tenía que volver a coger un avión. Y un mensaje de Ginelle. «Mierda.» Mala señal.

Se me hizo un nudo en el estómago del tamaño del Gran Cañón, una enorme bola de terror que llenaba toda mi cavidad abdominal.

De: Zorrón-come-conejos

Para: Mia Saunders

¿Qué te pasó? ¿Te atacaron? ¿Por qué cojones he tenido que enterarme por un mensaje que me ha escrito el hermano de Tai? ¡Si no estás muerta, te juro que voy a matarte!

Respiré hondo dejando escapar el aire entre dientes y tecleé la respuesta.

De: Mia Saunders

Para: Zorrón-come-conejos

No fue nada. Un pequeño desencuentro. Estoy bien, no te preocupes por mí. Te llamaré en cuanto esté instalada con el Latin Lo-vah.

De: Zorrón-come-conejos

Para: Mia Saunders

¡¿Latin Lov-ah?! ¿En serio? ¡Es lo más grande del hip-hop y me calienta más el cuerpo que un jalapeño!

De: Mia Saunders

Para: Zorrón-come-conejos

Dicen que es un idiota.

De: Zorrón-come-conejos

Para: Mia Saunders

A mí puede dejarme idiota siempre que quiera..., ¡preferiblemente con la lengua!

De: Mia Saunders

Para: Zorrón-come-conejos

¡Estás fatal!

De: Zorrón-come-conejos

Para: Mia Saunders

Querría ser el arroz con frijoles de su comida. El churro de postre. El flan de huevo que se traga de un bocado y el caramelo del plato que lame después.

De: Mia Saunders

Para: Zorrón-come-conejos

¡Para, pendón desorejado! Haces que parezca una santa.

De: Zorrón-come-conejos

Para: Mia Saunders

¡Al menos sé que, si voy al infierno, podrás ayudarme a subir!

Me reí bien a gusto.

—¿Es del trabajo? —preguntó Heather señalando el móvil.

Pulsé un botón para silenciarlo y lo guardé en el bolso.

—Perdona. Era mi mejor amiga. Quería saber si había llegado bien. —Suspiré y me acomodé el pelo sobre un hombro.

El calor podía conmigo. Ajusté la rejilla del aire acondicionado para sentir su aliento gélido en la cara. Mejor. Era evidente que a Heather no le preocupaba que el aire frío se escapara por las ventanillas bajadas.

—¿Estáis muy unidas? —preguntó apretando los labios mientras entraba en un aparcamiento subterráneo.

Fruncí el ceño. ¿Qué parte de «mejor amiga» no había entendido?

—Mucho. Todo lo unidas que se puede estar. Nos conocemos de toda la vida.

Resopló y metió el coche en la plaza de aparcamiento.

—Qué suerte. Yo no tengo amigos. —Las palabras me atravesaron como una corriente eléctrica.

—¿Qué quieres decir? Todo el mundo tiene amigos.

Ella negó con la cabeza.

—Yo no. Tengo demasiado trabajo como para cultivar ninguna relación. Anton debe de ser el mejor. Aunque yo sólo sea su asistente personal, tengo que tener la casa perfecta. Además, estudié administración de empresas. Un día seré quien tome todas las decisiones de un gran artista. Quiero cumplir mis sueños, y para eso he de trabajar duro.

—Supongo.

Me encogí de hombros y la seguí. Caminaba deprisa hacia un ascensor, sin pararse a mirar la hilera de impresionantes coches de lujo.

—La leche... —susurré contemplando el Mercedes, el Range Rover, el Escalade, el BMW, el Bentley, el Ferrari y el resto de los coches europeos que no pude ver bien.

Aunque lo que vi, lo que hizo que me quedase de pie en el sitio pegada al suelo, fueron las seis motos más sexis que había visto jamás. Con la BMW HP2 Sport blanca con las llantas azules y un motor de 1.170 cc., creo que me hice pis.

Luego estaba la MV Agusta F4 1000, la única moto del mundo con un motor de válvulas radiales. Me di la vuelta, solté la maleta y acaricié la tercera moto, que era más sexi que una polla dura: la Icon Sheene, negra con cromados. La acaricié como lo haría un amante, con la yema de un dedo, trazando sus sinuosas curvas y su diseño de vanguardia. La moto costaba más de ciento cincuenta mil dólares. «¡Joder, joder, joder! Necesito follar en esta moto.»

¡Aire! ¡Lo que necesitaba era aire! Ahogué un grito y me acuclillé, incapaz de apartar la vista del bellezón. «Ven con mami, cariño.» Si por mí hubiera sido, me habría quedado a vivir en ese garaje, contemplando las motos de mis sueños.

—Hola, ¡Tierra llamando a Mia! ¿Qué demonios estás haciendo?

La oí, pero no contesté. Era como un mosquito pesado que no se iba por más manotazos que le pegaras.

Me levanté muy despacio, respiré hondo y repasé la hilera de motos una vez más. Una KTM Super Duke trucada, negra y naranja, permanecía solitaria al final de la cola. Debía de ser la más económica de todas y estaba en mi lista de motos alucinantes que aspiraba a comprarme algún día.

—¿De quién son? —pregunté con la voz una octava más baja, deslumbrada con tanto sexo sobre ruedas.

—De Anton. Todo el edificio es suyo. Ahí tiene el estudio de grabación, el de baile y el gimnasio, y él vive en el ático. Todos los miembros de su equipo tienen un apartamento aquí. Tú ocuparás uno en el que se hospedan los famosos que vienen de visita o los colaboradores que vienen a trabajar en los discos de Anton.

—¿Le gustan las motos?

Sonrió.

—Parece que a ti te encantan.

—Por así decirlo —tuve que obligarme a responder, aunque ya había conseguido arrancar los ojos de aquellos bellezones.

—A lo mejor te lleva a dar una vuelta.

Ahora sí que Heather tenía toda mi atención.

—Una vuelta...

Asintió. Tenía una sonrisa tan bonita que podría haber salido en un anuncio y venderte cualquier cosa.

—Qué mierda. No voy de paquete, lo siento. A mí me gusta conducir.

Heather me dio quince minutos para que me refrescara antes de llevarme a conocer a Anton. Me metí en la ducha, me deshice del cansancio del viaje y miré la ropa que me había preparado. Aunque llamarlo *ropa* era mucho decir. Lo que había en la cama era un trocito de tela, unos shorts de los que no tapan el culo y unos tacones de tiras que ascendían hasta la rodilla. Me puse los micropantalones y comprobé el largo del bajo en el espejo. Se me veían las nalgas. Joder. Me di la vuelta para verme por delante. Eran tan cortos que el forro de los bolsillos sobresalía por debajo. La camiseta era mona. Ancha y con dos tiras que se ataban en los hombros. Cerré los ojos, conté hasta diez y me recordé a mí misma: «Tú puedes, Mia. No hace ni dos meses estabas paseándote en biquini con Tai y las demás modelos. Esto tiene más tela que un biquini. Además, no estás aquí por tener una moral ejemplar, sino para interpretar a la chica de sus sueños en un vídeo de rock, digo..., en un vídeo de hip-hop».

Se me escapó un gruñido mientras me recogía el pelo en una coleta. Estaba a medio millón de grados; o eso, o estaba ardiendo por dentro.

Respiré hondo por la nariz varias veces y salí a la sala de estar. Allí me esperaba Heather, hablando por teléfono. Estudió mi atuendo desde la punta de los dedos de los pies hasta la coronilla. Cuando llegó a mi cabeza, un feo fruncido de cejas perturbó sus rasgos. Sin dejar de hablar por teléfono, se acercó, le dio un tirón a la goma y dejó caer mis densos mechones por mis hombros.

—Mejor —susurró mientras me atusaba el pelo. Luego chasqueó los dedos y echó a andar hacia la puerta.

—¿Acabas de chasquearme los dedos? —La familiaridad que habíamos compartido en el coche acababa de esfumarse.

Heather tuvo el detalle de parecer arrepentida.

—Perdona —dijo sólo moviendo los labios—. Sí, Anton, la tengo aquí mismo. —Su tono era de molestia, como si pudiera olvidarse de ella y volver a sentirla a voluntad—. Nos vemos en el estudio de baile. Dentro de cinco minutos, sí.

»Perdona, Mia. A veces me saca de quicio. Por desgracia, es un poco tirano. No era mi intención ser maleducada contigo. Por lo visto, los bailarines eran lo peor y no se movían ni aunque les metieran avispas en la ropa interior.

Intenté reírme, pero no me salía. El miedo me atenazaba las costillas y me paralizaba las entrañas. Le iba a sentar como un tiro descubrir que la chica blanca no sabía bailar. Al menos tenía la tranquilidad de que no se aceptaban devoluciones y ya había pagado el mes. En mi dossier no se especificaba que yo supiera bailar, y nunca había dicho que fuera capaz de hacerlo.

Las puertas del ascensor se abrieron a un pasillo con las paredes de cristal. Estaba a oscuras, y en el suelo parpadeaban luces negras que iluminaban varias siluetas que se contorsionaban al ritmo de la ensordecedora música. Un hombre en pantalones cortos de correr y camiseta daba palmadas y gritaba unos números que suponía eran posiciones de baile, aunque no estaba muy segura.

Heather y yo nos quedamos aparte. Y fue entonces cuando pude ver bien a Anton Santiago por primera vez. Observé su cuerpo musculoso y se me secó la boca. La habitación empezó a palpitar como si tuviera corazón cuando Anton comenzó a andar. Cada nota de la música acentuaba el movimiento de sus hombros, uno delante del otro, al tiempo que movía las caderas sin perder el ritmo. Tenía el cuerpo bañado en sudor, desde la prominente clavícula hasta los pectorales cuadrados, pasando por la autopista de su abdomen perfectamente cincelado. No sólo estaba cachas, sino que su cuerpo gritaba: «Abrázame, acaríciame, cúbreme con tu cuerpo desnudo».

Se dio una vuelta y los bailarines lo imitaron, luego golpeó el suelo... con el torso. Hizo varias flexiones al ritmo de la música; después, con una sola mano. Los músculos de sus brazos estaban para comérselos. Luego hizo otra flexión, pero añadió un movimiento de caderas, como si se estuviera follando al suelo. Virgen santa... Quería acercarme meneando las tetas y tumbarme para que pudiera practicar con una mujer viva, suave y de sangre caliente. Porque me había puesto como una moto. A cien. Me abaniqué mientras contemplaba cómo su cuerpo se movía, se contoneaba y se catapultaba en el aire y luego volvía a repetir la embestida de caderas acompañada de una letra de lo más sexi.

—Dale, nena. Dale... —Vuelta.

»Tengo toda la noche... —Golpe de caderas.

»Voy a tratarte muy bien... —Vuelta.

»Tú dale, nena. Dale... —Golpe de caderas.

Se agarró el paquete con la mano y dio un tirón hacia arriba mientras arqueaba el cuerpo en el aire. Parecía un dios dorado que acabara de tirarse a la chica de sus sueños y estuviera comprobando el estado de su pistola antes de volver a la batalla del sexo.

La música paró de golpe.

—Vale, chicos. Ya basta por hoy. Anton, vamos bien —dijo el tipo de los pantalones cortos.

Anton no dijo nada, sólo le hizo un gesto con la barbilla, más chulo que un ocho. De inmediato, un par de chicas se acercaron a él con agua y una toalla.

—Anton, eres alucinante. Para comerte...

Él se detuvo a varios metros de mí y me miró fijamente a los ojos. Verde contra verde. Los suyos penetrantes, los míos mirando a otra parte.

—Largaos.

—Pero pensábamos que después del ensayo íbamos a divertirnos un rato... —Las dos chicas querían atención.

Él frunció el ceño.

—Anton no repite. Idos las dos al carajo —dijo espantándolas con la mano.

Por sus muecas y sus caras tristes, no creo que les gustara nada oírlo. Las estaba mandando a la porra.

—Lucita... —Anton se relamió como sólo sabe relamerse un hombre y hace que a una le tiemblen las rodillas y sienta cosquillas en la entrepierna. Sí, hizo que se me hiciera el chichi agua sólo con pasarse la lengua por los labios—. Ahora que estás aquí, ¿qué vamos a hacer contigo? —El acento puertorriqueño me estaba volviendo loca, y volvió a darme un repaso con la mirada. Me sentí como si me hubiera acariciado con las manos.

Sus ojos verdes desprendían deseo en estado puro. Nos quedamos así, observándonos a los ojos, librando una silenciosa guerra de miradas. Cogí aire, parpadeé y respondí:

—Podrías darme de comer. Me muero de hambre.

Heather, que estaba más cerca de lo que yo recordaba, soltó una carcajada que puso fin a la tensión con el Latin Lov-ah. Ahora que lo tenía delante comprendía perfectamente por qué lo llamaban así.

Él la fulminó con la mirada.

—Perdona, Anton —dijo ella desviando la mirada, incapaz de ocultar la sonrisa.

Anton me ofreció la mano.

—Vamos a saciarte, Mia. —Lo dijo de tal manera que me hizo pensar en mil cosas absolutamente obscenas que no tenían nada que ver con la comida.

Me relamí y salí de mi estupor.

—Vamos.

2

Anton nos condujo a Heather y a mí hacia el ascensor y hasta el ático, donde tenía su residencia privada. Cuando las puertas se abrieron, salió y nos dejó atrás.

—H, ya sabes lo que hay —le dijo a su asistente sin molestarse siquiera en mirar atrás.

Heather me llevó en dirección contraria.

—Ven, creo que necesitamos beber algo. Con alcohol.

Entramos en la cocina diáfana. Los armarios blancos cubrían toda la pared; cada uno tenía un pomo o un tirador negro distinto, como si estuvieran hechos a mano. La encimera, de un largo imposible, se extendía bajo los armarios y los electrodomésticos de gama alta. Diez taburetes redondos estaban perfectamente alineados bajo la superficie negra de granito. Saqué uno y me senté, tirando de mis micropantalones todo lo posible para intentar que el culo no se me desparramara por los bordes del taburete. No es algo que le quede bien a nadie.

—¿Te gusta la granada? —dijo Heather sacando dos copas de Martini.

—Mucho —asentí.

Procedió a sacar una botella gigante de vodka Grey Goose, una coctelera metálica y el zumo.

—¿Qué tiene Anton planeado para mí? —pregunté mientras Heather metía los cubitos en la coctelera y, sin cortarse, añadía el vodka y apenas un chorrito de zumo de granada.

Ella sonrió con sarcasmo.

—¿Además de echarte un polvo? —Era más una acusación que una pregunta.

Retrocedí, incapaz de creerme su atrevimiento.

—No pongas cara de ofendida. He visto cómo os follabais con la mirada en el estudio. Apuesto a que esta misma noche te tiene abierta de piernas debajo de él.

Me pasó la copa llena hasta el borde de líquido de color burdeos.

—De un trago —dijo antes de empinarse la suya.

Hice lo mismo. Necesitaba el valor líquido para ponerla en su sitio.

—¿Eso piensas de mí? —repliqué, escupiendo las palabras como si fueran veneno.

Ella frunció el ceño con repulsión.

—¿No te follas a todos tus clientes? Eres una escort —dijo con cantidades ingentes de desprecio.

Dejé la copa en la encimera con demasiada fuerza.

—Me tiro a quien me da la gana, cuando me da la gana. No es parte de mi contrato. Soy escort, no puta. —Resoplé con fuerza y continué—. Ofrezco compañía o cumplo una función, pero eso no incluye que deba acostarme con los clientes. —Lo dije muy indignada, pese a que, técnicamente, me había acostado con varios de ellos.

«Yo decido con quién y cuándo. Punto.»

Los recuerdos del hombre que intentó forzar el quién y el cuándo reptaron entonces a mi subconsciente de un modo siniestro. Si hubiera podido, los habría aplastado a golpe de maza, los habría encerrado en una celda oscura y habría arrojado la llave al mar. «Tú no me controlas.»

El ansia de venganza me subía por el pecho y la garganta, acentuada por el miedo residual por lo que había ocurrido hacía poco con Aaron.

—Ahora ya sé por qué no tienes amigos. Juzgas a la gente, tienes mal carácter y eres una maleducada —le espeté.

Heather retrocedió hasta que chocó contra la encimera opuesta, donde estaba la nevera de doble puerta de acero inoxidable. Si no hubiera estado atenta, se me habría escapado el brillo azul de sus ojos. Se aclaró la garganta, se irguió y se llevó la mano esbelta de dedos largos al pecho.

—Lo siento mucho, Mia. Ha sido de muy mal gusto.

—Ya te digo.

Me dolía la boca de tanto apretar los dientes. Apuré la copa y dejé que la quemazón enmascarase el ácido que me corroía el estómago.

Heather se pasó la lengua por los labios y miró a un lado y a otro.

—Lo siento, de verdad. No te contraté para que fueras su compañera de cama, de ésas ya tiene muchas. Vas a ser la protagonista de su nuevo videoclip, una mujer a la que desea, una seductora a la que no puede tener.

Una seductora. Eso sí que no lo había sido yo nunca. Sonaba ridículo, y más tras la acalorada conversación que acabábamos de tener. Eché la cabeza atrás y me desternillé. Me reía desde la barriga, roncando, atragantándome, hipando al borde de la histeria.

A Heather las cejas casi le llegaban al nacimiento del pelo.

—Hummm..., ni una copa más para ti —dijo guiñándome un ojo y quitándole hierro a la situación.

Apoyé el codo en la encimera y la barbilla en la palma.

—Qué día más raro... El mes pasado fue de locos, y ésta es la guinda del pastel que es mi vida.

Meneé la cabeza y me pasé los dedos por el pelo. Me había crecido mucho. A lo mejor conseguía librarme un rato del Latin Lov-ah para ir a la peluquería.

Pese a lo dicho, Heather preparó otra ronda de bebidas.

—¿Una tregua? No quiero que me odies, siento haber malinterpretado tu oficio. —Sus ojos azules eran grandes y redondos, y su bonito rostro parecía muy inocente.

Le ofrecí la mano. La miró y luego la aceptó muy despacio, vacilante. Nos dimos un buen apretón.

—Una tregua. —Sonreí.

Ella me devolvió la sonrisa y repitió la palabra.

—Dos mujeres que se estrechan la mano mientras beben ponen nervioso al más pintado. ¿Debería preocuparme? ¿Qué estáis tramando?

Anton entró en la cocina vestido con un par de pantalones blancos anchos de lino sujetos por un cordón a sus masculinas caderas. Los había combinado con una camisa verde menta que llevaba sin abrochar para lucir tableta. Una pedicura perfecta asomaba por debajo de las perneras. Es que daban ganas de lamerle hasta los pies. Eso decía más de lo debido sobre el increíble ejemplar masculino que tenía delante. Contemplé cómo se movía con la elegancia de una pantera pese a su enorme musculatura. No era bajito, pero tampoco muy alto. Calculo que metro ochenta, cosa que no me importaba porque yo sólo medía uno setenta, pero normalmente prefería a hombres más altos, como Wes y Alec.

Wes y Alec. Dos hombres, dos sentimientos completamente distintos corriendo por mis venas sólo de recordarlos. Uno tenía posibles implicaciones de un futuro juntos y el otro era un anhelo distante.

Anton se acercó a Heather y le pasó un brazo por los hombros.

—Dime, H, ¿va a ser nuestra amiga Lucita la chica que no puedo tener en el vídeo? —Apretó con cariño el bíceps de Heather y la atrajo hacia sí, aunque no dejó de mirarme a mí.

Ella asintió en silencio y puso los ojos en blanco. Con la otra mano, Anton se acarició el labio inferior con la yema del pulgar mientras me daba un repaso. Era como si estuviera recorriendo mi figura con los dedos y no con la mirada.

No voy a mentir. Se me caía la baba. A cubos. Lo habían parido muy bien: estaba como un queso y sabía hablar y moverse. Ese acento puertorriqueño, el modo en que las palabras salían suavemente de su boca como si fueran sexo hecho verbo... Me tenía loca..., y no me apetecía nada sentirme así después de lo acontecido en junio con Aaron. Sin embargo, el Latin Lov-ah debía de tener superferomonas porque las estaba sintiendo todas, era como un tremendo puñetazo en la entrepierna.

—Estás muy rica, muchacha —dijo levantando la barbilla hacia mí—. ¿Sabes moverte?

—¿En qué contexto? —pregunté.

Se apartó de Heather de puntillas e hizo una serie de giros rápidos antes de subirse a la encimera y deslizarse hacia mí con una palmada, un movimiento de caderas y un golpe de pecho. Se paró a un centímetro de mi cara. Olía a jabón y a coco, y me recordó a cuando tomaba el sol en Hawái. Quería volver a aquella playa, a ser posible, debajo de ese dios del sexo.

—Bailar, muñeca —murmuró.

Sentía el calor de su aliento en la cara, pequeñas bocanadas de aire que encendían mis terminaciones nerviosas y despertaban los receptores de mi deseo tras un mes de letargo.

Le sostuve la mirada y me acerqué. Apoyé la mejilla contra la suya y le susurré al oído:

—¿Por qué me has llamado *muñeca*? —Mis palabras eran casi una caricia en su piel.

—Porque lo pareces —dijo con la voz ronca, como si se hubiera tragado una cucharada de arena.

—¿Y *Lucita*? —Dejé que mis labios se acercaran a su mejilla para poder sentir la incipiente barba de su mandíbula.

Gruñó y llevó una mano a mi cadera, con tal suavidad que mi cabeza no le dio importancia.

—Significa «pequeña luz».

«¿Pequeña luz?» Eché atrás la cabeza para romper la intensidad del momento y acabar con el halo de deseo que envolvía nuestra cercanía física.

—¿Pequeña luz? —No pude contener la risa nerviosa—. ¿Por qué?

Con una caricia tan imperceptible que parecía imposible, dos de sus dedos trazaron el contorno de mi hombro y descendieron por la sensible piel de mi brazo. Se me puso la carne de gallina, un par de garras nudosas ascendieron de la muñeca hacia mi brazo y mi pecho, cogieron mi corazón y lo atenazaron. La oscuridad nubló mi visión y no oía más que el ensordecedor latido en mi pecho. Tenía la piel tensa, constreñida, con todas mis terminaciones nerviosas pidiéndome que echara a correr, que huyera, que escapara...

—*¿Estás lista para que te la meta? —ruge. Su aliento me golpea la cara mezclado con pequeñas gotas de saliva.*

Mi cuerpo se aprieta contra la pared de cemento de la biblioteca. El sonido asqueroso de la hebilla de su cinturón, seguido de su bragueta, es mi marcha fúnebre. Grito con todas mis fuerzas pero él se abalanza sobre mis labios y me arranca la voz. Luego me estampa la cabeza contra el cemento. El dolor enturbia mi campo de visión como las estrellas en una noche sin nubes en el desierto.

—*¡No!*

—¡No! —grité, y aparté de un empujón el cuerpo duro que estaba demasiado cerca.

Luego di un salto hacia atrás y choqué contra el borde del sofá. ¿Un sofá? ¿Eh? Moví la cabeza adelante y atrás para espantar la telaraña de recuerdos que me nublaba el juicio.

¡Joder! ¿Qué demonios me había pasado?

Dos pares de ojos horrorizados observaban mi aterrizaje en la realidad.

—Mia... —exclamó Heather con un grito quedo, tapándose la boca con la mano.

—Lucita... Perdóname. Lo siento. ¿Te he hecho daño? —La voz de Anton estaba teñida de descontento y de algo que sólo podía interpretar como miedo.

Mierda. No íbamos bien. ¿Por qué acababa de tener un *flashback*? ¿Qué lo había provocado?

Meneé la cabeza.

—No, nada. Lo siento, chicos. Creo que estoy cansada por el viaje. Estoy sin comer y me he bebido el cóctel demasiado rápido... Sí, seguro que ha sido eso. —Tenía que serlo.

Anton apretó los labios hasta que se convirtieron en una fina línea.

—Vamos a que comas algo. No pienso tolerar que no se cubran las necesidades de mi equipo. Venga, H, vayamos a nuestro sitio favorito.

Me ofreció la mano y la acepté. El habitual cosquilleo de deseo estaba ahí, pero ahora era más bien por los nervios. Y sólo lo estaba cogiendo de la mano. Había que joderse. «No es propio de ti, Mia.» Necesitaba averiguar qué me estaba ocurriendo. Pero ¿cómo?

Sin saber qué otra cosa hacer, seguí a Anton y a Heather con la cabeza hecha un lío y el miedo pisándome los talones.

La cena fue una pasada. Deliciosa. *Gnocchi al gorgonzola*, lo llamaban en Il Gabbiano, un restaurante italiano de primera al que nos llevó Anton. No iba vestida para un sitio así, pero Heather y él tampoco. Entramos protegidos por el equipo de seguridad de Anton. Parecíamos de la realeza. Vi que el gerente nos espiaba y se nos acercaba de puntillas, como si caminara sobre ascuas. Nos sentó de inmediato en una mesa que hacía esquina y que tenía unas vistas increíbles al Atlántico. Anton pidió varios aperitivos con una sonrisa blanca como la nieve. Sus ojos verdes y marrones escanearon a todas las mujeres en un radio de veinte metros y atrajeron la atención de varios clientes. Heather y yo pedimos *antipasti*. Me apetecía algo rico y con millones de calorías, así que me pedí mis bolitas de la perdición: ñoquis con salsa de queso gorgonzola. Eran puro placer para mis papilas gustativas.

Anton pidió un plato de pasta y gambas que devoró con rapidez, como si el marisco fuera a saltar de su plato al mar. Cuando le pregunté por qué comía tan deprisa, frunció el ceño, se limpió la boca con la servilleta y miró el Atlántico. Heather cambió de tema a toda prisa antes de que pudiera contestar. Por lo visto sabía algo que yo ignoraba y que era delicado. La miré y negó con la cabeza. La conversación giró alrededor del vídeo musical.

Al final, tuve que soltar la bomba y confesar que no tenía ni idea de bailar.

—¿Nada en absoluto? —preguntó Anton juntando mucho las cejas. Meneé la cabeza y me mordí el labio. Él se frotó su incipiente barba con la mano y respiró hondo—. Tendremos que hacer algo al respecto. Eres —dijo señalándome— la seductora perfecta. H, no podrías haber elegido mejor. Vamos a tener que solucionarlo. —Se frotó las manos y se le oscurecieron las pupilas—. ¿Estás pensando lo mismo que yo? —le dijo a su asistente.

Ella sonrió, se llevó el índice a los labios y se encogió de hombros.

—Si es que está disponible... La compañía de danza acaba de terminar en San Francisco y ese loco que estaba acosando a su grupo de amigas se ha esfumado. —Se revolvió en su silla—. Ya no es noticia. Tal vez el hecho de que vuelva como coreógrafa solucionará los problemas que estás teniendo con los bailarines. La llamaré a ver si le apetece salvarte el culo. Sabes que te saldrá caro.

Anton se echó a reír.

—Como todo, H. La quiero. Estoy harto de ese capullo, y a ella se le da mejor el contemporáneo. Y el estilo latino. Sabrá cómo sacarle partido. Quiero que todo el mundo se quede prendado de Mia. La quiero hecha un caramelo en el vídeo. Todos los hombres tienen que desearla y ninguno podrá tenerla. —Sonrió con picardía, se llevó una gamba entera a la boca y dejó caer la cola en el plato de las cáscaras.

Anton estaba radiante, entusiasmado con su nueva idea.

—¿Quién es esa coreógrafa?

Heather bebió de su copa de vino blanco y luego se secó los labios con la servilleta.

—Una bailarina de contemporáneo extraordinaria. Lleva un par de años con la compañía de danza de San Francisco y no hemos conseguido robársela. —Señaló a Anton con el dedo sin soltar la copa—. Anton se enamoró de su cuerpo y de cómo se mueve cuando vio su espectáculo el año pasado.

Ese dato me sorprendió.

—¿Te gustan las artes escénicas? —pregunté.

—Sí, Lucita. Me calman y seducen a mi musa. Me encanta ver bailar y cantar, ya sean los clásicos u obras modernas.

—El caso es que nos enteramos de que sólo da clases de danza para el teatro de San Francisco —lo interrumpió Heather—. Sabes que no abandonará la ciudad para venir a Miami. —Esto último se lo dijo a Anton. Él frunció el ceño—. Dice que tiene que estar con sus hermanas o algo así. Pero si la oferta es generosa y empezamos cuanto antes, es posible que acepte quedarse durante la estancia de Mia mientras rodamos el videoclip. Podría añadirle ese toque que necesita para ser realmente especial. —De repente, Heather se levantó—. La voy a llamar. —Miró su reloj—. Hay una diferencia horaria de tres horas antes, allí todavía es pronto. —Y, sin más, se alejó de la mesa y salió a una terraza.

Le di un sorbo a mi copa de vino y miré el mar. La brisa soplaba con fuerza, pero las estufas para exteriores nos mantenían calientes.

—Tienes una ayudante muy eficiente.

Anton sonrió.

—Lo es, por eso la tengo.

—¿Puedo serte sincera? —pregunté, apretando los labios mientras esperaba.

Él se reclinó en su asiento, se cruzó de piernas y abrió los brazos.

—Por supuesto.

—¿Por qué eres tan borde con ella? ¿No te preocupa que te deje?

La verdad era que quería saber por qué alguien se quedaría con un hombre que la mitad del tiempo se comportaba como si del culo le salieran flores y la otra mitad era un tío tranquilo y agradable. Era como si tuviera doble personalidad.

—¿Qué te hace pensar eso? —preguntó entornando los ojos.

Me encogí de hombros.

—No sé. Puede que el modo en que le ladras por teléfono, la tratas como si fuera una marioneta y le das órdenes sin volverte a mirarla siquiera.

Anton puso mala cara.

—Valoro la opinión de Heather más que la de cualquier otra persona. No hago caso de nadie más. Confío en ella plenamente.

—Pues no lo parece.

Anton cogió su copa de vino y se empinó lo que quedaba de su syrah.

—¿Ella te ha comentado que quiera dejarlo? —Por su tono supe que no le hacía gracia la idea de que Heather se marchara.

—¡No! ¡Nada de eso! Pero me da la impresión de que quiere más.

—¡¿Más?! —La pregunta pesaba como el plomo—. ¿Te refieres a una relación?

Negué con la cabeza. ¿De verdad era tan narcisista? Aunque, viendo ese cuerpo y esa cara que hasta los ángeles envidiarían, tenía motivos para serlo. Más o menos.

—No, que yo sepa. Me refería a su trabajo. Ha dicho algo así como que le gustaría ser mánager en el futuro. Me parece que ahora mismo no tienes mánager, ¿no?

Anton se llevó la mano a la boca y acarició con la yema del pulgar ese labio inferior que pedía que lo besaran a gritos.

—No, no tengo. Normalmente consulto todas las decisiones con H y ella lo arregla todo.

Qué interesante.

—Vamos, que te está haciendo de mánager sin las ventajas del título. Es mal plan para ella.

Como si nada, comencé a enrollarme un mechón de pelo en el dedo y coloqué la silla de cara al mar para dejarlo pensar. Era una vista preciosa. Sentí una punzada en el corazón al darme cuenta de lo mucho que echaba de menos mi hogar.

«Mi hogar.»

Mierda. Sin darme cuenta, había dado con la respuesta a la pregunta que llevaba meses rondándome por la cabeza.

Mi hogar estaba en California.

3

El sol se colaba a través de las cortinas y me cegaba con su resplandor. Era mi tercer día en Miami y por fin sentía que había dormido lo suficiente. El día anterior había sido un torbellino de citas con la esteticista, el estilista y el equipo. Por la noche iba a conocer a la coreógrafa, que llegaría por la mañana de San Francisco y quería ver a todo el mundo en el estudio de baile nada más aterrizar. Esperaba que no fuera una sargento de hierro dura como un hueso. La ansiedad y la emoción pesaban a partes iguales y se apoderaban de mis sentidos mientras me preguntaba si sería capaz de conseguir que, al menearme, no pareciera Elaine en aquel horrible episodio de «Seinfeld» que tanto le gustaba a papá.

«La chica blanca no sabe bailar.» Mi agente siempre me lo restregaba. Sé cantar, actuar y parece que no soy mala modelo, pero nunca se me ha dado bien lo de bailar. Ginelle podría salir bailando de un huracán. Su trabajo de cabaret con las Dainty Dolls la había hecho famosa y el escenario la adoraba. Por menuda que fuera, su cuerpo tenía mucho ritmo y se movía por el escenario mejor que nadie que yo conociera.

La tristeza me envolvió como un negro manto. A Gin le

habría encantado estar allí y conocer a una coreógrafa de primera de San Francisco. Cuando supiera cómo se llamaba, la telefonearía para contárselo, a ver si sabía algo de la misteriosa mujer de la que Anton se había quedado prendado... Al menos, en lo que a su forma de bailar se refería.

El teléfono hizo «bip» en cuanto lo encendí. Miré los mensajes con los ojos sensibles de tanto dormir. Uno era de Maddy, que me contaba las novedades en sus estudios y me daba las gracias por el último cheque que le había enviado para libros y comida. Todavía me molestaba no tener que pagar las facturas. Respiré hondo varias veces; estaba intentando que me doliera menos cada día. Mi hermana pequeña nunca dejaría de ser mi responsabilidad. Cuidar de ella formaba parte de cada fibra de mi ser. Sin embargo, debía recordar que era una adulta, que estaba viviendo con el que ahora era su prometido y que tenía ante sí su carrera y sus objetivos en la vida. Era feliz, tenía buena salud, las cosas le iban bien y estaba con un chico que besaba el suelo por donde ella pisaba. Aunque al caballerete más le valía seguir así, o le iba a arrancar los pelos del pecho uno a uno con unas pinzas.

Con el siguiente mensaje se me heló la sangre en las venas. A mi mejor amiga se le iba a caer el pelo. Sólo había un modo de que él se hubiera enterado de la fecha de mi cumpleaños: que alguien se lo hubiera dicho.

De: Wes Channing

Para: Mia Saunders

Me ha contado un pajarito que tu cumpleaños es dentro de unos días y que estás en Miami. Busca la manera de tener un día libre, que no me creo que quieras pasar ese día con un extraño. Voy a ir a verte. Prepárate. Tenemos que recuperar los meses perdidos.

Con un gesto teatral, llamé a la pequeña serpiente que había hablado más de la cuenta.

—Hola —contestó una voz soñolienta—. Mia, ¿estás bien? —añadió, esta vez algo más alerta.

—¿Cómo has podido...? —mascullé pegada al móvil, sujetándolo como si fuera una maza con la que atizarle.

Ginelle suspiró.

—Era necesario. —Bostezó.

—¿En serio? Era necesario... ¿Ésa es tu defensa? Estoy furiosa contigo —le espeté en voz baja. ¿Por qué susurraba? Ni idea, estaba sola en el apartamento.

Gruñó y volvió a bostezar.

—Mia, eché a pito, pito a qué chico iba a llamar de entre todos los números que te robé del móvil. —Puse los ojos en blanco y apreté los dientes. Muy propio de ella eso de robarme los números en vez de pedirlos—. Le tocó a Wes. No deberías pasar sola tu cumpleaños —dijo con una voz que era una mezcla entre un bostezo y su tono ingenioso y normal—. Iría a verte, pero no me quedan días tras las vacaciones de mayo. A todo eso, ¿qué hora es allí?

Miré el reloj que había en la mesilla de noche. Las ocho en punto de la mañana en la costa Este. En tono de mofa, respondí:

—Las cinco en punto para ti. Te lo mereces. Ahora tendré que lidiar con Wes.

—¿Lidiar con él? Hummm... Yo haría mucho más que eso si lo pillara. ¿Por qué estás tan enfadada?

Buena pregunta. Gin se metía en mis asuntos constantemente y nunca antes me había enfadado con ella. Puede que porque no estuviera lista para ver a Wes con lo de Aaron tan reciente; todavía estaba intentando superar lo ocurrido. Además, acababa de darme cuenta de que estaba enamorándome de él. ¡Joder!... Ése era el problema. Mi mente podía pelear y rebelarse contra mi corazón, pero al final la realidad era que estaba enamorada del dios rubio del sexo que estaba igual de guapo en bañador que de esmoquin que en pelota picada. Aunque en pelota picada era como más me gustaba. Me relamí al recordar nuestro último encuentro en Chicago. Fue intenso, carnal, y quedaría grabado en mi memoria para siempre.

—¿Mia? ¿Tienes una polla en la boca? Espero que sí. Estás muy gruñona desde que aquel político de mala muerte te metió mano.

—¡Gin! ¡Fue agresión! Ten un poco de piedad.

Suavizó el tono al instante.

—Lo sé, cariño. Perdona. Es que no quiero que ese cabrón te robe lo mejor. Ningún hombre podrá imponerte nunca su voluntad, ¿recuerdas? Fue lo que me dijiste después del infierno que pasaste con Blaine.

Gruñí.

—No sé, chica. Anton está para comérselo con patatas...

Al más puro estilo Ginelle, me cortó sin piedad:

—Lo que daría por ser tú. Bueno, sin ser tú. A ti te gusta hacerte de rogar: «Mirad qué rica estoy y qué tetazas tengo, venid a verlas... Ah, no, no, se miran pero no se tocan». Yo estaría de rodillas agarrada al culo de ese bombón de moca chupándole la hombría como si fuera un helado de café con leche.

Me eché a reír.

—Te faltaría tiempo, pendón.

—¿A mí? —Fingió sorpresa.

Gruñí y me tumbé en la cama.

—Pero Gin, es que es muy raro. En cuanto se me acercó, me cagué viva. Tuve un *flashback* de aquella noche con Aaron. —Torcí el gesto y me mordí la cutícula de una uña hasta hacerme sangre. El dolor no era nada comparado con lo preocupada que me tenía pensar que lo ocurrido me había afectado más de lo que imaginaba.

—Vaya, creo que necesitas tiempo. ¿Te está presionando? —dijo endureciendo el tono; era el que ponía cuando estaba a punto de saltar.

—No, no, no. Para nada. Sólo que al principio flirteamos a lo bestia, pero ahora es como si a mi libido le hubieran echado un jarro de agua fría.

—Hummm... A lo mejor lo que necesitas es que Wes vaya a verte. Ya sabes, para recuperarte.

—¿Lo dices en serio?

—Chica, no sé qué decirte en lo que respecta a follar con tíos ricos, guapos, poderosos y mazas más allá de lo normal. Va contra todo lo que conozco.

—Es cierto..., zorrón —añadí para alegrar la charla.

—Zapatero, a tus zapatos.

Puse los ojos en blanco y suspiré.

—Vale. Pero me debes una.

Me costó mucho sonar dura e implacable con mi mejor amiga, pero creo que me salió bastante bien.

—¿Me perdonas por meterme en tus asuntos? —preguntó con voz aguda, chillona y casi nerviosa.

Miré al techo y dejé que los remolinos de las molduras de escayola me calmaran.

—Sí, al menos por ahora. Pero no vuelvas a contactar con ninguno de ellos. ¡Lo digo en serio, Gin!

—Palaba de honor —se apresuró a añadir.

—¡Tú no tienes honor! —la regañé entre risas.

—Ya te parecerá una buena idea... —Rio.

—Lo que tú digas. ¡Y ahora, vuelve a dormir, petarda! —Sonreí y, aunque no podía verme, estoy segura de que por mi tono sabía que todo estaba perdonado.

—¡Que sí, coñazo! Te quiero, zorra.

—Te adoro, zorrón.

Colgamos y releí el mensaje de Wes. Estaría allí dentro de dos semanas. Mi cumpleaños era el 14 de julio, el día de la toma de la Bastilla.

Bueno, cuanto antes, mejor.

De: Mia Saunders

Para: Wes Channing

Ginelle debería haberse quedado calladita. No hace falta que vengas. Estaré bien. Eres un amor por pensar en mí.

¿«Amor»? Ya estábamos otra vez con la dichosa palabreja. Amor... ¿Amaba a Wes? ¿De corazón? Ni idea. Tal vez. Posiblemente. Probablemente. Aunque mejor no pensar en el asunto mientras estaba con otro cliente. Uno que, en palabras de Ginelle, era un bombón de moca. Y un ligón, igual que yo..., ¿o no? Había estado con Wes, con Alec y con Tai, y en aquel preciso instante estaba en el apartamento de otro hombre rico pensando en lo follable que era.

A la velocidad de la luz, abrí la aplicación de internet y tecleé la palabra *ligón*. La web me proporcionó la siguiente información:

Ligón

1. m. Legón. Especie de azadón.

No era la definición que estaba buscando. Justo debajo había un enlace a otra web, el *Diccionario metropolitano.* Hice clic.

Ligón

1. m. Se aplica al hombre que tiene talento para manipular a los demás o jugar con ellos, que finge que las personas del sexo opuesto le importan cuando, en realidad, lo único que le interesa de ellas es el sexo.

¿Sólo se utilizaba para describir a los hombres? Una parte de mí quería aceptar mi buena estrella y salir zumbando. Pero, por desgracia, el sentimiento de culpa no me permitía tener tan elevado concepto de mí misma. Esa vocecita molesta y cabrona dentro de mí me hizo visitar Intelectopedia. Nunca me había defraudado.

La primera definición lo decía todo en blanco y negro, justo lo que me temía:

Ligón puede referirse a:

Ligón en asuntos del corazón: hombre o mujer que tiene aventuras o relaciones sexuales con miembros del sexo opuesto sin intención de casarse o de mantener una relación monógama.

No necesitaba leer más. Confirmado. «Mia Saunders, que sepas que eres una ligona.»

Tras pasar más tiempo del debido escaldándome la piel hasta dejarla de un fascinante e hipersensible rosa encarnado, me dirigí al ascensor. El mensaje de Heather decía que me vistiera de diario y me reuniera con Anton en la azotea. ¿Por qué en la azotea? Ni idea. No obstante, pagaban ellos, así que obedecí sin rechistar. Hacía una hora que le había escrito a Wes, pero aún no me había contestado. No sabía exactamente qué quería que me dijera. ¿Se retractaría y se colaría a la fuerza en mi corazón? Parte de mí lo deseaba tanto que me costaba respirar. Sin embargo, la otra parte quería dejar las cosas como estaban, al menos por ahora. Sin expectativas, sin derechos sobre el otro, sólo amigos.

«Amigos con derechos...»

¿Ésa era la relación que quería con Wes? ¿Mi Wes? Mierda... ¿Desde cuándo era *mi* Wes? Sospechaba que había ocurrido en algún momento desde que había admitido que me estaba enamorando de él y hasta que había decidido que mi hogar estaba en California. No, no sólo en California. En su casa en Malibú. Ahí fue donde me sentí yo misma. Libre para ser sólo Mia.

Con un gruñido, pulsé el botón del ascensor con tanta fuerza que me hice daño en la uña del pulgar. Lo ignoré y vi cómo se iluminaban los números durante el ascenso. ¿Por qué ahora? Tras una experiencia horrible y después de ir a Boston con Rach y Mace a lamerme las heridas, había viajado a Miami, había encontrado a un tío bueno que no se cortaba a la hora de demostrarme que le gustaba, o que le gustaba mi cuerpo, y ¿acababa así? ¿Iba a acabar así desde el principio? ¿Con mis miedos y mis emociones convertidos en lava bajo la superficie terrestre como un volcán a punto de entrar en erupción en cualquier momento?

El ascensor llegó a su destino y me vi catapultada a un mundo muy extraño. Plantas, árboles y el aire húmedo me golpearon la cara e hicieron que me resultara difícil respirar. Había tanta humedad que se podía cortar como si fuera mantequilla.

—Dios... —Tragué saliva con cuidado, intentando contener la sensación de estar fuera de mi elemento.

—¡Aquí, Lucita! —oí que me llamaba Anton, aunque sólo veía la silueta de un hombre, un borrón blanco que se movía de una planta a otra.

Visto más de cerca, la camisa, los pantalones de lino e incluso los mocasines náuticos blancos como la nieve estaban salpicados de manchas de tierra. Un enorme sombrero de paja de estilo asiático asomaba por encima de un arbusto.

Al llegar junto a él, me detuve y me quedé mirando cómo Anton arrancaba malas hierbas. Retorcía el tallo y daba un tirón, sacándolas con raíz y todo.

—¿Qué estás haciendo?

—Jardinería. Ahí tienes unos guantes. ¿Se te dan bien las plantas? —preguntó con algo parecido a la esperanza en su tono.

Negué con la cabeza.

—Me temo que no. Se me muere todo.

Se incorporó. La camisa de lino le marcaba los músculos. Noté cierto cosquilleo en mi entrepierna, pero cesó en cuanto lo tuve lo bastante cerca para tocarlo. Se mira pero no se toca. Interesante...

—Vamos a tener que solucionar eso, pues.

Me encogí de hombros y me puse los guantes.

—Nunca he hecho labores de jardinería. En Las Vegas tenemos lo que se llama *jardín del desierto*: piedras en vez de césped, cactus en vez de setos y suculentas en vez de flores. No hay que esforzarse mucho para mantenerlas con vida.

—Pero la gracia está en cuidar de otra cosa que no sea uno mismo —repuso.

Bonita forma de verlo.

—Esta planta, por ejemplo. —Seguí sus dedos y evalué el brote verde salvaje que no era como los demás—. Esta mala hierba acabará por invadir todo el macetero del banano de montaña. —Arrugué la nariz, no muy segura de qué era un banano de montaña. Sonrió—. Es un arbusto pero con flores, ¿lo ves? —Sostuvo un tallo con una flor que no había visto nunca. Era de un intenso color berenjena y, en el centro, tenía tres pétalos largos de color verde y amarillo claro. Rara como ella sola—. La maleza infecta la tierra y destruye la belleza que crece en ella. Como los pensamientos negativos.

Pensamientos negativos.

—¿Y eso? —inquirí.

Anton sonrió con ternura, sus ojos muy verdes y brillantes.

—Siéntate a mi lado, Lucita.

Hice lo que me dijo y apoyé el culo en el pequeño borde del macetero.

—Los pensamientos negativos se plantan en el cerebro igual que una semilla y, una vez germinan, se apoderan de toda la mente e infectan tu capacidad de ver la verdad y la belleza claramente, de ver la sinceridad tras una persona o una situación. Al final, esos pensamientos se apoderan de todo y pierdes la alegría de tener a esa persona en tu vida. Al igual que las malas hierbas, que crecen e infectan el macetero hasta que destruyen todo lo bello y lo único que queda es lo que no querías. La mala hierba o, en este caso, el pensamiento negativo.

—Me sorprendes —dije dándole un apretón en el bíceps.

Cuando me puso la mano en la rodilla, me quedé de piedra. El miedo y la fealdad manaron de su caricia y ascendieron por mi pierna, por mi cuerpo, y se acomodaron en mi pecho. Contuve la respiración sin darme cuenta. Sus ojos verdes buscaron en los míos. Luego cerró los ojos y retiró la mano muy despacio. Era como si pudiera respirar de nuevo. Volví la cabeza y me abracé las rodillas. Respiré por la nariz y solté el aire por la boca intentando quitarle importancia. No funcionó. Anton se dio cuenta, pero tuvo la delicadeza de no decir nada.

Cuando volví a estar en condiciones, respondió a mi comentario. Meneó las cejas y se pasó la lengua por los labios carnosos y besables.

—Sorprendo a casi todo el mundo —dijo, y ahí estaba su lado sarcástico.

—¿Eres aficionado a la jardinería?

Asintió.

—Sí. Me encanta ver crecer la belleza. Y me encanta comer lo que cultivo —dijo con orgullo. El Latin Lov-ah parecía disfrutar mucho con su afición, cosa que lo hacía más real, más humano.

La palabra *comer* me daba vueltas en la cabeza. Me recordó al modo en que se había comido la cena la otra noche y cómo reaccionó cuando le dije que yo no había comido en todo el día.

—¿Te gusta comer bien? —pregunté jugueteando con

la hoja de un arbusto cuyo nombre no conocía. A una inexperta como yo, todo le parecía muy exótico.

Anton se levantó y se acercó lentamente a otra planta.

—La comida es una necesidad. Nadie debería carecer de ella.

—Parece como si hubieras pasado hambre y supieras lo que se siente.

Tensó la mandíbula y apretó los labios. ¡Bingo!

—¿Vas a contarme por qué te quedas inmóvil cada vez que te toco, aunque sea de un modo cordial? Y eso que me gustaría acariciarte de mil maneras, si me dejaras. —Sus ojos ardían de intensidad, lo que demostraba que me deseaba tanto como yo a él, sólo que no podía ser.

Caminando entre las hileras de flores y arbustos, ignoré su pregunta y el comentario sobre las caricias.

—¿Qué es? —Señalé un arbusto que tenía unas bolas peludas amarillo brillante y unas hojas parecidas a helechos.

—Espinillo blanco. Florece todo el año, pero no toques... —dijo justo antes de que tocara la bola amarilla y me clavara las espinas.

—¡Ay! —Aparté el dedo y lo agité en el aire. Él lo cogió y se lo metió en la boca.

Y entonces pasaron tres cosas a la vez.

Una: se encendió una llama en mi vientre que trajo consigo toda clase de deseos y pensamientos salvajes que hicieron que se me humedeciera la entrepierna.

Dos: la sensación de miedo, angustia y agonía se apoderó de todo mi cuerpo y me dejó completamente inmóvil.

Tres: empecé a verlo todo negro. Cuando abrí los ojos, estaba allí otra vez. Contra aquella maldita pared.

4

—Piensas que eres especial, ¿no? —Las palabras de Aaron son como una dolorosa picadura cargada de veneno.

Niego con la cabeza e intento aparentar calma.

—En absoluto. Todo lo contrario.

Es la verdad pero, a juzgar por su respuesta, no está de acuerdo.

Frunce el ceño y avanza hacia mí hasta que levanto las manos para protegerme. Aaron no se detiene. Sigue hasta que me acorrala contra una pared de cemento en una zona oscura. Unos pasos más, su pecho contra el mío, y me doy cuenta de lo que está pasando. Respiro sin apenas coger aire y busco la mejor manera de manejar la situación, sólo que el champán me nubla los reflejos y siento mis extremidades lentas y pesadas.

—Aaron, no hagas esto. No te conviene.

Tiene la cara muy cerca y desliza su nariz por mi sien. Escalofríos de miedo bajan por mi espalda y se me eriza el vello de la nuca.

—Oh, sí, voy a hacerlo —dice en un tono carente de emoción. Empujo su pecho para ver si cede. Nada. El miedo, denso y candente, aguza mis sentidos, la respuesta de huida o lucha cobra forma en mi interior—. ¿Tratando de escapar, putita? —dice arrastrando las palabras, borracho.

—No soy una puta, Aaron, ya lo sabes.

Empujo y arqueo el cuerpo hacia adelante. Quiero escapar. Necesito escapar. Ahí es cuando la cosa se pone peor.

Aaron se inclina y muerde el punto en el que se unen mi cuello y mi hombro. Con fuerza. Tanta, que grito. La herida palpita de dolor. No parece importarle y aprovecha que es más fuerte que yo.

—Mi padre te contrató para que te hicieras pasar por su fulana delante de sus jodidos amigos. Trabajas para una agencia de escorts y cobras por tus servicios. Pues ya va siendo hora de amortizar lo que papá pagó por ti.

—Dios mío, Mia, ¡contesta! Estoy aquí, ¡soy Anton! ¡Anton! ¡No voy a hacerte daño! —Me estaba abrazando con fuerza, sus brazos alrededor de mi cuerpo, evitando que me moviera.

La sensación de inmovilidad era tan intensa que me revolví con todas mis fuerzas y grité. Me soltó como si fuera una granada que le hubiera caído en la mano. Corrí a la papelera más cercana y vomité. Violentos espasmos convulsionaron mi cuerpo. No era gran cosa, porque aún no había desayunado, gracias a Dios. Café y bilis, nada más. Anton se mantuvo cerca pero lo bastante lejos para que no volviera a asustarme. Se había cruzado de brazos y el sombrero le colgaba de un cordón a la espalda. Tenía la mirada oscura, llena de preocupación e incluso de pena.

—¡No me mires así! —rugí, y me limpié la boca con el dorso del brazo.

Necesitaba otra ducha. El sudor me bañaba la frente y se me revolvió de nuevo el estómago. Mareada, llegué hasta un banco cercano y me senté. Anton me siguió pero permaneció de pie.

Hincó una rodilla en el suelo y esperó a que levantara la barbilla y nuestras miradas se encontraran.

—Puedes contármelo —dijo en un tono compasivo y cargado de preocupación.

La frustración y la rabia me golpearon como un mazo.

—¿Y si hablas tú conmigo? —repliqué dándome un golpe en el pecho—. ¿Qué te pasa con la comida, Anton? —contraataqué.

Él respiró hondo y se pellizcó los labios con el pulgar y el índice. Algo hizo que sus ojos se volvieran verde mate. Suspiró y se le suavizaron los rasgos.

—Crecí en la pobreza. Mucha pobreza. Éramos tan pobres que muchos días sobrevivíamos a base de agua y de los restos de comida que mis hermanos y yo encontrábamos en los contenedores de los restaurantes de lujo que había cerca de la chabola en la que vivíamos. Puerto Rico no es una fiesta sin fin de sol, chicas guapas en biquini y playas hasta donde alcanza la vista. Hay muchos lugares donde se sigue viviendo como en un país tercermundista. La zona este de la isla es muy peligrosa, y ahí es donde me crie.

—¿Cuántos hermanos tienes?

—Dos. Un hermano y una hermana. Pero mi padre murió cuando éramos muy pequeños. Mi madre lo hizo lo mejor que pudo, pero a menudo me iba a la cama con hambre. Pasé años con la tripa vacía. —Se incorporó y extendió los brazos, la viva imagen del señor del castillo—. Aunque eso se acabó. Gracias a mí, ahora mi madre tiene mucho dinero y vive feliz y contenta sin que le falte nada. Igual que mis hermanos.

Cerré los ojos y conté hasta diez, mi único mecanismo de defensa. Cuando el corazón volvió a latirme con normalidad, los abrí de nuevo y hablé:

—Mi último cliente tenía un hijo, un senador muy importante en la política nacional. Me atacó físicamente e intentó agredirme sexualmente. Estuvo a punto de violarme. Faltó muy poco. —Incluso las palabras me sabían a putrefacción.

—¿Cuándo? —Anton tenía una forma de hablar tan dulce que sentí que podía confiar en él, compartir cosas que por lo general no le diría a alguien a quien sólo conocía de hacía unos días.

—Hace unas tres semanas.

—Coño, ¿tan reciente es? Dios santo, Mia, ¿está entre rejas?

Ése era el problema. Negué con la cabeza, y él entornó los ojos.

—No presenté cargos —dije.

Confesarlo en voz alta dolía tanto como un cuchillo con dientes de sierra clavado en las tripas. Aunque sabía que era lo mejor, todavía me resistía al hecho de que, básicamente, Aaron no había pagado por lo que había hecho. Sí, había habido repercusiones y había exigido que se cumplieran una serie de cosas, pero ninguna calmaba el vacío que sentía por dentro y que sólo desaparecería cuando supiera que se había hecho justicia.

—No —proseguí—. Hubo circunstancias atenuantes. Hice lo que tenía que hacer. Ninguna opción era buena. Si hubiera hecho que lo procesaran, mucha más gente habría salido perdiendo y habría sufrido más allá de lo que vale meter a un cabrón enfermo entre rejas.

Anton asintió.

—A veces tenemos que tomar decisiones que nos pesan más de lo que nadie puede comprender. —Lo dijo sin juzgarme. Le acababa de contar que un desecho humano me había agredido y había estado a punto de violarme y que yo no había hecho nada por alejarlo de la sociedad. No estaba al tanto de las circunstancias, pero aceptaba que no había otra alternativa a la decisión que había tomado. ¿Por qué yo no podía ser así?

Dejando claras sus intenciones, se sentó a mi lado y abrió la mano. Me ofrecía apoyo y consuelo. Asustada pero decidida a superarlo, puse mi mano en la suya. ¿Me hizo sentir como cuando le cogía la mano a Mace o a Tai? No. Ellos sabían lo que me había ocurrido y, por alguna razón, no me había afectado su contacto en los días que habían seguido a la agresión.

Aquel miedo ya conocido apareció de nuevo en mi mano. Le di un pequeño apretón y la solté.

—Gracias —susurré.

Él enarcó tanto las cejas que éstas casi tocaron el nacimiento del pelo.

—¿Por?

—Por no juzgarme. —Se me quebró la voz. La emoción tomó las riendas.

Anton respiró despacio.

—Yo no he vivido tu vida. Es imposible que comprenda realmente si una decisión es mejor o peor que otra, porque no me corresponde a mí tomarla. Tú eres la única que ha de vivir con sus elecciones. Y veo que ésta te pesa mucho.

Asentí. Respiré hondo y me cogí las manos hasta que los nudillos se me pusieron blancos a causa de la tensión.

—¿Podemos ser amigos sin las demás posibilidades? —pregunté.

De repente me preocupaba que le molestara esa decisión en concreto.

—¿Te atraigo, Lucita?

«Pequeña luz.» Qué hombre más tonto.

—Sí —dije sin tapujos.

—Y, aun así, ¿vas a negarte los placeres de copular conmigo?

Sonreí de oreja a oreja. ¿«Los placeres de copular»? ¿De dónde sacaba expresiones como ésa?

—Por desgracia —dije—, no creo que un nuevo compañero de cama esté entre mis cartas en este momento. Además, en cierto modo, hay otra persona.

Genial, lo había admitido en voz alta. ¿Qué demonios iba a hacer al respecto?

Anton se pegó una palmada en los muslos y se incorporó.

—Qué lástima. Me hacía mucha ilusión llevarte al huerto.

—No me parece que te vaya a faltar compañía.

—Eso es verdad. —Volvió a menear las cejas—. ¿Amigos? —Me ofreció la mano, esta vez para estrechármela para cerrar el trato.

—Amigos.

Se puso el sombrero.

—Y ahora, amiga mía, vas a ayudarme a arrancar las malas hierbas.

—Creo que me va a gustar, Anton. —Un poco de trabajo al sol, sudar las toxinas de las emociones que llevaba tan a flor de piel... Iba a ser como una catarsis—. Con una condición... —añadí llevándome la mano a la cadera y ladeando la cabeza.

Sonrió. Era una sonrisa infantil y diabólica que le iluminó la mirada e hizo que me arrepintiera de mi decisión de «no copular».

—A ver esas condiciones, mujer. —Su acento hizo que su respuesta sonara muy sugerente.

—Quiero conducir una de tus motos.

Anton echó la cabeza atrás y soltó una carcajada.

—¿Te gusta montar en moto? —La sorpresa en su voz y en su postura era tan evidente que me dolió.

—Yo no monto, *muñeco* —enfaticé usando uno de sus apelativos cariñosos—. Yo conduzco, nene.

Su expresión de felicidad me dio esperanzas. Frunció los labios.

—Espero poder cumplir con mi parte muy pronto. —Señaló un cesto enorme—. Ahí tienes guantes, sombrero y un cubo.

—¡Hecho!

María de la Torre.

Así se llamaba la coreógrafa. Al verla en persona, estuve a punto de tragarme la lengua. Tenía un pelazo negro casi comparable con el mío en la categoría de melenas de chica mala y, para ser bailarina, unas cuantas curvas que se negaban a desaparecer. Era más musculosa que yo, y podrían haber esculpido su cuerpo en mármol y adorarlo toda la eternidad. Hablaba inglés, aunque marcaba el acento español cuando le apetecía. Su mezcla racial era única. Puede que tuviera sangre española y también griega o italiana.

Era exótica a más no poder. Cuando se movía, todos la miraban. Tenía una elegancia y una fluidez de movimientos que no había visto en ningún otro bailarín.

—¡La seductora! —gritó María mirando una hoja de papel—. ¿Mia Saunders? —Buscó entre la multitud hasta que todas las cabezas se volvieron hacia mí.

Caminé hacia la parte del estudio donde todo el mundo se había sentado. Había estado esperando apoyada en la pared del fondo porque no quería molestar. María había hablado con todos los bailarines, les había hecho repetir una coreografía y había despedido a la mitad. Allí mismo, sin miramientos. Brutal pero efectiva.

Los ojos de María, azules como el hielo, inspeccionaron mi cuerpo.

—No eres bailarina —dijo directamente, sin pedirme siquiera que repitiera los pasos, como a los demás.

Casi me sentí aliviada por no tener que hacer el ridículo en público.

—No, soy escort —solté encogiéndome de hombros y poniéndome en jarras.

Ella entornó los ojos y frunció ligeramente el ceño.

—¿Sales con alguno de los presentes? —preguntó sin cortarse. Gracias a Dios que alguien conocía la definición de *escort* y no suponía de buenas a primeras que era prostituta.

Sonreí.

—Anton y Heather me contrataron para el papel. Puedes preguntarles a ellos sus razones y el porqué.

María ladeó la cabeza, primero a un lado y luego al otro.

—Date la vuelta. —Hice lo que me pedía—. Otra vez. —Volví a hacerlo hasta quedar de cara a ella—. ¿Sabes bailar?

—¿Como una profesional?

Se echó a reír.

—No, ya sé que no bailas de manera profesional. El cuerpo no miente. Aunque, por tus curvas y tu belleza, entiendo por qué te contrataron para representar el papel de la seductora. Pero me pregunto si bailas por diversión, si te gusta mover las caderas..., el tango, la salsa o cualquier otra cosa.

Negué con la cabeza, temerosa de su reacción, aunque yo había sido muy profesional todo el rato, incluso mientras ella despedía a la mitad de los bailarines.

—Vale, tendré que pensar en cómo vamos a presentarte ante las cámaras. No estarías aquí para grabar un videoclip de hip-hop si Anton no te quisiera en ese papel. Encontraremos la manera de suplir tus deficiencias.

No sonaba mal. Al menos, no me había echado de la producción sin más. Habría sido lo fácil, y yo iba a cobrar igual gracias a la cláusula de mi contrato que especificaba que no se aceptaban cambios ni devoluciones. No me gustaba nada la idea de defraudar a Anton, a Heather o a tía Millie. Me sorprendí al darme cuenta de que me alegraba de que no me hubiera echado pese a no ser bailarina y todo eso.

María continuó con los bailarines. Sólo quedaban un puñado de ellos y yo cuando Anton entró en el estudio.

—Mamita —saludó a María con un abrazo amistoso y entusiasta—. Se te ve muy bien. —Estudió al grupo de personas que quedaban en el estudio haciendo estiramientos en la barra, repasando pasos—. Veo que has hecho limpieza.

María sonrió.

—Anton, ya sabías que iba a despedir a la mayoría. No necesitas tanta gente para lo que tengo en mente. He escuchado la canción muchas veces en el avión. Para lo que tengo pensado, básicamente sólo la necesitarás a ella —levantó un pulgar de aprobación en mi dirección—, a los bailarines que quedan y puede que a un par más.

Heather enarcó las cejas pero permaneció en silencio, a un paso de donde estaban hablando Anton y María. Yo volví a la parte de atrás. No quería perderme nada, pero prefería seguir siendo la mosca en la pared.

—Hablemos en privado. A menos que quieras trabajar esta noche —dejó caer Anton, esperando la respuesta de María.

Ella se tocó los labios.

—No, dejemos descansar a esta gente. Van a estar muertos de los pies con lo que he planeado el resto de la semana —dijo a toda velocidad en español. Una sonrisa pérfida le adornaba los labios.

Anton meneó la cabeza. Sonrió y se dispuso a conducir a las dos mujeres fuera del estudio.

—Eres una mujer muy malvada. Me encanta. —Llevó a María a la salida del estudio de baile. Cuando llegaron a la puerta, se volvió y me miró—. Lucita, tú vas a donde yo vaya a menos que uno de nosotros —señaló a María, a Heather y a sí mismo— diga lo contrario, ¿entiendes?

Asentí, me metí las manos en los bolsillos traseros de los vaqueros y los seguí. Anton sostuvo la puerta abierta para mí. Sus ojos abandonaron mi cara e hicieron una breve excursión más abajo, a mis tetas y mi culo.

María se echó a reír.

—No cabe duda de que es una seductora.

Mientras caminábamos, choqué mi hombro con el de Heather.

—Ojalá hubiera podido entender lo que han dicho en español.

Heather se retorció un mechón de pelo sin dejar de andar y se atusó el peinado.

—María básicamente ha dicho que los bailarines no tenían que trabajar esta noche porque los va a matar con lo que tiene planeado para la semana. —Abrí una boca de dos palmos pero no dije nada—. Anton le ha contestado que era una mujer malvada... —Su tono cambió al añadir—: Y eso le encanta de ella.

—¡Pero, chica! ¿Hablas español?

Heather sonrió.

—Me apunté a una academia a la semana de empezar a trabajar como asistente personal de Anton, tras terminar la universidad hace cuatro años. Sólo me hizo falta una semana para darme cuenta de que no iba a servir de mucho en este mundillo si no entendía exactamente lo que me estaba diciendo. Aun así, la forma que tienen de hablar en Puerto Rico es muy diferente de la de otros países latinoamericanos, o incluso del español peninsular. Sin embargo, entiendo casi todo lo que dicen. Es algo similar a lo que sucede con los dialectos o al habla coloquial de otros estados del país, ya sea la costa Este, el Medio Oeste, el sur...

—Qué pasada. Entiendo que seas tan importante para él.

Heather se ruborizó y bajó la cabeza. Luego se encogió de hombros.

—Me parece que te imaginas cosas.

Arrugué las cejas y le toqué el codo para que se detuviera. Anton y María siguieron hacia el ascensor.

—¿Venís? —preguntó él sosteniendo la puerta abierta.

—¿Nos das un minuto? —contesté.

—De acuerdo —accedió y siguió hablando en español con la coreógrafa.

—¿Qué pasa? Estás muy rara desde que ha llegado María.

Heather se mordió el labio inferior y se apoyó en la pared.

—Ahora que María está aquí —repuso—, todas las ideas y los conceptos que se me habían ocurrido para el vídeo acabarán en la basura. Había convencido al otro coreógrafo para que añadiera algunas cosas nuevas de mi cosecha, pero con María...

Se detuvo ahí, con el desencanto colgando de cada palabra, como si fuera un grifo roto.

—¿Lo has hablado con Anton?

Ella meneó la cabeza con vehemencia.

—No, y tampoco me haría caso. Sólo tiene ojos y oídos para María.

Hice una mueca.

—Creía que la querías aquí. Tardaste un abrir y cerrar de ojos en llamarla y convencerla para que viniera.

—Porque es la mejor, y Anton se merece lo mejor.

Junté las puntas de los dedos delante de mí y sopesé sus palabras. ¿Me lo estaba contando todo?

—¿Estás enamorada de Anton? —le solté a bocajarro. La pregunta salió de mi boca antes de que pudiera suavizarla o formularla con más delicadeza.

Heather abrió unos ojos como platos, se agachó, se abrazó las rodillas y se echó a temblar. Luego soltó una carcajada tremenda y volvió a levantarse. Tenía los ojos llorosos, las mejillas sonrosadas y seguía soltando ronquidos mientras se desternillaba.

Por lo visto, me equivocaba.

—¿No? —pregunté.

—Lo siento, pero no. —Se enjugó las lágrimas que le rodaban por las mejillas y respiró todo lo hondo que puede respirar una persona—. Verás, no podría enamorarme de él ni queriendo. Quiero a un hombre para quien yo sea una prioridad, no una opción —dijo sofocando la risa—. Ambas sabemos que Anton las quiere a todas pero no se compromete con ninguna.

«Las quiere a todas pero no se compromete con ninguna.» Sabias palabras, las más acertadas que he oído últimamente. Anton no parecía ser de los que sientan la cabeza o son hombres de una sola mujer.

—Entonces ¿por qué no puedes hablar con él?

—No lo sé. Cada vez que saco el tema de la dirección artística de un proyecto, se cierra en banda antes de escuchar una sola idea. He llegado a un punto en mi carrera en que o las cosas van a más o me iré a otra parte.

Asentí.

—Y ¿qué vas a hacer?

—Entre tú y yo... —Se asomó al pasillo para asegurarse de que estábamos solas—. Un agente me ha estado tanteando para que trabaje para otro grupo musical. Me darían el papel de mánager desde el principio, a las órdenes del agente. Es un grupo de hip-hop de Nueva Jersey y van a llegar lejos. Con los contactos que he hecho y los conceptos que ya he esbozado, se mueren por tenerme en el equipo. Están dispuestos a pagarme el doble de lo que gano ahora con tal de que deje a Anton.

Abrí unos ojos como platos.

—Caray, Heather, eso es increíble; ¿a qué estás esperando?

Volvió a morderse el carnoso labio inferior. Sus bonitos ojos azules miraron a un lado y le pegó un pequeño puntapié al suelo. Luego arrastró el pie por la moqueta.

—Es muy duro. Llevo cuatro años con Anton. Siempre hemos sido él y yo. No tengo familia, soy hija única, y mis padres murieron cuando yo era muy joven. Me criaron mis abuelos, que también han fallecido ya.

—Y ¿eso qué tiene que ver con que decidas trabajar para otro? Te van a dejar hacer lo que quieres y aprovechar la educación que tanto te ha costado ganarte y la carrera por la que has sacrificado tu vida.

Se pasó la mano por sus rizos rubios y rebeldes.

—Mia, se me hace muy difícil porque Anton es lo más parecido a una familia que tengo. Aunque no sea su prioridad, sigue siendo mío. —Hundió los hombros con gesto abatido—. Es mi mejor amigo, mi único amigo.

—Ay... —Le pasé la mano por el brazo.

—¿No es patético? Le soy leal a un hombre al que no le importo un pimiento y que es todo lo que tengo.

La cogí del bíceps, me la acerqué al pecho y la abracé. Ella me devolvió el abrazo. Curiosamente, su contacto no me hizo entrar en pánico. Las lágrimas le rodaban por las mejillas mientras se abrazaba a mí y sollozaba en mi cuello. Le acaricié el pelo y le repetí sin cesar que todo saldría bien. Al rato, el llanto se transformó en risa nerviosa. Me aparté, le enjugué las mejillas con los pulgares y la miré a los ojos.

—Eres inteligente, bonita, y a Anton le importas mucho más de lo que crees. Habla con él.

Heather asintió con un profundo suspiro.

—Lo haré. Gracias, Mia.

—Funcionará, pero sólo si eres sincera contigo misma y con él. No puede saber cómo te sientes si no se lo dices. Y no va a cambiar a menos que sea consciente de tus necesidades y del hecho de que tienes otras oportunidades sobre la mesa.

—¿Crees que se enfadará? —me preguntó mientras íbamos hacia el ascensor.

Pulsé el botón y esperé a que volviera a la vida en alguna planta superior.

—Tú lo conoces mejor que yo. Creo que le preocupará mucho que hayas considerado dejarlo sin darle la oportunidad de arreglar las cosas. Por lo que he visto, eres la única a quien escucha.

Ella negó con la cabeza.

—No. Hace lo que le da la gana cuando le da la gana.

—Creo que eso es un poco duro y no del todo cierto.

Puso los ojos en blanco y se cruzó de brazos.

—Puede.

Sonreí y entré en el ático de Anton en cuanto las puertas se abrieron.

—Vamos, rubia. A ver qué se cuece entre el diablo y la señorita Mira Quién Baila.

Ella soltó una carcajada.

—Que María no te oiga decir eso. ¡Es capaz de pegarte! He oído que tiene muy mal genio.

—Igual que yo, Heather. Igual que yo.

5

Cuando entramos en el ático, Anton y María no estaban sentados de brazos cruzados a la mesa. No. Estaban en mitad del salón, bailando.

—Entonces, tu personaje hace así —María enlazó una serie de complicados pasos de baile, rodó por el suelo, describió círculos con las caderas, tocó el suelo, se levantó, volvió a rodar y remató con un sonoro taconazo—, justo cuando dices «Dale, nena. Dale».

Anton replicó sus movimientos a la perfección y nos dejó a las tres embelesadas. No llevaba más que un diamante en forma de corazón colgando del pecho y unos pantalones de lino. Era digno de ver. Arte masculino viviente en estado puro.

Heather se aclaró la garganta. Dos pares de ojos se clavaron entonces en nosotras dos.

—¿Nos necesitáis para algo? —El timbre tímido de su voz me molestó. No iba a darle ninguna credibilidad con los dos mandones dominantes que teníamos delante.

Me lancé al ruedo.

—Lo que quiere decir Heather es que ha estado trabajando en algunas ideas con el coreógrafo anterior y le gustaría contárnoslas.

Miré a Anton, él me miró y ladeó la cabeza. Con los ojos le indiqué que ya podía espabilar.

Le costó, pero al final captó el mensaje. Cogió una toalla que colgaba del sofá y se secó el sudor de la cara.

—¿De verdad, H? ¿Por qué no lo habías dicho antes? —Sus cejas se fruncieron en una silenciosa acusación.

Heather tensó la mandíbula.

—Anton, he intentado explicarte mis ideas muchas veces. Me dijiste que las hablara con el coreógrafo y que ya las verías cuando estuvieran resueltas.

Entonces fue cuando tanto María como yo nos percatamos del concurso de miradas que aquellos dos se traían entre manos.

—Amiga mía —repuso ella—, ya que me has contratado para ser la nueva coreógrafa, ¿por qué no me cuentas esas ideas durante la cena y vemos qué podemos hacer con ellas? ¿Qué te parece?

—Pediré comida a domicilio —me ofrecí.

—Eso es parte de mi trabajo —protestó Heather.

Negué con la cabeza.

—Esta noche. no. ¿Sushi para todos? —dije casi bailando. Bueno, más bien moví las caderas y agité las tetas.

María miró mi pequeña demostración, hizo una mueca y susurró en español:

—Tengo mucho trabajo por delante.

—¿Qué ha dicho? —pregunté señalando a María pero mirando a Heather.

A la coreógrafa se le iluminó la cara con una mirada retadora y de placer.

Heather me dio una palmada en el hombro y me tendió su tarjeta de crédito.

—Relájate. Sólo ha dicho que el trabajo le viene como anillo al dedo. Nada ofensivo.

Le lancé cuchillos con la mirada y le espeté:

—Te tengo calada.

Anton y María se echaron a reír y luego se dirigieron a la cocina.

—¿Una copa, Mia? —preguntó él.

—Sí, ponme lo mismo que vayáis a tomar vosotros.

Di media vuelta, camino de la sala de estar. Saqué el móvil y busqué en la aplicación de comida a domicilio GrubHub. Al instante aparecieron Chino Sabroso y Sushi Bar, ambos restaurantes con una media de cinco estrellas en miles de críticas de Yelp. Y lo mejor: reparto a domicilio gratis. ¡Que viva el sushi!

—¡No, no, no! ¡No lo estáis entendiendo! —Las palabras de Heather eran duras, ayudadas por el vodka de primera que habíamos estado bebiendo. Se levantó y se plantó en mitad de la sala. En la mesa apareció una tercera ronda de Martinis afrutados cortesía de Mia, la experta barman. Me di una palmadita a mí misma en la espalda y esperé a que Heather se explicara—. Mi idea era una especie de cruce entre *Billie Jean* de Michael Jackson y *Uptown Girl* de Billy Joel.

María examinó las notas que tenía delante, moviendo la cabeza de un lado a otro. La nueva canción que Anton había compuesto sonaba de fondo para que las musas no nos abandonaran.

—Sí, sí, lo entiendo. Mia se mueve así —se puso a andar en plan sexi y coqueto—, y luego Anton la sigue haciendo el cambio rápido de pies y caderas de Michael Jackson pero con su propio estilo de hip-hop latino —dijo emocionada.

Anton saltó detrás de María cuando ésta repitió los movimientos. Ella contoneaba las caderas y yo prestaba atención porque me iba a tocar hacer lo mismo ante las cámaras.

—A ver, Mia, ven aquí. —Me levanté, algo alegre de más, me limpié los dedos pringosos de Martini en los vaqueros y la seguí. María se volvió y me cogió las caderas como si fuera un hombre que estuviera bailando conmigo—. Ahora haz como si yo no estuviera y mueve la cadera que yo te toque con el dedo.

Dimos un par de pasos y me tocó. Moví ese lado adelante y atrás, siguiendo el ritmo que me marcaba.

—Ahora para y agáchate, tócate los dedos de los pies, despacio, como si fueras a atarte los cordones. Luego, al subir, acaríciate las piernas y sigue por la cintura y hasta las tetas.

Hice lo que me indicaba.

—Muy sexi... —susurró Anton.

Entonces me agarró por detrás y restregó la entrepierna contra mi culo. No la tenía dura, pero volví a sentir ese asco tremendo y empecé a sudar.

—Anton... —le advertí.

Me temblaba el labio, que traicionaba el miedo que seguro que reflejaban mis ojos. Expresaban lo que yo no era capaz de verbalizar porque sus manos me habían dejado como si me hubieran marcado con un hierro candente.

—Perdona, muñeca.

Me volví y le apoyé la mano en el pecho.

—No, soy yo quien te pide disculpas. Sólo estamos ensayando. Me irá resultando más fácil, te lo prometo.

Cerré los ojos y recé para que esa fase de no soportar que me tocaran pasara pronto. Mi trabajo dependía de ello.

Oí mi móvil, que desde el otro extremo del salón anunciaba la llegada de un mensaje de texto. En ese momento Anton levantó la barbilla, dándome permiso para que me tomara un minuto. Fui a por mi bolso, saqué el teléfono y leí el mensaje.

De: Wes Channing

Para: Mia Saunders

No me perdería tu cumpleaños ni por todo el oro del mundo. Es lo que hay. Estaré en Miami dentro de dos semanas. Lo haremos por las buenas o por las malas, como prefieras, cielo, pero no te vas a librar de verme.

Poco sabía yo que tenía público. Heather ni siquiera disimuló que estaba leyendo el mensaje por encima de mi hombro.

—¿Quién es Wes? ¿Tu novio?

¿Quién era Wes? Buena pregunta. ¿Mi amigo, mi amante, mi novio, el hombre de mis sueños? En cierto modo, era todo eso y más.

—Más bien un medio amigo, medio novio. No le hemos puesto etiquetas por ahora. Vamos poco a poco. Ya sabes cómo son estas cosas.

Se echó a reír.

—¿Quién, yo? Soy la reina del lío de una noche. Con mi trabajo no tengo tiempo para nadie, aunque espero encontrarlo algún día.

Anton le pasó un brazo por los hombros.

—Venga ya, H... Tenías a un chico loco por tus huesos hace apenas un par de semanas, ¿te acuerdas? Casi le da algo cuando entré en tu apartamento sin avisar.

Ella hizo una mueca.

—Claro que me acuerdo, Anton. No hace falta que me lo recuerdes.

Él se echó a reír y se dio una palmada en el muslo.

—¡Estabas montando a ese semental como si estuvierais en el hipódromo! ¿Qué ha pasado?

—¡Tú! Eso es lo que ha pasado, Anton. Igual que con Reece, David y Jonathan. Cada vez que me acerco a un chico, me lo fastidias con tus exigencias, entrando en mi casa sin llamar a la puerta... Los asustas antes de que podamos ir a más —espetó Heather haciendo un mohín.

Anton entornó los ojos hasta que casi ni se le veían.

—¿Me tomas el pelo? ¿Ahora es culpa mía que no tengas suerte con los hombres?

Ella se cruzó de brazos.

—¡No, no te tomo el pelo! Cuando el artista de hip-hop más famoso del país aparece por mi casa sin avisar llamándome *amor*, los futuros pretendientes se hacen una idea equivocada. —Se llevó a la mano la frente y se masajeó la sien con el pulgar—. ¿Por qué tengo que aguantar esto? —masculló por lo bajo.

Anton hundió los hombros.

—H, amor, dime algo...

—¿Que te diga algo? Espera, que me vas a oír. Me han ofrecido otro trabajo, uno que creo que voy a aceptar. ¿Qué te parece como tema de conversación insustancial? —La voz de Heather resonó en la enorme sala.

—¿Qué? ¡Ni de coña vas a dejarme! —rugió él.

Ay, no. María y yo dimos un par de pasos atrás, hasta que chocamos con el borde de la encimera.

Heather levantó un dedo acusador.

—Estoy harta de que no me hagas ni caso. ¡Y de que no me asciendas! —dijo a más volumen.

Me llevé el Martini a los labios y María hizo lo mismo.

—¿Que no te hago ni caso? ¡Pero si eres la única persona a la que escucho! —contraatacó él—. ¡Y nunca me has pedido un ascenso! ¿Qué quieres?, ¿más dinero? ¡Hecho!

La cara de Heather se contorsionó en una mueca, en tal expresión de dolor que hasta yo pude sentir el furor de su ira.

—¡No todo es dinero! ¿Cómo puedes ser tan desesperante? —Se tiró del pelo y dio media vuelta, hacia la pared de cristal con vistas al Atlántico—. Tal vez sea mejor que me vaya.

Anton dio dos zancadas y le apoyó las manos en los hombros.

—No. No permitiré que te vayas —dijo en tono arrepentido.

—Tal vez no tengas elección. Es mi vida —susurró Heather con los ojos llenos de lágrimas.

—Lo eres todo para mí. No puedo trabajar con nadie más que contigo.

—Y yo no puedo seguir siendo tu asistente.

Anton torció el gesto.

—No eres mi puñetera asistente. Es verdad que te ocupas de mí, ¡pero es que te ocupas de todo! ¿Qué quieres de mí? Dímelo, H, y es tuyo. No puedo llegar a donde quiero sin ti.

María me dio un codazo.

—¿Se acuestan juntos?

Si no me lo hubieran aclarado antes, yo también habría pensado lo mismo.

Negué con la cabeza.

—Pues deberían —recalcó ella.

—No, es rivalidad fraternal. Es como cuando te peleas con tu mejor amiga. ¿Tienes amigas?

Una enorme sonrisa le iluminó la cara y, por increíble que pueda sonar, aún la hizo más bonita. Zorra. Quería odiarla, pero molaba demasiado y había demostrado ser una mujer de armas tomar. También era muy profesional y muy buena en lo suyo.

—Tres hermanas del alma que pueden conmigo —respondió—. Me vuelven loca. Somos como ellos, sólo que en su caso nunca se han dicho lo importantes que son el uno para el otro. Ahora estamos viendo las consecuencias de ese error.

María puso cara de circunstancias mientras continuaba la pelea de gallos. Por desgracia, acabó demasiado pronto: Heather se largó dando un portazo.

Mierda, me había perdido lo mejor.

—¡Joder! —vociferó Anton—. ¡Qué mujer más terca! —añadió.

Miré a María.

—Creo que es la señal.

Ella asintió.

—Cuando un hombre empieza a aullar lo loca y cabezota que es una mujer, lo mejor es dejar que se desahogue.

Salimos de la cocina de puntillas y nos fuimos del ático. Las dos nos alojábamos en uno de los apartamentos amueblados para visitas, así que estábamos en la misma planta.

María se fue por un lado y yo por otro.

—Oye... —le dije.

—¿Sí?

—¿Crees que seré capaz de hacer bien mi trabajo?

—Por supuesto. Vas a aprender de la mejor. —Me guiñó el ojo, abrió su puerta y me dijo adiós con la mano.

El motor rugía bajo mi vientre mientras salía del garaje a las calles de Miami. Anton llevaba la Icon Sheen. La moto era negra con detalles cromados. Iba vestido con unos vaqueros negros, una camiseta blanca y una cazadora negra de cuero. Yo me había puesto mis vaqueros Lucky Brand, que estaban desgastados y cedidos en los sitios adecuados. Es decir, el culo. Me hacían un trasero que quitaba el hipo, y lo sabía. Me había hecho una trenza para meter el pelo en la chaqueta de cuero que llevaba encima de una camiseta roja, blanca y negra de un concierto de los White Stripes al que fui con Ginelle en Las Vegas. *Seven Nation Army* seguía siendo una de mis canciones favoritas.

Yo conducía la KTM Super Duke trucada en negro y naranja, que ronroneaba entre mis muslos y me acariciaba mejor que cualquier amante. Llevar una moto era increíblemente bonito y liberador.

Con la mano, Anton me guio por Miami y South Beach. En los semáforos en rojo, me contaba cosas de los sitios.

—Aquí es donde los turistas y los locales menean el culo —dijo señalando una hilera infinita de clubes en la avenida Washington.

Luego atravesamos la avenida Collins, donde me habló de los hoteles y los restaurantes.

Y, por supuesto, Ocean Drive. Un lado de la calle estaba compuesto por edificios *art déco*, los que me había indicado Heather cuando había llegado hacía casi dos semanas. El otro lado era una amplia extensión de hierba salpicada de palmeras hasta donde empezaba la arena, y luego nada salvo el océano.

Nos detuvimos en un garito llamado Gelato-Go. Yo nunca había probado el *gelato*, pero Anton decía que era lo más.

Cuando entramos en la pequeña heladería, parecíamos dos peces en el desierto. A Anton le iba bien, porque con su indumentaria habitual la gente solía reconocerlo. No se quitó las gafas de sol ni en el interior del local. Yo me eché las mías hacia atrás para estudiar mis opciones.

—Entonces, el *gelato* es como el helado, ¿no?

Él asintió.

—Eso es. Es helado al estilo italiano. Sólo que no lleva nata, sino leche. Pasa menos tiempo en la heladera, por lo que contiene menos aire y parece más denso. Lo prefiero porque los gustos son más contundentes y es más sano.

Examiné todos los sabores. El de chocolate parecía demasiado negro, y me preguntaba si sabría como los canolis amargos que sirven en los restaurantes italianos. Puaj. No me gustaban nada los canolis.

Se nos acercó un tipo alto y espigado. Llevaba el pelo cardado y peinado hacia atrás, con mucho estilo, y una camiseta que decía: «Gelato-Go. Hecho del día. Sano. Ligero. Bajo en grasa. Delicioso y cremoso». La chapa con su nombre no se quedaba atrás: «El Fresco de Francesco». Bien podía ser italiano, pero vete tú a saber.

—*Bella signora*, ¿en qué puede ayudarla Francesco? —Su acento era italiano. Misterio resuelto.

—No lo sé. Mi amigo —dije señalando a Anton, que se parecía más a Terminator que a un *latin lover*— dice que el *gelato* de aquí es para morirse. Yo nunca lo he probado, ¿qué me recomienda?

El Fresco de Francesco me regaló una sonrisa de felicidad.

—Ay, *signora*, todos están deliciosos. Son frescos del día, artesanos, con poco azúcar y sin nata. ¡Para que cuide de ese cuerpo muchos años! —me prometió, y yo me reí.

Señalé uno verde con tropezones que no identificaba.

—¿Ése de qué es?

—Buena elección. Nuestro famoso *gelato* de pistacho. Traemos los pistachos de Sicilia para que sea realmente especial.

Anton se me acercó y me susurró al oído:

—Es genial, muy sabroso. Aunque yo te recomendaría algo más sutil. ¿Te gusta el caramelo?

—¿Le gusta el dinero a un jugador? —Le dediqué mi patentada mirada sarcástica. Se echó a reír. Cómo me gustaba su risa. Me recordaba a los buenos tiempos y a otro tío bueno que llegaría al día siguiente—. Estoy segura de que el caramelo le gusta al noventa y nueve por ciento de la población. Y quien diga que no, miente. Normalmente porque necesitan evitar algo que te hace engordar sólo con mirarlo.

Francesco nos observaba con paciencia debatir los pros y los contras de cada sabor. Que si la fresa era aburrida, que si mejor probar algo más inusual, algo nuevo. Quería ir a por todas. O todo o nada, como suele decirse.

—Francesco, el Fresco, creo que probaré el de dulce de leche, por favor.

—¡Excelente elección! —repuso él, y a continuación llenó la tarrina más grande de dulce cremoso.

Estaba segura de haber abierto unos ojos como pizzas cuando me lo dio.

—Debería haber pedido el pequeño —dije al ver la tarrina.

Francesco negó con la cabeza. Su pelo siguió el movimiento pero sin despeinarse.

—Todo el mundo repite. Es mejor pedir el grande.

—Si usted lo dice...

—Lo digo.

Cómo no, Anton se pidió el de pistacho, cosa que me cabreó. ¡Me había dicho que era demasiado para pedírselo él!

—Cretino —le solté.

—¿Qué? —Se echó atrás las gafas y se llevó una cucharada a la boca.

Mmm. Podría haberme pasado todo el día viéndolo comer helado. Estaba de muerte. De repente, hacía demasiado calor. Me quité la chaqueta y la colgué del respaldo de la silla. Anton hizo lo mismo.

Pasamos un rato en silencio degustando el mejor *gelato* del mundo. Era mi primera vez, pero estaba segura de que no había otro mejor. Era suave como la seda, una mezcla de helado y yogur. Me había hecho fan.

—¿Qué vas a hacer con Heather? —le pregunté—. ¿Sigue enfadada?

—Está furiosa, y apenas me habla. —Frunció el ceño y se llevó otra cucharada a la boca—. No sé qué hacer. No puedo perderla.

—¿Y si lo que necesita es irse?

Él torció el gesto.

—Yo ya soy famoso. Trabajar conmigo le da más peso a su nombre que trabajar con un aspirante a estrella.

—¿Estás preparado para concederle el poder que necesita?

—¿Qué poder?

—El respeto, el título...

Anton enarcó las cejas y alzó la barbilla.

—¿De eso se trata? ¿De que no quiere ser mi asistente personal?

Quería felicitarlo por haber descubierto América, pero me contuve porque era evidente que acababa de darse cuenta.

—A mí me parece que Heather es muy inteligente —señalé.

Asintió.

—Y bonita —añadí.

Asintió de nuevo.

—Pero es mucho más que una asistente personal. La otra noche, tú mismo dijiste que ella se ocupaba de todo o, al menos, que siempre desempeñaba un importante papel en todo.

—¿Y qué? ¿Qué intentas decirme? Suéltalo, Lucita.

Cogí una cucharada de *gelato* y dejé que se derritiera en mi lengua. Me lo tragué y dejé la cuchara en la tarrina.

—Creo que quiere ser tu mánager, guion, agente. No conozco el negocio lo bastante bien para definir el puesto, pero si organiza las giras, gestiona el equipo y cuida de ti... —lo señalé con la cucharilla—, entonces me parece que ya está haciendo el trabajo sin recibir ni el sueldo ni el respeto que merece, y agotada porque tiene que hacerlo todo sola. ¡A lo mejor necesita una asistente personal! —bromeé.

Anton se llevó las manos a la cara y se las pasó por la frente, la nariz y los labios... La frustración que sentía era evidente.

—Tienes razón, Mia. Tienes más razón que un santo.

—La chica no tiene vida propia. Tú eres todo su mundo. ¿Sabes que me dijo que eras su único amigo, su única familia? No tiene a nadie más.

—¿Eso te dijo? —Su mirada se oscureció y se agarró la barbilla con la palma de la mano. Asentí—. La verdad es que H siempre ha sido mi mejor amiga.

—¿Se lo has dicho alguna vez?

—Suponía que lo sabía. —Su tono revelaba que enterarse de lo infeliz que era Heather lo estaba matando.

—Sabes lo que dicen de la gente que supone, ¿no?

Sus rasgos se endurecieron, una de las comisuras de sus labios ascendió y él meneó la cabeza.

—El que supone tonto se pone. ¿Lo pillas?

Anton meneó la cabeza y volvió a su helado verde.

—Estás fatal, ¿no te lo habían dicho?

—A todas horas, aunque Ginelle, mi mejor amiga, suele emplear un lenguaje más soez.

Al decir «mi mejor amiga», Anton volvió a entristecerse. Hurgó en su golosina verde y tiró la tarrina a la papelera sin habérsela acabado. Una dura línea se formó entre sus cejas. Tenía muy mala cara para lo guapo que era.

—Vámonos. Tú tienes ensayo y yo necesito hablar con mi chica.

Por dentro, levanté un puño orgulloso e hice el baile de la victoria.

Luego miré la Super Duke que iba a conducir y tuve que contenerme para no dar saltos de alegría.

6

—¡Otra vez! —bramó María—. ¡No! Parad la música. —Levantó la mano y la música cesó.

Yo permanecía en un rincón, esperando que me tocara a mí. Llevaba todo el día trabajando en la misma escena. Básicamente, sólo tenía que andar en plan sexi, menear las caderas a un lado y a otro, inclinarme hacia adelante y levantarme arqueando la espalda y sacudiendo las tetas. En cierto momento, Anton me seguía por detrás con sus propios movimientos y el resto del cuerpo de baile. Algunos de los pasos que había aprendido tenían que ver con lo que él tenía que hacer y con su cuerpo. La verdad, no era nada comparado con lo que María les estaba haciendo aprender a los demás bailarines, y yo ya estaba para el arrastre. Había sido un día muy largo. Necesitaba ducharme, comer e irme a la cama. Además, mi cumpleaños era al día siguiente, y Anton me había dado todo el día libre. Significaba que iba a ver a Wes.

Estaba nerviosa y contenta a partes iguales de pensar en mi surfista tranquilo que hacía cine. Tenía tantas ganas de verlo que me dolían hasta los dientes. Aunque tampoco me apetecía que me partiera el corazón cuando le dijera que estaba lista para que nuestra relación fuera exclusiva. Que fuera hombre de una mujer. Su mujer. Con suerte.

Para eso, tenía que darle puerta a Gina DeLuca. Se acabó el sexo sin compromiso con la actriz más deseada del país. Sólo de pensar en ella, el monstruo de ojos verdes asomó su fea cabeza. Si íbamos a seguir, teníamos que comprometernos. «Joder. *Comprometernos...*» Era una palabra que no había dicho en mucho tiempo en referencia al sexo opuesto. Más que nada porque, cada vez que la decía, me jodían de un modo u otro.

—Mia, preciosa, ven aquí. —María señaló un punto en el suelo donde había marcada una «X» negra. Era donde tenía que pararme y restregarme contra Anton en el vídeo.

La coreógrafa se aseguró de que supiera exactamente cuántos pasos tenía que dar, dónde debía colocar cada una de mis extremidades y dónde y cómo estarían situados los demás bailarines. Entre ella y Heather, tenían a todos los bailarines babeando por mí, revoloteando a mi alrededor mientras andaba, me sentaba y me apoyaba contra la pared. Tenía que aprenderme muchas partes, pero me las sabía casi todas. María era una coreógrafa comprensiva con una paciencia infinita. Cada vez que me equivocaba, los bailarines ponían mala cara porque sabían que les tocaba repetirlo otra vez. Sin embargo, María no tenía ningún problema en repasarles las rutinas de nuevo, insistiendo en que las perfeccionaran.

María me colocó en posición e interpretó el papel de Anton.

—Repasad lo vuestro —dijo lanzándoles a los bailarines una mirada cortante—. No lo hago porque Mia necesite ayuda. Vais todos fatal. Me da igual que estéis cansados.

Me importa un bledo que tengáis agujetas o que os duelan los pies. ¿Queréis salir en el videoclip de hip-hop más rompedor? —Sus ojos azules eran glaciales, y los fulminaron a todos—. Pues eso se paga. Hay que ganárselo. ¡Moved el culo! —repitió con un marcado acento español, como solía hacer cuando iba en serio—. Mia, desde el principio.

Volví al rincón de la sala y respiré hondo. Cerré los ojos y me concentré en lo que quería conseguir. Era mi primer videoclip. Mi cara iba a salir en la tele, en internet, en los móviles del mundo entero. «Puedes hacerlo, Mia —me dije—. Clávalo por María, por los bailarines, por Anton... A la mierda todos... ¡Voy a hacerlo de diez por mí!»

La música empezó a sonar, bajaron las luces y yo meneé hombros y caderas de un lado a otro, muy a lo Jessica Rabbit. En cuanto sonó la nota correcta, eché a andar. No había dado ni cinco pasos cuando unas manos masculinas me cogieron por las caderas.

El bajo de la música se intensificó. Cerré los ojos y lo di todo. Arqueé la espalda y dejé que Anton se me restregara contra el culo mientras yo apoyaba la cabeza en la base de su cuello. Su fragancia a coco me envolvía, pura diversión bajo el sol. Sus caderas me golpeaban con fuerza, sus manos eran firmes. Anton me dio la vuelta y ascendió por mis muslos y mis caderas. Al llegar al ombligo, arqueó la espalda. Yo repetí el movimiento, apretándome contra él. Luego cayó al suelo, igual que los demás bailarines, como si los hubiera noqueado con mi cuerpo. Se puso de rodillas y empezó a bombear con las caderas hacia mí, una demostración muy gráfica de su virilidad.

—Dale, nena. Dale... —Golpe de caderas.

»Tengo toda la noche...

»Voy a tratarte muy bien... —Golpe de caderas.

»Tú dale, nena. Dale...

La música encajaba a la perfección con nuestros movimientos. Hacia el final de la canción, Anton hizo una locura de ninja urbano: corrió por el estudio y por uno de los espejos, dio una voltereta y aterrizó de pie, luego me cogió de la cintura, hincó una rodilla en tierra y me tumbó sobre ella. Sentí que me dolía la espalda al arquearla contra su rodilla.

A continuación, me plantó un beso en la boca, y fue entonces cuando pasó... otra vez.

Le suelto un señor puñetazo en la boca que le parte el labio antes de que me inmovilice las manos con una de las suyas. Luego me magrea por todo el cuerpo con la otra. Gotas enloquecidas rojo grana le caen por los dientes y la barbilla y hacen que su sonrisa adquiera un perverso tono rojizo. Aaron me aplasta contra la pared de cemento. Un dolor agudo me atraviesa la espalda cuando la superficie áspera me araña la piel. Sus caderas se me clavan con fuerza, una y otra vez, mientras me monta en seco, con una erección dura como el acero buscando mi sexo.

Grito, pero me tapa la boca con la suya a tal velocidad que apenas se oye un gorgoteo. Estoy gritando a pleno pulmón cuando oigo el repulsivo sonido de la hebilla de su cinturón y luego el de la cremallera de su bragueta, que desciende como a cámara lenta. Aaron contraataca mordiéndome los labios y golpeándome la cabeza contra el cemento. Veo las estrellas y todo se vuelve un poco borroso. De un tirón, me sube el bajo del vestido hasta la cintura. El aire frío azota mi piel desnuda. Sigo viendo las estrellas, luces distorsionadas. Parpadeo intentando permanecer consciente. Aaron desliza los dedos por mi vientre, encuentra su objetivo y me coge el coño, apretándolo con fuerza. Me oigo gimotear y la bilis se me acumula en la garganta con tanta intensidad que quiero vomitar.

—Voy a follarte como te mereces, como lo que eres: una jodida y sucia puta —gruñe escupiéndome en la cara.

Es el mismo hombre que me tocó mientras dormía y quien lo negó todo cuando me enfrenté a él sin mostrar el menor remordimiento. Aaron Shipley, senador por California, está a punto de violarme. Aquí y ahora, en público, a pocos metros de una fiesta con cientos de invitados.

Siento la punta de su polla contra mis piernas, la restriega como un poseso por mis muslos.

—No —susurro negando con la cabeza.

Me gano una sonrisa repulsiva como respuesta. Me tapa la boca con la mano para ahogar mis gritos. La muerdo, y el sabor salado y metálico de la sangre invade mi paladar. Maldice y me golpea la cabeza contra la pared otra vez. No puedo mantenerme en pie y me dejo caer. Mi cuerpo parece liviano, ligero, y la oscuridad me envuelve. Estoy segura de que va a violarme.

—¡Quítame las manos de encima! —grité tan alto que a punto estuve de echar la casa abajo.

—¡Mia, no, no! Lo siento, lo siento. Lo siento mucho. Vuelve, Lucita. ¡Mierda! —Anton me acunaba la cabeza mientras volvía a la realidad.

Tenía el estómago revuelto. Vacilante, me levanté y corrí hacia la papelera más cercana para soltar el almuerzo. María estaba de pie a mi lado, sujetándome el pelo, susurrándome cosas bonitas al oído para que me tranquilizara.

Cuando hube terminado, me pusieron una toalla y una botella de agua en la mano. Bebí el líquido refrescante, pero me sentó como si hubiera tragado cuchillas hasta que terminé de enjuagar toda la bilis.

La mirada de María era dura y fría. Me cogió de la mano y me llevó a una pequeña habitación que había junto al estudio.

—¿Quién está abusando de ti? —inquirió—. Tengo contactos. Conozco a mucha gente con mucho dinero que no consentirá que un hijo de puta haga daño a una mujer.

Negué con la cabeza.

—María, no es lo que parece.

Se llevó las manos a las caderas y torció el cuello. Algunos mechones negros escapaban de su coletero.

—¿No? Porque a mí me parece que alguien te ha hecho tanto daño que estás teniendo *flashbacks*. Por no mencionar que te quedas helada cada vez que Anton o uno de los bailarines te tocan. ¿Es o no es verdad? ¿Son todo imaginaciones mías? Conozco a una mujer maltratada cuando la veo porque yo lo fui, bonita. Durante años. Y ni mis amigos ni yo vamos a permitir que ninguna otra mujer pase por eso. Anton no lo consentiría, para empezar.

Me eché el pelo atrás, respiré hondo y la miré.

—Anton lo sabe. No hay nada que podáis hacer. Ya está arreglado —dije.

Técnicamente no era mentira, porque el asunto estaba zanjado. Sólo que no había encontrado la manera de lidiar con mis sentimientos al respecto.

—Vas a tener que contarme más, Mia, porque ahora mismo estoy que ardo, echando chispas, y no en el buen sentido. Quiero sangre. Así que desembucha. Aunque te duela, aunque llores, aunque quieras pegarle a alguien. Tienes que soltarlo. No puedes tragártelo y llevarlo dentro, créeme. He pasado por ahí, y lo único que conseguí fue ir a peor. —Sonaba casi a discurso. No, a bendición.

Creía en lo que decía al cien por cien. Era privado, parte de su alma, y era lo bastante fuerte para compartirlo conmigo.

—El hijo de mi último cliente me atacó —le expliqué—. Me agredió sexual y físicamente. Pasé unos días ingresada en el hospital. —María lanzaba fuego por la mirada, parecía capaz de incendiar un bosque entero—. Lo estoy superando, pero tengo problemas cuando alguien me toca. Es muy extraño. No lo entiendo.

Se me acercó y se sentó en la mesa en la que yo me apoyaba.

—No es nada raro. Cuando una pierde la confianza en el sexo opuesto, es muy difícil recuperarla. Anton no debería haberte besado como lo ha hecho.

Se me escapó un suspiro de frustración.

—Anton y yo hemos estado trabajando en ello. Mientras bailamos estoy bien, incluso cuando me sujeta, pero cuando me ha cogido y me ha besado... He vuelto allí, a aquella noche.

Asintió y me rodeó con el brazo.

—Para empezar, Anton no debería haber hecho lo que ha hecho. —Intenté decir algo, pero ella levantó la mano para acallarme—. No. Él sabe lo que te pasa y, aun así, te ha colocado sobre su cuerpo en una postura que te dejaba sexualmente vulnerable. No ha sido muy inteligente. Hablaré con él sobre su improvisación. Ese numerito no era parte de la coreografía. De hecho, se supone que ese cabrón no consigue a la seductora. ¡La idea es que resulte inalcanzable! —Estaba muy indignada. Sus cejas negras perfectamente depiladas se fruncieron, y su linda boca hizo un mohín.

—Seguro que ha sido cosa del momento —repuse con una sonrisa.

Ella entornó los ojos.

—Ya, ya... Cuando pille a ese pulpo, verá. —Me dio otro apretón en el hombro—. Te pondrás bien. Tardarás un tiempo y deberías hablarlo con un profesional. Incluso diría que contármelo a mí, a Anton y a otras personas que te quieren también te ayudará.

Eso me hizo pensar en Ginelle. Tenía que hablarlo con ella de verdad, no esconderlo bajo la alfombra y fingir que no era nada. Necesitaba explicárselo bien para que me ayudara a procesarlo. Se enfadaría. ¿Qué digo?, echaría espumarajos por la boca. Pero me escucharía, me dejaría sacármelo del pecho y me ayudaría a superarlo. Eso haría. La llamaría esa misma noche.

—Ya tenemos lista esa escena —añadió María—. Mañana tienes el día libre. ¿Por qué no te vas al apartamento? ¿Cenamos juntas esta noche?

Negué con la cabeza.

—Perdona, María, pero estoy molida. Me gustaría darme un baño, hacerme un sándwich de jamón york y queso y vegetar delante de la tele hasta quedarme dormida. ¿Sabes la paliza que nos has dado? Y eso que, físicamente, mi parte no es tan dura como la de los demás...

Se le iluminó la mirada, antes fría y sombría. Volvía a ser azul plateado, y juro que era para quedarse mirándola para toda la eternidad sin cansarse.

—El trabajo duro es bueno. Le hace a uno valorar aún más el producto final.

Nos levantamos y me condujo de nuevo al estudio.

Anton había estado dando vueltas de un lado a otro hasta desgastar el suelo.

—¡Lucita! —Hundió los hombros—. Me he entusiasmado. Lo siento mucho. Perdóname, por favor.

Parecía inmensamente triste, destrozado, como si hubiera hecho algo horrible. Todo lo contrario. Se había dejado llevar, pero su respuesta al baile y al buen humor del momento había sido muy natural. Si yo no hubiera estado tan jodida, habría sido la mar de divertido y me habría encantado.

—Anton, no tiene importancia, de verdad. —Me acerqué a él y abrí los brazos. Se puso delante de mí y me dejó abrazarlo. Cuando no me ponía las manos encima, era fácil estar con él. Cómodo—. Puedes abrazarme.

Levantó los brazos y me estrechó contra su pecho. La ansiedad volvió al instante, pero la ignoré. Anton era un buen hombre con un gran corazón. Había cometido un error que ni siquiera lo habría sido si yo no hubiera sido la víctima de una agresión sexual.

—Perdóname, Mia. No volverá a suceder —me susurró al oído antes de soltarme.

María dio una palmadita para llamar la atención de todos.

—Es todo por hoy, chicos. A casa. Mañana tenéis el día libre. Luego pasaremos un par de días perfeccionando las rutinas, ¡y a grabar!

Los diez bailarines gritaron y aplaudieron, se chocaron los cinco entre sí y se abrazaron como hombres.

—¿Seguro que estarás bien? —me preguntó Anton cuando entró Heather, quien, al vernos, frunció el ceño.

Intenté sonreírle.

Se detuvo a pocos metros de nosotros, cruzó los brazos y apretó los labios.

—He oído que querías hablar conmigo.

Anton se envaró.

—Qué cálida bienvenida —musitó, y yo me eché a reír. Lo abracé otra vez y lo solté.

—¿Sales a cenar? —me preguntó Heather.

Negué con la cabeza.

—No, me quedo en el apartamento. Necesito descansar y darme un baño de espuma para relajar los músculos —dije lo bastante alto para que María me oyera.

Ella echó la cabeza atrás riendo, orgullosa de sí misma. La muy zorra molaba mucho. Lo tenía todo: un cuerpo escultural, bailaba bien, era guapa... Me preguntaba si tenía novio. Alec la volvería loca. Como había hecho conmigo.

Se acabó pensar en Alec.

Suspiré y me acerqué a Heather, la abracé y susurré:

—No seas muy dura con él. Puede que no se entere de nada, pero te quiere como a una hermana. Concédele el beneficio de la duda, ¿de acuerdo? —Me aparté pero sin soltarla. Tenía los ojos azules llenos de lágrimas que no osaban salir. Asintió—. ¡A por él! —dije dándole una palmada en el trasero todo lo fuerte que pude.

—¡Ay! ¡Serás cabrona! —me gritó, aunque, por el entusiasmo de su voz, no estaba enfadada conmigo.

Me llevé una mano a la espalda y, sin volverme, le saqué el dedo.

—¡Súbete aquí y pedalea!

—La madre que... —oí que le decía a Anton.

Él se echó a reír y luego un bufido llegó a mis oídos. Me volví y vi que estaba abrazando a Heather con todas sus fuerzas.

—¡No me dejes, H! Te necesito.

—No me necesitas.

—¡Y una mierda! Tú cuidas de mí.

Esperé a oír su respuesta.

—¿Sabes qué? Es verdad. Es hora de que lo reconozcas y hagas algo al respecto o me largo.

—Si te vas, iré a buscarte. ¡Ningún otro artista se llevará a mi mánager! —rugió él.

—¿Mánager? —La palabra salió rota y rasposa, como si le doliera pronunciarla.

—Eso es. ¿Alguien quiere que toque en su local? Que hable con mi mánager. ¿Que haga publicidad de su producto? Que hable con mi mánager. ¿Que actúe en una entrega de premios? Que hable con mi mánager. Y ésa, chica, eres tú. De ahora en adelante, Heather Renee es la mánager del Latin Lov-ah.

La rubia se paseó por delante de él.

—¿Significa que me vas a dar un aumento?

Él asintió.

—Un señor aumento, H. ¿Qué te parece el quince por ciento de cada bolo?

Un fuerte silbido salió de los labios de Heather.

—¿En serio?

—Consígueme los trabajos y te enseñaré la pasta. Tienes mi palabra, H. Es más que justo. Además, cuando viajemos tendrás cuenta de gastos, tu nombre saldrá en los discos..., tendrás la enchilada completa. —Extendió los brazos—. Bien, ¿hay o no hay trato?

Heather tenía unos ojos como platos y abría y cerraba la boca como si le costara respirar.

—Pero... pero... pero... eso es mucho..., ¿no?

Era una pregunta retórica, pero Anton respondió de todas maneras.

—No, es lo que necesito invertir para que no se vaya de mi lado una persona con talento. ¿Vas a tenerme esperando o vas a decidirte de una vez?

Con mano temblorosa, Heather estrechó la de Anton. Sin pensarlo dos veces, él la atrajo hacia sí y le dio un abrazo de los que te rompen todos los huesos. Conocía ese tipo de abrazos porque había recibido alguno cuando el puertorriqueño estaba preocupado o alarmado.

—Nunca dudes de mi cariño por ti, H. No conozco a nadie con más talento que tú. Me haces seguir adelante. Asegurarme de que mi hermana, mi mejor amiga, recibe lo que merece y nos consigue los mejores contratos es un sueño hecho realidad. Perdona que haya tardado tanto en dar el paso.

Ella sollozó contra su cuello, se le caían las lágrimas. Me abracé a mí misma, incapaz de darles intimidad. Era demasiado bonito para no mirar.

—H, necesitamos contratar a un nuevo asistente personal. Tú vas a estar demasiado ocupada como para encargarte de las necesidades diarias. ¿Y si buscamos a una latina sexi? —Los ojos le brillaron y una sonrisa pícara adornó sus labios.

Ella negó con la cabeza.

—De eso ni hablar. Te la tirarías a los cinco segundos.

¡Voy a contratar a un gay! Así no nos distraerá a ninguno de los dos.

Anton se encogió de hombros.

—Aguafiestas. —Le dio un par de vueltas en el aire y la dejó en el suelo—. ¿Vas a llamar al bastardo que está intentando apartarte de mi lado para decirle que no estás en el mercado, que te han ascendido y que se vaya al diablo? Si veo a ese cabrón hijo de Satanás, se enterará de lo que es bueno. Mira que intentar robarme a mi chica...

Heather se echó a reír.

—En realidad, es un tío muy majo. —Anton le lanzó una mirada asesina y le enseñó los dientes—. ¡Vale, vale! Hoy mismo le diré que no me interesa.

La mirada del puertorriqueño se suavizó y sonrió.

Y, con eso, salí de puntillas del estudio de baile, a mi hogar lejos de mi hogar. El mundo iba bien, al menos el mundo de Anton y de Heather. Faltaba por saber qué tal me iría a mí con Wes. Al día siguiente lo sabríamos.

7

Me examiné en el espejo y decidí que ya estaba bien. La parte de arriba del vestido negro era como la de una camiseta de correr, y la de abajo era amplia y con vuelo y acababa cinco centímetros por encima de la rodilla. Era mono. Me miré una vez más por delante y por detrás. Me sentía sexi, joven, interesante y yo misma. Mia de día. En vez de ponerme unos taconazos a juego, decidí ir descalza. Wes no tardaría en llegar y no sabía qué planes tenía. ¿Hablaríamos? ¿Nos liaríamos? ¿Sería muy raro? Era la primera vez que nos veíamos desde que follamos en marzo.

Follamos. Hice una mueca. Sonaba demasiado a fulana para mi gusto. Además, Wes me daría una azotaina si me oyera llamarme a mí misma *fulana*. Seguramente consideraba el sexo de marzo como una extensión de nuestra relación de amigos con derechos. Me acordé de cuando nos conocimos.

—¿Por qué brindamos?

—Por que seamos amigos, ¿qué te parece? —Sonríe y me apoya una mano cálida en el muslo, mucho más arriba de lo que un «amigo» se atrevería a ponerla—. Buenos amigos

—añade mirándome la boca mientras yo me muerdo el labio inferior.

—¿Amigos con derechos? —inquiero enarcando una ceja para mayor efecto mientras cruzo las piernas.

Su mano asciende un par de centímetros más, hasta que roza la piel desnuda.

No aparta su mirada de la mía. Siento que estoy caliente y cachonda bajo su intenso escrutinio.

—Joder, eso espero —susurra acercándose un poco más.

Así empezó algo que no sabía que iba a ir a más. Más amistad, más diversión, más vida y, sobre todo, más amor.

De pronto, el timbre del apartamento sonó y retumbó en el inmenso espacio.

Respiré hondo, relajé los hombros, cogí el pomo de la puerta y abrí. Allí estaba, como el brillo del sol candente de California en el Pacífico. Tan perfecto que no parecía real.

—Wes... —fue todo lo que pude articular antes de que él llevara la mano a mi estómago y me apartara de la puerta.

Dejó caer la maleta al suelo, cerró de un puntapié y me cogió en brazos. Su boca encontró la mía en un abrir y cerrar de ojos. Noté su sabor mentolado cuando me metió la lengua, y gemí. Nuestras lenguas se acariciaban, recordando. Nuestras manos palpaban buscando lugares conocidos.

En cuestión de segundos estaba contra la puerta, rodeándole la cintura con las piernas mientras sus manos me sujetaban del culo y las mías se enredaban en su pelo. Lo acerqué más y le comí la boca como una enajenada que llevara varios días sin beber una gota de agua. Sabía a menta con un leve toque de alcohol. Mojitos. Sonreí y le tiré del labio. Él gimió y pegó su verga oculta tras los vaqueros a mi expectante manojo de nervios. Con un jadeo, separé mis labios de los suyos. Cogí aire con sus labios en mi cuello, chupando, mordiendo y saboreando.

—No me canso de saborearte. Joder, necesito estar dentro de ti... —gruñó. No entendí el resto de la frase porque se había metido una de mis tetas en la boca. No sé cómo había conseguido bajar el escote hasta ellas.

—Yo también te necesito. —Le levanté la cara para comerle la boca otra vez.

Apenas recuerdo el sonido de mis bragas al rasgarse ni el leve dolor que sentí cuando me las quitó, ansioso por tenerme desnuda. Me apretó con más fuerza contra la puerta. Gemí al notar sus nudillos en mi raja mientras se desabrochaba el cinturón y se bajaba la bragueta.

—Voy a metértela como un salvaje. Voy a hacerte mía otra vez. —Me mordió el labio con fuerza mientras me agarraba el culo con una mano y con la otra me sujetaba el hombro—. Joder... —gruñó cuando su polla se hundió allí donde la necesitaba.

—Dios, Dios... —La cabeza me daba vueltas de tanto placer. Me tensé entera, entrando en barrena como un avión a punto de estrellarse. A toda velocidad. Con Wes siempre era cosa hecha. Cada vez que entraba, salía y volvía a entrar, me estremecía. Mi cuerpo temblaba de lo mucho que lo necesitaba. Iba a pasar en cualquier momento—. Voy a correrme... —lo avisé.

Él me lamió el cuello.

—¿Ya? —gruñó con los dientes apretados y la respiración agitada—. Joder, tu coño me echaba de menos. Nena, es como si fueras a engullirme. Estás tan prieta, y eres toda mía.

Esa declaración y una potente embestida que me clavó su hueso púbico en mi botón mágico fueron todo lo que hizo falta. Y colorín, colorado... Temblando, aullando, estirando los empeines... Me aferré al cuerpo de Wes mientras él continuaba entrando y saliendo a toda velocidad y encontraba su pedacito de cielo con un bramido. Su cuerpo se desplomó, enraizado allí donde le había extraído su esencia. Su aliento manaba como puñetazos contra la piel de mi cuello y la puerta se me clavaba dolorosamente en la espalda.

Momentos después, cuando nuestras respiraciones se normalizaron, le levanté la cabeza de su escondite en mi cuello hasta que sus ojos buscaron los míos. Sonrió con pereza.

—Hola, guapo. Te echaba de menos —dije, notando el toque de timidez en mi voz.

Él se echó a reír y pegó su frente a la mía.

—Me he dado cuenta. Aunque no tanto como yo a ti. Me he abalanzado sobre ti nada más verte.

Sonreí y lo besé poniendo toda mi alegría, mi felicidad y mi arrepentimiento por el tiempo que habíamos pasado separados en el beso.

—No te preocupes. Por si no lo has notado... —apreté su miembro todavía medio erecto dentro de mí—, te tenía muchas ganas.

Le guiñé un ojo y retiré las piernas de sus caderas, protestando con un gruñido cuando nos separamos.

—¿Te apetece una copa? ¿Quizá una siesta? ¿Lo hacemos otra vez?

Se echó a reír, y su risa resonó como un tambor en mi pecho. Me encantaba oírlo reír.

—Puede que no en ese orden. Estoy pensando en ducha, comida, hacerlo otra vez y luego siesta —repuso meneando las cejas.

Me alisé el vestido.

—Ahora que lo dices, tengo hambre. —Probablemente porque no había comido nada porque estaba demasiado nerviosa por volver a ver a Wes—. ¿Y si pido algo de comer mientras te duchas?

Frunció el ceño.

—Quiero ducharme contigo, nena.

—Entonces olvídate de tus planes y de comer. —Ladeé la cabeza y me llevé una mano a la cadera.

Él observó mi postura retadora, sonrió y meneó la cabeza.

—¿La ducha está por allí? —preguntó señalando la parte de atrás del apartamento.

—Sí. Pediré algo de comer. Ve a asearte después del viaje y lávate bien..., ya sabes —dije señalando sus partes bajas.

—¿La polla? ¿Quieres que le saque brillo, nena? —Sonrió, y la sexi curva de sus labios me caló en la entrepierna, que empezaba a palpitar de nuevo a buen ritmo.

Avergonzada, crucé los muslos, resoplé e intenté fingir que la crudeza de su lenguaje no me afectaba.

—Oye, si quieres llevar las partes sucias, tú mismo. Desde luego, yo no pienso llevarme a la boca nada que se haya pasado seis horas en un avión y haya echado un polvo sudoroso contra la puerta. Ve a ducharte. Yo pediré la comida y luego nos pondremos al día.

Wes dio media vuelta y se dirigió al baño.

—Si lo de «ponernos al día» implica pasar buena parte

de mi tiempo entre tus piernas con esto —dijo cogiéndose el paquete con un gesto vulgar que hizo que me partiera de la risa—, con éstos —movió los dedos— y esto —se tocó los labios—, no aspiro a nada más en la vida.

Puse los ojos en blanco y meneé la cabeza. Lo ignoré para que se fuera, aunque él sabía perfectamente que sus palabras habían causado el efecto deseado. Fue entonces cuando empecé a sentir que nuestros flujos combinados comenzaban a resbalarme por el interior de los muslos. Mierda. Me había arrancado las bragas. No llevaba nada puesto. Necesitaba una toalla... Después de todo, tal vez aprovechara para ducharme con él.

Con las barrigas llenas de los mejores rollitos de primavera y el mejor sushi de Miami, Wes y yo nos acurrucamos en el sofá. Él me pasaba la mano por el pelo metódicamente. Lo había dejado secar al aire mientras comíamos y hablábamos. Ahora estábamos satisfechos sólo con permanecer en compañía del otro. No recordaba una época en la que estar con un hombre hacia el que albergaba sentimientos hubiese sido tan fácil. Ni exigencias, ni estrés, ni follones..., sólo pasar tiempo juntos. Era agradable. Mucho más que agradable. Era justo lo que quería para sentar cabeza y dejarlo crecer para que se convirtiera en algo mucho más que agradable, en algo duradero.

Sin decir nada, Wes se levantó y me cogió de la mano. Lo seguí porque, bueno, porque en ese momento lo habría seguido al fin del mundo. Me llevó al dormitorio. El cielo era un cuadro de tonos rosas, naranjas y azules propios de la puesta de sol.

Wes me colocó de cara al ventanal. Estábamos en un rascacielos con vistas al océano, y eso siempre me recordaba al tiempo que pasé con él. Me rodeó la cintura con los brazos y se acercó a mí.

—Mañana saldremos a hacer surf.

Sonreí y me recliné en su pecho.

—Me encantaría.

Gimió contra mi cuello y metió los dedos bajo los tirantes del vestido. Después de ducharme no me había puesto sujetador, por si había suerte. Deslizó la tela hacia abajo hasta que cayó al suelo. Levanté primero un pie y luego otro para terminar de quitármelo y lo aparté de un puntapié. Las manos de Wes bajaron hasta mi cintura y se deslizaron por mi caja torácica. Se me puso la carne de gallina. Sus grandes manos llegaron a mis pechos y los cogieron con reverencia. Jadeante, cerré los ojos y me dejé caer en sus palmas.

—Las echaba de menos. No he visto otras como éstas. —Me cubrió los hombros de besos diminutos—. Las mejores que he tocado. —Las estrujó, marcando un ritmo que me tenía empujando hacia adelante con las caderas, como en piloto automático—. Son tan sensibles al tacto... —musitó en el hueco de mi cuello.

—Sólo cuando las tocas tú —susurré restregando la cabeza contra sus pectorales.

—¿De verdad? —contestó.

Me centré en la delicada caricia de las puntas de sus dedos, que jugaban con mis pezones, acariciando y masajeando mis tetas. Empezaba a hacer calor. Era una sensación que se iba acumulando lentamente, desde la punta de mis pezones a mi pecho y alrededores, hasta llegar a mi entrepierna. Cuando habló de nuevo, me volvió loca recordándome una de las mejores noches de mi vida.

—Regla número uno —empezó a decir, y sonreí de oreja a oreja, incapaz de contener la dicha que me producía pensar que iba a hacer lo que esperaba que hiciera—. Vamos a follar en cantidades ingentes durante los próximos tres días.

«¿Tres días?»

Me pellizcó los pezones erectos y dejé de ser capaz de pensar. Chillé recordando la sensación, feliz por volver a estar en sus brazos después de tanto tiempo. Todos mis miedos y mis ansiedades desaparecieron por completo a su lado. Sólo necesitaba, anhelaba, deseaba y quería las caricias de aquel hombre. Mi sexo se relajó y se tensó sin nada a lo que agarrarse. Lo necesitaba ahí, justo ahí, para que me llevara al cielo.

—Creo recordar esa regla —dije sin aliento, dejándome caer contra él, restregando el culo contra su dura erección. Por el amor de Dios, cómo había echado de menos su polla de acero. Aunque hacía poco que lo habíamos hecho, teníamos que recuperar el tiempo perdido.

Wes se echó a reír y pellizcó cada pezón lo justo y necesario. Chispas de placer eléctrico recorrieron mis tetas como si estuvieran cableadas con mi clítoris, que esperaba palpitante a que le llegara el turno.

—Regla número dos —continuó—: vamos a ser monógamos.

Ahí la que se echó a reír fui yo. Él contraatacó pasándome el borde de las uñas por los pezones hipersensibles. Gemí y me estremecí en sus brazos.

—De ésa también me acuerdo —dije casi sin aliento—.

Sólo que entonces únicamente tenía un mes de validez; ¿y ahora?

Tenía el corazón en un puño. No estaba segura de que él sintiera la misma tensión y anticipación que yo. No sabía que para mí las cosas habían cambiado y que los esquemas que me había hecho respecto a nosotros se habían esfumado igual que una tormenta de verano.

Wes tiró de mis pezones y los alargó hasta que el dolor y el placer se fusionaron en una sinfonía de calor y deseo.

—De forma indefinida —dijo con voz ronca, un gruñido grave contra mi espina dorsal.

Sus dientes se arrastraron por mi hombro y los hundió exactamente en el mismo lugar que Aaron. Esperaba tener una mala reacción. Pero, en vez de eso, mi cuerpo se estremeció bajo sus expertas caricias que lo borraron todo salvo lo mucho que lo deseaba. Mi Wes.

—¿Eso significa que vas a cortar con tu otra amiga? —inquirí.

En ese momento cerré los ojos, a la espera, conteniendo la respiración, demasiado asustada para atreverme a esperar lo que de verdad quería. En el pasado, nunca había obtenido lo que deseaba del hombre del que me hubiera enamorado. Jamás. Parecía encontrarse en mi ADN. Llevaba el gen de «vamos a joderle la vida a Mia» grapado al corazón. Con Wes, me moría por acabar con aquel miedo que tenía a lo desconocido para así poder volver a confiar en otro hombre. En él. Para abrirle las puertas de mi corazón y dejarlo entrar.

—Puse fin a aquella amistad cuando follamos por teléfono.

Eso había sido hacía más de un mes. La leche, iba en

serio... Los escalofríos hacían estragos en mi espalda. Quería más.

—Regla número tres: dormiremos siempre en la misma cama. No queremos confundir esto con lo que no es.

Moví el culo contra su polla hasta que gruñó, me cogió de la cadera con una mano y se restregó contra mis posaderas, trazando círculos.

—Mmm, y ¿qué es exactamente? —Empezaba a costarme acabar las frases porque estaba más duro que una viga de hierro y pegado a mi culo. Tenía las bragas empapadas y me moría por él.

Alejó su entrepierna de mí y me entraron ganas de llorar. Intenté protestar, pero me sujetó con fuerza, me ladeó la cabeza y se acurrucó en el hueco de mi cuello... Y entonces hizo que mi mundo se abriera como los pétalos de una flor.

—Nena... Tú y yo..., es el paraíso. De ahora en adelante, vayas a donde vayas, a lo que tengas que hacer el resto del año, este paraíso estará aquí esperándote con los brazos abiertos.

El paraíso. No era ninguna mentira. El tiempo que habíamos pasado juntos, nuestro mes, la continuación en Chicago, las llamadas, los mensajes y todo lo demás eran parte de lo mismo. Un lugar adonde podía ir cuando quisiera y ser yo misma, vivir y ser feliz.

—Y ¿la regla número cuatro? —dije venerándolo sin aliento.

Era la gran pregunta. Seis meses antes, estando igual que ahora, él había establecido las reglas y las había grabado en piedra. La cuarta regla era: prohibido enamorarse. Tenía el corazón en la boca. Arqueé la espalda como un gato. Sus manos pellizcaron y acariciaron mis pezones con una devoción que hacía mucho que no sentía. Pero no respondía. El pánico, la preocupación y el anhelo bullían en mi alma. Me di la vuelta, lo cogí del cuello, le tiré del pelo y lo obligué a mirarme. Tenía los ojos tan verdes que tuve que contener un gemido de admiración. Weston Channing era tan apuesto como elegante.

Una sonrisa adorable le iluminaba la cara, y yo no lo solté.

—A la mierda la cuarta regla —espetó—. La rompí hace seis meses, cuando me enamoré de ti.

Se me llenaron los ojos de lágrimas. Tantas, que lo veía borroso. Tragué saliva pensativa, con un nudo en la garganta.

—Wes, yo...

—Ya lo sé, nena. Algo ha cambiado en ti. Desde mi visita en marzo, nuestras llamadas, los mensajes, la historia de Gi...

Le puse un dedo en los labios carnosos que quería engullir y destrozar a base de besos ardientes y mordiscos. Lo último que quería oír de esa boca tan apetitosa era el nombre de esa tía. No allí, no en ese momento, no cuando estaba a punto de confesarle que lo quería.

—No lo digas. No mientras estemos juntos —dije con voz temblorosa.

Él asintió.

—Dime lo que quiero oír, Mia. Lo que necesito oír. Me lo merezco. —Su tono no admitía más que total sinceridad.

«Quiero. Necesito. Merezco.»

Era verdad. Todo lo que había dicho y, por fin, tras seis

meses de tonterías, de intentar negarlo, de querer negarlo, lo solté todo. Por primera vez en mi vida iba a coger algo para mí. Algo bueno, dulce y mío por completo.

«Mi paraíso.»

Miré sus ojos verdes infinitos, le acaricié el pelo rubio ceniza, que tenía alborotado, y le acaricié la barba de medio día con los labios. Me acerqué lo bastante para que pudiera oírlo por muy bajo que lo dijera.

—Te quiero, Wes.

Sus brazos estrecharon mi cuerpo desnudo hasta hacerme daño mientras procesaba la declaración. Podía sentir la tensión que manaba de él en poderosas oleadas de energía.

—Esta vez no voy a dejarte marchar —dijo tajante, aunque yo sabía que el tono se debía a la intensidad de sus sentimientos.

—Te quiero. —Le besé la mejilla y aflojó un poco su abrazo.

»Te quiero. —Le besé las cejas y suspiró.

»Te quiero. —Le besé los labios y abrió la boca.

En cuestión de segundos, mi espalda aterrizaba en la cama con su cuerpo sobre el mío.

—¿Me quieres? —Necesitaba que se lo confesara mirándolo a los ojos, a corazón abierto.

—Te quiero.

Su cara entera rompió a reír, tan guapo que mareaba mirarlo.

—Voy a amarte con tantas ganas, nena, que no creo que después de esta noche vayas a poder andar.

Sonreí y grité de gusto mientras me arrancaba las bragas y me chupaba un pezón. Cuando me tuvo retorciéndome y jadeante, a punto de correrme con las atenciones que les dispensaba a mis tetas, empezó a besarme por todo el cuerpo.

—Ábrete de piernas, nena. Ábrelas bien abiertas. Voy a probar el paraíso.

Obedecí. Separé los muslos y se lo enseñé todo. Mi amor, mi cuerpo... Le demostré que en ese momento era suyo para que lo tomara.

Le brillaron los ojos y deslizó los dedos por mi sexo.

—Cómo resbala. Me encanta cómo respondes a mí. Cómo reacciona tu cuerpo, cómo me lo pone fácil para que te haga mía. Aunque, primero, necesito una gotita de tu néctar. He estado soñando con comerte, con chuparte hasta dejarte seca y luego volver a empezar. Agárrate a las sábanas, nena, porque estoy sediento.

—Eres un cerdo —dije antes de que me abriera más los muslos, separase los pétalos de mi sexo con los pulgares y plantara en él la boca.

Wes hizo un ruido que era una mezcla entre un gruñido y un gemido y luego su lengua se internó en las profundidades. Bien adentro. Se sujetó a mis nalgas, me levantó las caderas, se las llevó a la cara y se hundió en mí. Aullé, me agarré a las sábanas rápidamente y dejé que me guiara. Creo que tardé dos segundos y medio en correrme en toda su cara. Emitía sonidos carnales, como un animal atiborrándose. Luego se sentó, se relamió y se limpió la boca en el antebrazo. Apuntó con la polla y me la metió, un ariete directo a su destino.

Me sobresalté. Mi cuerpo estaba tenso como la piel de un tambor a causa del primer orgasmo, y el segundo ya estaba en camino.

—Joder, Wes, vas a ser mi perdición —dije sin aliento,

perdiendo mis capacidades cognitivas a medida que él entraba y salía. Le rodeé las caderas con las piernas.

—Nena, espero ser tu perdición, tu bendición, tu principio, tu fin y todo lo que hay entremedias. Y ahora calla, que le estoy haciendo el amor a mi chica.

Lo de hacer el amor me enterneció el corazón. Wes estaba decidido a pasar la noche haciéndole el amor a su chica... varias veces. Sin embargo, lo convencí a mitad de la noche de que su chica necesitaba echar un polvazo, a lo que respondió colocándome a cuatro patas, dándome un azote en el culo y follándome hasta que chillé de gusto.

8

Las olas chocaban contra la tabla, el agua me golpeaba la cara y no podía ser más feliz. El cuerpo perfecto de Wes remaba con los brazos, lejos, como una máquina, decidido a conseguirlo esa vez. En un abrir y cerrar de ojos, estaba de pie deslizándose sobre las aguas. Hice lo que él y, atención, cogí una ola pequeña. Aun así, era una sensación maravillosa, y juntos cabalgamos las olas de vuelta a la orilla.

Clavé mi tabla en la arena mientras él saltaba de ella. Se la echó debajo de su musculoso brazo como si nada y vino hacia mí. Me cogió de la nuca y sus labios capturaron los míos. Dientes y lenguas jugaban a medida que el beso se volvía más indecente. La mano que no estaba en mi nuca dejó caer la tabla en la arena y me cogió el culo vestido de neopreno, estrujando rítmicamente. Con un gruñido, se apartó, se sacudió el pelo y las gotas de agua salieron volando. Su torso cincelado estaba húmedo cuando se quitó la parte de arriba del traje de neopreno y lo dejó caer por su pecho bronceado. Me daban ganas de follármelo sólo con ver lo bueno que estaba. «Mi Wes.»

—A alguien le gusta lo que ve. Como sigas mirándome así, nena, tendrás el culo en la arena y mi polla dentro en un nanosegundo.

Escalofríos, estremecimientos y mariposas en el estómago, ésa fue la respuesta de mi cuerpo a su promesa. No me asustaba el plan. Es más, estaba dispuesta a dar los pasos necesarios para que lo llevara a cabo.

Wes meneó la cabeza, sonriendo como el colegial que ha conquistado a la chica. La chica era toda suya.

—Hoy tienes el día libre, ¿no?

Asentí.

—Sí. Le he dicho a Anton que necesitaba un día más, pero mañana tengo que ensayar porque grabamos pasado mañana.

Wes me pasó el brazo por los hombros.

—Entonces eres toda mía.

En vez de admitir que era una verdad como una casa, sonreí, feliz de caminar a su lado sobre la arena con su brazo en mis hombros.

—¿Volvemos al apartamento? —sugerí.

Ni siquiera intenté disimular mis intenciones. Había estado sin Wes, disfrutando de los placeres de la carne con Tai y con Alec tras nuestra separación, pero no era lo mismo. No había amor. Con los otros era divertido, significativo, sí, y sin duda una parte de mi viaje. Pero con Wes era... mucho más.

Cogió primero su tabla y luego la mía. La caballerosidad no había muerto. Caminamos de vuelta a la caseta y devolvimos las tablas y los trajes. Me puse los vaqueros cortos y las Converse. Él llevaba bermudas con bolsillos, naúticos y una camiseta. Me cogió de la mano cuando terminé de recogerme el pelo en un moño despeinado en lo alto de la cabeza.

Wes había alquilado un jeep todoterreno. Arrancó el

motor, una mano en mi muslo desnudo como para recordarme que seguía a mi lado, me regaló una sonrisa picarona y surcamos juntos Ocean Drive. Decidí que lo mejor era empaparme del sol y del calor de Miami y disfrutar de ser joven y de estar enamorada. No era un sentimiento nuevo, pero era la primera vez en mucho tiempo que tenía fe en él o que deseaba que las emociones llenaran cada poro de mi cuerpo, corrieran por mis venas y me colmaran el corazón.

Wes condujo por un sendero que llevaba a una enorme mansión.

—¿Dónde estamos? —le pregunté mientras se bajaba del coche, se acercaba a mi puerta y la abría.

Le cogí la mano y salté. Me eché las gafas hacia atrás para ver bien el exuberante jardín y el estilo antiguo del edificio.

—En la villa Vizcaya. Hacía mucho que me apetecía venir aquí. He estado investigando y creo que sería perfecto para un guion en el que estoy trabajando.

Me cogió de la mano y entramos. Una vez completados los trámites para visitantes con el personal, teníamos vía libre para recorrer la casa y los jardines. Wes me condujo de una habitación a otra. Era alucinante. Las colecciones de arte, la decoración de los dormitorios, dignos de un rey... ¿Quién iba a imaginarse que esos lugares existían más allá del mundo de los ricos y los famosos? Entonces caí en la cuenta. Mierda. Wes era rico y famoso. No recuerdo si sólo era millonario o multimillonario. Tampoco me importaba. El dinero únicamente servía para conseguirte lo que necesitabas para vivir y algo más para poder divertirte un poco. No precisaba grandes cantidades de efectivo para ser feliz. Lo justo para pagar las trampas de mi padre y seguir con mi vida.

Wes no dijo ni una palabra durante un buen rato. Los dos estábamos ocupados asimilando la opulencia, la historia y la atención al detalle que los arquitectos y los diseñadores habían dedicado a un lugar tan singular. Cada una de las habitaciones era especial a su manera, sentaba las bases de la vida de la familia, una familia que había fallecido y que había donado su propiedad al condado de Miami-Dade, que lo cuidaba con esmero. La villa generaba dinero para el condado y la gente la alquilaba para casarse, para rodar películas... Y, así, el noventa y nueve por ciento de la población podía babear ante la increíble riqueza de los anteriores dueños. Tenía ese toque irreal que los lugares opulentos suelen tener. Imaginaba que igual que los castillos.

—¿Me llevarás algún día a un castillo? —Estábamos atravesando un largo corredor. La colección de arte de los Vizcaya no tenía precio. Algunas de las obras databan del Renacimiento.

Wes levantó la barbilla, cerró los ojos y luego los abrió como si intentara enfocar la mirada.

—Claro. Hay un par de castillos increíbles en Alemania. Podríamos organizar un viaje.

Así de fácil. Podíamos organizar un viaje. A Alemania. Así era como vivía el uno por ciento restante. Lo más lejos que había estado había sido en Hawái. En el pasado, nunca había tenido ocasión de ganar lo necesario para poder costearme un billete de avión internacional.

—¿No es muy caro? —Intenté ocultar la ansiedad que me había causado su respuesta: «Podríamos organizar un viaje».

Él se encogió de hombros.

—Para mí eso es calderilla, nena.

Calderilla. Para la gente como Wes, un viaje a Alemania era calderilla. Mierda. Iba a tener que hablar con él sobre su riqueza y mi pobreza. *Suzi*, mi moto deportiva, era mi posesión más valiosa, y no costaba siquiera lo que un Honda Civic de kilómetro cero.

Respiré hondo y me sujeté de su mano con fuerza. En ese instante me prometí que no permitiría que el dinero se interpusiera entre nosotros. Si Wes quería despilfarrar el dinero en un viaje a Alemania, era cosa suya si podía permitírselo o no. No iba a castrar a mi hombre en ningún sentido, pero sí que quería hablar del asunto cuando todo eso hubiera acabado.

Salimos por las puertas de madera francesas, y hasta donde alcanzaba la vista sólo se veían intrincados jardines y plantas.

—Ésta era la residencia de James Deering, un hombre de negocios, heredero del imperio internacional Deering-McCormick-Harvester —dijo Wes tras de un buen rato.

No me sonaba de nada, pero lo escuché y asentí. Estaba claro que conocía la historia del lugar, y tenía que confesar que me sentía como si estuviera en el libro *El jardín secreto*. Molaba mucho.

Wes se plantó delante de la escalera que conducía a uno de los muchos jardines.

—La villa Vizcaya incluye jardines renacentistas, un bosque original, y los edificios del pueblo que rodean la finca son de época. ¿No te parece una maravilla? —preguntó mientras caminábamos cogidos de la mano.

Los jardines eran mágicos, seguro que el condado se

gastaba una fortuna en jardineros. Todo estaba podado en complejos diseños que me recordaban a laberintos y a encaje de bolillos. Wes señaló hacia un sitio.

—Los jardines y la arquitectura de la casa tienen influencias de Venecia, de la Toscana y del estilo mediterráneo, combinados con elementos barrocos. El diseñador jefe fue Paul Chalfin.

Respiré hondo para disfrutar de todas las fragancias florales combinadas con el olor a hierba recién cortada.

—Es precioso.

De la mano, seguimos andando hasta que encontramos una extraña cascada. Consistía en dos escalinatas con tiestos gigantes a ambos lados. El agua caía por el centro, que era de piedra y cemento. Musgo y minerales varios coloreaban los bloques de intensos verdes y naranjas mientras la cascada descendía de un nivel a otro.

Wes me colocó de manera que la tuviera de fondo, dio un par de pasos atrás y levantó su móvil. Sonreí y me hizo una foto.

—Quiero acordarme de esto, nena —musitó mientras me estrechaba entre sus brazos y me besaba justo bajo la oreja.

La excitación vibraba en mis terminaciones nerviosas y transmitía esa sensación de dicha tonta a cada fibra de mi ser. Le dediqué mi sonrisa más sincera, toda dientes, y antes de que pudiera impedírselo, hizo un *selfie* de nosotros dos sonriéndole a la cámara.

—¡Quiero una copia! —proclamé.

Me pegó a su costado y seguimos caminando, sólo que ahora nuestros cuerpos estaban en contacto del hombro a la cadera. No se podía pedir más.

De pronto nos encontramos ante una estructura rectangular.

—¿Ves eso? —dijo emocionado.

—Sí, es muy grande, amor —solté con un sarcasmo que él ignoró.

—¡Sale en *Iron Man 3*! Hazme una foto.

Me eché a reír, cogí su móvil y él comenzó a posar y a sacar brazos en plan superhéroe. Le hice la foto.

—¡Eres un payaso! —Sonreí y volvió a estrecharme en sus brazos.

—Y te chifla —replicó. Sus ojos esmeralda resplandecían, su rostro se suavizó en una expresión de calma y dicha. Era el rostro que quería contemplar el resto de mi vida.

—Te quiero —contesté.

Se le aceleró la respiración.

—No sabes cómo me afectan esas palabras. Dios, Mia, no puedo describirlo. Me siento tan afortunado de oírlas... Llevo toda mi vida esperándolo.

Le pegué en el pecho de broma.

—¡Si sólo hace siete meses que me conoces! —Me revolví y salí de su abrazo, meneando las caderas y alejándome con chulería para tratar de quitarle intensidad al momento—. Venga, que todavía nos quedan por recorrer un millón de kilómetros de césped.

Me alcanzó mientras yo aceleraba el paso.

—Eres increíble.

Le di un culazo y se tambaleó.

—Más te vale creértelo porque soy de verdad.

Wes volvió a cogerme y a abrazarme.

—Y toda mía —dijo, y luego me besó.

No fue un beso tierno ni un beso salvaje. Fue un beso apasionado, lento, de los que anuncian sexo. Me hizo gemir y jadear en su boca, cogerlo del pelo y atraerlo hacia mí. Quería más y me daba igual dónde o cómo. Lo quería ya.

—Te deseo... —susurré entre lametones y mordiscos a su suculenta boca.

Sonrió. Podía sentir su sonrisa contra mis dientes, su mano enredada en mi pelo.

—Lo sé —murmuró a su vez. Luego tiró de mí y me cogió de la mano—. Vamos. Como bien has dicho, aún nos quedan por visitar un millón de kilómetros de césped y quiero volver pronto a casa para disfrutarte.

Lo seguí, un poco mareada y algo enfurruñada porque se había acabado el recreo, aunque anticipando que jugaríamos más cuando regresáramos al apartamento.

—¿Dónde está la salida?

Wes echó la cabeza atrás y soltó una profunda carcajada que me hizo babear. Tenía una risa preciosa. Todo en él era una maravilla.

—Muy pronto, nena. La anticipación hace que todo sea más intenso. Tenemos toda la noche.

Me mordí los labios y le espeté:

—Pero mañana uno de nosotros trabaja y quiere que esta noche su hombre la deje exhausta, y no precisamente paseando por senderos interminables y bosques encantadores, sino arando su jardín... —Meneé las cejas, sugerente.

—¡Qué mala eres!

—Exacto. El mal nunca duerme. Vamos. Haz que me canse.

Sonreí y él me cogió en brazos como si fuera una princesa y comenzó a dar vueltas. Era divertido. Desenfadado. Éramos Wes y yo.

En cuanto se cerraron las puertas del ascensor, se me abalanzó. Sus manos acariciaban todo mi cuerpo, su lengua reclamaba mi boca, la devoraba, me consumía. El pasamanos del ascensor se me clavaba en la espalda hasta que Wes se dio cuenta, puso las manos en mis nalgas, me cogió de los muslos y me levantó del suelo. Tenía dos razones para estar contenta. Una, el pasamanos ya no me estaba haciendo un agujero en la espalda, y dos, tenía su polla justo donde la quería: dura y presionando mi garbanzo del amor. Era salvaje, guarro, y justo como a mí me gustaba.

Las puertas se abrieron y tendríamos que haber puesto fin a la demostración de afecto en público, pero estábamos tan a lo nuestro que hasta que oímos las risas y vimos que el ascensor no se movía, no nos dimos cuenta. Wes apenas apartó su cabeza de mi boca medio milímetro para descubrir las dos siluetas. Anton estaba sujetando la puerta del ascensor abierta y Heather se había llevado la mano a la boca para contener la risa.

—Lucita... —dijo Anton de buen humor. Entonces miró a Wes—. Imagino que tú eres el hombre de su vida —añadió en un tono dulce como la miel. Sus ojos bailaron y sus labios se curvaron en una sonrisa—. Me alegro de que hayas venido y de que al menos a ti te permita tocarla.

Contempló nuestra postura sin escandalizarse una pizca. Era como si viera cosas así todos los días. Conociendo lo mucho que le gustaban las mujeres a Anton (en grandes cantidades, fuera o dentro de la cama), seguro que no le molestaba.

Heather se reía histérica un metro por detrás de él.

Wes emitió un sonido incómodo desde lo más profundo de su garganta, medio gruñido, medio de novio enfadado. Yo me eché a reír y mis piernas soltaron su cintura. Me bajó pero no me permitió irme muy lejos, en parte porque llevaba una buena tienda de campaña. Y, cuando digo *buena*, me refiero a que tenía un pollón enorme, largo, duro y listo para entrar en acción. Hice un mohín de lo mucho que echaba de menos sentirlo en mi raja, y creo que a él le pasaba igual.

Wes achinó los ojos y miró a Anton mientras le ofrecía la mano y salíamos del ascensor. El puertorriqueño la aceptó y se la estrechó.

—Mia no nos había dicho que fueras a venir, pero imagino que, después de que aquel cabrón la agrediera el mes pasado, necesitabas ver a tu chica. Lo respeto, tío. Tienes todo mi respeto. —Le dio una palmada en la espalda.

—¿Cómo dices? —inquirió Wes—. ¿Qué tío? ¿Quién ha agredido a Mia?

Anton se sobresaltó. La mierda nos iba a salpicar a todos. Intenté explicárselo por señas, lanzar bengalas, derribar el avión, pero nada lo detuvo. Cogió a Wes del hombro.

—No te preocupes. Su secreto está a salvo conmigo. Aunque es una putada lo de no poder tocarla. Joder, con lo guapa que es..., resulta inevitable querer tocarla, aunque sea como amigos. En fin, ya sabes —sonrió y señaló el ascensor guiñándole un ojo—, ese bastardo lo hizo sin pedirle permiso y la mandó al hospital; imagino que debiste de volverte loco.

Wes entornó los ojos, cerró los puños hasta que se le pusieron blancos y me miró receloso.

—¿Te han agredido? ¿Un tío te mandó al hospital? ¿Era un puto cliente? —La calma con la que me lo preguntó daba miedo porque estaba cargada de veneno—. Contéstame, Mia.

Me quedé inmóvil, con las lágrimas agolpándose en mis párpados.

—No fue tan horrible —susurré.

—¿Este tío también ha intentado tocarte sin permiso? —Echó hacia atrás el pulgar, señalando a Anton. Era evidente que había malinterpretado sus palabras.

Abrí mucho los ojos y traté de decir algo, pero se ve que puse mala cara porque, en un segundo, tenía al puertorriqueño cogido del cuello.

—¿Le has puesto un dedo encima? —Wes golpeó su cuerpo contra la pared. Anton se recuperó rápidamente y lo agarró de los antebrazos. Temía que fueran a pelearse, pero no fue así. Anton se quedó quieto y dejó que Wes lo mantuviera contra el muro. A Wes le temblaban los brazos del esfuerzo—. ¡Te he hecho una pregunta! —gritó.

—No. —Una sola palabra. Miraba a Wes directo a los ojos, desafiándolo a no creer la verdad.

Lo cogí de la espalda, sin saber qué hacer. No quería empeorar las cosas. Las lágrimas rodaban por mis mejillas.

—Wes, amor, Anton ha estado intentando ayudarme a superarlo. Suéltalo, por favor. Hablaremos, tú y yo. Él no me ha hecho ningún daño.

—¿Qué es eso de que no ha podido tocarte? ¡¿Por qué coño lo ha dicho?! —rugió en las narices de Anton.

De nuevo, el cantante mostró la paciencia de un santo.

Cosa rara, porque sabía que boxeaba con regularidad y hacía muchísimo ejercicio a diario. Podría darle una buena paliza a Wes o, al menos, destrozar el pasillo en el intento.

—Cuando la conocí, no podía soportar ni que la abrazaran. Estaba fatal, colega.

Me dejé caer de rodillas.

«No, no, no, no...»

Se suponía que Wes no debía enterarse. No quería estropearlo. Acabábamos de empezar, era demasiado importante para mí. Ahora sabría que estaba defectuosa, que no era lo bastante buena para él. No había pasado suficiente tiempo con él. Heather vociferó algo que no pude entender por culpa de los gritos en mi cabeza. Wes me levantó del suelo y me acunó en los únicos brazos que quería volver a sentir: los suyos.

—Nena, lo siento mucho. Tranquila, mi vida. Tranquila...

Me eché a temblar contra su pecho. De algún modo, me metió en mi apartamento y se sentó en el sofá conmigo acurrucada en su regazo. Me abrazó mientras yo lloraba durante una eternidad. Me tranquilizó, me acarició el pelo, me hizo beber un poco de agua de un vaso que apareció de la nada.

—Os dejamos solos, amigo. Lo siento, no lo sabía. ¡Puñetas! Lo siento.

—Si necesitas cualquier cosa, te he dejado nuestras tarjetas en la encimera. Os llamaré más tarde. Cuida de nuestra chica —dijo Heather.

«Nuestra chica.» Pensaban que era su chica, pero yo sólo quería ser la chica de Wes. Le olí el cuello, inhalando el océano, deseando que estuviéramos en su casa de Malibú y no en Miami, en un apartamento bonito pero desconocido.

—¿Estás bien? —Me ladeó la cabeza y enjugó las lágrimas que me quedaban en la cara. Asentí—. ¿Tienes hambre? —Negué con la cabeza—. ¿Sed? —Misma contestación—. ¿Qué necesitas?

—Necesito que me quieras.

—Mia, te quiero desde el momento en que te quitaste el casco en la playa. Joder, puede que incluso desde antes, cuando mamá me enseñó tus fotos en la web. Sabía que tenía que tenerte. Y no sólo en mi cama. —Me estrechó con fuerza—. Aunque eso también me gusta —dijo sonriendo con picardía—. Contigo, Mia, siempre ha sido más. Todo en ti me llama. Tu cuerpo me hace perder la cabeza de deseo. Tu amor por la vida y las cosas nuevas hace que quiera poner el mundo a tus pies sólo para verte sonreír. Te quiero hoy, te querré mañana y todos los días de mi vida.

—Demuéstramelo.

Gruñó y luego suspiró.

—Tenemos que hablar, nena.

—Demuéstramelo —le pedí, con la voz al borde de la súplica.

Se pasó la mano por sus capas de pelo rubio ceniza.

—Joder —masculló.

—Exacto. Fóllame.

Negó con la cabeza.

—Esta noche, no. Esta noche voy a adorarte.

9

A un lado y a otro. A un lado y a otro. Parón en seco. Tirón de pelo. Mala cara. Juramento. Media vuelta. Vuelta a empezar.

Observé a Wes pasear de un lado a otro, desgastando la suela de los zapatos. De repente se paraba, cerraba los puños y me miraba.

—Lo asesinaré. Arruinaré su carrera política —hizo como si se cortara el cuello con la mano—, se acabó. ¡Lo pagará con sangre!

—Ya lo ha hecho. —Lo miré cuando la tensión en la habitación se podía cortar con un cuchillo. Wes tenía las pupilas dilatadas, y sólo un pequeño aro verde translúcido las rodeaba—. Mason le pegó la paliza de su vida —susurré arrastrando las palabras.

Me tragué la bola de papel de periódico que se me había pegado a la garganta como si fuera papel de seda. Intenté hablar, pero Wes me acalló con la mirada. Frunció tanto el ceño que un par de onces aparecieron encima de su nariz.

—¿Mason? ¿Quién cojones es Mason?

Pestañeé ante la violencia de su tono.

—Pues, Mace es un excliente... —La mirada de Wes se tornó inexpresiva, carente de toda emoción. Luego abrió unos ojos tremendos—. Un amigo —corregí.

Volvió a andar de un lado para otro.

—Es que no me lo creo... Un saco de mierda agrede a mi novia —se volvió sobre sus talones y siguió andando—, ella acaba en el hospital ¡y no me cuenta nada! ¡Joder, Mia! Esto es una mierda...

Supuse que no ganaría nada recordándole que no habíamos establecido de manera oficial el estatus de nuestra relación hasta el día anterior. Le habría sentado peor que un tiro en la cabeza. Se quedó quieto, con los ojos cerrados. La mandíbula le temblaba mucho por la fuerza con la que apretaba los dientes.

—No sé qué hacer.

De pronto, le cogí las manos, las puse entre nosotros e intenté acariciarlas para aliviarle la tensión.

—No puedes hacer nada, amor.

Se mordió el labio, tanto, que me preocupaba que rasgara la delicada piel y se hiciera sangre.

—Mia, estoy muy cabreado —dijo con voz cruda y dolida—. Tengo que hacer algo. —Sus ojos se abrieron y encontraron los míos.

—No. Tienes que cuidar de mí, ayudarme a mí. Eso es lo que tienes que hacer. Lo demás es pasado.

Y lo era. Me había tirado una hora entera reviviendo los dolorosos detalles de lo ocurrido, los momentos previos a la agresión y la conclusión. Durante ese tiempo, Wes me había cogido de la mano, se había sentado pacientemente a escuchar mi versión de aquella horrible experiencia, me había acariciado la espalda, enjugado las lágrimas y mucho más. Lo había escuchado todo y no había reaccionado hasta más tarde. Cuando le conté una versión aceptable de lo que Aaron me hizo aquella noche y la vez anterior, la noche en que me tocó de manera inapropiada mientras dormía... Fue entonces cuando Wes empezó a andar de un lado a otro. Y a maldecir. Lo siguiente fue cabrearse.

Meneó la cabeza y se tiró del pelo por enésima vez.

—Esto no ha terminado. Tengo un agujero en el estómago. Nena, esto sólo se arregla si consigo acabar con ese hijo de perra. ¿No lo entiendes? —Echaba fuego por los ojos y le temblaban las manos—. Le hizo daño a la mujer a la que amo. Mucho. Tiene que sufrir.

—Ya lo hace. Tiene que ir al psicólogo, a Alcohólicos Anónimos y más cosas. Cariño, si alguien se enterara o llegara a la prensa, las ramificaciones perjudicarían a mucha gente, no sólo a Aaron. Cientos de personas, puede que miles en otros países. Warren, su padre, tendría que poner fin al proyecto. Sus inversores jamás apoyarían a un hombre cuyo hijo es un depredador sexual y un borracho. Intenta comprenderlo, por favor.

Y vuelta a andar de un lado para otro. A juzgar por lo hundidos que tenía los hombros, yo sabía que lo había entendido. Ya lo habíamos hablado. Le había contado acerca de la empresa de Warren, del trabajo que estaba haciendo, de las ayudas que recibía y de cómo todo se iría al traste si alguien llegaba a enterarse de aquella afrenta pública. Sus poderosos amigos lo crucificarían y se llevarían consigo todo su dinero. Weston lo sabía porque, en las mismas circunstancias, él también se llevaría el dinero.

—Además, tendría consecuencias negativas para mí... —Intenté llevar el tema a lo peliagudo de mi trabajo y a cómo me vería el resto del mundo.

Él entornó los ojos y se reclinó contra el borde de la silla que había delante de mí.

—¿Qué consecuencias negativas?

Asentí.

—Las que repercutirían en ti, en Alec, Mason, Tony, Héctor, los D'Amico, Tai y Anton. Presentar cargos ante un tribunal por lo que me hizo Aaron es demasiado arriesgado.

—Nena, no te sigo. ¿Quién es toda esa gente?

Ahí fue cuando las cosas se pusieron serias. Muy serias. El tipo de seriedad que o reforzaba la pareja o la aniquilaba para siempre. No me quedaba elección.

—Wes, como bien sabes, soy escort. Mucha gente cree que soy prostituta de lujo y, en algunos casos, se podría considerar que así es.

Resopló y dejó escapar un largo suspiro.

—Además —proseguí—, quienes contratan mis servicios son gente que puede permitírselos y que, a su manera, son personas importantes.

—No te entiendo. Explícate —dijo de un modo que me pareció despiadado. ¿De verdad quería saberlo? Muy bien. Que se preparase.

Me encogí de hombros.

—Tú lo has querido.

Usé los dedos de la mano para contarlos.

—Además de Warren, que ayuda a los desfavorecidos en países del Tercer Mundo, mis clientes previos fueron los D'Amico. Trabajé con ellos en una campaña de ropa de baño que llevaba por nombre «La belleza no entiende de tallas». Si se supiera que contrataron como modelo a una escort, podrían perder todo aquello por lo que tanto han luchado.

Wes me señaló.

—He visto la campaña. Me sentí muy orgulloso de ti, nena. Estabas espectacular. Increíble, la verdad. —Sus cumplidos me hicieron sonreír. Era genial saber que estaba orgulloso de mi trabajo—. ¿Siguiente?

—Mason Murphy. —Su mirada me indicó que le sonaba el nombre—. Sí, el famoso jugador de béisbol de los Red Sox. Me contrató para que interpretara el papel de su novia oficial y pulir así su imagen. Al final funcionó y encontró a su alma gemela, su relaciones públicas.

Wes se dirigió hacia el bar, en la otra punta de la sala. Alzó la botella de whisky y asentí. Necesitaba un trago para poder seguir. Cogió un par de vasos y los llenó con tres dedos de líquido ambarino. Iba a ser una de esas noches confesionales. Esperaba que Wes no me crucificara por mis pecados.

Me pasó el vaso y le di un sorbo. El licor me quemó la garganta como uno de esos caramelos de canela picantes. Me dejó la lengua como un trapo y la barriga caliente.

—¿Te acostaste con él? —inquirió mientras se sentaba en la silla que había frente a mí.

Nos separaba una mesa de cristal larga y estrecha. No me pasó desapercibida la distancia que había puesto entre nosotros, de manera intencionada o no. Lo mismo daba. Eso tenía que pasar.

Negué con la cabeza.

—No, no nos acostamos, y no porque él no lo intentara. —Sonreí, y Wes frunció el ceño. Vale, siguiente—. Antes de Mason estuve con Tony Fasano.

—¿El de la comida?

Eso me hizo sonreír.

—Sí.

—¿Para qué te contrató? —Esta vez lo dijo menos serio, menos nervioso.

—Para que fuera su prometida. —Me eché a reír y Wes hizo una mueca—. La mejor parte es el porqué. —Sonreí. Mi gesto consoló a Wes, porque me regaló una media sonrisa como respuesta.

—¿Y eso?

—¡No puedo creer que no te acuerdes de lo que hablamos en marzo ni de la noche que pasamos en su casa! Vale que en el bar no estuvieron muy cariñosos y que llevábamos unas cuantas copas encima... ¿De verdad no te acuerdas? ¿No recuerdas a Tony y a Héctor?

Él negó con la cabeza y se encogió de hombros.

—No. Recuerdo su aspecto, haberlos conocido y haber empinado bien el codo con un par de tíos muy majos. Aunque de lo que más me acuerdo es de tu boca, de hacértelo contra la pared, de la ducha y de estar borracho y haber follado toda la noche como un conejo con la mujer más sexi del mundo.

—¿Como un conejo? —me burlé.

Asintió.

—¿Qué tiene de especial el motivo por el que te contrató para que fueras su prometida? —preguntó llevándome de vuelta al asunto que teníamos entre manos.

Me senté encima de un pie y me puse cómoda. Dejé el vaso en el reposabrazos.

—Para poder explicártelo necesito describir la escena.

Los labios de Wes dibujaron una media sonrisa que interpreté como una diminuta victoria.

—Vale, dispara. —Se reclinó en el respaldo de su silla y le dio un trago al whisky.

Me encantaba mirarle el cuello y la nuez. Todo lo de Wes me interesaba, sobre todo ahora que estábamos juntos. Con suerte, seguiríamos juntos al terminar la conversación.

—Cuando llegué a Chicago, su mayordomo llevó mi equipaje a una habitación. Era un dormitorio enorme, mucho mayor de lo que imaginaba, a pesar de que Tony vivía en un ático en la ciudad.

Wes no dijo nada, sino que se limitó a esperar que continuara.

—Cuando me dejó allí con mi maleta, oí correr el agua de la ducha. No te imaginas lo mucho que me asusté al saber que estaba en una habitación, que tenía toda la pinta de ser el dormitorio principal, con un tío que no conocía, un extraño que estaba en la ducha.

Una chica lo encontraría divertido y entretenido... Wes no era de la misma opinión. Apretó la mandíbula y juro que pude oír cómo le rechinaban los dientes mientras yo me apresuraba a seguir.

—Así que se abre la puerta del baño y aparece una mole de hombre, y se queda allí de pie, sólo con una toalla, y ahora es cuando la cosa se pone interesante... —Intenté hacer una pausa dramática para darle emoción, pero a Wes no le hizo ni pizca de gracia.

—Estoy en ascuas... —dijo con ironía.

Puse los ojos en blanco.

—Me quedé sin saber cómo reaccionar, como una sardina en el desierto, sin saber qué decir y, entonces, de detrás de la mole apareció otro chico también recién duchado y abrazó a mi cliente por la cintura. Se estaban abrazando casi desnudos. Como si acabaran de ducharse... juntos.

Ahí fue cuando Wes me dirigió una resplandeciente sonrisa llena de perlas blancas.

—¡Es gay! —Meneó la cabeza y se encogió de hombros.

—¿No ves las noticias? ¿No lees las revistas de cotilleo? Se lamió los labios perfectos y alzó la barbilla.

—Nunca. Las evito como la peste. No suelen decir ni media verdad y acaban por hacer daño a las personas de las que hablan.

Puse los ojos en blanco de nuevo y proseguí.

—Tony es gay, y lleva mucho tiempo con un abogado maravilloso llamado Héctor Chávez. De hecho, los tres nos hicimos muy amigos durante el mes que pasamos juntos. Me llevaba mejor con Héctor que con Tony por razones obvias. —Guiñé un ojo.

—Evidentemente —musitó él.

Tamborileé con los dedos contra mi muslo y me empiné otro trago.

—Antes de Tony, estuve con Alec.

Al recordar mi tiempo con él, se me hizo un nudo en el estómago. Aquel mes le di a Alec un pedazo de mí, una parte que no quería recuperar. La pura verdad era que había amado a mi francesito malhablado y había disfrutado mucho compartiendo su lecho. No más que con Wes, pero estaban ahí, en la lista de tíos con los que daba gusto follar, igual que Tai.

—Alec era el artista —gruñó. No recuerdo por qué lo sabía. Es posible que le hubiera mencionado a Alec y el mes que pasamos juntos, pero Wes no me dejaba entrever nada.

Apreté los labios, miré mi vaso medio lleno de whisky y le di un buen trago.

—Tuviste relaciones sexuales con él —dijo Wes en un

tono que no era de acusación. Ojalá eso significara que le parecía bien.

Asentí.

Se encogió de hombros y contempló la puesta de sol.

—Pero no era nada serio, igual que lo de Gina.

La simple mención del nombre de esa perra hizo que me pusiera celosa a más no poder, el monstruo de ojos verdes empezó a cantar y la zorra de dos caras le estrechó la mano al diablo.

—Alec fue especial. Para mí significó algo —dije a la defensiva, sin darme cuenta de que estaba mostrando mis cartas sin estar preparada para hacerlo.

Él inclinó la cabeza, se echó hacia adelante y apoyó los codos en las rodillas. Se llevó las manos a la barbilla.

—¿Sí? ¿En qué sentido?

Las lágrimas me picaban en los ojos.

—Alec me hizo sentir bella.

—Y ¿yo no? —dijo desafiante.

Se me erizó el vello de la nuca.

—También, pero él me hizo sentir como la Mia que nadie más veía, la misma que era cuando estaba contigo pero no con el resto del mundo. Me hizo sentir que podía dejarla en libertad. Me obligó a quitarme la máscara y a dejar entrar al mundo. De Alec aprendí una lección muy valiosa.

—¿Cuál? —dijo en tono dolido y asustado.

—A quererme a mí misma.

Wes cerró los ojos, respiró hondo y se relajó.

—Mia, tienes todas las razones del mundo para quererte a ti misma.

Meneé la cabeza.

—Yo no lo veía así. No antes de Alec. No antes de que

él me hiciera ver lo que veían todos los demás. Aunque pensaba que por dentro estaba tarada, que mi vida era un desastre, que me había convertido en escort por culpa del borracho ludópata de mi padre, incapaz de aguantar en pie lo bastante para saldar sus propias deudas, que yo... —me di un golpe en el pecho—, Mia Saunders, la camarera de Las Vegas, merecía más. Merecía la felicidad. Merecía el amor.

—¿No te doy yo eso? —dijo Wes con la voz rota.

—Sí, pero en aquel momento, Alec también me lo dio. Y, en cierto modo, sigue dándomelo.

Su mirada se endureció. Luego la tristeza ensombreció su rostro.

—Te ama.

Asentí y cerró los ojos. Me apresuré a responder:

—Alec cree que amas a la persona con la que estás durante el tiempo que pasas con ella. Que está bien llevarte contigo un pedazo de esa persona siempre y cuando lo conserves en tu corazón toda la vida.

—¿Quiere que vuelvas con él?

Noté los celos en mi surfista que hacía cine y que normalmente no se inmutaba por nada.

—No. No como tú crees. Alec ama a todas las mujeres con las que se acuesta o, de lo contrario, no se acostaría con ellas. Seguro que muchos corazones se rompen a diario en medio mundo porque Alec está amando a otra mujer en ese mismo instante.

—Yo no funciono así, Mia. Soy hombre de una sola mujer cuando me comprometo con alguien, y me estoy comprometiendo contigo. Con nosotros. Para que esto funcione, tú también tienes que comprometerte. —Se aclaró la garganta—. Y tenemos que dejar todo eso atrás. Porque todo eso es historia, cariño. Historia.

Pensé un momento en Gina, pero no controlaba los tiempos: no sabía cuánto llevaba follando con ella y haciendo el amor conmigo. Sólo sabía que no iba a volver a hacerlo, y lo creía.

—No hay más meses. Entonces ¿sólo te has acostado con otro hombre desde que estuvimos juntos? —Su mirada era de incredulidad. Tenía motivos.

Cerré los ojos y me armé de valor.

—No. Estuve con Tai Niko, el modelo, en Hawái.

—¿Hawái? ¿En mayo?

—Sí.

—¿Un rollo de una noche?

Me jugaba mucho con mi respuesta.

Me tembló la voz.

—No —confesé. Porque yo sería muchas cosas, pero no una embustera. No iba a empezar mi primera relación de verdad con una mentira.

—¡Joder! —Se puso de pie y empezó a andar de un lado a otro de nuevo, tirándose del pelo y soltando tacos. Ésa parecía ser su respuesta para todo.

—No lo entiendes, Wes. ¡Fue sólo por diversión! Él ya está con otra, ¡y van a casarse! —le grité para que me oyera. Wes era demasiado importante para no superarlo.

Meneó la cabeza de un lado a otro y sus hombros se desplomaron de nuevo.

—Mierda. Nena, me estás matando. ¿Te pasaste un mes en el paraíso amando a otro?

Usó la palabra *paraíso* para torturarme. Se había acabado jugar limpio.

—Y ¿cuántos meses te has pasado tú exactamente acostándote con Gina DeLuca, la novia de América, la mujer más sexi y deseable sobre la faz de la Tierra? Y ¿quieres que me lo tome a bien?

Como si hubiera recibido un cañonazo, retrocedió varios pasos y se agarró a la mesilla auxiliar que tenía detrás.

—¡Ella no significa nada para mí, Mia! ¡Nada! —Se llevó la mano al pecho—. ¡Nada! —reiteró.

—Me cuesta mucho creerlo. Llevas meses «follándotela» —dije entrecomillando la palabra con los dedos—. ¿No te parece que ella piensa que hay algo más?

Negó con la cabeza.

—Te juro que no.

—Lo que tú digas. Puedes repetírtelo hasta que te lo creas. Al menos yo puedo decir que tuve mi momento con Alec y con Tai y he seguido adelante. Ahora estoy a otras cosas. Te quiero. ¡Te quiero a ti! Nunca se lo había dicho así a nadie. Puede que los quisiera como amigos, que les tuviera cariño y que ellos me tuvieran cariño a mí, pero no estoy enamorada de ellos. Hay una diferencia monumental. Nunca he estado enamorada de ellos. ¿Tú puedes decir lo mismo de Gina? ¿Eh? —Mi voz era un chirrido, y supe que había perdido los papeles cuando me levanté y arrojé mi vaso contra la pared. Ni siquiera se rompió. Cero satisfacción. Maldito Anton y su amor por las cristalerías de calidad.

Gruñí, me desplomé de nuevo en el sofá y me sujeté la cabeza con las manos.

—Por eso nunca me enamoro. —Lo dije en voz alta y lo repetí mentalmente una y otra vez, como un mantra.

Sin avisar, Wes me levantó y me dio la vuelta para que

mis rodillas quedaran una a cada lado de sus caderas, a horcajadas.

—Jamás te arrepientas de amarme. Eso me dolería más que cualquier otra cosa que pudieras hacerme o decirme. —Me cogió las mejillas con las manos—. ¿Eso es todo? ¿Sólo eso? ¿Dos tíos? ¿Un depredador y un puñado de buenos amigos?

Me lamí los labios y asentí.

—Bien, nena. —Tragó saliva y admitió sus propias verdades—. Yo sólo he estado con Gina de manera intermitente. Podemos dejar todo esto atrás.

Sus palabras llenaron de alegría mi corazón. Me relajé como si me estuviera cantando una nana. Estar así con él, en su regazo, con sus manos acariciando mis costados, tenía ese efecto en mí.

«Podemos superarlo.»

Los ojos se me llenaron de lágrimas otra vez. Sus pulgares las enjugaron mientras caían.

—No, no, vida mía. A partir de este momento, de ahora en adelante, seremos sólo tú y yo. Nos lo hemos sacado de dentro, ya está hecho. Sé lo que necesito saber y tú has de saber que Gina es agua pasada. Agua pasada —repitió con convicción—. Lo único que queda es esto: tú y yo. Ahora podemos empezar la vida juntos.

Asentí y escondí la cabeza en el hueco de su cuello, inhalando el océano y el aroma de Wes, mi fragancia favorita.

—Te quiero. —Se lo dije para que lo oyera y para que supiera que yo también necesitaba que él me lo dijera a mí.

—Yo también te quiero, nena. Tú y yo. Sólo tú y yo.

10

La vibración del móvil me despertó del mejor sueño del mundo. Wes y yo estábamos visitando castillos en Alemania, cogidos de la mano, una pareja de jóvenes muy enamorados. Hasta que el trasto empezó a sonar. En cuanto paró, volvió a empezar.

Wes se inclinó sobre mí, cogió el molesto dispositivo y contestó. Mierda. No. Mala idea. Podía ser cualquiera. Si era uno de mis exclientes, amigo o no, la cosa podía ponerse fea. Muy fea, y muy rápido.

Wes bostezó.

—Sí, sí. Vale, un segundo. Es la señora Milan.

Puse los ojos en blanco. Tía Millie.

Cogí el móvil y, con la mano, tapé el micrófono para amortiguar el sonido.

—Es mi tía Millie. Se llama *Millie*, no *Milan*.

—¿De verdad?

—Creía que te lo había contado.

—Estoy seguro de que lo recordaría. —Se recostó y me besó en el hombro—. Iré a preparar café antes de que te vayas al estudio.

Le estrujé el bíceps, lo cogí por detrás de la cabeza y lo besé con ternura. Sonrió y se fue.

Me llevé el móvil a la oreja.

—Tía Millie. ¿Por qué diablos llamas tan temprano? Allí seguro que ni siquiera han puesto las calles todavía.

Oí sus dedos tecleando de fondo.

—Ya te digo. La verdad es que aún no me he acostado. Llevas toda la semana ignorando mis llamadas y tengo que darte los datos de tu próximo cliente porque mañana me voy de vacaciones. Quiero asegurarme de que lo dejo todo bien atado. Es un poco... No sé. Hay algo raro. —Tía Millie siempre parecía cien por cien segura de todo, nunca así.

—¿A qué te refieres? ¿Por qué es raro? ¿Es un pervertido?

Suspiró.

—No, no. Sobre el papel, es demasiado perfecto. No ha parado de insistir en reservarte en cuanto estuvieses disponible. Llamaba cada dos semanas para ver si alguien había cancelado su reserva, cosa que no ha pasado, evidentemente.

—Vale, entonces tiene muchas ganas de tenerme. ¿Ha dicho por qué?

—Por lo visto, necesita que te hagas pasar por su hermana desaparecida. Tiene que ver con una empresa que caerá en las manos equivocadas si no consigue presentar a su hermana ante los inversores o algo por el estilo. El nombre de la hermana aparece en unos papeles importantes en relación con la empresa, pero él no la conoce siquiera. Tampoco consiguieron descifrar el nombre. Podría ser Mia Saunders o Mia Sanders o Sonders, pero nacisteis en la misma fecha y tu nombre es Mia Saunders. Por eso te quiere a ti y sólo a ti.

Me tiré del labio.

—Qué raro. ¿Lo has investigado?

Tía Millie dio un suspiro exagerado que estuvo a punto de estrangularme el corazón.

—¿Crees que me arriesgaría a ponerte en peligro?

Estuve a punto de echarme a reír, sobre todo después de la debacle de Aaron, pero ella de eso no sabía gran cosa. Nada, básicamente. Se lo había ocultado todo.

—Sé que lo haces todo por mi bien, tía. Perdona.

Chasqueó la lengua y tan amigas. Siguió con lo suyo.

—Lo he investigado a fondo. Es un tipo joven. Sólo tiene treinta años y dirige una de las empresas petroleras más importantes del país, con sede en Texas.

—Uau... ¿Está montado en el petrodólar?

Tía Millie asintió.

—Sí, señora. No sé mucho más, aparte de que se muere por conocerte. Ah, esto te va a encantar: no es ningún gordo seboso. Es un cowboy bien formado que vive en un rancho. —Hizo una pausa—. No he visto llegar los veinte mil extras del Latin Lov-ah. Parece que no te lo has pasado tan bien como yo me imaginaba.

—Eso no es asunto tuyo, tía Millie, pero no. Ni los has visto, ni los vas a ver.

—Puede que cambies de opinión cuando veas la foto del texano. Nunca me han ido los vaqueros, pero éste tiene algo que me resulta familiar y me hace sentir cosas que hacía mucho que no sentía. Tal vez por eso se me hace raro, porque veo al chico y es como un *déjà-vu*. En fin, lo mismo da. Mañana te reservaré el billete de avión de Miami a Dallas. ¿Prefieres pasar unos días en Miami, en Dallas o en casa antes de ir a Texas?

En casa.

Sonreí sólo de pensarlo. Fue una sonrisa tan expresiva que, cuando Wes entró en la habitación con una taza de café, frenó en seco, ladeó la cabeza y enarcó una ceja inquisitiva.

—¿Qué? —dijo sin emitir sonido alguno.

Meneé la cabeza sin dejar de sonreír como una idiota.

—Tía Millie, me gustaría pasar unos días en Malibú antes de conocer al nuevo cliente en Dallas. Saldré desde el aeropuerto de Los Ángeles.

Wes meneó las caderas e hizo una flexión de bíceps que me dieron ganas de quitarle el bóxer y chuparle la polla. Sin leche.

—Muy bien, preciosa. Yo me encargo de todo. Me alegro de que vuelvas a casa unos días. ¿Quedamos para comer?

—Suena bien. Te quiero.

—Lo sé, cariño. Yo a ti también.

Tía Millie colgó, apagué el móvil y miré a mi chico.

—Una semana más y luego pasaré seis días en Malibú. ¿Sabes de algún sitio allí donde pueda quedarme?

Con cara de póquer, Wes contestó:

—Tienes tu apartamento.

Hice una mueca. Mi apartamento. Tenía que vaciarlo y meter mis cosas en un trastero. De hecho, debería añadirlo a la lista de cosas que tenía que hacer durante mi estancia en Los Ángeles. No tenía sentido pagar el alquiler de un apartamento que llevaba siete meses sin pisar.

—Wes, creía que...

Me derribó contra la cama y no pude acabar la frase.

—¡Has picado! —Me besó en la boca, hasta el fondo, con todo su ser. Incluso se me olvidó que tenía que levantarme para ir a ensayar—. Te lo has creído. —Me dio un beso de esquimal y luego me plantó un montón de besos babosos en el cuello—. Pues claro que te quiero conmigo. Mis padres no paran de preguntarme cuándo voy a recuperarte.

—¿A recuperarme? Para empezar, nunca me has tenido.

Se levantó, sus manos descendieron por mis costillas, tiró del bajo de mi camisola y la levantó centímetro a centímetro.

—Te tenía.

Negué con la cabeza.

—Entonces ya eras mía.

Volví a menear la cabeza.

—¿No?

En vez de quitarme la camisola y auxiliar a mis más que necesitadas tetas, hizo lo contrario y comenzó a hacerme cosquillas. Sus dedos hurgaron entre mis costillas mientras yo no podía parar de moverme y de reír.

—¡Confiesa que eras mía! —exigió.

Me costaba oírlo por las carcajadas que explotaban en mi cuerpo. Seguí negando con la cabeza e intenté cogerle esos dedos tan pillos. No podía respirar. Mi cuerpo ya no era mío. El muy cabrón estaba en lo cierto: había sido suya desde el minuto cero.

—Vale, vale —supliqué.

Negó con la cabeza.

—Eso no basta. —Me cogió las manos y me las sujetó por encima de la cabeza—. Dilo.

Respiré hondo como treinta veces para intentar contener los nervios y la ansiedad que torturaban mis terminaciones nerviosas. Entonces lo miré a los ojos y supe que mi respuesta, fuera la que fuese, era de suma importancia para él.

—Me tenías en enero, Wes —dije atragantándome emocionada—. No quería creerlo. Intenté negármelo de todas las maneras posibles. Meterlo en un armario, en lo alto de una estantería, donde nadie pudiera encontrarlo. Ni siquiera yo. Y mucho menos tú. Pero estas cosas siempre encuentran la manera de salir a la superficie, y me alegro de que así fuera.

Una sola lágrima rodó por mi mejilla. Wes se acercó y la lamió.

—Me encanta el sabor de tus lágrimas. Y ¿sabes una cosa?

—¿Qué? —dije con un hilo de voz, secándome las mejillas con su mirada fija en la mía.

—Tú también me tenías en enero, nena. Desde el primer momento.

El ensayo del día siguiente fue brutal. Tampoco ayudó que Wes estuviera allí, mirando, gruñendo y fulminando a Anton con la mirada cada vez que se restregaba contra mi cuerpo o me cogía de las caderas. El papel de la seductora en el videoclip consistía en provocar a un hombre, hacerlo sangrar de deseo. Ahora, segura en mi piel, el amor de Wes me daba la confianza en mí misma que necesitaba para soportar que otro me tocara. En pocas palabras: estaba que me salía. Caliente como una tea y brillante como el sol. María estaba que no se lo creía de contenta, y la felicidad continuó en cada paso mientras grabábamos.

—¡Buena! ¡Corten!

Las cámaras pararon de filmar. Las manos de Anton estaban clavadas en mis caderas, su cara en mi vientre. Era una pose muy sugerente. Se echó atrás como si no sólo estuviera restregando su nariz por mi rodilla, hacia el muslo cubierto por una media, subiéndome el diminuto vestido con los dientes. Cuando oía «corten», era como si nada. Volvía a ser el Anton cordial que procuraba guardar las distancias. Al parecer, su plan funcionaba, porque el miedo que había sentido durante todo el mes cada vez que me tocaba había desaparecido casi por completo.

María estaba en lo cierto. Hablarlo con Gin por teléfono y revivirlo con Wes —las dos personas que me conocían mejor que nadie— me había ayudado a superarlo. Me di cuenta de que no era sólo el contacto de otro hombre lo que desataba la respuesta. La culpa me provocaba los *flashbacks*, la ansiedad, el miedo incapacitante que estropeaba mi experiencia con Anton. Al final, tuve que aceptar que había tomado la decisión correcta porque, al salvar a los demás, me estaba salvando a mí misma. No podría haber vivido sabiendo que aquellos que me importaban y miles de personas más necesitadas habían sufrido las consecuencias.

Salí del estudio y me dirigí hacia la zona donde estaba la estilista. Me estaba esperando con el último vestido. Iba a ser la prueba de fuego. La «prenda», por llamarla de alguna manera, era obra de un diseñador amigo de Anton. Básicamente, eran piezas de tela tejidas y cosidas juntas como una colcha de retales para que fueran fáciles de llevar. La maquilladora y la directora de vestuario se pusieron manos a la obra mientras Wes observaba desde un lateral y se mordía la lengua.

Teniendo en cuenta que se dedicaba al cine y trataba con actores a diario, uno podía pensar que comprendía que yo estaba interpretando un papel y no darle más vueltas al asunto. Pues no. Se callaba la boca y mostraba el respeto propio de un profesional de la industria, pero yo sabía lo que le costaba. Estaba tenso, con los labios apretados, y sus ojos iban de mi piel desnuda a las zonas donde Anton me había tocado. Eran señales de que Wes apenas podía soportarlo.

—Sabes que puedes volver al apartamento. Vamos a rodar la última escena y a salir a cenar todos juntos. —Intenté convencerlo una vez más de que se marchara, aunque no me apetecía nada.

Él negó con la cabeza.

—Aquí me quedo, nena. Haz tu trabajo y ya está.

Lo dijo sin una pizca de emoción, como un autómata. Probé otra táctica.

—Me alegro mucho de que estés aquí. Así me resulta más fácil.

Se me acercó, me levantó la barbilla, se inclinó y me besó con dulzura. La maquilladora maldijo detrás de mí.

—Vas a meterme en un lío —dije contra la boca de Wes.

Por fin sonrió y relajó el ceño.

—Me gusta meterte en líos. Estoy seguro de que se nos pueden ocurrir muchas maneras de hacerlo.

Sonriente, lo aparté, le pedí disculpas con la mirada a la maquilladora y le envié un beso a Wes. Él se humedeció los labios y se los acarició con el pulgar. Me encantaba cuando hacía eso. ¡Cómo me ponía!

—Presta atención, bonita. La última escena es lo más. ¿Preparada?

A Wes le iba a dar un ataque cuando viera el gran final.

—Ahora o nunca —confirmé, aunque quería añadir: «Para ser una mujer que está a punto de aparecer desnuda en una sala llena de bailarines, más el equipo, más Anton, más mi hombre».

Durante un instante me planteé contarle a Wes lo que iba a pasar en la escena, pero decidí callarme. Si conseguíamos rodarlo en una sola toma, todo transcurriría con naturalidad y él no tendría más remedio que conformarse.

Todo el mundo sabe que es más fácil pedir perdón que pedir permiso. Y ésta era una de esas ocasiones.

La estilista me llevó al nuevo set envuelta en los trozos de tela, la purpurina y las joyas. Y, cuando digo «joyas», me refiero a esos diamantes de imitación que tienen el fondo plano y la parte de arriba multicolor. Las puntas de mis tetas iban cubiertas de gemas pegadas, de tal modo que las resaltaban pero sin que se me vieran ni los pezones ni las aureolas. Llevaba un tanga minúsculo, también de gemas brillantes, y una fila de diamantes alrededor de cada cadera me tapaba el pubis afeitado. Wes tampoco estaba al corriente de eso. Lo había hecho en el baño, durante la hora de la comida. De momento, todo iba cubierto bajo los trozos de tela, a los que no se podía llamar *vestido*. Más que nada, porque sabía que lo iban a romper en pedazos al cabo de unos segundos, tan pronto como las cámaras volvieran a grabar.

Con cuidado, subí a mi pedestal. El ritmo de la música de Anton nos envolvía. Las luces y los flashes parpadeaban como un caleidoscopio y me costaba ver. El aire que levantaban las aspas del ventilador gigante me golpeó con sensualidad, mi pelo moviéndose libre y salvaje. Los rizos sueltos ondeaban con la corriente de aire. Sólo esperaba que tuvieran el efecto que Anton y su equipo deseaban.

Wes estaba de pie en la oscuridad, justo delante de mí.

Le veía la cara, esos ojazos verdes. Tenía los brazos cruzados sobre el pecho y no me quitaba la vista de encima. La habitación desapareció, Los bailarines comenzaron a moverse a mi alrededor mientras yo giraba los hombros, movía las caderas e inspiraba y exhalaba como María me había enseñado a fin de conseguir ese efecto que dejaba idiotas a los hombres (eran sus palabras, no las mías).

El personaje de Anton empezaba a mi espalda. Noté su mano en el costado. Cerré los ojos, los abrí y sólo vi a Wes. Lo que vi ascendió por mi espina dorsal y estalló en mi vientre. Lujuria. Una necesidad carnal tan fuerte que me endureció los pezones y eso hizo que se me clavaran las gemas. En pleno rodaje, con cien personas alrededor, Wes encendía mi cuerpo como una tea. Anton siguió bailando cerca de mí, acariciándome, haciendo *playback*, suplicando. De vez en cuando tocaba una parte del vestido y la arrancaba. Yo me sobresaltaba como me habían indicado, como si estuviera arrancándome trozos de mi coraza. Era una forma de verlo. Le estaba quitando la armadura a su seductora para poder hacerla suya.

Los bailarines, vestidos con camisetas de franjas con agujeros negros, mostraban la piel brillante mientras trazaban remolinos alrededor, como fantasmas. La metáfora que María había creado con la coreografía, junto con las sugerencias de Heather, era realmente única. La canción llegó a un *crescendo* y los bailarines se agolparon junto a mí. La cámara captaba todos los ángulos. Con una firme embestida de las caderas de Anton, al que tenía delante, los bailarines arrancaron cada uno una parte de mi vestido y el resto cayó al suelo, dejándome desnuda salvo por la lencería de diamantes de imitación. Anton quedó de rodillas a mis pies. Actué segura y poderosa, metida en el papel. Cuando el cantante alzó las manos como si estuviera rezando, suplicándome que fuera suya, yo puse una mano en su mejilla y la otra en su pecho. La cámara se acercó. Con movimientos precisos y calculados, puse morritos y pronuncié las últimas palabras de la canción, perfectamente sincronizadas con la voz femenina que cantaba:

—Olvídame.

Entonces, mientras la cámara se retiraba, me cubrí el pecho con un brazo, le di un empujón a Anton con el otro y me tapé el pubis. Luego cerré los ojos, ladeé la cabeza y la incliné hacia abajo. Las luces se apagaron.

—¡Corten! ¡Hemos terminado! —ordenó el director.

Me echaron un albornoz por encima de los hombros y de repente estaba en brazos de Anton.

—¡Lucita, eres un genio!

Me besó las mejillas, la frente, las sienes, el nacimiento del pelo y, finalmente, me cogió la cara con las manos y me miró a los ojos para dejar claras sus intenciones. Se inclinó hacia adelante y me besó con ternura en los labios. Apenas los rozó, pero con eso bastaba. Lo mejor del beso fue que no sentí ningún miedo. No hubo *flashback*, sólo la alegría de un amigo que me estaba felicitando. Me cogió de los bíceps pero luego los soltó de golpe con una sonrisa en la cara.

—Creo que ya has tocado bastante a mi chica, amigo —dijo Wes con voz plana.

Anton se volvió y le dio a Wes un abrazo de hombres y un par de palmadas en la espalda.

—Le sientas fenomenal, amigo. ¡Vamos a celebrarlo!

Un brazo por los hombros y otro por la cintura me acurrucaron entre Anton y Wes, pese al comentario previo de mi chico. Al puertorriqueño no parecía preocuparle. Vivía el momento, e hizo caso omiso de la actitud posesiva inicial de Wes. Sólo por eso, Anton era especial. Vivía la vida en el presente, disfrutando de sus amigos, de su trabajo, y celebrándolo siempre que podía.

Heather y María se reunieron con nosotros en un rincón del estudio, entre abrazos y una botella de champán Cristal.

—¡Qué derroche! —bromeé, pero di un buen trago del líquido celestial y dejé que el néctar dorado y burbujeante me hiciera cosquillas en las papilas gustativas y bailara en mi lengua.

—¡Eres asombrosa! —dijo Heather dándome un fuerte abrazo.

—He aprendido de la mejor —repuse sonriéndole a María, incapaz de contener el entusiasmo.

El vídeo iba a dar la vuelta al mundo, iban a verme en todos los rincones del planeta... No había palabras para describirlo. Alucinante. Maravilloso. Increíble. Todo eso y más. Encima, tenía a Wes y había ganado tres amigos más. ¡La vida me sonreía!

Tenía las maletas hechas. Las noticias en la tele, sin volumen, informaban de todo lo que sucedía en Miami. Cerré la última bolsa llena con toda la ropa que Heather y Anton habían escogido para mí. Me la llevaría a California y la guardaría en un trastero con todas las demás cosas que tenía que meter en cajas y sacar del apartamento tamaño caja de cerillas que todavía tenía alquilado.

Pensé en mi última semana allí. Había sido como en

Hawái, una de las más bonitas de mi vida. Lo mejor había sido la visita de Wes, nuestra nueva relación y el compromiso que habíamos adquirido el uno con el otro. Se había marchado el día después de que acabásemos de rodar el videoclip. Había dicho que haría todo lo posible por tomarse libres los días que yo iba a estar disponible, pero que seguramente tendría que trabajar un poco. En principio, en el despacho de su casa. A mí lo único que me importaba era estar con él. Descansar para el siguiente trabajo.

Dallas, Texas y un magnate del petróleo. No sabía gran cosa de lo que quería de mí, salvo que pretendía que me hiciera pasar por una hermana a la que nunca había conocido y de la que no sabía nada. Por lo visto, mi aspecto le daba igual, sólo le importaban que mi nombre y mi fecha de nacimiento coincidieran con los de ella. Tardé unos días en darme cuenta de que tía Millie no me había dicho su nombre. Resultó ser Maxwell Cunningham. Hice una breve búsqueda en internet y encontré al vaquero. Era el dueño del cincuenta y uno por ciento de Cunningham Oil & Gas, una de las empresas petroleras más importantes de las veinticinco mil que había en el mundo. Para tener treinta años, era todo un logro. Sin embargo, gracias a dicha búsqueda, supe que había heredado su mitad de la empresa hacía tan sólo un año. No ponía nada de a quién pertenecía el otro cuarenta y nueve por ciento, aunque sabía que, en casi todas las grandes empresas, los inversores tenían pequeños porcentajes de acciones. En cualquier caso, iba a pagarme por ser su hermana, Mia Saunders. Era muy muy raro. Cuando vi su foto, su cara me sonaba. Me hizo preguntarme si ya nos conocíamos, si habíamos coincidido en algún sarao pijo durante los últimos meses.

No tardaría en averiguarlo.

Cogí mi bolso y saqué el papel de carta.

Anton:

¿Cómo se le dan las gracias a una persona que te ha ayudado a superar un trauma? No es tan sencillo como ir a Hallmark y comprar una tarjeta de agradecimiento que diga: «Eh, gracias por haberme impedido saltar de la cornisa. ¡Te debo una!». Je, je, je.

Sinceramente, me has tratado con cariño y respeto, como lo haría un verdadero amigo. Que compartieras tu historia conmigo y me permitieras contarte lo que había vivido me liberó, y no soy capaz de explicarte hasta qué punto. Estoy muy contenta de que hayas salvado tu relación profesional y personal con Heather. Es una belleza con una ética laboral impecable. Nunca podrás pagarle lo que vale porque no tienes tanto dinero. Asegúrate de que se lo compensas con cumplidos y gratitud por el trabajo bien hecho. Incluso el mánager más curtido necesita una palmadita en la espalda de vez en cuando. Sobre todo cuando se la da su mejor amigo.

No olvidaré la experiencia de grabar un videoclip mientras viva, pero el recuerdo que atesoraré con más cariño es el de nuestro paseo en moto. Una gozada. Gracias por compartir tus juguetes conmigo. ;-)

Sé que la canción va a ser un bombazo en el mundo entero. La compraré en cuanto salga a la venta.

Hasta la próxima.

Tu Lucita,

MIA

Heather:

Conocerte ha sido un regalo. Espero que sepas que, esté donde esté, siempre seré tu amiga. Llama, escribe y dame la lata cuando quieras, que yo haré lo mismo. ¿Por qué? ¡Porque eso es lo que hacen las amigas! Espero que me cuentes todas las diabluras que te haga Anton. También me alegro mucho de que hayáis solucionado las cosas entre vosotros. Los mejores amigos, los que duran toda la vida, siempre encuentran el modo de hacer las paces.

¡Mucha suerte con el nuevo cargo!

Tu amiga,

Mia

Y, con eso, cogí la maleta, dejé la llave del apartamento en la mesa, cerré la puerta y me fui. Anton y Heather creían que íbamos a vernos allí mismo al cabo de dos horas, pero las despedidas no eran lo mío. Prefería cabalgar hacia la puesta de sol, hacia mi nuevo destino, sabiendo que la siguiente aventura estaba a la vuelta de la esquina.

Había recuperado mi vida y me sentía bien con las decisiones que había tomado, con dónde estaba y con lo que me deparaba el futuro. Las posibilidades eran infinitas, especialmente cuando me imaginaba a mi surfista que hacía cine en bañador, con arena en los pies y en los tobillos, guiándome hacia la inmensidad del Pacífico.

Era hora de volver a casa... Al menos, por unos días.

AGOSTO

1

En cuanto el sol de California me rozó la piel, sentí que mi cuerpo se estremecía, que flotaba en el aire y que la cabeza me daba vueltas sin parar. Unos labios húmedos rozaron los míos. Los rayos del sol, el océano y el aroma de mi chico me rodearon por completo. Me invadieron una comodidad, una euforia y un alivio absolutos mientras succionaba el labio inferior de Wes hasta casi arrancárselo. Quería sentirlo, necesitaba que dejase su huella en todo mi cuerpo, desde la cabeza hasta los pies.

«Hazme tuya», pensé mientras me giraba la cabeza para meterme la lengua hasta el fondo, sobrepasando así el límite de lo que se considera adecuado en público.

—¡Alquilad una habitación! —gritó un niño, haciendo estallar así nuestra burbuja de felicidad.

Pegué mi nariz a la suya para absorber mejor su aroma y vi cómo parpadeaba rápidamente. Parecía que él tampoco sabía cómo tomarse aquella situación. Wes y Mia, una relación...

—Hola, cariño —dije con una vocecilla que maquillaba lo mucho que lo había echado de menos.

Los dedos de Wes fueron subiendo desde mi nuca hasta mi cabeza, sujetándola de una forma muy delicada.

—Mi chica —susurró casi incrédulo antes de mover la cabeza para volver a besarme con dulzura.

Ese otro beso fue menos cachondo, pero a mí me puso igualmente a mil.

—Vamos, quiero llevarte a casa. La señora Croft está deseando darte la bienvenida.

—¿En serio? ¿Le has dicho a Judi que venía? —dije sin dejar de sonreír mientras le apretaba la mano.

Él me cogió del brazo con alegría y fuimos hacia la limusina.

—Pues claro. Tenía que contarle que mi *novia* venía a pasar una semana. Quería que estuviera preparada.

—Ha sido todo un detalle, señor Channing... —susurré. Puse un pie en el suelo de la limusina y saqué el culo todo lo que pude al subir para llamar su atención. Igual que las flores hipnotizan a las abejas, sus ojos fueron inmediatamente a mi trasero. Me contoneé como si aquello no fuese conmigo y sonreí cuando nuestras miradas se encontraron— *tercero* —susurré a la vez que le guiñaba un ojo.

Él negó con la cabeza y me dio un fuerte azote en el culo. Estuve bastante rato con su mano marcada en la nalga.

—Entra, nena. Estamos perdiendo el tiempo y quiero echarte un polvo antes de cenar.

Wes subió a la limusina con mucha habilidad. Era guapísimo: alto, esbelto y con todo en su sitio. Los abdominales y los pectorales bien definidos se le marcaban en la fina tela del polo, y llevaba puestos unos pantalones cortos de color caqui, como buen surfista que era. No parecía el rico excéntrico que sabía que podía llegar a ser, al menos cuando no le quedaba otra. También llevaba puestas unas zapatillas Vans.

En cuanto el chófer arrancó, Wes subió el cristal que nos separaba. Hubo un momento en el que dudé que fuese a hacer nada, pero me equivoqué. Estábamos demasiado cachondos porque llevábamos una semana sin vernos. En un abrir y cerrar de ojos, Wes me colocó sobre él a horcajadas, me apoyó las manos en el culo, empezó a frotarme contra él y me acarició todo el cuerpo sensualmente.

—¿Vas a dejarme cumplir la fantasía de follarte aquí mismo? —dijo muy serio mientras me observaba con sus ojos verdes llenos de lujuria.

Negué con la cabeza y me apreté más contra él para notar su miembro erecto. Comencé a moverme adelante y atrás, cosa que nos puso a los dos tan cachondos que empezamos a gemir.

—No, prefiero follarte yo a ti —le dije sonriendo antes de lanzarme a comerle la boca.

Wes me subió la faldita que llevaba puesta y metió las manos en mi ropa interior para apretarme el culo.

—Nena, ahora mismo soy todo tuyo. Te daré todo lo que me pidas, siempre que tenga la polla metida en ese coñito apretado que tienes. Haré todo lo que me ordenes.

Cuando oí que pronunciaba la palabra *polla*, el clítoris se me encendió. Empezó a arderme pidiendo más atención.

Sin perder más tiempo, me levanté de su regazo, me quité la ropa interior y me puse de rodillas en el suelo de la limusina para bajarle los pantalones de un tirón. Por fin lo tenía en pelotas. Con una mano, le cogí la verga por la base y apreté ligeramente. Él gimió de placer, cerró los ojos y apoyó la cabeza contra el asiento de cuero. Una gota de líquido preseminal apareció en la punta y no pude evitar lamérsela hasta hacerla desaparecer. Wes miró hacia abajo justo cuando le pasaba la lengua por la punta de la polla.

—¡Joder!

Apretó los dientes y yo lo sujeté con más fuerza de las piernas. Entonces levanté la mirada y vi a un hombre que estaba a punto de perder el control. En unos segundos me agarraría para sentarme sobre su polla, los dos lo sabíamos. Estaba acostumbrado a controlar la situación y, cada vez que yo intentaba coger las riendas, él se esforzaba, como el caballero que podía llegar a ser, para permitírmelo. Sin embargo, en cuanto mis labios le rozaban el miembro, no tardaba ni un minuto en volverse loco. No me malinterpretéis: a Wes le encantaba sentir mi boca y su calor, pero le gustaba más que se la chupara después de haberme follado. Mi chico esperaba de mí sensualidad primero y que fuese una guarra después.

Le apreté con fuerza la base y volví a lamerle el capullo, jugueteando con la lengua sobre el agujero y tragándome el líquido que quedaba dentro. Trató de empujarme con las caderas, así que me la metí entera hasta la garganta. Cuando su enorme polla me tocó la campanilla, empecé a lamerle el tronco. Tal y como imaginaba, Wes perdió el control. Me cogió fuertemente del cuello con una mano y me empujó contra él un par de veces más, lo que me impidió poder decir nada.

—Me encanta follarte esa boquita —susurró mientras me la metía entera en la boca—. ¡Oh, sí! —gritó mientras me separaba de su cuerpo unos centímetros—. ¡Cómetela! —masculló volviendo a empujarme con violencia como si estuviese loco por que siguiese chupándosela entera—. Me encanta. —Apretó los dientes y volvió a retirarme—. Otra vez hasta dentro, nena —dijo mientras me apretaba contra él de nuevo.

Yo relajé la mandíbula y respiré por la nariz para no ahogarme. De repente, él dejó de moverse, como si estuviese disfrutando de un instante de placer absoluto.

—Cómeme la polla. Joder, Mia, te quiero.

Entonces volvió a retirarme, pero esta vez me la sacó entera de la boca. Se abalanzó sobre mí, me cogió por debajo de los brazos y me colocó sobre él a horcajadas. Con las piernas separadas y el coño abierto, colocó su miembro en posición y me habló:

—Te vas a enterar de lo que es bueno, guapa.

Y así fue. Por fin había llegado el momento que llevaba esperando toda la semana. Por fin la tenía dentro de mí. En esa postura, deslizó una mano entre nuestros cuerpos y empezó a masturbarme con el pulgar. Jadeé y él siguió. Aguanté la respiración y aceleré el ritmo de las embestidas acercándolo cada vez más a mi cuerpo, sin saber quién de los dos hacía más fuerza. El tiempo se paró. A nuestro alrededor sólo había calor, placer y besos apasionados. Wes me cogió por los hombros y me empujó en dirección a su polla para después volver a levantarme. Grité mientras me besaba, pero su boca amortiguó el sonido. El orgasmo me pilló desprevenida. No esperaba sentir todavía esa explosión de placer y calor extendiéndose por cada nervio y cada poro de mi piel, pero él continuó follándome.

Cuando dejé de estremecerme y me rendí al agotamiento del momento, él se echó hacia atrás, me pasó una mano por la espalda, apoyó una rodilla en el suelo y me tumbó en el asiento. Mi cuerpo no respondía mientras el placer seguía expandiéndose en todas direcciones, hasta que él volvió a la carga.

—Wes, cariño... —fue lo único que acerté a decir.

No lo dudó y respondió cogiéndome los muslos y apretándome las rodillas contra el pecho para volver a metérmela entera de golpe. Me parecía algo imposible y posible al mismo tiempo. Se me escapó un grito desgarrador que él no intentó silenciar esta vez, por lo que seguí gimiendo. No dejaba de embestirme brutalmente con su movimiento de caderas mientras me la metía hasta el fondo de una forma deliciosa.

—Dios, cuánto he echado de menos este coñito... Me vuelve loco, nena. Quiero morirme aquí. Algún día, cuando tengamos unos noventa años, moriré follándote. Así..., como... ahora.

Giró un poco las caderas y se me echó encima, dejando caer todo su peso sobre mí y metiéndomela tan adentro que notaba los golpes en el ombligo.

—Dámelo todo —gimió como pudo.

—Ya te lo he dado, cielo —le recordé pensando en el orgasmo que me había dejado hecha polvo.

Wes era una máquina, y su movimiento de caderas conseguía hacerme perder el sentido.

Él negó con la cabeza.

—Lo quiero otra vez —repuso—. Quiero que ese coño me apriete la polla como si quisiera explotarla. Quiero correrme al mismo tiempo que tú. Juntos, nena.

Entonces me besó, me tiró del labio inferior y volvió a empezar. Sabía perfectamente lo que necesitaba, así que volvió a colar la mano entre nuestros cuerpos para masturbarme con su pulgar mágico. Mi cuerpo empezó a temblar lentamente hasta que los músculos del torso se me agarrotaron y de las ingles partió un latigazo que alcanzó todas mis extremidades. Nos corrimos a la vez.

—Ya está. Mia, me ha encantado —dijo Wes mientras seguía dentro de mi cuerpo, con la base del pene apretada contra mí para sacarlo poco después.

Mi sexo lo había dejado seco y, cuando se recuperó un poco, se dejó caer, giró hacia un lado y me arrastró consigo.

—¿Estás mejor? —pregunté.

—Siempre estoy mejor cuando estoy contigo.

—Yo también.

—¡Cariño! —Judi me recibió con los brazos abiertos.

Yo corrí hacia ella y le di un abrazo. Unos segundos después, me apartó para mirarme bien.

—Es un placer enorme verte, mi niña.

Su acento inglés hacía que cada una de las palabras que pronunciaba fuese tan dulce como el azúcar. Le sonreí.

—Yo también me alegro de estar aquí, Judi —le dije al tiempo que inhalaba el aroma del ajo, las cebollas asadas y los pimientos verdes—. ¿Qué hay para cenar? Huele a gloria.

Se me hizo la boca agua al pensar en la comida. No había comido nada en las seis horas de vuelo desde Miami hasta Malibú, excepto por una barrita de cereales, y después del polvo en la limusina necesitaba alimentarme bien. Me resultaría imposible soportar las ganas insaciables de sexo de Wes sin cargar las pilas.

Judi me guiñó un ojo mientras volvía a la cocina.

—Comida casera para que te sientas como en tu hogar

—dijo mientras miraba a Wes y ponía los ojos en blanco—. Chuletas de cerdo, verduras a la plancha, cuscús de parmesano y pan de ajo recién hecho. ¿Qué te parece?

—Divino.

Me había ganado con las chuletas de cerdo. Me había pasado casi todo el mes comiendo fuera. Anton y Heather no eran muy amantes de comer en casa, sobre todo porque no tenían tiempo para hacer la compra. Y, como se desplazaban a menudo, tampoco querían contratar a un cocinero. Anton tenía mucho dinero y, a mi parecer, lo mejor sería que contratase a un nutricionista para mantenerse en forma y aprender a comer con menos ansia. Ya había descuidado demasiado ese cuerpo. Si comiera menos alimentos con un alto contenido calórico, ahora estaría mejor. Apunté en mi cabeza que tenía que proponérselo a Heather la próxima vez que le escribiese. Ahora que ya era oficialmente la mánager de Anton, lo mejor era que se centrara en eso, en lugar de en qué quería comer o cenar.

Judi me llevó a la barra de desayuno.

—Vamos, vamos —dijo dándole palmaditas a un taburete de respaldo alto—. Cuéntame qué has estado haciendo todo este año.

¿Quería que le contase lo que había estado haciendo? Más me valía suavizarlo un poco.

—Pues he estado en muchos sitios: Seattle, Chicago, Boston, Nueva York, Washington, Hawái y Miami.

Ella inclinó la cabeza y removió la salsa que estaba calentando en la sartén.

—Y ¿has conocido a alguien interesante? —preguntó mirándome y con el cuello vuelto de una forma un tanto extraña.

—He conocido a mucha gente, Judi. Hasta he hecho amigos nuevos —respondí feliz.

—Y ¿mi chico es amigo tuyo? —preguntó en un tono maternal que sólo utilizaría alguien que ha sido tu niñera antes que tu asistenta.

Me eché hacia atrás, apoyé el codo en la barra y dejé caer la cabeza sobre mi mano.

—Supongo que sabes que Wes y yo somos más que amigos.

Levantó la vista y se llevó una mano al pecho.

—¿Tengo que saberlo? No tenía ni idea. Pon al día a esta pobre vieja que ya no sabe ni lo que ve, anda.

Lo primero que me vino a la cabeza fue el pedazo de polvo que habíamos echado en la limusina hacía un rato, pero se esfumó de mi mente en cuanto Judi me miró fijamente.

—Lo siento, es que... —Cogí un mechón de pelo y comencé a enrollármelo en un dedo—. Supongo que podríamos decir que Wes y yo hemos llegado a un acuerdo. Estamos juntos.

—¿Juntos? —espetó en un tono acusatorio que no acabé de comprender. Después siguió con su expresión indignada. ¿Cómo había pasado de los abrazos, los cumplidos y la invitación a cenar a enfadarse de esa manera?

—¿Hay algún problema con que estemos juntos? —pregunté con indecisión.

—No, no. ¿Por qué piensas eso? —respondió negando con la cabeza.

—Porque te has puesto muy rara, Judi. ¿He dicho algo que te haya ofendido?

Ella ladeó la cabeza y me dio una palmadita en la mano que tenía apoyada sobre la barra.

—Claro que no, mi amor. Lo que pasa es que, cuando te fuiste, Weston te echó muchísimo de menos, y empezó a venir por aquí esa mujer prepotente. Me preocupé mucho.

Ahora lo entendía todo.

—Sí, Gina. No pasa nada. Me ha hablado de ella.

—Y ¿te da igual? —dijo entornando los ojos hasta casi cerrarlos.

Pensé en la mejor forma de responderle, pero la gente jamás entendería nuestra relación. ¡Qué coño! Ni siquiera yo la entendía la mitad de las veces, y menos cuando no había hecho más que empezar.

—Desde que nos conocimos, Wes y yo sentimos algo el uno por el otro —dije con decisión tras humedecerme los labios, pero a ella no pareció sorprenderle la información—. No hemos perdido el contacto en todo este tiempo, aunque hasta ahora no habíamos tenido nada serio. Él era libre de hacer lo que quisiera, igual que yo. Ahora que por fin nos hemos puesto de acuerdo acerca de lo que hay entre nosotros, nos estamos tomando un tiempo para hacernos a la idea y disfrutarlo día a día. ¿Te parece bien?

Ella se encogió de hombros.

—No es asunto mío, pero me encanta ver a mi niño sonreír cuando entra en casa contigo del brazo. Lleva toda la semana planificando tu visita y asegurándose de que tenías ropa para vestirte. Por cierto, la ha guardado en su armario.

Volvió a dibujar en su rostro esa sonrisa de sabelotodo que sólo las madres son capaces de componer. Se notaba que disponía de algún tipo de información que yo desconocía y que estaba a punto de revelarme algo con lo que me dejaría fuera de juego. No pude evitar reírme de la situación.

—O sea, que quiere que me instale en su cuarto, ¿no?

Sonrió todavía más.

—Sí, y me ha pedido que mañana te lleve a tu apartamento con un par de ayudantes para que empaquetes tus cosas y las traigas aquí. Quiere que te mudes con él.

—¿Perdona? —se me escapó mientras agitaba la cabeza, como si eso fuese a ayudarme a asimilarlo más rápido—. ¿Quiere que recoja mis cosas y que me venga a vivir con él? Pero ¿a vivir aquí para siempre?

—Está bastante claro —dijo ella frunciendo el ceño.

Di un golpe en la barra y sentí un dolor agudo en la palma de la mano. Intenté aliviarme el malestar con la otra mano, moviendo la zona en la que me había dado el latigazo.

—Parece que lord Channing y yo vamos a tener una pequeña charla —repuse—. No sigas adelante con los planes de mañana.

Judi volvió a darme una palmadita en la mano.

—Cielo, no tienes ni idea de a quién te enfrentas. Te aseguro que el plan de mañana es inamovible. Te espero a las diez para hacer la mudanza.

Esta vez fui yo quien la miró con el ceño fruncido.

—Te digo que eso no va a pasar.

—Vale, cielo. Pues que seas muy feliz pensando eso —me espetó.

—¿Por qué? Es mi apartamento. Yo digo lo que ocurre allí o adónde quiero mudarme —señalé con un dedo la encimera de granito— y te aseguro que no será aquí.

Lo cierto es que me habría encantado vivir allí, que cada noche me preparasen una cena deliciosa, sentarme en el porche a contemplar el océano o en la parte de atrás a disfrutar de las montañas y dormir entre algodones en la cómoda cama de Wes. Sin embargo, tenía claro que no iba a hacerlo sólo porque mi nuevo novio lo hubiese exigido.

Judi dejó lo que estaba haciendo, apagó el fuego y me miró fijamente. Apoyó los codos en la encimera y se inclinó hacia adelante.

—Corazón, conozco a Weston desde hace mucho tiempo, cuando no era más que un renacuajo. Hay cosas a las que no es capaz de renunciar cuando se empecina en tenerlas, y es mejor que te vayas haciendo a la idea. Si eres lo que quiere, lo tendrá aunque tenga que morir en el intento.

Me paré a pensar bien lo que había dicho y me halagó el hecho de que me deseasen tan fervientemente. Sin embargo, no estaba dispuesta a convertirme en la posesión más preciada de un ricachón. Si había pensado que me iría a vivir con él sin mediar palabra, estaba muy equivocado.

—Pues mi querido novio va a tener que preguntármelo él mismo —repuse con una convicción que me habría gustado sentir.

—¿Qué quieres que te pregunte? —dijo Wes entrando en la cocina desde su despacho, adonde había ido a revisar unos papeles antes de cenar.

—Judi me ha dicho que le has pedido que vaya a mi apartamento con un par de ayudantes para traer aquí todas mis cosas.

Moví la cadera a un lado y coloqué una mano sobre ella. Había estado perfeccionando esa pose de «me resbala todo lo que digas» un montón de años. Wes puso cara de extrañado y después se encogió de hombros.

—¿Es que no quieres estar conmigo?

—Por supuesto —fue lo único que acerté a decir después de oír su respuesta.

—Y ¿no te gustaría vivir aquí conmigo? —dijo ladeando un poco la cabeza en un gesto inocente.

—Pues sí —respondí un poco extrañada sin saber adónde quería llegar con aquello.

—Vale —dijo acercándose a mí justo antes de encerrarme contra la barra de desayuno con sus largos brazos. Después inclinó un poco la cara para que nos mirásemos a los ojos, verde sobre verde. Noté su aliento en los labios y, con ello, consiguió que otras partes de mi cuerpo se despertasen de repente—. Mia, nena, ¿me harías el favor de traer tus cosas a mi casa y de permitir que fuese también tu hogar?

Me humedecí los labios y me quedé embobada observando sus preciosos ojos. Las finas líneas que le rodeaban los ojos y la boca le daban un porte muy distinguido. Era guapísimo, y todo un caballero. Respiré profundamente y Wes se quedó esperando, casi sin moverse, a que le diera mi respuesta. Era imposible negarle nada con aquel encanto.

—Vale, me mudo.

Entonces me regaló esa sonrisa con la que conseguía que se me cayesen las bragas al suelo y me dejó fuera de combate.

—Te quiero —susurró.

Acabar cualquier frase con esas palabras era éxito asegurado para él. Más me valía empezar a prepararme para un futuro de amor desinteresado y para el efecto que eso tenía sobre mi raciocinio.

—Yo también te quiero —le respondí.

Wes me besó de forma apasionada antes de retirarse dando una palmada.

—Pues ya está, todo arreglado. ¿Está lista la cena, Judi?

Di media vuelta y volví a sentar el culo en el taburete. Judi sonrió con aires de superioridad mientras servía la comida.

—Todo listo, muchacho.

Acto seguido, me miró y me guiñó un ojo. Me habría gustado odiarla por tener razón, pero no podía. El amor que sentía por Wes los uniría de por vida y, al fin y al cabo, ella lo conocía mucho mejor que yo.

De momento..., aunque no por mucho tiempo.

2

La quinta caja ya estaba cerrada y preparada para salir. Coloqué el enorme paquete de ropa en el montón, que ya era bastante grande. Judi estaba canturreando en la cocina al tiempo que embalaba todos los cachivaches.

—Esto ya está —dijo animadamente mientras yo refunfuñaba—. Cielo, ¿puedes decirme por qué tienes tan mala cara?

Yo giré el cuello a ambos lados para intentar estirarlo y liberar la tensión, pero me enfadé todavía más al no obtener el resultado que esperaba.

—No lo sé. Odio las mudanzas porque parecen el final de algo. Una vez has dado un paso así, ya no hay vuelta atrás.

—Ay, cariño, te prometo que te acostumbrarás a nosotros como si fueses un mueble más de la casa.

Un mueble, estupendo. Un objeto inanimado que no hace nada. Sin embargo, tendría que mudarme a la casa de mi siguiente cliente al cabo de tan sólo unos días. Wes lo sabía, aunque todavía no lo habíamos hablado. Quería saber que podía terminar aquello que había empezado por mi familia sin que mi novio asquerosamente rico tuviera que darme un montón de dinero. Lo último que deseaba era ser una gorrona. La gente odiaba a las mantenidas, y yo también. Lo único que hacían en la vida era lamer culos, y yo tenía muy claro que no estaba dispuesta a ello. No obstante, Wes adoraba a ese tipo de mujeres y estaba deseando que yo me convirtiese en una de ellas. Lo llevaba claro.

Al final de la mañana, y después de haber embalado toda mi vida en tan sólo tres horas, mi humor no había mejorado. Así pues, decidí llamar al zorrón de mi amiga para echarle la bronca.

—Espero que sea importante. Le he echado el ojo a un jugador de póquer empedernido —dijo Gin al otro lado de la línea.

La cara de enfado se me acentuó, y a eso le añadí un sonido gutural de desaprobación.

—¿Qué? —replicó ella—. No me juzgues. A mí no me ha salvado el culo el pringado número mil que se ha metido en mi cama en sólo siete meses. Las demás también tenemos que preocuparnos de nuestro futuro.

—Gin, ¿qué dices? ¿Un jugador de póquer? Si fuiste tú quien me dijo que esos tíos son insoportables fuera de los casinos. Decías que esos capullos perdían sus casas, a sus mujeres y los ahorros para los estudios de sus hijos con la esperanza de ganarle a la banca. No acabes con ese tipo de basura. Los jugadores de póquer que merecen la pena son los que juegan torneos clandestinos a puerta cerrada con su grupito de colegas ricos, y ésos no se acercan a las tías de Las Vegas. No quieren nada con nosotras.

Ginelle hizo estallar una pompa de chicle que sonó como una bomba en mi oído. Incluso llegué a pensar que me había perforado el tímpano, pero prefería escuchar ese sonido al de las ávidas caladas cancerígenas que daba a los cigarrillos cuando fumaba.

—Me he mudado a casa de Wes. —El sonido del chicle cesó, y todo lo demás también. Parecía haberse esfumado del otro lado de la línea, e incluso tuve que mirar la pantalla del teléfono para asegurarme. Seguía ahí—. ¿Gin? ¿Hola?

—¿Te has mudado con el puto soltero de oro? ¡Vete a la mierda! —me espetó en un tono que denotaba asombro y una buena dosis de repugnancia.

—Pues... no del todo. Bueno, puede ser. Sí, la verdad es que sí. O, al menos..., eso creo. —Me mordí una uña y esperé.

—¿Te has mudado con el Ken Malibú? —Seguí esperando—. ¿Con el señor Mandón? —se mofó. No me quedó otra que continuar callada. La conocía desde siempre y sabía que le iba a costar un rato asimilarlo—. ¿Con el dios todopoderoso de la tabla de surf? —dijo en un tono algo más amable. Parecía que la cosa iba mejorando—. ¿Con el tío que escribe guiones y que cambia los personajes para que sean todos unos cachondos? ¿Te has mudado a su mansión de Malibú?

—No es exactamente una mansión... —empecé a explicar, pero me cortó.

—¡No me jodas! ¿Estás chalada? ¿Quieres que te pida una cita con el loquero?

Me rasqué la cabeza y volví al ataque:

—No creo que sea necesario...

El auricular me devolvió un gemido.

—A ver, dime una cosa. Es una mierda tener que preguntarte esto, guapa, pero no me queda otra —replicó. Empecé a prepararme para recibir el guantazo que estaba a punto de lanzarme—. ¿Estás haciendo todo esto por el pichafloja que te agredió en Washington?

Cerré los ojos y me rodeé el torso con los brazos.

—No, cariño, no es por eso. Cuando estuve en Miami, Wes vino para celebrar mi cumpleaños.

—Sí, lo sé. Fui yo quien mandó al donjuán, ¿te acuerdas?

—Estando allí, los dos reconocimos que sentíamos algo el uno por el otro desde hacía bastante tiempo, desde que estuve aquí en enero. Gin, lo quiero.

—Virgen santísima del putón verbenero. No me vengas con la mierda del amor otra vez —exclamó, y añadió algo más que fui incapaz de comprender, pero que debía de ser alguna grosería—. Tú te enamoras de todos, Mia. Eso forma parte de tu ADN, de tu código genético. Conoces a un tío buenorro, te lo follas y te enamoras de él. No es ni la primera vez que te pasa ni la última que te pasará.

Ginelle tenía razón, ése había sido mi modus operandi. Pero esta vez no, con Wes no.

—No me ha pasado con ninguno de los otros tíos que me he tirado este año. ¿Me lo explicas?

—¿Ahora quieres que te explique lo del folleteo? Bueno, vamos a ver, cuando un chico y una chica se conocen, aparece una conexión química que libera feromonas...

Yo gruñí y respiré profundamente.

—¡Ginelle, céntrate!

Estuve a punto de darle una patada a algo de pura desesperación. Joder, me había equivocado de hermana a la que llamar. Tendría que haber llamado a Maddy, la rubita, en lugar de a esta tan mística. Ella debía de estar en su mundo de luz y de color, sobre todo porque ya había encontrado al amor de su vida y estaba a punto de casarse. Ese tipo de personas quieren que todo el mundo esté como ellos: feliz y enamorado.

—Mia, es que... no quiero que te hagan daño... otra vez —reconoció mi amiga antes de suspirar profundamente. Incluso en la distancia, supe que aquello la angustiaba muchísimo.

—Lo sé, Gin, de verdad. Pero ya llevamos muchos meses de acá para allá. Si no tuviese que solucionar las mierdas de papá, no me habría ido de aquí.

—Si no tuvieras que solucionar las mierdas de papá, jamás habrías estado allí. —*Touché*. Ahí tenía razón—. Y ¿qué pasa con la cerda de Gina Vagina? ¿Cómo va ese tema? —preguntó en un tono de suficiencia que no ocultaba su desagrado.

—Es historia.

Carraspeó con rabia.

—Es historia, se acabó. Ya no está.

Por su tono, era obvio que no se lo tragaba. Me encogí de hombros, aunque ella no podía verme.

—Eso dice Wes, sí —repuse.

Se avecinaba otro carraspeo de desaprobación.

—Al menos tiene buen juicio.

No pude evitar soltar una carcajada, con la que liberé la angustia que me había estado presionando el pecho. La sensación de tener ardor de estómago comenzó a disiparse y trajo consigo un sentimiento de alivio.

—Alégrate por mí —le susurré, aunque parecía más un ruego que una petición.

—Cariño, me alegro. Siempre me alegraré, pero sabes que tu mejor amiga tiene la obligación de contemplar todas las posibilidades. Tengo que protegerte aunque no quieras. Lo pone en el puto manual de las mejores amigas. Va justo después de la parte que dice que tenemos que consolarnos mutuamente cuando hayamos tenido un lío de una noche y no nos acordemos del nombre del tío que nos hayamos follado, quedando así como unas guarras. Mi misión es que no te sientas un zorrón aunque lo seas.

Su lógica tenía sentido. Era una cabrona muy retorcida, pero se preocupaba por mí. Ginelle me quería más que la mayoría de la gente, y yo también la quería casi tanto como a mis camisetas de conciertos y a mi moto, *Suzi*.

—Gracias por preocuparte tanto por mí..., aunque seas una zorra de mucho cuidado.

La oí coger aire.

—Vale, ya veo que vuelves a la carga, ¿eh? —Chasqueó la lengua—. «Eres una zorra de mucho cuidado», le dijo la sartén al cazo.

Ésa era mi chica. No pude evitar sonreír.

—Yo, al menos, no tengo que mover el culo para comer —dije con descaro, y Ginelle ahogó un grito indignada.

—Yo, al menos, no tengo que acostarme con alguien y abrirme de patas para comer, pedazo de zorra.

—Te quiero, Gin.

—Y yo a ti, fea. ¿Nos veremos pronto?

—Eso espero, culo gordo —dije, y colgué lo más rápido que pude. Así eran las reglas y yo había ganado.

Di un puñetazo al aire e hice el baile de la victoria, que rematé moviendo las rodillas de dentro hacia afuera y meneando el culo tal y como María de la Torre me había enseñado en Miami. Para ser blanca, bailaba de miedo. Si yo parecía un pollo sin cabeza haciendo su baile, eso ya era otra historia. Al menos había conseguido decir la última palabra durante la conversación con mi mejor amiga. Eso era algo que sucedía pocas veces, pero esa ronda había sido toda mía.

—No quiero que te vayas —me dijo Wes mientras apretaba las caderas contra mí. Estaba poniéndose duro de nuevo dentro de mí, aunque acabábamos de echar un polvo de los que quitan el sentido.

—Ya lo hablamos y dijiste que estabas de acuerdo —repliqué.

Él frunció el ceño y siguió empujando con las caderas suavemente. El sudor de nuestros cuerpos todavía no se había enfriado, y ya estaba preparado para la segunda ronda. Wes era insaciable, y yo tenía muchísima suerte. Me agarró con fuerza de las caderas.

—Ya lo sé, pero mi intención era persuadirte de alguna forma bastante placentera —dijo antes de darme un pequeño mordisco en una teta.

El calor de su aliento cerca del pezón y los lametazos de su lengua hicieron que de forma instintiva me agarrase a su pelvis, obligándolo a meterme más adentro su miembro del todo erecto. Ambos gemimos.

—Parece que lo voy consiguiendo —me susurró, y siguió con las embestidas mientras me apretaba fuertemente contra él. La tenía toda dentro, y le coloqué las manos en el pecho a la vez que hacía fuerza con los muslos para levantarme un poco. Entró todavía más—. Dios mío, nena, me la vas a arrancar antes de que me corra.

Entonces se incorporó, se apoyó sobre los talones y se dio la vuelta para apoyarse en la cabecera de la cama sin soltarme de entre sus brazos. Levantó las rodillas en un ángulo de noventa grados y se colocó en una postura maravillosa que me encantaba. Habría firmado por follar así para siempre.

Le rodeé el cuello con las manos sin dejar de gemir y entonces acerqué mis labios a los suyos. Lengua contra lengua, pecho contra pecho y corazón contra corazón, ambos acabamos llegando al orgasmo. Ninguno de los dos fue capaz de cambiar de postura. Él todavía la tenía durísima y seguía estando cachondo. Le di un beso de película. Quería que supiera que lo que había entre nosotros era de verdad y que yo estaba comprometida por completo con aquello, sin importar adónde tuviese que ir. Comprometida con él, con los dos.

Wes gimió y me mordió los labios.

—Piensas coger ese avión mañana, ¿verdad?

Yo asentí con la cabeza y apreté mi frente contra la suya. Teníamos las bocas tan cerca que respirábamos prácticamente sólo el aliento del otro. Era un momento muy íntimo y privado. Estábamos muy cerca, compartiendo incluso el aire que nos mantenía con vida, y todavía lo tenía dentro de mí. Era casi mágico. Como él había dicho, era nuestro paraíso, y de repente me di cuenta de una cosa. Wes y yo teníamos toda la vida para hacer eso, para compartirlo todo, para querernos y para desvivirnos por el otro. Pero, por desgracia, yo tenía que hacerme cargo de mis problemas y de los de mi padre antes de sumergirme en esa burbuja para siempre.

—Wes, mi amor, sabes que tengo que hacerlo. Nuestra relación no tiene nada que ver con la deuda de mi padre.

Él negó con la cabeza.

—Sería muy fácil coger el dinero, pagarle a ese imbécil

y quedarte aquí, a mi lado. ¿Es que no quieres quedarte? ¿No quieres empezar una nueva vida?

—Me encantaría, Wes, pero me conozco —dije poniéndome la mano encima del pecho, justo sobre el corazón—. Sé que, en el fondo, viviría siempre pensando que te debo algo. No sería capaz de devolverte medio millón de dólares fácilmente. Es más, no sería capaz de devolvértelo nunca, y no podemos empezar una relación si yo te debo algo. No está bien, y no sería un buen comienzo.

Los hombros se le desplomaron y me pellizcó las mejillas.

—Me mata pensar que vas a pasar tiempo con otro hombre y que intentará hacer que te enamores de él.

Esta vez fui yo la que le pellizcó las mejillas.

—Eso no va a ocurrir.

—¿No? —preguntó en tono desafiante.

Le acaricié la ceja, que tenía una forma muy arqueada, y negué con la cabeza.

—No, en absoluto.

—Pues te ocurrió conmigo. Yo intenté conquistarte, y estoy seguro de que al menos la mitad, si no todos, intentan conquistarte de alguna manera. ¿Quién me asegura que en estos próximos cinco meses no conocerás al hombre más maravilloso del mundo? ¿Y si ese hombre pretende enamorarte perdidamente? ¿Qué pasará entonces?

Di una profunda inspiración.

—Es imposible.

—Pero es lo... —empezó a decir, hasta que le coloqué dos dedos sobre esos labios que estaba deseando comerme.

—Es imposible porque a mí ya me han conquistado. Ya he conocido al hombre más maravilloso del mundo y ya me he enamorado de él tan perdidamente que no sabría muy bien cómo vivir sin estar a su lado. —Él me regaló la increíble sonrisa de surfista que me moría por ver cada día de mi vida. Me lo tomé como la señal de que había llegado el momento de demostrarle lo importante que era para mí. Acerqué mis labios a los suyos y aspiré su aroma—. Mi corazón te pertenece y mi cuerpo también, porque te amo. Necesito que tengas fe y que confíes en mí —le susurré.

Wes cerró los ojos. Parecía un ángel cuando los tenía cerrados. Sus pestañas negras contrastaban con la piel bronceada por el sol. Su pelo, rubio ceniza cortado a capas, me encogió el corazón con una oleada de devoción tan profunda que apenas si podía respirar. Le aparté un mechón que le había caído sobre una ceja y acaricié su piel con un dedo al llevarlo hacia un lado de la cara, cerca de la barbilla, la cual agarré suavemente con el dedo pulgar y el índice. Entonces le levanté la cara hasta que abrió los ojos.

—Te quiero, Wes. A ti. Por favor, confía en mí para que pueda hacer lo que tengo que hacer. Siempre te seré fiel.

Unos segundos después, lo besé. Noté muy bien el momento en el que el beso cambió. Sus labios se volvieron más firmes, abrió más la boca y su lengua se puso juguetona. En el instante en que entraron los dientes en juego, me colocó una mano en el cuello y empezó a llevar la voz cantante. El deseo y la pasión desenfrenada se apoderaron de nuevo de nosotros y sólo teníamos ganas de volver a hacerlo. Nuestros cuerpos fueron acercándose hasta que nos volvimos uno solo y dejamos volar nuestra imaginación a cientos de kilómetros de donde estábamos.

—Te quiero así para siempre —dijo Wes mientras me

cogía del hombro y movía las caderas para embestirme sin descanso.

El placer era tan intenso que hasta me castañeteaban los dientes con cada envite. Le succioné los labios y después llevé la boca hasta su mejilla marcando un camino de besos. Cuando llegué a la oreja, se la lamí hasta que gimió y todo su cuerpo se tensó.

—Yo siempre quiero más —le confirmé casi sin respiración.

Entonces volví a elevar el cuerpo y le apreté fuertemente la polla con las sensibles paredes de mi sexo, intentando buscar el máximo placer no sólo para mí, sino también para él. Cuando le apreté la verga con los músculos de mi sexo como si fuese un torno, él tensó la mandíbula. Me encantaba hacerlo gemir y proporcionarle tanto placer como para olvidar a todas las mujeres con las que había estado.

Embestida tras embestida, nuestros cuerpos chocaban con una fuerza brutal. Aquello no era hacer el amor y tampoco era sexo normal. Era follar como dos posesos. No estábamos enfadados, pero allí no había mariposas, ni arcoíris, ni nada relacionado con el amor. Me decía cosas muy guarras con las que me ponía más y más cachonda y que hacían que me empapara de placer. Deseaba comérsela.

—Te voy a destrozar ese coñito —escupió al tiempo que me follaba.

En ese momento estaba agarrada a la parte alta de la cabecera mientras Wes no dejaba de embestirme con las caderas. Bajé el culo más todavía con la intención de que nuestros cuerpos desnudos chocasen con fuerza. Wes me follaba con tal violencia que hasta perdí la capacidad de hablar coherentemente. Lo único que acertaba a emitir eran gemidos, murmullos y gritos mientras lo cabalgaba, a punto de correrme por segunda vez aquella noche.

Él se metió uno de mis pezones en la boca y me lo mordió con fuerza. Yo grité y lo sujeté contra mi pecho, como haría una madre con su hijo recién nacido. No quería que dejase de lamérmelo, ni de mordérmelo. Estaba en éxtasis y, con cada bocado, me notaba unos calambres de placer indescriptibles en el clítoris.

—Parece que te va esto de que te coma las tetas, ¿eh, nena?

Fui incapaz de responder porque estaba perdida en la maravilla que era que Wes te follase. Cambió de pecho y empezó a lamerme el otro, poniendo más énfasis en la zona del pezón. Acabé moviendo las caderas en círculos, y estaba tan húmeda que incluso se oía el sonido de su cuerpo entrando y saliendo. A punto estuve de desmayarme de placer al notar cómo sacaba la polla y después volvía a metérmela hasta el fondo, restregándola por la sensible piel de mi interior. Aquello era el cielo y el infierno, todo en uno. Ansiaba cada embestida y gemía como una loca. Me encantaba que la sacara, pero me daba miedo que saliera de mí y luego no volviera a entrar.

—Quiero que te corras conmigo dentro, nena. Quiero sentir ese coñito tuyo exprimiéndome la verga. Me pone muy cachondo que no quieras dejarme salir, pero no te preocupes... —Continuó embistiéndome con fuerza mientras yo gemía, notando ya los primeros espasmos de un orgasmo titánico que prometía hacerme estallar—. Te voy a hacer gozar tanto que tus piernas van a recordar este momento varios días. Así quedará bien claro a quién pertenece este chochito que me vuelve loco: a mí. ¡Dámelo todo, nena! —me rogó.

Todos mis músculos se tensaron y noté cómo los nervios me vibraban con cada oleada de placer. Cada centímetro de mi piel ardía. Lo amaba y, lo más importante, lo veneraba. Le pasé las manos por detrás del cuello y uní mis labios a los suyos para darle un beso en el que le entregué todo lo que me quedaba. Le metí la lengua hasta el fondo y le mordí los labios hasta que su cuerpo se puso completamente rígido y convulsionó debajo del mío entre jadeos y gemidos. Seguí besándolo, saboreando su deseo, su pasión y su amor mientras él me llenaba toda con su esencia.

—Amor... —dijo pegado a mi boca con los labios rojos e hinchados por culpa de mis apasionados besos.

—Amor... —repetí yo.

—Eres mía —susurró mientras los restos del orgasmo sacudían su cuerpo.

—Y tú, mío.

No pude decirle nada más, porque era cierto que yo era suya y que él era mío. No había más palabras para definir lo nuestro. Lo único que deseaba era que llegara a comprender mi trabajo para que nuestra relación no se viese afectada. No quería irme, pero no podía quedarme. Al menos, de momento. Dentro de muy poco y, con suerte, para el resto de mi vida, volvería a esa cama y para repetir con ese hombre lo que acabábamos de hacer. Quería verme así dentro de un año, de diez, de cincuenta y hasta que la muerte nos separase.

—Supongo que te vas de todas formas —dijo dándome besos por el cuello y la clavícula, masajeándome la cabeza e intentando llevarme a un estado de puro gozo.

No había cambiado de opinión ni con las dos rondas de sexo desenfrenado.

—Sí, pero ¿sabes qué? —respondí mientras le acariciaba el pelo de la nuca.

—¿Qué? —susurró, algo melancólico.

—Regresaré dentro de tan sólo tres semanas, y te prometo que volveré a casa entre un cliente y otro.

Una sonrisa enorme se le dibujó en la cara.

—¿A casa? —dijo picarón, sin disimular que le encantaba que usase esa palabra para describir la casa de Malibú a la que casi me había obligado a mudarme.

—Sí, mi casa es donde estés tú —aclaré apoyando la cabeza contra su pecho y dándole un beso en el corazón—. Te echaré mucho de menos.

—Yo te echaré de menos más aún —suspiró.

Lo dudaba mucho, pero me encantaba oírlo decir esas cosas con tanta seguridad. Nunca antes había sentido nada parecido por nadie, y ahora comprendía perfectamente por qué la gente vivía de ese modo, comprometida con la persona a la que amaba. Saber que Wes me había elegido a mí para que fuese su luz y su alegría al final de un día duro me hizo sentir un poder que nadie lograría minar. Siempre estaría ahí, brillando con fuerza, para que su amor iluminara mi camino de vuelta a casa.

3

Llegué al aeropuerto con un tirón en el cuello y el corazón destrozado. Dejar a Wes para ir a Dallas a conocer a mi nuevo cliente no era lo que más me apetecía, la verdad. Él quería que me quedara a su lado, que tomara el dinero que me ofrecía y que zanjara el tema. Era un hombre muy cabezota y no aceptaba que yo sintiera la necesidad de solucionar mis problemas sola. Tenía que pagarle la deuda a Blaine sin ayuda y salvar a mi padre para salvarme también a mí misma. Quería terminar una etapa para sentirme victoriosa y para saber que, de una vez por todas, era la dueña de mi destino. Yo.

Había empezado ese camino yo sola, y yo sola pensaba terminarlo. ¿Estaba dispuesta a que me costase mi relación con Wes? No, ni en un millón de años. Sin embargo, necesitaba que él se relajara y comprendiera que en la vida no todo era él y su forma de ver las cosas. No era tan fácil como desembolsar medio millón de dólares y olvidarse de los problemas del mundo. Nosotros todavía nos estábamos conociendo y él ya se había atrevido a tomar la decisión de que me mudase a su casa. Aunque lo peor era que yo lo había permitido.

Sin apenas protestar, había empaquetado todo lo que

tenía en mi apartamento de mierda de Los Ángeles, apilado las cajas en uno de sus cinco garajes y dejado una caja con mis posesiones más preciadas, todavía sin abrir, en mi antigua habitación. El resto de mis tonterías podían desaparecer de la faz de la Tierra, porque lo único que me importaba de verdad era lo que guardaba en aquella pequeña caja de sesenta por sesenta. Como no quería malgastar el poco tiempo que teníamos para estar juntos, ni siquiera le había pedido que me dejara colocar mis cosas en su casa para marcar territorio, como suelen hacer la mayoría de las mujeres. Todavía tenía que asimilar que oficialmente acababa de mudarme a casa de Weston, aunque pensaba seguir con mi trabajo como escort durante lo que quedaba de año. Y eso no era algo que a uno le apeteciera contar a los amigos y a la familia sobre su nueva novia.

Tenía la cabeza hecha un lío y salí del aeropuerto distraída y perdida en mis pensamientos. Eché a andar por la acera hablando conmigo misma hasta que una mano cálida me agarró del bíceps y me detuvo. Tuve que levantar la cabeza más de lo previsto para ver el borde de un sombrero vaquero que me hacía sombra y esperé a que mis ojos se acostumbrasen a la luz. Lo primero que vi fueron unos ojos verdes tan llamativos que parecían amatistas, casi como los míos. Eran prácticamente idénticos a los míos. Qué raro. Una sonrisa amable apareció de repente en su mandíbula cuadrada y los dientes blanquísimos se le movieron mientras decía algo que no oí porque estaba demasiado inmersa en mis pensamientos. Por debajo del sombrero salían unos mechones dorados que dejaban claro que la melena que había debajo del mismo era rizada y pedía a gritos un corte de pelo.

—¿Mia? Eres Mia, ¿verdad? —preguntó, y su voz hizo que se me parase el corazón.

Lo que sentí no fue deseo, sino una sensación extraña. Había algo familiar en él, casi como un sueño olvidado del que todavía guardas la impresión al despertar pero que eres incapaz de recomponer.

—Pequeña, ¿estás bien?

Otra mano enorme se posó en mi otro brazo y no pude evitar observarlas detenidamente. Llevaba las uñas limpias y bien cortadas, como si acabara de hacerse la manicura. Di un paso atrás, pero él me cogió todavía más fuerte.

—Estoy bien, lo siento. —Parpadeé varias veces intentando aclararme un poco—. ¿Nos conocemos de algo?

Su sonrisa se volvió más amplia.

—No, pero durante el próximo mes nos conoceremos en profundidad. Soy Maxwell Cunningham, Max para los amigos —dijo tendiéndome una mano gigantesca.

Noté los callos en la palma de la mía, arañando mi piel fina y suave. Llevaba puesto un polo amarillo que se le ajustaba mucho al pecho musculado y la tela dejaba entrever la forma de su cuerpo. Parecía que la costura de las mangas le iba a reventar de un momento a otro por culpa del tamaño de sus bíceps, y no pude evitar fijarme en que la prenda le quedaba de vicio. Vestía también unos vaqueros oscuros con un cinturón de cuero muy ancho que se abrochaba con una hebilla plateada de, al menos, cinco centímetros de ancho y ocho de largo, adornada con una estrella dorada justo en el centro. En los pies llevaba unas viejas botas de cowboy de color teja que hacían juego con el cinturón. Se notaba que se había esforzado por ir bien conjuntado y, mientras yo observaba su vestimenta, él hacía lo propio conmigo. Aquellos ojos verdes tan parecidos a los míos analizaron mi vestido de verano y mis sandalias. Me había dejado el pelo suelto y mis rizos negros campaban a sus anchas.

—Eres preciosa —susurró de forma extraña, como si no pensara realmente lo que acababa de decir.

Tenía una mirada hechizante y me observaba de una manera que me hacía querer acercarme para abrazarlo. No sabía por qué sentía ese deseo, sobre todo después de lo que Aaron me había hecho en Washington.

Observé a la gente que pasaba por nuestro lado y me cogí el vestido sólo por tener las manos ocupadas en algo. El espacio que había quedado entre nosotros era incómodo y espeso, como si tuviésemos algún tema pendiente. Cuando un hombre le dice a una mujer que es preciosa y la mira de una forma que casi la deja desnuda, lo que se espera de ella es algún tipo de respuesta.

—Pues... gracias —dije finalmente.

De repente, él abrió mucho los ojos.

—Vaya, lo siento. No quería que sonara así. Es que eres preciosa, muy guapa. Había visto fotos tuyas, pero no me había preparado para tenerte en vivo y en directo. Joder..., eso también ha sonado fatal —dijo rascándose la nuca y mirándose los pies con el ceño fruncido, a juego con sus prominentes labios.

—Señor, ¿es ésa su camioneta? —preguntó, interrumpiendo nuestra extraña charla, un guardia de seguridad del aeropuerto con un chaleco fluorescente al tiempo que señalaba una *pick-up* Ford D-150 plateada.

—Sí, ¿pasa algo? —respondió Max.

El hombre asintió con la cabeza.

—Pasará si no la aparta. Está obstaculizando el tráfico, así que llévesela —dijo señalando de nuevo el vehículo.

—Vaya, lo siento. Mia, por aquí.

Cogió mi maleta, abrió la puerta de la camioneta y la lanzó al interior. Después abrió la puerta del pasajero y se dispuso a ayudarme a subir tendiéndome la mano. La miré como si acabara de meterla en ácido.

—Mia, pequeña, jamás te haría daño —se apresuró a decir—. Los buenos modales no son mi punto fuerte, pero si vienes conmigo al rancho, te ayudaremos a instalarte y Cyndi te facilitará mucho las cosas —añadió sonriendo aún con la mano tendida.

Cuando por fin le di la mía, tuve esa extraña sensación de nuevo y una imagen pasó fugazmente por mi cabeza. Fue tan sólo una milésima de segundo, como cuando no recuerdas el nombre de una canción y lo tienes en la punta de la lengua.

—¿Quién es Cyndi? —pregunté mientras subía a la camioneta y me acomodaba.

Él sonrió de oreja a oreja y me pareció que ese gesto me resultaba familiar. Estaba casi segura de que lo conocía de algo. No podía ser otra cosa. Maxwell se colocó todo lo grandullón que era detrás del volante, arrancó el motor, comprobó los retrovisores y puso la camioneta en marcha.

—Cyndi es mi mujer.

Tras dos horas metidos en la camioneta, por fin enfilamos un camino de grava. Al fondo se veía una casa amarilla de dos plantas en mitad de un rancho con todas y cada una de las ventanas cubiertas por unas persianas de color azul brillante. Una valla blanca rodeaba la parte delantera de la casa, y una niña pequeña, sentada sobre una manta, jugaba a las muñecas bajo el sol de agosto. Una mujer con un vestido veraniego largo permanecía apoyada contra una de las columnas blancas de madera que enmarcaban la escalera que conducía al porche cubierto. Su vestido mezclaba tonos azules y verdes, e inmediatamente me recordó a las aguas tropicales que había visto en Miami. La vi colocarse una mano sobre el vientre, abultado y redondito. Parecía que estaba a punto de estallar. El vestido largo dejaba entrever una barriga del tamaño de una pelota de baloncesto como poco. Tenía el pelo de color castaño claro, y la suave brisa le mecía los mechones que la cinta que llevaba no conseguía sujetar. Su persona y la fertilidad que desprendía de una forma involuntaria la hacían parecer un ser etéreo, colocado allí para el momento.

Cuando el coche se detuvo, saludó a Max y le sonrió. A él volvió a aparecerle en la cara la misma sonrisa enorme que había puesto hacía un par de horas al hablar de su esposa. Yo ya sabía que ella se llamaba Cyndi, que tenían una hija llamada Isabel y que venía de camino un niño. Max estaba entusiasmado con la idea de poder dejarle en herencia a un niño varón el apellido Cunningham.

También me había contado que era hijo único, que lo había criado Jackson Cunningham, recientemente fallecido, y que le había dejado el cincuenta y uno por ciento de su negocio. El otro cuarenta y nueve por ciento restante tenía que ir a parar a su supuesta hermana, a la que jamás había visto y con la que, por casualidad, yo compartía fecha de nacimiento y nombre. Todavía no me quedaba claro del todo qué quería que hiciese yo, pero me dijo que, durante el próximo mes, iría comprendiéndolo todo mejor.

Por mi parte, estaba encantada de que estuviese casado y de que fuese tan feliz. Así no tendría que fingir que me interesaba sexualmente. Ahora que acababa de empezar una relación con Wes, me aliviaba saber que sólo debería hacerme pasar por una hermana a la que no había llegado a conocer. No tendría que cogerlo de la mano, ni fingir cariño, ni besar a nadie.

Seguro que la buena nueva también alegraría mucho a mi surfista particular. El corazón me dio un vuelco al pensar en Wes. Llevábamos separados menos de un día, pero la distancia entre nosotros se notaba más de lo que había imaginado. Y eso que en los meses anteriores había pasado varias semanas en diferentes sitios sin tener noticias suyas. Joder, en mayo ni siquiera nos habíamos mandado un solo mensaje porque estábamos fatal después de la debacle de Gina. Casi vuelvo a encenderme al recordar cómo una de las mujeres más sexis de Hollywood le había puesto las zarpas encima a mi chico.

Antes de darme cuenta, Maxwell me había abierto la puerta y me estaba ayudando a bajar.

—Cielo, te presento a Mia. Bell, ven a saludar a una amiga de papá —le dijo a la niña.

Su mujer bajó los escalones con una mano apoyada en la barandilla y con la otra puesta en la enorme barriga. Cuando se acercó a nosotros, él le colocó una mano en el vientre y le pasó la otra por detrás del cuello. Bajó un poco la cabeza y miró a su mujer a los ojos.

—¿Cómo estás, mi amor? ¿Todo bien? —preguntó al tiempo que ella le sonreía y las mejillas se le ruborizaban mientras asentía con la cabeza—. ¿Y nuestro pequeño? —volvió a preguntar acariciándole la barrigota.

—Tan perfecto como siempre, Max. Estamos bien, de verdad —contestó ella, y se acercó a su marido para darle un beso muy dulce en los labios antes de volver a retirarse. Tenía los ojos azules, como dos zafiros brillantes, que me llamaron mucho la atención. Entonces me ofreció su pequeña mano—. Cyndi Cunningham. Bienvenida a nuestro hogar.

Se la estreché.

—Mia Saunders. Es un placer estar aquí. —La niña se había escondido detrás de las piernas de su madre y sólo asomaba un bracito por detrás de su rodilla—. Y ¿quién es esta cosita preciosa que se esconde ahí? —dije señalando a la pequeña tímida.

Maxwell cogió aire y el pecho se le hinchó todavía más.

—Es mi hija, Isabel. Bell, cielo, ven a saludar a la amiga de papi.

La niña sacó la cabeza de detrás de las piernas de su madre. Tenía los ojos verdes y el pelo dorado le enmarcaba la carita en forma de corazón como un halo de luz, igual que a su padre. Salió de su escondite haciendo pucheritos con sus labios angelicales. En cuanto le vi los ojos y el pelo, volví a tener esa sensación de familiaridad. Seguro que había coincidido con aquella familia en algún momento, pero no conseguía acordarme.

—Hola, soy Mia —dije moviendo un dedo a modo de saludo mientras Isabel se agarraba con fuerza al vestido de su madre y levantaba polvo con los piececitos al arrastrarlos de un lado para otro. Llevaba puesto un vestido con arcoíris muy adecuado para su edad, que, según me había dicho Max, eran cuatro años—. Me encanta tu vestido.

Enseguida se le oscurecieron los ojos verdes.

—Me gustan los arcoíris. Son muy chulos.

—Sí, estoy de acuerdo. ¿Has visto alguna vez uno de verdad? —le pregunté arrodillándome para mirarla a los ojos. La niña asintió con la cabeza con el entusiasmo típico de su edad—. Yo también. ¿Sabes lo que dicen de los arcoíris? —Sus ojitos dulces se entornaron y negó con la cabeza—. Hay una leyenda irlandesa que dice que al final del arcoíris hay una olla llena de oro. Y esa olla de oro está siempre protegida por un leprechaun. Son unos amiguitos muy simpáticos vestidos con un traje verde y un sombrero de copa a juego.

La niña rio.

—¿Podemos buscar uno mientras estés aquí? —preguntó con un hilo de esperanza en la voz.

—Tiene pinta de ser toda una aventura. Podríamos ir a buscarlo juntas, ¿qué te parece? —le dije como si fuese lo más normal del mundo.

Isabel me cogió de la mano. Cyndi y Max nos observaban boquiabiertos. Era evidente que no daban crédito, porque intentaban hablar pero no conseguían articular palabra.

—Te enseñaré la casa. ¿Te gustan las tortitas? ¿Y los Osos Amorosos? ¿Cuál es tu favorito?

Cuando un niño feliz te arrastra a su mundo de semejante manera, lo único que puedes hacer es dejarte llevar, y eso fue lo que hice yo.

—Pues... me gusta mucho Suertosito, el que lleva un trébol en la barriga. Por cierto, las tortitas me encantan, sobre todo con sirope de chocolate por encima.

La niña dejó de caminar, se volvió, cruzó los brazos sobre el pecho y dio un golpe en el suelo con su pequeña sandalia.

—¿Cómo es posible que nunca les hayamos puesto chocolate nosotros? —preguntó a sus padres, plenamente convencida de que el asunto requería una atención inmediata.

Cyndi y Max se rieron y menearon la cabeza.

—Las probaremos al estilo de Mia mañana por la mañana, cosita —respondió Cyndi acariciándole el pelo a su hija—. Ahora ibas a enseñarle su habitación, ¿recuerdas?

Isabel giró de nuevo sobre sus pies y echó a correr escaleras arriba riendo.

—¡Vamos, Mia! —gritó.

—¿Siempre tiene tanta energía? —les pregunté a sus padres mientras subía la escalera detrás de la niña.

—¡Sí! —respondieron ambos al unísono.

—Pues va a ser un mes divertido, no me cabe la menor duda —dije volviendo la cabeza para comprobar si venían detrás de mí.

Max se rascó el cuello y miró a su mujer. Ella tenía la mirada perdida y no nos observaba a ninguno de los dos.

—Nos alegramos de que estés aquí, Mia —fue lo único que dijo. El tono me sonó raro, y me preocupó. Sin embargo, tenía la sensación de que, tarde o temprano, acabaría pensando justo lo contrario.

Aquella noche, una vez instalada en mi habitación, cogí el teléfono y llamé a Wes.

—Hola, nena. ¿Ya te has metido en la cama? —preguntó sin ningún preámbulo.

—Pues sí. ¿Y tú? —Sonreí mientras me acurrucaba debajo de la sábana.

—Todavía no —respondió, y bostezó.

—Parece que estás cansado.

Afirmó con un murmullo que me recorrió todo el cuerpo y que me humedeció entera, tal y como yo le hacía a él. Traidor.

—Lo estoy. Ha sido un día muy largo y te echo de menos. Has estado aquí menos de una semana y ya me he acostumbrado a tenerte en la cama.

Solté una risotada y empecé a juguetear con un hilillo que colgaba de la costura de la sábana.

—Lo que echas de menos es follarme.

—Cierto. Tenerte desnuda en mi cama tiene efectos colaterales, obviamente. Pero me gusta dormir acompañado, y eso va a ser lo peor de todo, aparte de no oír los ruiditos que haces cuando te das la vuelta y me restriegas por el brazo la nariz y la boca, para después babeármelo entero.

—¡Yo no babeo!

Wes rio con ganas y eso me hizo sentirme mucho más triste. Debíamos estar otras tres semanas separados, pero lo peor de todo era que él estaría en casa y no por ahí, rodando alguna película.

—Bueno, no babeas, pero te acurrucas a mi lado. Antes lo odiaba, pero ahora me encanta.

—Te quiero —solté de repente.

—Lo sé —dijo con un suspiro.

El sonido de su respiración calentó la conversación mientras yo me imaginaba allí, con la cabeza apoyada en su pecho desnudo, escuchando ese sonido y notando cómo su aliento me hacía cosquillas en la cabeza. Me di la vuelta y hundí la cara en las sábanas para aspirar su agradable aroma a detergente de lavanda.

—Háblame de tu cliente —pidió—. ¿Sabes ya por qué necesita que te hagas pasar por su hermana?

—Todavía no. De camino a casa desde el aeropuerto me ha contado que su padre, Jackson, recientemente fallecido, le ha dejado a él el cincuenta y uno por ciento de su empresa y el resto a una supuesta hermana a la que no conoce y que ni siquiera sabía que existía.

—Qué raro —añadió Wes.

—¿Verdad? Al parecer, según lo que el padre escribió de su puño y letra en el testamento, la hermana se llama igual que yo y nació el mismo día. Es todo un poco raro, aunque Mia es un nombre bastante corriente. En mi clase del colegio éramos dos, y Saunders también es un apellido común. Según Max, que es mi cliente, el apellido estaba escrito a mano y las letras bailaban un poco, por lo que aumenta mucho el número de candidatas en potencia. También me ha dicho que fue pura suerte encontrarme y que estuviese a su alcance, aunque no sé qué significa eso.

—Pues a mí me parece extraño que te llames igual, que nacieses el mismo día y que él haya dado contigo. ¿Cómo te encontró?

No lo había pensado, pero era una muy buena pregunta.

—No tengo ni idea, aunque pienso descubrirlo.

—¿Qué más sabes de ese tío?

Por su tono, supe que estaba pensando en investigarlo, cosa que me halagaba y me molestaba a partes iguales. Tía Millie ya lo había investigado y me había confirmado que era inofensivo. Asquerosamente rico, pero nada de lo que preocuparse, y nada que Weston tuviese que investigar más a fondo.

—Wes... —dije en tono de advertencia para que supiese lo que pensaba—. Es un hombre inofensivo. Tiene treinta años, es vaquero y vive en un rancho normal, sin todos esos lujos ostentosos que tendría cualquier persona rica. Su mujer, Cyndi, es encantadora y está embarazada de su segundo hijo. Es niño, y el pobre Max está loco de contento. Tienen una hija de cuatro años que se llama Isabel y que también es encantadora. Son completamente normales.

—Y ¿para qué contrata una familia normal a una escort? Nena, esto es muy raro. Entiendo lo del nombre, pero podría haber contratado a cualquier persona para que se hiciese pasar por su hermana si el futuro de su empresa pende de un hilo. ¿Por qué tú? ¿Por qué alguien con el mismo nombre y la misma fecha de nacimiento?

—Puede que no sea el mismo nombre exactamente —intenté justificar sin resultado. Wes se quejó al otro lado de la línea y enseguida supe que se estaba tirando del pelo—. ¡No te tires del pelo! —grité de repente.

—¿Cómo lo has sabido? —Se rio.

—Siempre te tiras del pelo cuando estás cabreado. Me encanta tu melena, y quiero seguir viéndola así el resto de mi vida o, al menos, durante los próximos treinta años, por lo que deja de darte tirones. Te vas a quedar calvo antes de hora.

Las carcajadas resonaban en el auricular del teléfono. Finalmente oí un suspiro y Wes volvió a hablar.

—Vale, vale, pero que sepas que mi padre sigue teniendo el pelo perfecto a su edad. No creo que haya que alarmarse.

Imaginar a Wes con treinta años más hizo que me pusiese más caliente todavía.

—No te preocupes por mí, ¿vale?

—Eso no va a ser posible. Me preocuparé hasta que vuelvas a estar en casa, durmiendo a mi lado. Por cierto, ¿dónde me has dicho que estaba el rancho?

Esta vez fui yo la que no pudo evitar reír. Mi chico era terco como él solo. Le di la dirección y oí el sonido de las teclas al otro lado del teléfono.

—¡No me jodas! —exclamó.

—¿Qué? —pregunté preocupada.

—Tiene el rancho justo al lado del de un amigo mío. Bueno, es su mujer la que es amiga mía, pero sólo vive allí la mitad del año. Estuve en su boda en ese mismo rancho.

—¿Quién?

—Aspen Bright-Reynolds. —El nombre me sonaba, pero no le ponía cara—. Bueno, ahora ya es Aspen Jensen. Está casada con Hank Jensen, que es el dueño de toda la propiedad adyacente a la finca de los Cunningham. No puede ser... Ahora recuerdo que me presentaron a Maxwell —añadió muy sorprendido—. Deberías ponerte en contacto con Aspen si está por allí. Yo la llamaré.

Que mi chico nombrase con tanta familiaridad a otra mujer hizo que la bruja de ojos verdes que habitaba dentro de mí saliese de su escondite.

—¿De qué la conoces?

—Tiene negocios. Es la propietaria de AIR Bright Enterprises. ¿Crees que yo soy rico? Pues ella está de las primeras en la lista de las mujeres jóvenes más ricas. Tiene treinta años y ha tenido una hija hace poco. Sé que intentan ir a menudo al rancho porque Hank es todo un vaquero y le encantan los espacios abiertos. Me pondré en contacto con ella y os organizo algo, si te parece.

—Bueno, no sé... No te tengo aquí para que nos presentes, y se me haría un poco raro.

—Vale, pero seguiré investigando a los Cunningham de todas formas.

—Cariño, ya lo ha hecho tía Millie y...

No me dejó acabar.

—Eres mi novia y me preocupo por ti. Así me sentiré más cómodo. Si vas a pasar tanto tiempo lejos de nuestro hogar, tengo que asegurarme de que estás a salvo. Además, este asunto es muy raro. Eso no me lo puedes negar.

Sinceramente, dejé de prestar atención después de oír lo de «Eres mi novia y me preocupo por ti». Se me hacía muy raro que un hombre se preocupara por mí tanto como para investigar a la gente con la que trabajaba. Jamás me había sucedido. Sólo de pensarlo me entraron ganas de subirme a un avión, ir hasta su casa de Malibú y sentarme encima de su polla. Por desgracia, no podía hacer ninguna de esas cosas, así que no me quedó otra que responderle.

—Bueno, vale. Haz lo que quieras si así duermes mejor, Wes. Pero no te preocupes por mí. En fin, me voy a sobar.

—¿A *sobar*? ¿Ya han convertido a mi señorita en una chica de campo? —se burló él.

—Te quiero —dije con una risita.

—Sueña con los angelitos.

Echaba tanto de menos el sonido de su voz que no pude evitar pegarme más el teléfono a la cara.

—Querrás decir que sueñe con estar en tus brazos. —Me callé hasta que lo oí suspirar—. Mañana te llamo.

—Te quiero. Cuídate.

[illegible]

[illegible]

[illegible]

[illegible]

[illegible]

[illegible]

[illegible]

[illegible]

[illegible]

[illegible]

[illegible]

[illegible]

[illegible]

[illegible]

[illegible]

4

Maxwell condujo durante cuarenta y cinco minutos hasta que llegamos a las oficinas de Cunningham Oil & Gas. El edificio era enorme, y parecía más una pequeña universidad que las oficinas de una empresa. No sé por qué, pero esperaba que fuese más bien un rancho lleno de tierra, un lugar en el que un verdadero cowboy se sintiera cómodo trabajando. Sin embargo, se componía en su mayor parte de columnas blancas relucientes y paredes hechas de cristal. El perímetro estaba rodeado de árboles y tuvimos que atravesar una valla vigilada por un guardia de seguridad.

—Vaya..., ¿cuánta gente trabaja aquí?

Max estaba muy concentrado mirando al frente y fue maniobrando poco a poco la camioneta por el aparcamiento hasta estacionarla en un hueco cercano a la puerta, donde había un cartelito blanco con letras negras en el que se leía con claridad: «MAXWELL CUNNINGHAM, DIRECTOR GENERAL».

—¿Aquí? En este campus trabajan unos doce mil empleados, aproximadamente.

—¿Campus? —pregunté sorprendida—. Tiene sentido, parece una universidad.

—Aquí hacemos muchísimas cosas, pero la empresa

tiene contratadas en total a más de setenta y cinco mil personas.

—¿En serio? ¡Joder! Y ¿tú eres el jefe de toda esa gente?

Él frunció un poco el ceño y se tocó el sombrero.

—No tiene tanto glamour como parece. O, al menos, yo no dejo que lo tenga. Ven, quiero enseñarte todo esto. Hay mucho que ver. —Me bajé de un salto del vehículo mientras Max me sujetaba la puerta abierta—. Un caballero siempre tiene que abrirle la puerta a una señorita —dijo casi regañándome.

No pude evitar llevarme las manos a la cadera e inclinarme hacia un lado como si me hubiese ofendido.

—Querido hermanito —bromeé con cierta ternura—, te recuerdo que no soy tu mujer, sino tu hermana.

Se le dibujó una sonrisa en la cara y vi que algo se le pasaba por la cabeza, aunque lo desechó rápidamente.

—Así es, pequeña. Vamos, hay mucha gente deseando conocer a mi querida hermana desaparecida —dijo doblando el brazo.

Yo me agarré a él al tiempo que me colocaba las gafas de sol sobre la cabeza.

—¿Tu padre construyó todo esto desde cero? —pregunté observando la parte del campus que se veía desde el aparcamiento.

Él negó con la cabeza.

—No, no. El negocio lo empezó unos cuantos años antes mi abuelo, que era un vaquero clásico al más puro estilo John Wayne. Las siguientes generaciones nos hemos encargado de hacerlo crecer. Ahora —prosiguió abriendo el brazo que le quedaba libre— ya es algo impresionante. Cuando era pequeño sólo deseaba vivir en el rancho y trabajar en esta empresa. Siempre fui la mano derecha de mi padre, pero ahora que no está, llevo yo las riendas.

De pronto apretó los labios y compuso un gesto melancólico. Le acaricié el brazo.

—Oye, siento lo de tu padre. Si se parecía a ti, seguro que lo echará de menos muchísima gente.

—Sí, supongo que tienes razón. Lo que no entiendo es por qué me ocultó durante toda la vida que tenía una hermana.

—¿Tu madre volvió a casarse después?

Max resopló y abrió una de las puertas de cristal.

—Mi madre nunca se casó con papá, y no fue porque él no lo intentara. Papá me contó que se lo pidió cientos de veces a lo largo de los años que pasaron juntos y que incluso llegó a exigírselo cuando me tuvieron a mí. Sin embargo, lo que hizo fue desaparecer. Me dejó un álbum de bebé que había hecho ella misma, unas cuantas fotos en las que salía con mi padre y nada más. Jamás volvimos a saber de ella, o al menos eso fue lo que me contó mi padre.

Se le agarrotaron los hombros y apretó fuertemente la mandíbula. Estaba claro que hablar de su madre no le gustaba un pelo. Entonces me colocó una mano en la parte baja de la espalda y me guio hasta el ascensor. Subimos cinco pisos hasta llegar a la última planta. Allí trabajaba mucha gente, pero el edificio no era alto. Supongo que, si querían mantener el encanto de aquella zona rural, no podían construir un montón de rascacielos que bloqueasen la luz del sol.

—Hola, Diane. ¿Cómo estás? —le preguntó Max a una mujer menuda que estaba sentada a un escritorio delante de una puerta doble.

Tenía el pelo blanco y recogido en un moño muy elegante. Un par de gafas de color rosa reposaban precariamente en la punta de su nariz. Sonrió con amabilidad y alargó una mano. Max la cogió, se la acercó, la besó y después le dio unas palmaditas en el dorso. La mujer tenía edad para ser su abuela, pero su mirada denotaba inteligencia y dejaba claro que era muy avispada.

—¿Quién es esta señorita tan adorable? —dijo repasándome de arriba abajo, como analizando cada detalle de la ropa que había elegido para el momento. No lo hizo de forma maleducada ni incómoda, sino más bien con curiosidad.

—Es mi hermana, Mia —respondió él con cierto orgullo en la voz.

Sentí que el corazón se me encogía, como si me hubiese dado un abrazo con todas sus fuerzas, y eso me hizo desear ser su hermana de verdad. A cualquier mujer le habría encantado tener un hermano como él: cariñoso, familiar y con dotes de líder.

La mujer se levantó y comprobé que era mucho más bajita de lo que había imaginado. Abrió los brazos todo lo que pudo y compuso una sonrisa con la que habría sido capaz de alegrar hasta los días más horribles. A continuación me dio un abrazo de oso.

—Es un placer conocerte, Mia. Bienvenida a la familia, preciosa —dijo pellizcándome las mejillas—. No quiero que te sientas como una extraña, ¿de acuerdo?

—Vale, lo intentaré.

—Venga, Diane, ya puedes soltarla —le pidió Max al tiempo que tiraba de mi mano.

La mujer me soltó de entre sus brazos y los cruzó sobre el pecho sonriendo de oreja a oreja, como si se estuviese abrazando a sí misma. Cuando nos alejamos, oí un suspiro.

—Jamás pensé que llegaría este día —susurró Diane.

Max abrió la puerta de su despacho. Era una habitación situada en la esquina del edificio, con vistas al resto del campus. Ante nosotros se abrían cientos de hectáreas con un montón de edificios ubicados a lo largo de la línea de árboles.

—Intentamos ser lo más respetuosos que podemos con el medio ambiente, pero a los ecologistas se les va la cabeza con eso de proteger la Tierra. Yo lo entiendo, pero eso no cambia nuestra necesidad de extraer recursos naturales —dijo en un tono suave y sin ninguna intención de quejarse.

—¿Supone muchos problemas llevar una empresa como ésta? —pregunté mientras observaba el terreno a través de la ventana.

Max se inclinó sobre el escritorio y se quedó contemplando el paisaje a mi lado.

—Tiene lo suyo. Siempre estamos luchando por ser transparentes en lo relativo a la contabilidad y en la utilización de materiales conflictivos.

—¿Qué es eso?

Comprendía el resto, pero no sabía qué significaba lo de los materiales.

—Las fuentes de extracción de oro, cobre, estaño, tungsteno y tantalio son esenciales para nuestra producción y para el buen funcionamiento de nuestros productos. Por tanto, tenemos que lidiar a menudo con las políticas energéticas y medioambientales de nuestro país y del resto de los países en los que trabajamos.

Ya comprendía.

—¿Estáis en todo el mundo?

—Sí, recuerda que tenemos más de setenta y cinco mil trabajadores. No todos están en Estados Unidos, aunque hay personas que se encargan de gestionar cada filial: mis primos y algún que otro ejecutivo que tenemos contratado. En el puesto de más responsabilidad de cada una de ellas hay siempre un Cunningham que vela en primera persona por los intereses de la familia.

—¿Y los inversores?

—Tenemos también muchos, pero no son dueños de la empresa, sólo están interesados en los beneficios de la compañía. Cuanto más dinero ganamos nosotros, más ganan también ellos. Por desgracia, ése es el motivo por el que has tenido que venir.

Me volví y me senté en uno de los sillones de cuero.

—Explícamelo mejor.

Él suspiró y se sentó en el que había justo enfrente de mí. Una mesa de cristal con la parte inferior hecha de lo que parecía madera seca de un árbol viejo nos separaba. El mueble daba un toque rústico a la habitación, y me gustaba cómo quedaba. Encajaba con el hombre que trabajaba allí.

—Mi padre le dejó a mi hermana en su testamento el cuarenta y nueve por ciento de la empresa.

—A una hermana que no conoces todavía...

Miró hacia otro lado antes de responder.

—Pues... se podría decir que sí. Le dejó a esa mujer prácticamente la mitad de la empresa y me dio un año para encontrarla. Llevo buscándola meses —añadió, y se echó a reír—. Te va a parecer una idiotez y es posible que ni siquiera me creas, pero oí tu nombre en un programa de cotilleo que ve mi mujer. Te relacionaron con un hombre al que conocí hace un par de años. Es amigo de un amigo, y le pregunté por ti.

—Y ¿cómo se llama tu amigo?

—Se llama Hank Jensen. Es nuestro vecino, y su mujer...

—Se llama Aspen y es amiga de Weston Channing. ¿He acertado?

Su estado de ánimo volvió a cambiar igual que cambian las mareas, y la melancolía desapareció por completo en cuestión de segundos.

—¡Exacto! Lo conocí hace un par de años en la boda de Hank. Es muy majo, y se dedica a la industria del cine. Oí tu nombre en el programa de la tele y después lo confirmé en una revista que vi en el supermercado, así que decidí investigarte.

«No hay más preguntas, señoría.» Claro y directo. Al parecer, aquel hombre no escondía nada terrible que me fuese a explotar en la cara de un momento a otro. No era más que una persona en busca de su hermana, que, casualmente, se llamaba como yo.

—Imagina la sorpresa que me llevé cuando descubrí que eras escort. Me quedé impactado —dijo con un poco de rabia en la voz, cosa que no encajaba del todo con su personalidad—. ¿Por qué te dedicas a eso?

Intenté pararlo levantando una mano.

—Espera un segundo y no me cambies de tema. Me has investigado... ¿Qué más sabes de mí aparte de mi profesión, cosa que ya has confirmado que es verdad?

—Pues un poco de todo. Sé que tu padre está ingresado en un centro para convalecientes. Sé que has trabajado como camarera un montón de veces en Las Vegas y en California, donde también lo intentaste en el mundo de la interpretación; he visto un par de anuncios tuyos y lo haces muy bien.

«Vaya, qué considerado...»

—Gracias —dije sonriendo sin darme cuenta de que volvía a cambiar de tema—. Y ¿qué más?

—Que ahora trabajas para Exquisite Escorts y fuiste la comidilla de la prensa rosa por ser la novia de Weston Channing. Sin embargo, un mes después estuviste trabajando para un pintor francés y, más tarde, te relacionaron con los Fasano, esos que tienen una cadena de restaurantes italianos. Ojalá tuviesen un establecimiento cerca de aquí. Una vez fui a uno y la comida estaba de vicio.

Sus palabras me hicieron recordar el tiempo que pasé con Tony, con Héctor y con todo el clan de los Fasano.

—Son una familia estupenda y les tengo muchísimo cariño —señalé—. ¿Eso es todo?

Él negó con la cabeza.

—Volviste a salir en las revistas porque te relacionaron con un jugador de los Red Sox, aunque no entiendo en absoluto cómo pudiste salir con un tío que juega en un equipo tan malo. Los Rangers de Texas son mucho mejores. Eso sí que es un equipo.

—¿En serio? ¿Te sabes toda mi vida y lo que más te preocupa es el equipo en el que jugaba uno de mis clientes?

Empecé a notar que la sangre me hervía debido a la frustración. No me gustaba que alguien supiese tantísimas cosas de mi vida privada, y mucho menos si era un cliente.

—¿No era tu novio? —preguntó al tiempo que ladeaba la cabeza—. Pues te vi besándolo en las revistas, igual que al tal Weston.

No pude evitar soltar un suspiro de agotamiento.

—Todos ellos son clientes, excepto Weston. Él es mi novio, aunque todavía no lo era en aquel momento. Acabamos de empezar la relación —dije encogiéndome de hombros—. Bueno, da igual. Dime qué necesitas de mí.

Se mordió los labios y apretó la mandíbula.

—Pues es muy sencillo. Necesito que te hagas pasar por mi hermana para que nuestros inversores no dejen de lado a la empresa.

—No creo que sirva de nada. Acabarán enterándose.

—No, no se enterarán. Las coincidencias son demasiadas. Imagina la sorpresa que me llevé al enterarme de que la Mia Saunders que había visto por la tele y en las revistas del supermercado no sólo se llamaba igual que mi hermana, sino que compartía fecha de nacimiento con ella. De momento es suficiente con enseñar tu carnet de conducir. Para cuando tengamos que presentar partidas de nacimiento y análisis de ADN en los juzgados, espero haber encontrado a la auténtica Mia Saunders, a mi Mia. No hay nada que me haga más ilusión en el mundo que tener una gran familia. Papá nunca tuvo más hijos. Por eso me casé tan joven con Cyndi y empezamos a tener hijos pronto. Quiero tener la casa llena de renacuajos correteando algún día, y eso es lo que debo proteger. Por eso estás aquí.

Se me volvió a parar el corazón cuando lo oí decir «mi Mia». Lo entendía perfectamente. Lo que quería era una familia de verdad con una madre, un padre, un hermano y una hermana. Yo tenía a Maddy, y mis amigos también se habían convertido en una gran familia, pero eso no cambiaba el hecho de que siempre hubiésemos estado los tres solos y de que mi padre no siempre hubiera estado lo suficientemente sobrio como para ser una buena figura paterna. Yo también deseaba un entorno familiar de verdad. Tener relación sanguínea con otras personas, igual que la tenía con Maddy, habría significado mucho para mí.

—Haré todo lo que necesites. Sólo tienes que pedírmelo.

—¿Así de fácil? ¿Estás de acuerdo con lo de ayudarme, lo de compartir tu información y lo de fingir que eres ella?

Tampoco había sido una decisión demasiado difícil. Ya había sido novia, musa, prometida, modelo, mujer florero y seductora en un videoclip. ¿Por qué no iba a fingir que era la hermana de un buen hombre que tan sólo quería proteger el negocio familiar? Le tendí la mano.

—Prométeme que le pondrás a tu próxima hija mi nombre y lo haré —dije con la expresión más seria que pude adoptar.

—¿En serio? ¿Es lo único que quieres? ¿Una tocaya?

Su mirada se tornó mucho más dulce y, de nuevo, tuve la sensación de que lo conocía de algo o de que lo había visto en alguna parte. Bajé la mano.

—¿De verdad le pondrías mi nombre a una hija tuya?

Max se encogió de hombros.

—Si salvas mi negocio familiar, es lo menos que puedo hacer por ti. Además, eres mi hermana —dijo con tanta convicción que casi me lo creí.

—Se nota que eres un tío serio, pero estaba de coña. No me debes nada. Dale a tu familia una buena vida.

—¿No quieres más dinero, ni hacerme chantaje? Podrías hacerlo perfectamente y sacarías mucha pasta. Esta empresa genera todos los años miles de millones de beneficio. Podría solucionarte la vida.

Negué con la cabeza con una convicción que me abarcaba de la cabeza a la punta de los pies.

—Las buenas acciones son para quien se las merece y no para quien paga dinero por ellas. Tú ya has pagado para tenerme aquí, y le he mandado el dinero a mi acreedor. Está todo perfecto.

De repente, sus ojos de color verde claro se tornaron de un verde oscuro que me recordó al de los bosques.

—¿Acreedor? ¿El dinero que te pagué ha sido para cubrir una deuda? No vi que tuvieses deudas a tu nombre. Es cierto que tienes poco dinero en tu cuenta corriente y que los cheques iban a nombre de un fondo de estudios, pero pensaba que estabas devolviendo algún tipo de beca. ¡Se suponía que el dinero era para ti!

Pasó a hablarme en un tono que rozaba la vehemencia, y cada vez apretaba los puños con más fuerza. Yo también alcé la voz.

—Mira, Max, mis deudas no son cosa tuya. ¡Joder, ni siquiera son cosa mía! —espeté sin darme cuenta de que había metido la pata.

—¿Qué quieres decir? ¿De quién es la deuda que estás pagando?

Se levantó y se puso en jarras. Un rayo de sol incidió justo en la hebilla de su cinturón y me cegó momentáneamente.

—De nadie que te importe.

Entorné los ojos todo lo que pude para evitar la luz del sol. El resplandor me había hecho polvo los ojos, pero la conversación me había destrozado el corazón.

—Claro que sí. Eres mi hermana.

—Tu hermana falsa —le recordé en un tono de advertencia.

Esas cosas solían funcionar con todo el mundo, pero no con él. Pasó del tema como si nada. Acto seguido, se quitó el sombrero, lo dejó encima de la mesa y se acarició con los dedos su melena rebelde. Cuando unos cuantos mechones le cayeron sobre las orejas, me resultó todavía más familiar. Pensé que se parecía mucho a mi hermana pequeña, Maddy, aunque fue sólo un segundo. Joder, si hasta me servía la misma marca de refrescos para beber.

—Mira, no quiero entrar en detalles con lo de mi deuda... —repuse—. Me las apaño bien sola.

—Y ¿qué pasa con la universidad? Está claro que, si estás aquí, no estás estudiando.

Me apreté los ojos con las manos. No era de su incumbencia. Ninguno de mis clientes pedía tantos detalles de mi vida nada más empezar. Sólo Wes lo había hecho, pero él era diferente. En el fondo sabía que llegaríamos a ser algo más, aunque tardé un tiempo en confirmarlo. Sin embargo, ahora tenía a un enorme cowboy entrometiéndose en mis asuntos y, por la forma en la que torcía el gesto, parecía que no pensaba dejarme ir hasta que le diese alguna respuesta.

Respiré profundamente y me incliné hacia adelante.

—Dejé de estudiar hace mucho tiempo, Max. El dinero que ingreso en el fondo no es para mí.

—Entonces ¿para quién es? —preguntó llevándose la mano a la barbilla.

—Para mi hermana, Madison. Le estoy pagando los estudios.

Él dejó caer la mano sobre la mesa y se inclinó con tanta fuerza hacia adelante que la madera cedió bajo la presión del golpe.

—¿Tienes una hermana? —preguntó muy sorprendido.

—Pues sí. Tiene cinco años menos que yo. Estudia en Nevada y va a ser científica —dije con un orgullo tremendo y con mucho cariño.

Mi hermana pequeña era mi auténtica y mi única debilidad. Todo lo que hacía en la vida lo hacía por ella. Quería que tuviese lo mejor y llevaba muchos años esforzándome para que así fuese. No pude evitar reírme al darme cuenta de un pequeño detalle que se me había pasado por alto.

—Pensaba que tu pequeño investigador te lo habría contado —dije sacudiendo un dedo en el aire.

Cuando nuestras miradas volvieron a encontrarse, me di cuenta de que Maxwell tenía los ojos anegados en lágrimas. Tragó saliva un par de veces, abrió la boca y después volvió a cerrarla.

—Otra hermana —susurró—. Madison. —Repitió su nombre casi como una oración hacia una figura situada en un altar a la que adorara—. Dos hermanas, lo que siempre he querido. No puede ser...

Negó con la cabeza, cerró los ojos y una lágrima le resbaló por la mejilla. Allí pasaba algo muy raro...

5

—Max, ¿qué te pasa? —pregunté al verlo levantarse, acercarse a la ventana y pasarse esas manos tremendamente grandes por sus rizos dorados.

—Nada... —dijo después de aclararse la garganta.

Se sorbió la nariz e intentó recomponerse mientras yo lo observaba completamente perdida. Había pasado de hablar de una empresa petrolera a invadir mi vida personal y a echarse a llorar en un abrir y cerrar de ojos. No le veía ningún sentido a todo aquello. Estaba claro que tenía debilidad por las familias, pero yo no había dicho nada como para derrumbar a un hombretón así y hacerlo llorar.

Me levanté, fui a su lado, junto a la ventana, y le puse una mano en el hombro. Lo tenía firme, cosa que demostraba que estaba en forma. Era obvio que no se pasaba el día sentado en casa. Me daba la impresión de que Max trabajaba en labores físicas muy a menudo.

—¿Es por tu padre?

El dolor se reflejaba en sus ojos, fruncía el ceño y no dejaba de menear la cabeza. Su cuerpo irradiaba tensión, como si fuese una especie de fuente de energía magnética. Antes de darme cuenta, me agarró entre sus brazos y me apretó la cara contra su pecho. Me cogió la cabeza y noté que todo él se estremecía. Era un tipo enorme con un cuerpo gigante, y el movimiento se volvió muy violento. Lo único que podía hacer era rezar para que no me aplastara o dejar que la fuerza de su pena me engullera. Decidí esperar y dedicarle unas palabras de consuelo.

—Tranquilo, Max. No pasa nada. Ahora está en un sitio mejor. —Ese último comentario hizo que me abrazara todavía más fuerte, así que decidí cambiar de estrategia—. Recuerda que tienes una mujer preciosa, una hija adorable y una familia que te quiere.

Él apretó más el abrazo y después fue soltándolo poco a poco con cada respiración. Luego tosió, dio un paso atrás y se volvió. Se secó las mejillas, se aclaró la garganta y tosió otra vez. Quise concederle lo que necesitaba, así que me dirigí al otro extremo de la habitación y le di espacio para aclararse y recomponerse.

Después de un rato, volvió a hablar.

—Lo siento, Mia. No me he dado cuenta de que casi te aplasto con estos músculos —dijo golpeándose el pecho con un puño—. Me gustaría que esto quedase entre tú y yo —me pidió al tiempo que bajaba la vista al suelo.

—Tranquilo, Max, todos tenemos momentos tristes. Lo único que pasa es que el tuyo es más reciente —contesté.

Su actitud y la rabia contenida denotaban el poder que había bajo esa fachada.

—Ven, quiero enseñarte el resto del campus.

—Te sigo —dije extendiendo el brazo para que viera que estaba lista.

Al salir de su despacho, volvimos a pasar por delante de Diane, que seguía con la misma sonrisa enorme y radiante.

Tenía las manos juntas cerca del pecho y la mirada se le encendió cuando Max volvió a doblar el brazo para que me agarrara a él. Me reí y me pegué a él, tanto por su bien como por el mío. Necesitaba una amiga en la que apoyarse y, si él no se hubiera acercado por sí mismo, lo habría hecho yo.

Estuvo enseñándome todos los departamentos durante un par de horas y me presentó a todo el mundo como su hermana. Yo habría jurado que, en cada presentación, su orgullo cambiaba de falso a verdadero en apenas segundos. Toda aquella situación me resultaba muy extraña y me sentía como en una barca a la deriva sin ancla ni remos. Lo único que tenía para poder salir de aquellas aguas frías y regresar a tierra era la fuerza de mis brazos.

Max me llevó al departamento de ingeniería, donde me presentó a una mujer muy grácil con una melena larga y castaña recogida en una trenza de raíz. Llevaba puestas unas gafas de montura al aire y tenía una expresión un tanto contraída. En cuanto entramos en la oficina, un halo de desconfianza rodeó todo su cuerpo. Me di cuenta enseguida de que la mujer supondría un problema en nuestro jueguecito de hacerme pasar por la hermana desaparecida.

—Mia, te presento a mi prima, Sofia Cunningham. Lleva el departamento de ingeniería y forma parte del comité de patrocinadores porque le interesa muchísimo nuestra empresa.

Le ofrecí la mano y ella la miró con desdén antes de darme un apretón tan fuerte que me obligó a retirarme para poder soltarme de aquellas garras.

—Es un placer —mentí.

—No me cabe la menor duda. Mia, la hermana perdida

a la que nadie conocía —dijo ella con desprecio hacia su objetivo que abatir, que era Max, no yo. Él carraspeó, y yo, que sabía cuidarme sola, decidí observarla con una expresión completamente neutra para que viera que no me dolía en absoluto—. ¿Dónde has estado escondida todos estos años?

Al final no pude controlarme más y puse los ojos en blanco.

—Pues... en Las Vegas —respondí con sinceridad, puesto que ahí era donde había pasado casi toda mi vida. Cualquiera podía comprobar que la información era cierta.

—¿En serio? —preguntó mientras se subía las gafas sobre el puente de la nariz—. Me parece muy interesante que mi tío muera y, de repente, te deje la mitad de lo que nosotros nos hemos matado por conseguir durante estos últimos diez años.

Conocía bien a ese tipo de mujeres y sabía que con ellas no se podía bajar la guardia, así que me aparté el pelo de la cara, volví a coger del brazo a Maxwell y hablé con todo el desaire que pude.

—Supongo que soy una tía con suerte, ¿no?

Sofia se aclaró la garganta y luego nos llevó hasta una mesa. Señaló una hoja que, de haberme preguntado a mí, habría jurado que estaba escrita en otro idioma. No comprendí ninguna de las fórmulas o señales que allí había escritas.

—Max, estos diagramas tiene que repasarlos el comité, el departamento legal y el departamento de contabilidad para poder empezar con el proyecto de la planta del sureste asiático. ¿Cuándo podrás echarles un vistazo?

Él me pasó entonces un brazo por detrás de los hombros.

—Sof, acabo de conocer a mi hermana y sólo hemos pasado un día juntos. Dame un par de días más para conocerla mejor antes de volver a tocarme los cojones con temas de trabajo. Te dije que, en cuanto llegara, pensaba desconectar durante una temporada.

Ella suspiró e hizo una mueca de desaprobación.

—Sabes que no me gusta ser pesada, pero esto es muy importante. Bastante más que una simple desconocida —casi gruñó.

Max se puso rígido.

—Sofia, sabes que mi familia es muy importante para mí, y no quiero que vuelvas a hablar así de mi hermana. También es de la familia, igual que tú. El hecho de que no la hayamos podido conocer hasta ahora no cambia eso.

—Bueno, ya veremos si la chorrada esta de la hermana sigue adelante.

—¿Acaso le vas a pedir referencias?

Ella levantó tanto las cejas que éstas casi tocaron el nacimiento del pelo.

—Pues puede ser. ¿Qué me dirías a eso?

Maxwell apoyó un brazo en la mesa y acercó mucho la cara a la de ella.

—Me resbala, querida. Busca todo lo que quieras, no hay nada que encontrar. Haz lo que te dé la gana y rebusca la mierda que desees. Sé lo que pretendes, y sé que le has echado el ojo a ese cuarenta y nueve por ciento de la empresa, pero el testamento es lo que cuenta. Habla con los abogados y busca lo que necesites. Puedes llegar hasta el fondo del asunto, porque lo único que hallarás será la verdad. —Enrolló los diagramas que Sofia le había dado y se los colocó debajo del brazo—. Le echaré un vistazo a esto cuando pueda y no esté ocupado pasando tiempo con mi hermana.

En ese mismo momento se volvió, me colocó una mano en la espalda y me sacó de la habitación.

—¿Tu prima ha sido siempre igual de zorra? —le pregunté sin ningún tipo de malicia. Lo último que quería era fastidiarlo después de aquella situación.

Él se rio y a continuación me apretó con fuerza los hombros para volver a acercarme a su cuerpo enorme mientras caminábamos por uno de los larguísimos pasillos del edificio. Odiaba reconocerlo, pero me encantaba esa cercanía entre un hombre y una mujer que tenían una relación que el sexo todavía no había ensuciado. Estar con Maxwell era realmente sencillo. Nos llevábamos tan bien que jamás me habría imaginado vivir una situación así. Max era un buen hombre y, cuanto más tiempo pasaba con él, más cuenta me daba de lo mucho que me gustaba su compañía. Me encantaba lo directo que era, y también que era un hombre de los de verdad.

En ese momento no pude evitar que mi mente volara hacia mi vaquero particular. Seguro que se lo pasaría genial con Max. En realidad tenían mucho más en común de lo que parecía. A los dos les gustaba cuidar de la familia, y los dos disfrutaban con las cosas más sencillas de la vida, aunque podían permitirse lujos mucho más ostentosos. Los dos trabajaban mucho y, según había visto hasta el momento, querían a sus mujeres por encima de todo. El recuerdo de los brazos de Wes en torno a mí mientras nos dirigíamos al aeropuerto chocó contra mi subconsciente como un tren de mercancías.

Los brazos de Wes me rodearon la cintura suavemente. Sus dedos no dejaban de dibujar círculos en la piel sensible de la parte baja de mi espalda.

—No quiero que te vayas —dijo sin más, como si yo no supiera en qué estaba pensando.

Desde que habíamos reconocido que sentíamos algo el uno por el otro, era capaz de percibir su estado de ánimo y de captar sus pensamientos mucho más deprisa. Es posible que antes me hubiese bloqueado a mí misma esa parte de nuestra relación al no querer permitirme ese nivel de cercanía.

—Volveré dentro de tres semanas y hablaremos todas las noches.

—¿Lo prometes?

La forma en que lo dijo hizo que el corazón me latiera a mil por hora y que las rodillas se me aflojasen. Me apoyé en su pecho. Él gimió con suavidad, de esa forma que me volvía loca, y yo restregué la nariz contra su camisa para asegurarme de que su olor corporal permanecía ahí durante todo el vuelo a Dallas. Sólo tendría que cerrar los ojos e inhalar para sentirlo a mi lado.

—Regresaré dentro de tres semanas. A menos que me digas que has conocido a otra persona, volveré contigo a casa.

Cada vez que me refería a su casa de Malibú como mi hogar, una sonrisa ridículamente adorable le aparecía en la cara.

—Me encanta cuando hablas de nuestra casa —dijo mientras deslizaba las manos hacia mi culo y me apretaba contra su verga, que ya estaba a media asta.

—Lo sé. Y también sé que me vas a echar muchísimo de menos.

Volví a apretarme contra su miembro, que ya estaba más

que erecto, y él me susurró una obscenidad mientras deslizaba las manos hacia mi pelo. Me cogió de la raíz y me echó la cabeza hacia atrás. Me tenía completamente dominada y a mí me encantaba.

—Es muy fácil estar contigo, hermanita.

Max irrumpió de lleno en mis recuerdos de hacía un par de días. Miré a mi alrededor para ver si alguien más nos observaba, pero los pasillos estaban vacíos. De cada puerta por la que pasábamos salían sonidos: personas hablando por teléfono, altavoces a un volumen demasiado alto, alguien dándose golpecitos en la mano con una revista enrollada mientras caminaba... Incluso el sonido de los teclados retumbaba más fuerte de lo normal, aunque allí no había nadie cerca.

¿Por qué me había llamado *hermanita*? Quizá intentaba acostumbrarse a nuestra nueva situación. Por mi parte, segundos después me sorprendí pensando que me había gustado más de lo que debería. Si seguía tratándome así, acabaría olvidando que no era su hermana de verdad y que sólo interpretaba un papel. Esa vez me había tocado ser actriz.

Seguí con el teatrillo y le di un golpecito en el hombro, aunque en realidad sólo llegué al bíceps porque el tío era tremendamente alto. Max me condujo por todo el edificio hasta el comedor, aunque no era el típico que todos hemos visto en las películas. Aquel sitio tenía cuatro restaurantes, un bufet libre y un montón de mesas de madera para los que se llevaban la comida de casa.

Max fue señalando todos los restaurantes. Uno era italiano, otro servía comida americana, otro era asiático y en el último preparaban comida *tex-mex*.

—¿Dónde quieres comer? Son todos gratis.

—¿Gratis? —pregunté sorprendida mientras analizaba las opciones.

Estábamos en Texas, así que no podía irme de allí sin probar la famosa comida *tex-mex*. Señalé el restaurante en cuyo cartel se veía un chili gigante y un sombrero mexicano.

—Sí, mis trabajadores llegan a hacer turnos de entre doce y dieciocho horas. Algunos incluso se quedan a pasar la noche en lo que nosotros llamamos el *búnker* para descansar un rato y después seguir trabajando.

—¿Por qué los explotas así? —pregunté sorprendida.

Él me llevó hasta el restaurante, que era completamente normal excepto por el hecho de que no había caja registradora. Podíamos sentarnos donde quisiéramos, y las cartas ya estaban sobre las mesas.

—No es cosa mía, pequeña. Algunos de nuestros proyectos tienen que acabarse en el menor tiempo posible. Cuanto más tardamos en terminar, más sube el precio del barril. Podríamos perder muchísimo dinero por ese motivo, y eso acabaría repercutiendo en el consumidor medio y en el precio que se paga en las gasolineras. —Max siguió hablando mientras yo asentía y me sentaba a una mesa para leer la carta—. Es un trabajo duro, pero mi equipo se ve recompensado con creces por todos esos inconvenientes. Por ejemplo, la comida de los restaurantes es gratis, tenemos guardería, gimnasio, e incluso una sala de juegos para que la gente se relaje si la presión aumenta demasiado. Joder, si hasta tenemos un jardín zen para que paseen y estén en contacto con la naturaleza.

—Vaya, parece que te preocupas mucho por tus trabajadores.

Él sonrió y levantó la mano para llamar a un camarero que pasaba por allí.

—Eso intento. Quiero que mis empleados, sin importar qué trabajo desempeñen, sepan que aquí se valora el esfuerzo y que nos preocupamos por ellos.

Yo asentí convencida.

—Entiendo muy bien lo que dices, pero jamás lo había vivido en primera persona. Bueno, hasta ahora. Tía Millie cuida muy bien de mí.

—¿Tía Millie?

—Perdón... La señora Milan, como prefiere que la llamen. En realidad, es mi tía.

—¿Por parte de padre? —preguntó atropelladamente.

—No, de mi madre —respondí negando con la cabeza mientras jugueteaba con el salero.

Max apoyó un codo en la mesa y colocó la cabeza sobre su mano.

—Háblame de ella.

Si hubiese pensado con normalidad y no me hubiese sentido embargada por lo impresionante del entorno que me rodeaba o por lo cómoda que estaba charlando con Max, su interés me habría parecido de lo más extraño. ¿A quién narices le importaba la tía de otra persona?

—Pues podría empezar diciendo que me parezco mucho a ella y a mi madre.

—Es cierto —respondió él al instante.

Entorné los ojos. ¿Cómo iba a saber él si lo que le estaba contando era verdad? Pero, antes de poder preguntárselo, el camarero nos interrumpió. Los dos pedimos lo mismo: un plato combinado con una tostada y una enchilada de queso. Pero Max añadió también dos tacos. El tío era un armario empotrado y necesitaba mucha comida para saciarse. Seguro que era capaz de comerse a su mujer de una sentada como si nada.

—Bueno, continúa. Tía Millie es hermana de tu madre y dirige Exquisite Escorts, ¿verdad? ¿Así fue como acabaste en este negocio?

—Sí, necesitaba ganar mucho dinero rápidamente.

—¿Puedo preguntarte por qué?

—Es que no entiendo por qué te importa tanto —dije cabreada.

Él miró hacia otro lado mientras empezaba a ponerse colorado.

—Supongo que es curiosidad. Me caes muy bien, Mia. Se nota que eres buena gente y quiero que el tiempo que pases aquí haya merecido la pena. Si cuando vuelves a casa tienes al menos otra persona en la que poder confiar, yo quiero ser esa persona.

La vida me había enseñado a no ser tan cínica con ese tipo de cosas. Tai era igual por naturaleza. Era un hombre que protegía a todas las mujeres, no sólo porque tenía una mentalidad chapada a la antigua, sino porque se preocupaba de verdad por ellas. Max también, así que respiré hondo y decidí sincerarme con él. Pensaba contárselo todo y, si al final acababa viéndome de otra forma, que así fuese. En la vida hay que jugársela a veces, sobre todo en lo relativo a las relaciones si quieres que duren mucho tiempo.

—Mi padre se metió en un lío muy gordo. La mayor parte del tiempo estaba borracho y era adicto al juego a jornada completa. Normalmente traía a casa dinero suficiente para pagar el alquiler, pero la comida, los objetos cotidianos y todo lo que la gente necesita para vivir con comodidad... teníamos que pagarlo de otras maneras.

—Y ¿qué maneras de pagar lo demás eran ésas? —preguntó Maxwell con los ojos vidriosos.

Yo me llevé la mano a la barbilla y me centré en el té que el camarero acababa de colocarme delante. Le eché la cantidad necesaria de azúcar y exprimí un poco de limón.

—Normalmente yo trabajaba para comprar lo demás. Compraba la ropa de Mads y la mía en tiendas de segunda mano y la cuidaba muchísimo porque sabía que ella tendría que heredarla algún día. La pobre no se quejó ni una sola vez. Mi niña es la mejor de las dos.

Hablar de Maddy me destrozó el corazón. Pensaba llamarla para comprobar que estuviese bien en cuanto llegásemos al rancho. Hacía mucho que no hablábamos y quería contarle un montón de cosas, sobre todo, que me había ido a vivir con Wes. Igual podía invitarlos a ella y a Matt en Navidad. Supongo que todo dependería de dónde tuviera que pasar yo las vacaciones. Todavía tenía una deuda que pagar.

—Seguro que estáis muy unidas —dijo Max en un tono muy sereno y, a la vez, emotivo.

—Sí, todo lo unidas que pueden estar dos personas. Sólo nos tenemos la una a la otra desde que mi madre nos abandonó y mi padre se dio a la bebida.

Maxwell frunció el ceño y murmuró algo así como «Sé lo que se siente», pero no le hice mucho caso. Él no conocía a nuestra madre, pero tampoco conocía a la suya, así que los tiros podían ir por ahí.

Hubo un silencio muy largo cuando Max se centró en romper su servilleta y yo me perdí en los recuerdos del pasado. Pensé en todas esas veces en las que Maddy y yo echamos de menos tener la comprensión de una madre o una figura materna que nos sirviera de referente durante la adolescencia.

El camarero nos trajo la comida y durante un rato nos contentamos con estar comiendo juntos. Max dejó a un lado el tenedor y dio unos bocados tremendamente grandes a la enchilada. Después de tragarse lo que tenía en la boca, juntó las manos delante de él y apoyó encima la barbilla.

—¿Por qué no me hablas de Madison? —dijo con una voz dulce y esperanzada.

Yo era una especie de mamá oso muy orgullosa, así que no tenía ningún problema en hablar de mi chiquitina.

—Maddy, o Mads, como yo la llamo —dije al tiempo que él me sonreía y que volvía a coger el tenedor como si la historia y la comida le importasen a partes iguales—, es preciosa. Tiene el pelo largo y rubio, es muy alta, está delgadísima y tiene los ojos como los míos. Cada día tiene más aspecto de mujer.

—¿No es morena? —preguntó con la boca llena. A mí me pareció extraño, pero tampoco dije nada.

—No, es lo contrario a mí. —Observé su cara de asombro y analicé cada uno de sus rasgos—. La verdad —dije riendo—, se parece mucho más a ti que a mí —añadí justo antes de ver cómo apretaba la boca.

—¿Tu padre es rubio?

Yo negué con la cabeza.

—No, él también tiene el pelo oscuro. Mads ha salido mezclada con nuestra abuela, creo. Al menos, eso era lo que decía mi padre.

—Vale, ¿qué más? ¿Dices que está estudiando?

En ese momento erguí la espalda.

—¡Está estudiando para ser científica y doctora! —dije sacando pecho. Mi pequeñina iba a llegar muy lejos en la vida y yo no podía estar más orgullosa.

—Parece que estás muy orgullosa.

Ladeé la cabeza un poco y lo observé durante un rato mientras empujaba la comida de un lado a otro del plato. Parecía que ya no le interesaba lo más mínimo.

—¿Cómo no voy a estarlo? Llevo toda la vida criándola para que llegue lo más lejos posible. He tenido que hacer de madre, de padre y de hermana durante los últimos quince años. Además, le estoy pagando los estudios, dejándome el culo de estado en estado para que no le falte de nada y para salvar a nuestro padre.

En ese momento Max entornó los ojos, que casi se convirtieron en dos finas hendiduras.

—Cuéntame en qué tipo de problema se ha metido tu padre. Dices que le gusta apostar. ¿Le pasó algo relacionado con eso?

Le di un bocado a mi tostada y disfruté durante unos segundos del sabor de la lechuga mezclada con la carne, el queso, la salsa verde y las judías. Qué rico estaba. Max esperó pacientemente a que yo tragase.

—Resulta que le debía un montón de pasta a un tipo muy chungo y, como de costumbre, no podía pagarla. Le dio una paliza que estuvo a punto de matarlo y acabó en coma. Luego uno de sus matones me acorraló en el hospital y me dijo que, si no recibía su dinero, iría a por Maddy y a por mí. Es lo que llaman la *deuda de los herederos*. —Me retrepé en mi asiento y me aparté el pelo de la cara—. Por desgracia, conozco perfectamente al hijo de puta que le prestó el dinero. Es mi ex y no tiene corazón. No dudaría un segundo en pegarnos una paliza a mi hermana y a mí en caso de no recibir su dinero, así que hago todo lo que puedo para saldar eso.

—¿Cuánto le debías?

Una persona normal se habría guardado esa parte para sí, pero yo ya estaba harta de guardar tanto secreto. Todo el mundo necesita desahogarse de vez en cuando para no acabar enterrado en su propia mierda.

—Un millón de dólares. —Max abrió unos ojos como platos—. Ya lo sé, es demasiado.

Después los cerró y apoyó la cabeza contra el respaldo.

—Cobras cien mil dólares al mes. ¿También tienes que pagarle intereses?

—¡Elemental, mi querido Watson! —dije tocándome la nariz con un dedo al tiempo que me reía, pero él no esbozó ni una leve sonrisa.

—¿Cuánto le debes a día de hoy?

Yo cogí un poco más de comida y me quedé pensando.

—Incluyendo lo de este mes, cuatrocientos mil.

—Por eso no tienes dinero en la cuenta —suspiró—. Todo lo que te queda se lo mandas a tu hermana, ¿verdad?

—Has vuelto a acertar, Maximus.

—¿Maximus? —Rio.

Volví a analizar su enorme cuerpo.

—¿Tú te has visto? Eres gigantesco. El nombre te va que ni pintado.

—Mia —empezó a hablar en un tono muy serio y puso una mano sobre la mía para apretármela, por lo que supe que venía algo gordo—, quiero pagar toda la deuda completa. Abonaré el millón de dólares para que recuperes todo tu dinero. No deberías estar pagando por las meteduras de pata de tu padre.

Me mordí los labios, retiré la mano de golpe y lo miré a los ojos. Jamás comprendería por qué los hombres como Max pensaban que podían solucionar todos los males del mundo con su dinero. Casi todos los hombres con los que había estado en contacto últimamente pretendían que fuese una damisela en apuros. Así, ellos podían ser el caballero de la brillante armadura al rescate.

—Y ¿por qué quieres hacer eso? —me mofé, cosa que a Max no le hizo ninguna gracia.

Estaba muy tenso y tenía la mandíbula tan apretada que me preocupaba que se partiese un diente.

—Porque puedo —dijo escupiendo las palabras, igual que se escupe un pelo o algo por el estilo.

Me eché hacia atrás en mi asiento y lo miré a los ojos para asegurarme de que comprendía que no estaba de broma.

—Ni lo sueñes.

Él también se echó hacia atrás y apoyó un brazo sobre el respaldo para fingir que estaba cómodo en esa situación.

—No estaría mal que aprendieras a aceptar regalos.

¿Regalos? Ese tío estaba loco. No era más que un chalado y un encantador de serpientes.

—Otro ricachón como mi novio. Tengo una idea: podríais montar una asociación entre los dos que se llamase «Tenemos más dinero que sentido común». Lo único que tendríais que hacer sería pasaros el día dándole dinero a la gente que tiene problemas. Yo estoy bien y seguiré estando bien después de haber pagado la deuda. Me mudaré a Malibú de forma permanente y veré cómo mi hermana pequeña recoge los títulos de la carrera, del máster y del puto doctorado. ¿Podemos dejar ya el temita? Me estás tocando las narices y yo sólo quería disfrutar de este maravilloso almuerzo de cortesía, que, por cierto, para ser comida gratis... —bajé la cabeza y le di otro bocado a la tostada más crujiente y sabrosa que había comido en la vida— está de muerte.

Max me observó con fijeza, como si me hubiese salido un tercer ojo en mitad de la frente.

—Lo que tú digas, pequeña —dijo finalmente con una sonrisa de suficiencia.

«¿Pequeña?» Yo lo llamo a él Maximus, que es el apodo más molón del mundo, y ¿él me llama a mí *pequeña*? Pues vaya mierda.

6

Nos pasamos la siguiente semana más o menos conociéndonos el uno al otro. Me reuní con distintos miembros de su equipo, pasé mucho tiempo dejándome ver en las oficinas, pero, sobre todo, me relacioné con su familia como si fuésemos una gran unidad, cosa que fue extrañamente maravillosa. Si Maddy y Wes hubiesen estado allí, habría sido como estar en casa. Max me llevó a todos los restaurantes gourmet gratuitos. Me costaría mucho decidir cuál era mi favorito, pues en todos ellos la comida era deliciosa.

Cierto día, después de comer, Max me mostró la otra mitad del campus. El lado en el que no habíamos pasado mucho tiempo. Allí estaban la mayoría de las entidades corporativas aburridas: los departamentos de recursos humanos, legal, relaciones públicas y marketing. De haber tenido un podómetro, estoy convencida de que habría marcado diez mil pasos o más a lo largo del día. Al final, volvimos a su camioneta y nos dirigimos a su rancho.

Al bajar del vehículo me sorprendió ver a otro gigantón con una niña de entre uno y dos años cogida por el trasero a la altura de la cadera. Al mismo tiempo, tenía agarrada por la cintura a una rubia escultural. Tenía el pelo de rubio dorado y le caía sobre la espalda formando una cortina lisa.

Vestía una falda de tubo, una blusa de seda azul cielo y un par de chanclas. Dejando a un lado el calzado, iba más conjuntada que la mayoría de las personas que conocía. Parecía como si hubiese decidido ponerse eso a toda prisa en lugar de colocarse un par de tacones probablemente carísimos.

Mientras subíamos los escalones del porche, oí el final de la frase que estaba diciendo la mujer.

—... en agradecimiento, nos encantaría que vinieras a cenar pronto.

—Vaya, mira lo que ha cazado el gato —dijo Max de broma, dándose unas palmadas en los muslos mientras sonreía a la pareja que estaba en el porche.

El hombre se volvió y su sonrisa se intensificó. Yo me detuve y me quedé mirando al pedazo de bombón que tenía delante. Tenía una constitución de vikingo, el pelo castaño claro, la mandíbula perfectamente esculpida, los dientes superblancos y la cantidad justa de barba para hacer tartamudear a una mujer. Las mangas de su polo ajustado se ceñían a sus enormes bíceps, que tenían un diámetro mayor que el de mis muslos, y eso que yo no era ningún palo. Sus ojos verde azulados brillaban mientras observaba mi figura mucho más deprisa de lo que solían hacerlo los hombres en general. No es que me considere una modelo ni nada por el estilo, pero siempre he llamado la atención de los hombres, y, todo sea dicho, tengo un buen par de tetas.

Este macizorro me observaba como si estuviera evaluándome. Me entraron ganas de llorar, incluso me tembló ligeramente el labio, hasta que la rubia se volvió. Y entonces lo vi. Sus ojos eran de un azul tan increíble que me recordaban al agua de las playas hawaianas de la costa de Oahu. Y esos ojos formaban parte de un rostro perfectamente pálido, con unos labios carnosos pintados de rojo, unos pómulos marcados y una pequeña naricilla. Era una de las mujeres más elegantes y hermosas que había visto en mi vida. Además, tenía una figura delgada pero femenina, y entonces entendí por qué el macizorro sólo tenía ojos para la rubia. Cada pocos minutos, la miraba como si estuviera a punto de darle un bocado. Ahí había ansia voraz, era palpable. Conocía esa sensación porque así era como me miraba Wes, como si nunca fuese a saciarse. Y, por la pequeña sonrisa que ella le ofrecía en respuesta, saltaba a la vista que agradecía esa atención.

El hombre tenía a la altura de la cadera a la niñita más adorable del mundo. Después de Isabel, claro. La pequeña y yo nos habíamos hecho amigas muy deprisa. Cuando me desperté esa mañana, estaba tumbada a mi lado, jugando con mi pelo con su manita. «¿Por qué tienes el pelo negro?», me preguntó.

Yo me reí, me froté los ojos para quitarme las legañas y le dije que era porque mi madre tenía el pelo negro. Cuando unió los puntos, su boca formó una enorme «O». «Y mi papi tiene el pelo amarillo, ¡por eso yo tengo el pelo amarillo!»

Me eché a reír con ella y le dije lo lista que era, y después dejé que jugara con todas mis cosas mientras yo me preparaba para reunirme con Max en su despacho.

—Hank y Aspen Jensen —dijo Max señalando al tío bueno de los vaqueros ajustados y después a su esposa, aquella mujer de belleza divina—. Y su hija, Hannah. —Le hizo cosquillas a la niña en la barriguita y ella chilló de risa—. Ésta es mi hermana, Mia Saunders —anunció Max de nuevo con más orgullo del que la situación merecía.

Alargué la mano y estreché las de ellos, y me alegré al ver que Hank no me la estrangulaba. Me encantaba cuando un hombre estrechaba la mano con firmeza pero ajustando la fuerza a la envergadura de la otra persona.

—Encantada de conoceros. Da la casualidad de que ya conocéis a mi pareja, Weston Channing —comenté.

Los ojos de Aspen se iluminaron. Y cuando digo que se iluminaron quiero decir que salió el sol, los pájaros cantaron y las mariposas revolotearon a nuestro alrededor. Era tremendamente bella. Si no hubiera parecido tan agradable, supongo que me habría sentado con Gin y habría despotricado sobre lo injusto que era que zorras como ella tuviesen a todos los tíos buenos a sus pies.

—¡Adoro a Wes! —exclamó llevándose las dos manos al pecho.

Su marido gruñó a su lado, y fue un gruñido posesivo a lo «Yo, Tarzán; tú, Jane».

—¿Qué quiere decir eso de que adoras a otro hombre, ángel mío? —dijo en un tono serio en extremo, pero ella hizo un gesto de desdén con una mano para quitarle importancia.

—No sabía que estuviera saliendo con alguien. Es muy majo, y muy guapo.

Tras ese comentario, la inmensa mano de Hank agarró a Aspen de la cintura y la estrechó de nuevo contra su pecho.

—¿Ahora estás insinuando que te ponen otros hombres, cariño?

Aspen puso los ojos en blanco y le dio unas palmaditas sobre la mano que tenía en su vientre.

—Nunca he salido con él ni nos hemos besado ni hemos tenido nada más que una cena de negocios y ese rato que bailé con él a solas... en nuestra boda, así que relájate, grandullón —dijo enfatizando la palabra *boda*.

Él deslizó la mano hasta sus costillas, peligrosamente cerca de su pecho, y ella sofocó un grito cuando él le dio unos cuantos besos con la boca abierta en el cuello, sin importarle lo más mínimo mostrar afecto en público, o, mejor dicho, posesión. Ella puso los ojos en blanco de nuevo y sonrió.

—Cavernícola —le espetó con la respiración agitada. Le dio un pequeño golpe con la cadera y lo apartó—. Anda, vete un rato con Max y las niñas para que las chicas podamos ponernos al día.

Hank apretó los dientes antes de asentir, pero, cuando ella empezaba a volverse, él la agarró del cuello, la acercó de nuevo y pegó su boca contra la de ella. Aspen dio un chillido, pero después gimió en su boca y se derritió en el sitio, completamente abducida por su marido. Aquello hizo que añorase a Wes con una intensidad dolorosa. Era como si, conforme pasaban los días, la distancia entre nosotros aumentara. No sabía si era por el hecho de que nuestro enamoramiento fuese tan reciente o por la necesidad de estar conectada a alguien que me conociera de forma íntima, alguien que supiera quién era yo y que me amara de todos modos, lo que hacía que la distancia me pareciera un mundo, aunque en realidad sólo nos separaban un par de estados y un corto viaje en avión.

Cyndi nos guio por la casa hasta el porche trasero, donde había un ventilador que movía el aire suavemente, un par de cómodas sillas de mimbre de asiento ancho y una jarra de cristal que contenía un líquido rosa.

—Limonada con vodka y granadina —dijo sonriendo.

Rodeé sus hombros con el brazo y la estreché.

—Tú y yo vamos a llevarnos muy bien. —Sonreí.

Su respuesta fue extraña. En lugar de reírse, murmuró:

—Eso espero. —Se apartó y se dispuso a servirnos dos vasos grandes de la afrutada bebida alcohólica.

Había otra jarra que tenía dibujada una cara triste. La señalé e imité el gesto, pintado con rotulador lavable.

—Ésa es para mí. —Se frotó el vientre abultado—. No podré beber durante otros dos meses más —dijo haciendo pucheros.

Joder, a la mujer aún le quedaban dos meses de embarazo por delante y ya estaba enorme. Aunque la verdad es que yo no sabía mucho de esas cosas como para evaluar si estaba grande o no una mujer en su séptimo mes.

Le di unas palmaditas en la espalda antes de sentarme.

—Vaya.

Ella se encogió de hombros.

—Merecerá la pena cuando por fin esté aquí.

Incapaz de rechazar una bebida gratis, bebí un sorbo y dejé que el frío vodka con sabor a limonada inundase mis papilas gustativas. Además de estar delicioso, ayudó a que me invadiera una sensación de calma que borró mi extraño estado de ánimo del día e instiló en mí un aire más relajado.

Las tres nos sentamos y estuvimos hablando sobre nimiedades al principio: el tiempo y las últimas tendencias de moda, de las cuales yo no sabía nada de nada. Aspen admitió que tenía un asistente personal que le escogía todo lo que llevaba, y que se pondría mala si la viera llevando unas chanclas. Al parecer, las odiaba profundamente. No me quedé con el nombre, ya que el licor seguía templándome el estómago y soltándome la lengua.

—Mi hermana London también está embarazada. ¡De gemelos! —exclamó Aspen con un regocijo que reflejaba la tremenda ilusión que le hacía ser tía.

Al oír la palabra *hermana*, me levanté para coger mi bolso y saqué el móvil.

Cyndi entornó los ojos con preocupación.

—¿Qué pasa? —preguntó.

Sacudí la cabeza.

—No, nada. Es sólo que, al mencionar Aspen a su hermana, me he acordado de que tengo que llamar a Maddy. Debería haberlo hecho hace varios días.

—¿Quién es Maddy? —preguntó con una mano en la barriga.

Desde que se había sentado, no paraba de frotarse diferentes partes. No me atrevía a preguntarle por qué lo hacía; me daba palo que se sintiera incómoda. Las preñadas son una especie extraña. Imaginé que seguramente yo también estaría en su misma situación algún día, si Wes quería niños. Ésa era otra cosa más que mi chico y yo tendríamos que hablar en el futuro. Pero me hacía sentir bien tener todas esas discusiones proyectadas. Nunca había sido así con ninguno de mis novios anteriores, y eso que los había idealizado por completo. Menuda idiota. Ahora tenía un nuevo camino por delante, y estaba plagado de puestas de sol, de surf y de arrumacos en las colinas de Malibú con mi tío bueno personal.

Me eché a reír con esa risa tonta que sólo conseguía provocarme un par de vasos repletos de limonada con vodka y respondí:

—Pues mi hermana.

Cyndi palideció y se llevó la mano a la boca. Al instante, sus ojos se llenaron de lágrimas.

Mierda. ¿Qué había dicho?

—¿Tienes una hermana por parte de madre? —graznó, y yo asentí—. Max no me había dicho nada. —Se atragantó con un medio sollozo.

¿Qué le pasaba a esa gente? Era como si al mencionar la palabra *hermana* hubiese apretado el botón para desencadenar una crisis emocional.

Dejé que el teléfono sonara, pero respondí mientras esperaba.

—Claro, porque él no lo sabía hasta que se lo conté la semana pasada.

Se puso de pie tan deprisa que se tambaleó. Aspen la sujetó poniéndole una mano en el brazo y la otra en la barriga.

—¿Estás bien?

—Tengo que hablar con Max. Dios, esto explica por qué ha estado tan raro.

Miré a mi alrededor sin saber qué coño pasaba.

—Si tú lo dices... —repuse sin estar segura de por qué el ambiente estaba tan tenso de repente.

Desde mi punto de vista, todo había ido bien.

—¿Sí? —respondió Maddy al otro lado de la línea—. ¿Mia, eres tú?

Ay, ahí estaba mi luz.

—Hola, pequeñaja —respondí, y me volví para mirar el paisaje.

Las colinas ondeaban en distintos tonos de verde, salpicadas aquí y allá de flores naranja. En la distancia, veía la parte trasera de un granero rojo. A mi derecha, el contorno de otro granero, sólo que éste era de un pálido amarillo, a juego con la casa. Tenía una enorme «C» pintada en la parte delantera, encima de las puertas, y había unos cuantos caballos pastando cerca del edificio, a un par de campos de fútbol de distancia de donde yo me encontraba. En la lejanía vi también otros animales que no logré distinguir. Me dije que debería ir a echar un vistazo al granero y a todos los animales. Nunca antes había estado en una granja. Tal vez Max podría enseñarme a montar a caballo. Dos cosas que podría tachar de mi lista de cosas que hacer antes de morir: granjas y montar a caballo.

—¿Dónde estás, hermanita? —preguntó Maddy.

—En Dallas, Texas, en una granja. —Una granja, un rancho, una hacienda. Resoplé mientras intentaba, sin éxito, dar con la palabra que quería. El alcohol dificultaba a veces un poco las cosas.

—¡Qué fuerte! ¡Qué guay! ¿Hay animales?

Asentí, aunque ella no podía verlo.

—Sí. Y caballos. Voy a ver si Max me lleva a cabalgar.

—Jo, qué suerte tienes. Matt y yo acabamos de terminar una intensa jornada de matriculación para las clases de otoño. —Su tono cambió, y percibí una tristeza tan sutil que apenas se dejaba ver entre la felicidad que siempre exudaba.

Al volverme caí en la cuenta de que no estaba sola. Cyndi y Aspen estaban allí, mirándome. Sobre todo Cyndi, como si estuviera analizando cada una de mis palabras. Aspen, por otro lado, me miraba, sonreía y bebía más limonada. Si seguía bebiendo así, Hank se encontraría con que su rubia estaba bien achispada esa noche.

Que Maddy estuviera matriculándose en las clases de otoño significaba que estaba pasando el rato sin hacer gran cosa. Antes, los días libres entre semestre y semestre los pasábamos juntas. Pero ahora, conmigo trabajando, no podía darme ese lujo.

—Siento no poder ir a Las Vegas a estar estos días contigo —dije. Me dejé caer sobre la silla y me masajeé las sienes con la mano para intentar liberarme del estrés que se estaba apoderando lentamente de mí mientras pensaba en lo mucho que echaba de menos a mi niña.

Maddy se sorbió la nariz y supe que estaba llorando.

—No pasa nada. Ahora tengo a Matt..., supongo.

—¿Supones? ¿Qué ha cambiado? —pregunté.

De repente, estaba sobria otra vez, y mi lado maternal salió a la superficie de inmediato.

—Nada. Todo va bien. Muy bien, de hecho. Mia, ha empezado a hablar sobre adelantar la boda.

El miedo, la angustia y una tremenda dosis de ira me golpearon como si una bola de demolición hubiese impactado contra mi cara. Me sentía como el Coyote, que perseguía al cabrón del Correcaminos sin llegar a alcanzarlo nunca, pero que siempre acababa herido de alguna manera violenta.

—Maddy, no puedes casarte con él tan pronto... —dije intragándome el enorme nudo que tenía en la garganta e intentando que me saliera la voz de la razón en lugar de la de la hermana autoritaria.

La oí sorber de nuevo, sólo que esta vez eran los hipidos breves y rápidos que solían acompañar a los lagrimones. Me había pasado suficientes años secándole esas lágrimas y consolándola como para saber perfectamente cuándo se enfrentaba a algo que la superaba. Maldije al cabrón de nuestro padre una vez más para mis adentros. De no ser por él, ahora estaría allí, ayudándola con eso tan importante que la estaba agobiando.

—No lo sé, Mia. Quiero estar con él, pero es demasiado pronto. —Sacudí la cabeza mientras escuchaba sus palabras—. Somos muy jóvenes, y acabamos de empezar a vivir juntos.

Intentando ponerme en los zapatos de hermana y no de mamá osa, le formulé la pregunta del millón de dólares:

—¿Eres feliz?

—Dios mío, Mia, soy tan feliz... Todo es perfecto. Vivir juntos estos dos últimos meses ha sido un sueño. Encajamos perfectamente; ¿sabes lo que quiero decir?

—Sí.

Yo sentía lo mismo con Wes, pero no me parecía el momento más adecuado para anunciarle mi cambio de vida justo cuando ella lo estaba pasando mal con algo más gordo.

Cyndi se acercó con ojos de preocupación. Me puso una mano sobre la rodilla y yo se la cubrí con la mía. Necesitaba esa solidaridad femenina mientras pasaba por eso con Maddy, y esperaba con todas mis fuerzas poder convencerla de que debía esperar, disfrutar de su juventud y del amor, y no apresurarse a tomar una decisión tan importante.

Mads suspiró.

—Tengo la sensación de que pretende acelerarlo todo y, aunque sé que quiero casarme con él y que es el hombre de mi vida, yo prefiero tomarme las cosas con más calma.

Asentí con rapidez y me coloqué el pelo detrás de la oreja.

—Y ¿se lo has dicho?

Oí un lamento a través de la línea y, de repente, un ruido, como si se hubiese dejado caer sobre una superficie blanda, como la cama, con el teléfono pegado a la oreja como solía hacerlo cuando era una adolescente y vivía en casa con papá y conmigo.

—Sí, pero entonces se puso muy triste y pensó que en realidad no estoy enamorada de él porque no quiero casarme ya. Matt quería que fuésemos a la Franja y que nos casásemos solos en una de esas capillas rápidas. Dijo que lo mantendríamos en secreto y que ya celebraríamos una boda a lo grande cuando nos graduásemos, como habíamos planeado.

«No, no, no, no...» Me presioné las sienes con tanta fuerza que creo que me dejé marcas. Haciendo un tremendo esfuerzo, inspiré hondo varias veces antes de contestar.

—Y ¿tú qué le dijiste?

Maddy hizo una larga pausa.

—Le dije que no podía casarme si tú no estabas allí —respondió finalmente—. Que te rompería el corazón, y que preferiría caminar sobre brasas encendidas antes que hacerte daño. Te quiero, Mia. Jamás haría algo así. Te lo prometí.

Suspiré y me tiré de los pelos a la altura de la coronilla con tanta fuerza que el dolor me proporcionó algo de lucidez.

—Yo también te quiero, pero no puedes basar tus decisiones en cómo reaccionaría yo. Si eso es lo que tú quieres hacer, aunque me entristecería perdérmelo, yo te apoyaría.

El sollozo que se oyó al otro lado de la línea me partió el alma. Quería estar allí con ella, abrazarla y ayudarla en ese momento tan confuso.

—No, no es sólo eso. Yo quiero que estés ahí. Y punto. Y si Matt no lo entiende, pues que le den por culo.

—¿«Que le den por culo»? —dije entre risas—. ¿«Que le den por culo»? ¡Maddy, no me puedo creer que hayas dicho eso! —Mi hermanita, siempre tan correcta y formal, acababa de decir un taco. Uno que nunca había usado en mi presencia.

Se echó a reír.

—Se me ha escapado.

—Da igual, ha sido gracioso. Y, cielo, no te preocupes. Matt y tú resolveréis esto. Parte de estar en una relación de verdad, de las que duran toda la vida, es superar los buenos, los malos y los peores momentos juntos. Ésta es sólo una de esas veces en las que vais a tener que estar de acuerdo en que no estáis de acuerdo. Dile lo que sientes. Explícale que quieres esperar, que quieres pasar más tiempo estando prometida y centrarte en tus estudios. El resto ya llegará. Si te quiere, cariño, y sé que es así, lo entenderá. Acabará entrando en razón. No dejes que te obligue a hacer algo para lo que no estás preparada, ¿de acuerdo?

Otro suspiro y, entonces, un sonido de fondo. Maddy sofocó un grito y de repente se oyeron unas interferencias en la línea.

—Nena, lo siento. Lo siento mucho. No debería haber intentado obligarte a que te casaras conmigo ahora. Pero es que te quiero muchísimo. Perdóname. Perdóname. No me dejes... —oí que le suplicaba Matt al otro lado.

Entonces, Maddy susurró:

—Tengo que dejarte, Mia —con la voz ahogada una vez más.

—Ve con tu hombre, hermanita. Te quiero —dije, y

me sequé una lágrima errante que había descendido por mi mejilla.

—Yo a ti más —repuso, y colgó.

Bloqueé la pantalla del teléfono, me crucé de brazos y dejé que las lágrimas fluyeran. De repente, un par de brazos grandes me rodearon y me estrecharon.

—La echo mucho de menos —dije contra aquel pecho duro como una piedra sobre el que me encontraba por segunda vez en el día.

Max me abrazó con fuerza, y entonces noté otra mano, más pequeña y femenina, que me frotaba la espalda arriba y abajo. Supuse que era Cyndi.

—Traigamos a tu chica a Texas —dijo Max contra mi pelo mientras me besaba la sien como imaginaba que un hermano se la besaría a una hermana de verdad. Pero yo no era su hermana, y ese pensamiento hizo que las lágrimas me cayeran con más fuerza.

Inhalando su esencia masculina y de cuero, pegué las manos en su pecho. Joder, era duro como el acero.

—No puedo hacerlo. Tú necesitas que me centre en el negocio, y, además, ya has sido demasiado amable conmigo.

Sacudió la cabeza, y su mujer imitó el gesto.

—No. Nos encantaría que viniera si puede escaparse unos días.

Técnicamente, estaba de vacaciones, me informó con cortesía mi subconsciente. Entonces me acordé de Matt.

—Da igual, de todos modos, no vendría. Acaba de irse a vivir con su prometido, y dudo que a él le parezca bien que venga a Texas para estar con un extraño.

Max frunció el ceño, y su mujer miró a todas partes intentando encontrar algo en lo que centrarse.

—Yo no soy ningún extraño para ti. Además, les diremos a los dos que vengan. Tenemos mucho espacio. Cuantos más seamos, mejor —dijo Max.

Me aparté de él. Necesitaba espacio. Sus brazos y su afable naturaleza me nublaban la razón.

—¿Qué? No. No puedes hacer eso —repliqué—. Ni siquiera los conoces. Además, ¿por qué ibas a querer tener a mi hermana y a su novio aquí? No tiene ningún sentido.

—¿Eso te haría feliz? Has dicho que la echas de menos.

Sacudí la cabeza en un intento de obtener de ese modo algo de claridad mental, pero no sucedió. Cada vez lo veía todo más nublado y me parecía más confuso.

—Sí, pero no hemos hecho este viaje por mí, sino por ti y para salvar tus activos.

Fue entonces cuando el Max afable, dulce y sensato cambió. Entornó los ojos hasta que sólo fueron dos rendijas, apretó los labios con tanta fuerza que formaron una línea fina y tensó la mandíbula de tal manera que parecía estar a punto de estallarle.

—Mis activos no significan nada sin el amor de mi familia. De modo que haremos venir a tu hermana y a su compañero. Fin de la historia. Cyndi, cariño, ¿te encargas tú de eso? —dijo, aunque su petición no daba pie a discusión.

—Sí, cielo. Mia y yo nos encargaremos mañana. Vamos, tranquilízate. Ve a fumarte un puro y a tomarte un whisky con Hank. Yo hablaré con Mia —respondió como si yo no estuviera presente.

Joder, hablaba como si no estuviera ni en el mismo puto continente.

El estrés de todo el día, el haber pasado tiempo de calidad con Max, el haber bebido la limonada rosa, el hablar con Maddy sobre aquella decisión que podría cambiarle la vida y, ahora, que Max me estuviera imponiendo sus decisiones me estaba pasando factura. Me sentía agotada. Necesitaba meterme en la cama y dormir por lo menos diez horas seguidas.

Sin mediar palabra, me largué a mi habitación.

Cyndi gritó mi nombre y me alcanzó en la escalera.

—¡¿Mia?!

—Mañana. Ahora necesito un poco de espacio y dormir. ¿Puedes proporcionarme eso, o necesitas que tu marido te ordene que me dejes en paz? —le espeté.

Ella sofocó un grito y su rostro reflejó el daño que le habían producido mis palabras. Lamiéndose los labios, asintió, dio media vuelta y desapareció.

Apesadumbrada, subí la escalera. Ya me disculparía con ella al día siguiente. No merecía que pagase mi ira con ella, pero es que desde que había llegado a Dallas nada tenía el más mínimo sentido. Entre la constante necesidad de Max de decir que era su hermana y sus crisis emocionales y las de Maddy, estaba exhausta. Ahora, mi cliente, el hombre que me había contratado para hacer un trabajo, quería que trajese a mi hermana y a su prometido a pasar unos días con nosotros en Texas. ¿Quién coño hacía algo así?

Si lo pensaba con detenimiento, la mayoría de los hombres que me habían contratado habrían hecho lo mismo si me hubieran visto desmoronarme. No debería haberlo hecho, no debería haber tenido esa conversación con Maddy delante de nadie. Pero es que, mientras hablaba con ella, parecía tan angustiada que me había olvidado de la realidad, y lo único que me importaba era asegurarme de que ella estaba bien.

La felicidad de mi hermana era lo único que me había importado siempre. Y ahora era como si tuviera a toda esa gente a mi alrededor a los que de verdad les importaba lo que yo pensara y necesitara. Aún estaba empezando a acostumbrarme a que Wes me prestara esa clase de atención, por no hablar de una horda de nuevas personas a las que ahora consideraba amigos.

Amigos.

Y ésa era la cuestión. ¿Era así como respondía un amigo? Pongamos por ejemplo a Ginelle. Esa loca removería cielo y tierra para asegurarse de que yo estuviera a salvo y feliz. Haría lo que estuviera en su mano por mí. ¿Era esa situación igual? ¿Max y Cyndi sólo intentaban ser mis amigos? Supongo que sí. Joder, no lo sabía. No llevábamos mucho tiempo siendo lo que se diría amigos. ¿Había algo estipulado acerca de cuánto tiempo tenías que ser amigo de alguien antes de que empezasen a ofrecerte billetes de avión caros y estancias semanales para los miembros de tu familia? ¿Cuánto era? ¿Un mes? ¿Un año? ¿Una década?

Me froté los ojos, me dejé caer boca abajo sobre la cama y me acurruqué. ¿Por qué les importaba tanto una persona que no formaba parte de su familia? Abrumada y emocionalmente agotada, decidí que no había nada que pudiera hacer al respecto esa noche. Tenía que dormir. Al día siguiente ya me enfrentaría a aquellos Cunningham demasiado generosos y me disculparía con Cyndi por haber sido tan borde y grosera con ella. Todo se vería más claro a la luz del día.

7

Al parecer, los Cunningham no respetaban para nada la intimidad de los demás. Cuando me desperté y comprobé mi móvil, vi que había mensajes de texto tanto de Weston como de Maddy. Eché un vistazo a ambos mientras me quitaba una legaña de los ojos. El mensaje de Maddy era clara muestra de ello.

De: Maddy

Para: Mia Saunders

¡Madre mía! Matt y yo estamos deseando ir a Texas. *Yee-haw!* ¡Llegaremos el viernes. Por cierto, tu amiga Cyndi es majísima. ¡Y nos ha reservado un avión privado!

De: Maddy

Para: Mia Saunders

¿Has recibido mi mensaje?

De: Maddy

Para: Mia Saunders

¡Un avión privado! ¡Yujuuu! ¡Qué guay!

¡Joder! Por lo que parecía, Cyndi la granjera no perdía el tiempo. Debía de haber buscado el número de Maddy en los contactos de mi móvil en algún momento sin que yo me diera cuenta.

Me quedé mirando la habitación. Mi ropa del día anterior estaba doblada sobre la cómoda. Me tiré de la prenda que llevaba puesta y vi que era la camiseta de un hombre. Una camiseta muy grande. Enorme, de hecho. Dejé escapar un largo suspiro. Seguramente me había cambiado ella. En fin. Ahora me sentía como una auténtica zorra. La dulce preñada había entrado en mi habitación, me había visto boca abajo con los zapatos puestos y todo y se había ocupado de mí. Incluso me había puesto una de las camisetas de su marido. Mierda. Espero que Max no la ayudara. Me moriría de vergüenza. Pero bueno, me cogió el móvil e invadió mi intimidad para cumplir el mandato de su esposo, así que tan buenecita no era.

De: Wes Channing

Para: Mia Saunders

Hola, nena. Anoche eché de menos tu voz. Dime que estás bien.

Sin perder un minuto, pulsé el nombre de Weston en mi teléfono y lo llamé. Necesitaba esa conexión que sólo tenía con el hombre al que ahora amaba con todo mi ser. Sentada en la cama y cruzada de piernas, esperé con impaciencia a que lo cogiera.

Justo cuando estaba pensando en dejar un mensaje, oí su voz agitada al otro lado de la línea.

—Mia —dijo en lugar del típico saludo—, ¿estás bien?

Di un bufido, pensando que no estaba bien en absoluto, pero que tampoco estaba corriendo ningún peligro real. Sólo me estaba volviendo loca.

—Sí. Perdona que no te llamara anoche. Creo que me quedé dormida antes de que mi cabeza tocara la almohada siquiera. Fue un día muy muy largo. Tremendamente largo.

—¿Ah, sí? Cuéntamelo. Tengo algo de tiempo ahora, y te echaba de menos.

Al oírlo decir que me echaba de menos se me encogió el pecho y se me aceleró el sexo. Joder, era increíble el efecto que ese hombre tenía en mí. Un par de semanas más y haría algo al respecto. Pero, en ese momento, sin la ventaja de disponer de su cuerpo para ayudarme a liberar la tensión que acumulaba, le conté todo mi día anterior, e incluso rompí la promesa que le había hecho y le hablé del colapso nervioso que Max había tenido en la empresa, así como del extraño modo en que Cyndi había reaccionado conmigo, como si se anduviera con pies de plomo. También le hablé sobre la prima de Max, Sophia Cunningham, y sobre la poca gracia que le había hecho mi repentina aparición en la familia, justo cuando estaba a punto de llevarse una buena parte de ese cuarenta y nueve por ciento de Cunningham Oil & Gas. Después le expliqué la situación con Maddy y lo que había sucedido la noche anterior, incluido el hecho de que Cyndi me había metido en la cama y había toqueteado mis cosas personales y contactado con Maddy sin consultarme.

Wes no dijo nada durante un buen rato.

—Cariño, ¿estás ahí?

—Eh..., sí, estoy aquí. Es que no me hace mucha gracia lo que me estás contando. Ya me pareció todo muy raro cuando me hablaste del trabajo en su momento, y el detective privado no ha encontrado nada más que cosas buenas sobre el tipo. Es un hombre decente, familiar, con éxito en los negocios y heredero de la fortuna de Cunningham Oil & Gas. Al parecer, los Cunningham guardan lo del porcentaje de la hermana en secreto, porque mi hombre dice que no encontró ni una palabra al respecto durante su investigación.

—¿En serio? Hum, supongo que es normal que no digan nada hasta que lo solucionen todo. —Me coloqué un mechón de pelo tras la oreja y me mordí el labio—. Wes, me está resultando muy difícil estar aquí. Cuanto más tiempo paso con esta familia, más desearía que fuera real —susurré por temor a que, si lo decía en voz alta, la verdad se me tragase entera.

Él exhaló sonoramente.

—Cariño, sé que anhelas ese tipo de relación familiar, pero no te encariñes demasiado. Además, me tienes a mí, y a Maddy. Nosotros somos tu familia. Conmigo siempre tendrás un hogar, nena, y con mi familia. Y algún día lo haremos legal. —Hablaba en tono desenfadado, pero sus palabras me dejaron del todo impactada y me puse nerviosa a más no poder. De repente me había transformado en una bola de energía nerviosa que aguardaba el siguiente pulso magnético. Joder. ¿Acababa de insinuar lo que yo creía que había insinuado?

—Wes... —le advertí, sin saber cómo abordar el asunto en absoluto, pero sabiendo que, si no lo hacía, acabaría volviéndome loca de atar.

—Lo sé, lo sé. No estás preparada para hablar de matrimonio —dijo entre risas, y eso aligeró la intensidad de la conversación—. Nena, sólo quiero que sepas que mi compromiso contigo es para siempre. Que tu hogar está conmigo y que ahora nosotros somos una familia. ¿De acuerdo?

«Familia.» La mera sugerencia me ponía los pelos de punta en lugar de provocarme un cosquilleo agradable.

—Sí, cielo. De acuerdo. ¿Cómo va tu trabajo? —pregunté, intentando que no se centrara todo siempre en mí y en mis problemas.

—Bien. Aunque estoy trabajando en una sección romántica para la que no me vendría mal un poco de ayuda. —Su tono adquirió ese timbre grave y profundo que me volvía loca de deseo y me hacía necesitar sus caricias—. ¿Conoces a alguna morena maciza y de piernas largas con unas tetas tan grandes que me hagan salivar sólo de pensar en ellas y con un culo sobre el que podría escribir una escena de diez páginas?

Me eché a reír y me enrosqué un rizo alrededor del dedo.

—Mmm, creo que conozco a alguna —dije usando ese deje seductor que sabía que lo volvía loco.

Gruñó.

—Joder, nena, ya la tengo dura.

—Mmm... Libérala.

Oí el sonido de una cremallera que se bajaba y movimiento de ropa.

—Vale —respondió.

Su tono necesitado hizo que mi medidor de confianza se disparase hasta la estratosfera.

Me incliné sobre la cabecera de la cama y me pegué bien el teléfono a la oreja para poder oír cada una de sus respiraciones.

—Agárrate la base con la mano e imagina que es la mía. Aprieta un poco, pero sólo lo justo, no demasiado. —Lo oí jadear—. Ahora lámete el pulgar y recorre la punta con él. Piensa en mi boca chupando la cabeza de esa polla tan dura que tienes, pasando la lengua por esa zona de piel sensible que te vuelve loco.

—Joder, me estoy volviendo loco ya. Te necesito aquí, nena —protestó.

—Ahora te la estoy lamiendo entera arriba y abajo, con suavidad pero rápidamente. Bajo la mano para sobarte las pelotas y me la meto hasta la garganta de un rápido chupetón. La tengo tan metida que casi no puedo respirar. Jadeo a duras penas alrededor de tu verga hasta que te apiadas de mí y la retiras un poco. Sabes tan bien..., a mar y a hombre. Mi hombre. Ay, cariño, estoy mojada sólo de pensar en ti —dije. La respiración de Wes iba convirtiéndose en jadeos entrecortados conforme iba elaborando la escena.

Lanzándome de cabeza a la piscina, deslicé una mano entre mis propias piernas y por debajo del encaje de mis bragas.

—Estoy empapada, Wes.

—¿Te estás tocando? —gruñó.

—Mmm, sí. Pensar que te la estás meneando mientras te imaginas que soy yo quien lo hace me está poniendo supercachonda. —Gemí y me froté el clítoris con movimientos rápidos y firmes.

No tardé mucho en empezar a follarme el aire intentando alcanzar un cuerpo que estaba a dos mil quinientos kilómetros de distancia.

—¿Estás a punto? —pregunté cuando lo oí gruñir con fuerza.

—Sí, y ¿tú te estás follando ese dulce coñito con los dedos con fuerza como lo haría yo?

La imagen mental me atravesó el cuerpo como una descarga eléctrica, y pensar en sus grandes dedos dentro de mí hizo que una nueva ola de humedad inundase mi sexo.

—Sí —jadeé, y contuve la respiración mientras me metía dos dedos.

Dejé que la base de mi mano me aplastara el clítoris y enviara espasmos de placer desde mi sexo hasta mi pecho y de ahí a todas mis extremidades.

—Me voy a correr...

—Yo también. Me la estoy machacando con fuerza mientras me imagino cómo te voy a empotrar contra la puerta de casa en cuanto llegues dentro de un par de semanas. Te arrancaré las bragas, te la meteré y te taladraré con mi polla con tanta fuerza que no querrás volver a dejarme nunca.

—Wes, Wes, Wes... —entoné mientras elevaba las caderas y me follaba a mí misma imaginando que me estaba embistiendo contra la dura superficie de la madera.

A mi chico le gustaba empotrarme contra las paredes y las puertas.

Me apreté con fuerza el clítoris y estallé al mismo tiempo en que oí el sonido de su laboriosa respiración al otro lado de la línea. Mi cuerpo entero se tensó; el tejido sensible entre mis muslos se aferraba a mis dos dedos, que seguían hundidos en mi interior.

—¡Dios! ¡Sí! Te quiero... —susurré al teléfono justo cuando de su boca empezaban a brotar una sarta de blasfemias.

—Joder, nena, qué gusto... ¿Cómo puedes ser tan arrebatadoramente sexi? Dios. ¡Y eres mía, toda mía! —rugió.

Mientras, yo me acariciaba el clítoris ociosamente, disfrutando de las últimas sacudidas de placer, oyendo cómo mi hombre se corría al pensar en follarme. Pronto, su respiración se ralentizó.

—Nena..., adoro tu voz. Suena a sexo líquido por teléfono.

Me eché a reír y me pegué el móvil a la oreja.

—Y a mí me ha gustado oír cómo te corrías pensando en mí. Gracias por corresponderme.

—Mmm, el placer ha sido todo mío, nena. Esta noche estaré ocupado, pero llámame de todos modos antes de irte a dormir para que sepa que estás bien, ¿vale? Y recuerda que te quiero.

Compuse una inmensa sonrisa. Tener intimidad con Wes, incluso por teléfono, me había proporcionado el aliento que necesitaba para averiguar cómo iba a enfrentarme a los bienintencionados Cunningham.

—Yo también te quiero. Que tengas un buen día en el trabajo.

—Tú también, nena. Llámame si me necesitas.

Quería decirle que siempre lo necesitaba, pero eso era demasiado empalagoso incluso para mí. En lugar de hacerlo, esperé hasta que colgó, y me aferré al móvil como si fuese un salvavidas.

Esa noche volví a soñar con algo que había soñado varias veces a lo largo de los años. Yo tenía unos cuatro años y estaba jugando en una especie de parque situado junto a uno de los casinos de Las Vegas. Un niño con la cabeza llena de rizos rubios me llevaba de la mano.

—Mi papá dice que tengo que vigilarte porque tiene una reunión muy importante con tu mamá.

El niño era mayor que yo, puede que me doblara la edad. Su pelo me hacía gracia, y tenía unos dientes grandes con un hueco entre las dos paletas.

—¿Cuántos años tienes?

—Cuatro y medio —respondí como si fuera mucho mayor de lo que aparentaba.

Él se subió a un pequeño muro de piedra, se agachó sobre una rodilla y me ofreció la mano para ayudarme a subir. Apoyé el pie en un saliente con vacilación, hasta que me di cuenta de que podía mantener el equilibrio bastante bien.

—Yo ya tengo diez. Dos cifras —dijo con orgullo, como si la edad fuese una especie de premio que se pudiera ganar y él hubiese recibido ya su gran trofeo.

En lugar de aceptar su mano, me impulsé para subir por mí misma. Aunque me sentí superorgullosa de haber logrado subir, fingí que había sido fácil.

—Mi papá dice que la edad es sólo un número. Y que los números están mejor en una de esas ruedas blancas, negras y rojas que tienen en el casino.

—¿Una ruleta? —dijo enarcando las cejas de una manera muy graciosa.

Me encogí de hombros, pues no estaba segura, pero a papá le gustaba pasar el rato en la mesa que la tenía. Ahí era donde estaba en ese momento. Jugando a ese juego. Mamá estaba haciendo su espectáculo con ese hombre. Yo sabía que debía de ser algo muy importante, porque llevaba unos trajes con diamantes por todas partes y grandes plumas que le salían del pelo y en la espalda. Las de la espalda casi llegaban al suelo, y eran muy suaves. Me dejaba acariciarlas, pero nunca me per-

mitía jugar con esos trajes. Decía que eran demasiado caros y tenía miedo de que los estropeara.

—A mi papá le gusta tu mamá —dijo el niño mientras se colgaba en las barras de mono.

Yo me quedé en una esquina porque no alcanzaba las barras ni siquiera de puntillas.

—A todo el mundo le gusta mi mamá. Es una act-riz. —Se me trabó la lengua al pronunciar esa palabra que mi madre decía sin parar—. Si a la gente no le gusta es que no está haciendo bien su trabajo —dije repitiendo lo que mi madre me había comentado.

El chico asintió y el pelo le cayó sobre los ojos. Se lo apartó y me miró con sus intensos ojos verdes. La gente me decía todo el tiempo que mis ojos eran como los de un gato, pero yo pensaba que los ojos de aquel niño se parecían más a los de un gato que los míos. Un poco como los de mamá.

—Pues mi papá dice que quiere casarse con tu mamá y formar una familia. Así que tú serías mi hermana.

Fruncí el ceño.

—No puede casarse con mi mamá porque ella ya tiene a mi papá. Y tiene un anillo y todo —repuse.

El niño entornó los ojos.

—¿De verdad? Pues creo que él no lo sabe. —Su rostro se tornó triste—. Yo quería tener una mamá, y la tuya es muy guapa y muy simpática.

Negué con la cabeza.

—Ella no es muy simpática. Sólo hace ver que es simpática.

El niño ladeó la cabeza.

—¿Es mala contigo?

Me dirigí a los columpios y me senté.

—No. Pero no me quiere tanto como las mamás de mis amigas las quieren a ellas.

Se puso detrás de mí, echó hacia atrás el columpio para darme impulso y luego me empujó hacia adelante. Ahora ya podía seguir yo sola. Después se dirigió al otro columpio y se sentó, pero no lo movió.

—Entonces no la quiero como mamá.

—Sí, a lo mejor tu papá podría encontrar a otra más simpática —sugerí.

—Buena idea. Creo que lo ayudaré a buscar a una muy simpática y muy guapa. ¿Quieres ayudarme?

Yo sonreí ampliamente y arrastré el pie por el suelo para detener el columpio.

—Eso sería divertido.

El chico y yo pasamos la siguiente hora más o menos recorriendo el casino, cogidos de las manos, señalando a las mujeres que podrían ser su nueva mamá. Por desgracia, su padre y mi madre nos encontraron antes de que llegáramos a decidir cuál sería la más adecuada. Ella estaba llorando, y, cuando se agachó sobre una de sus rodillas, me sacudió y me gritó que deberíamos habernos quedado en el parque. El hombre se inclinó hasta el nivel de los ojos del niño, le puso las dos manos sobre los hombros y lo riñó, pero el niño no lloró. Se disculpó, y su padre le explicó que se había llevado un buen susto y lo abrazó con fuerza. Mi madre no me abrazó. El niño me miró con tristeza por encima del brazo de su padre y articuló un silencioso «Lo siento»*. Yo le resté importancia con la mano y vi cómo el hombre cogía a mi madre de la mano, tiraba de ella para acercarla a él y la besaba.*

El padre del chico siguió besando a mi madre hasta que ella lo apartó y le dijo que parara. Él le pidió que se fuera con él, que me cogiera y que se largara, que dejara su vida y se marchara con él. Justo en ese momento, mi padre apareció y le mostró a mi madre un cubo lleno de fichas. Me cogió, giró conmigo en brazos y me abrazó fuerte, como siempre lo hacía. Mi padre daba los mejores abrazos del mundo. Después le enseñó a mi madre el cubo de nuevo, la estrechó contra él y le dijo que esa noche íbamos a cenar a lo grande. Ella sonrió y se alejó del chico y del hombre como si ni siquiera los conociera.

Vi cómo el hombre dejaba caer los hombros y la cabeza hacia adelante. Apoyó la mano en el hombro del niño y éste me dijo adiós con la mano.

Me desperté de un sobresalto. El sueño había sido tan real que era como si pudiera oír el bullicio del casino por la habitación, ver las máquinas tragaperras y las luces parpadeando por todas partes. Cerré los ojos, me metí debajo del edredón, mullí la almohada y le di la vuelta. Normalmente podía controlar mis sueños y podía volver a ellos cuando me despertaba, o pensar en lo que quería soñar y, a veces, conseguía incluso soñarlo. En esa ocasión, en cuanto cerré los ojos, me zambullí de cabeza en otro recuerdo.

Mamá y papá estaban peleándose de nuevo. Maddy se hallaba en casa de tía Millie. Era su cuarto cumpleaños, y habíamos salido a comprarle un regalo. Papá quería visitar a mamá en el trabajo y asegurarse de que llegaría a casa a tiempo para la fiesta. A mamá no le parecía justo tener que salir antes para celebrar el cumpleaños de una niña de cuatro años. Dijo que, de todos modos, Maddy nunca se acordaría, así que, ¿qué importaba?

Fue entonces cuando un hombre chocó contra ambos en la calle. Iba acompañado de un adolescente que agarró a mi madre de la cintura. Ella se volvió, dispuesta a gritarle, aunque sólo había intentado ayudarla para que no se cayera. Supe al instante que era aquel chico del pasado, sólo que mucho mayor. El padre estaba igual. Incluso llevaba un sombrero vaquero como aquel día años antes. Cuando mi madre le vio la cara, se puso blanca como un fantasma, retrocedió y chocó contra mi padre.

—¿Meryl? —le dijo el hombre a mi madre, cuyas manos temblaban a ambos lados de su cuerpo—. Dios mío, han pasado años. Eh..., éste es... es...

—Maxwell —dijo ella, y su voz se quebró al pronunciar el nombre del adolescente.

Max. Eso es. Su nombre era Max. Lo había olvidado. El adolescente inclinó su propio sombrero vaquero y respondió:

—Señora —antes de meterse las manos en los bolsillos de sus vaqueros.

Pude ver los rizos rubios de su cabello asomando por debajo del amplio sombrero negro. Entonces me miró, y sus claros ojos verdes centellearon con amabilidad mientras inclinaba su sombrero hacia mí.

—Buenas, señorita —dijo, y yo sonreí.

Me pregunté si se acordaría de mí, aunque lo dudaba.

—¿Quién es? —le preguntó papá a mamá.

—Eh..., es un viejo amigo. Jackson Cunningham, y su hijo..., Maxwell. —Fue como si su voz se quebrara bajo la pura presión de tener que pronunciar el nombre del chico.

Papá les ofreció la mano y se presentó. Jackson no apartaba sus ojos azules de mi madre. Y ella no apartaba los suyos de Max. Había algo en su mirada, un secreto oculto tan pro-

fundo que sabía que la verdad acabaría con nosotros si algún día salía a la luz.

Los cinco nos quedamos allí plantados, incómodos. Jackson mirando descaradamente a mi madre mientras ella parecía marchitarse. Por último, mi padre interrumpió el momento tirando de mi mano y anunciando que llegábamos tarde a un acontecimiento importante.

—Ah, sí, tenemos que irnos. Me alegro de verte, Jackson. Espero que a ti y a Max, eh..., tu hijo, os vaya bien.

—Espera, Meryl. Intercambiemos nuestros teléfonos. —Jackson alargó la mano, pero mamá negó con la cabeza, la esquivó y nos siguió a mi padre y a mí—. Meryl, no. Otra vez no... —Su ruego era casi un susurro en el viento.

—Es lo mejor. Estáis mejor así.

La alarma del despertador estaba sonando, aunque lo único que podía oír eran aquellas seis palabras una y otra vez encerradas en el sueño, pero, más recientemente, en mi propio recorrido por aquel camino infernal que era la memoria.

«Es lo mejor. Estáis mejor así.» Apreté los ojos con fuerza, intentando no recordar.

«Es lo mejor. Estáis mejor así.» Su voz era suave, sonaba casi como una canción.

«Es lo mejor. Estáis mejor así.» La esencia de su perfume perduró en mi habitación durante mucho tiempo después de que ella se marchara.

«Mia, mi amor... —Recordaba vagamente que me acariciaba la frente mientras yo dormía. Tenía sólo diez años y tenía demasiado calor, bien tapada con mi edredón de princesas. Me besó en la frente, en el nacimiento del pelo, y me susurró esas mismas palabras—: Es lo mejor. Estáis mejor así.»

Fue entonces cuando mi madre se fue para no volver. Durante mucho tiempo, había bloqueado ese recuerdo pensando que no era real, que me lo había imaginado. Del mismo modo que había borrado los sueños sobre aquel chico y su padre. Pero no eran sueños. Eran recuerdos. Recuerdos que dejaban una cosa más clara que el agua.

Conocía a Maxwell Cunningham, y su padre conocía a mi madre.

8

—Max, tenemos que hablar —dije al entrar en la cocina.

Cyndi estaba preparando un gran desayuno, con tortitas, beicon y huevos. El olor a beicon inundaba la cocina e hizo que me rugieran las tripas sonoramente.

Cyndi señaló un plato vacío que había en la mesa mientras Max lo llenaba de todo tipo de guarniciones. Me senté como un elefante. Mis piernas estaban demasiado cansadas para sostener todo el peso de mis cargas, y las dejé caer debajo de mí.

—Venga, come. Tenemos que explicarte algunas cosas —dijo toscamente.

Cuando me disponía a hablar, Cyndi me cortó.

—Imagino que estarás muy enfadada —empezó mientras me ponía delante una humeante taza de café.

Con una eficiencia que yo jamás tendría, vertió dos cucharaditas de azúcar y un chorrito de leche en mi taza. Recordaba exactamente cómo me gustaba el café. Cosas como ésa conformaban su encantadora naturaleza. Se fijaba en los pequeños detalles, en esas cositas que hacían que la gente se sintiera cómoda, como el modo en que a uno le gusta tomar el café por la mañana.

—Primero quiero decir que lo siento —anunció Cyndi.

—No, no lo sientes —respondí rotundamente mientras examinaba su rostro en busca de un mínimo atisbo de remordimiento.

Puso sus ojos azules en blanco, se quedó quieta y apoyó una mano sobre su barriga mientras, con la otra, mantenía la espátula con restos de huevo en el aire.

—Vale, tienes razón. No lo siento. Necesitas tener a tu hermana aquí, y nosotros necesitamos conocerla.

¿Que «necesitaban» conocerla? Eso me dejó desconcertada.

—¿Por qué? Lo que suceda entre mi hermana y yo no tiene nada que ver contigo ni con tu marido ni con sus negocios.

Miré a Max y él bajó la vista, haciendo un gran esfuerzo por evitar la conversación y meneando los huevos sin tocar en el plato. Tampoco era normal que Max no estuviese engullendo la comida como un pato. A aquel hombre le gustaba comer. Me refiero a que siempre que lo había visto comer se había zampado dos platos de comida antes de que ninguna alma en las inmediaciones hubiese sido capaz de terminarse uno.

Max suspiró profundamente, y todo su cuerpo se movió con el esfuerzo.

—A estas alturas, nos importas mucho, Mia. ¿Por qué no lo aceptas y lo dejas estar?

Resoplé indignada, cogí un buen trozo de beicon y me lo metí en la boca. El delicioso sabor de la carne salada de crujiente textura inundó mis papilas gustativas como un manto de perfección. Beicon. Ese alimento divino. Mastiqué a conciencia durante unos instantes, deliberando acerca de cómo quería enfocar el asunto. Sí, estaban siendo amables, demasiado amables. Pero —y era un pero muy grande— habían hecho eso sin consultarme. Era mi vida y mi familia, no las suyas. Tenían que ser conscientes de la gravedad de lo que habían hecho.

—Escuchad, Max, Cyndi... —Los señalé a ambos con la mano.

Ella dejó la espátula, apagó el fuego y se acercó a su marido. Él rodeó su cintura con el brazo mientras ella se agarraba a su hombro. Formaban un frente unido, y, por alguna razón, no me gustaba. A pesar de ello, tenía algo que decir, y, joder, pensaba hacerlo.

—No podéis inmiscuiros en mi vida. Estoy aquí para hacer un trabajo. Un trabajo por el que habéis pagado una buena cantidad. Aunque nos hemos hecho bastante amigos, eso no os da derecho a meteros en mis problemas. Tú eres mi cliente. Y yo básicamente soy mano de obra, no un miembro de la familia. Lo que habéis hecho invitando a Maddy y a su novio a venir está fuera de lugar, y nadie en su sano juicio se sentiría cómodo con la situación... —Sacudí la cabeza sin saber cómo terminar lo que necesitaba transmitirles sin crucificarlos—. Os habéis pasado de la raya —añadí, y mi voz tembló a causa de la ira que bullía en el fondo del problema.

Max tomó aire y asintió.

—Hablo en el nombre de mi mujer y en el mío propio cuando te digo que lamentamos el modo en que hemos invadido tu vida privada, pero debes saber que nuestras intenciones eran buenas.

—Sí, ya, el infierno está lleno de buenas intenciones. —Fruncí los labios, me llevé una rodilla al pecho y me balanceé sobre la silla—. Por favor, recordad cuál es vuestro lugar. Creo que las líneas están empezando a difuminarse. Estoy fingiendo ser alguien para ayudarte a engañar a tus inversores hasta que encuentres a tu verdadera hermana. Por más que me gustaría que fuese cierto..., no soy tu hermana. No puedes actuar como el hermano mayor que pretende rescatar a su hermanita pequeña.

Hala, ya estaba. Ya lo había soltado. Max apretó la mandíbula y cerró los ojos. Cyndi se inclinó, lo besó en la frente y le susurró algo parecido a un «Díselo» al oído, pero no estaba segura.

Pasamos varios minutos intensos en un incómodo silencio, hasta que, por fin, Max abrió los ojos y soltó a su mujer.

—Está bien, Mia. Lo entiendo. Lo haremos a tu manera.

—Max, cielo... —empezó Cyndi, pero él levantó la mano y la interrumpió.

Negó con la cabeza, con la vista fija en mí.

—¿Podemos pasar página? —me preguntó. Su tono había adquirido el timbre de un rígido empresario.

Asentí y jugueteé con mi servilleta. De repente tenía la sensación de estar equivocada. La conversación había cambiado de tercio tan rápidamente que ni siquiera había tenido ocasión de sacar el tema de mis sueños, o, mejor dicho, de mis recuerdos. Max se levantó de forma brusca, y su silla chirrió contra el suelo de baldosas.

—Ve a prepararte para ir al trabajo, Mia. Hoy hay que ir de traje.

—¿De traje?

Sacó la barbilla.

—Vamos a reunirnos con los inversores. Ha llegado el momento de poner en práctica la farsa fraternal.

Lo dijo con un tono tan frío que sentí como si mil lanzas atravesaran la barrera con la que había protegido mi corazón. La barrera que acababa de colocar esa misma mañana después de descubrir lo que él y Cyndi habían hecho. Lo cierto es que sus palabras me escocieron. No..., directamente me dolieron. Mis preocupaciones tenían una razón de ser, y era él quien se había excedido, no yo. Así que, ¿por qué me sentía como una mierda en la suela de un zapato?

—¿Cuándo salimos? —pregunté con la boca llena de huevo.

—Dentro de cuarenta y cinco minutos. Cyndi, cielo, estaré en el porche. Necesito un poco de aire fresco —masculló, y se marchó.

Terminé de desayunar y pensé en la manera de conseguir que volviera a mostrar la actitud jovial que había tenido la mayor parte del tiempo que había pasado allí, pero no se me ocurría nada. Y, cómo no, precisamente ahora que la cosa estaba tan tensa entre nosotros, teníamos que reunirnos con el comité de inversores y presentarles esa nueva relación fraternal, hacer que resultara lo bastante creíble como para que renunciaran a transferir la propiedad de momento.

El trayecto hasta Cunningham Oil & Gas fue asfixiante. Max puso música y no dijo ni mu en todo el rato. Cada dos por tres, la dirección del viento cambiaba, y yo veía cómo agarraba con más o menos fuerza el volante. Me daba la sensación de que iba a decirme algo, pero entonces exhalaba y volvía a centrarse en la carretera.

Cuando detuvo la camioneta, vino a mi lado, tan caballeroso como siempre, y me ayudó a bajar del vehículo. El traje que yo llevaba me quedaba como un guante. Me sentía fuerte, poderosa y preparada para lidiar con un puñado de aburridos hombres de negocios. La falda de tubo tenía una longitud aceptable, y se abría en la parte trasera hasta una altura decente. No iba demasiado provocativa. La blusa con la que la había conjuntado era de un color verde menta, y me resaltaba los ojos. El blazer se ceñía en la cintura y el color gris armonizaba muy bien con el tono de mi pelo. Quien fuera que lo hubiera elegido había hecho un magnífico trabajo.

Cuando entramos en el edificio, todas las mujeres que había en un radio de quince metros a la redonda se fijaron en Max. Estaba guapísimo con su traje negro y una camisa blanca impoluta. Al cuello llevaba una corbata de bolo de cuero negro trenzado que se unía en la parte superior con la forma de una estrella que se correspondía con el logotipo de la empresa. Había completado el *look* con un sombrero vaquero perfectamente negro, y su cabello rubio asomaba por detrás. Sonreí y lo cogí de la mano. Él inspiró hondo y me la rodeó con los dedos. De repente, sentí un calambrazo eléctrico y familiar en el centro de la palma.

—¿Sientes eso? —pregunté, deseando más que nada saber si él sentía esa conexión entre nosotros.

No era de naturaleza sexual, como la que había notado con otros hombres con los que había intimado. Me sentía bien al cogerlo de la mano. Era como si el universo nos hubiese unido y tuviésemos que estar en ese lugar y en ese momento juntos, conectados de un modo que no acababa de entender.

Inclinó la cabeza hacia mí.

—Pequeña, hace siglos que siento esa conexión contigo. Desde que te vi por primera vez cuando éramos unos críos.

Me tragué el sollozo que amenazaba con estallar desde mis pulmones.

—¿Tú lo sabías?

Asintió.

—Me acordé de ti en el mismo instante en que bajaste del avión, pero es algo más que eso. Es como una sensación, por llamarlo de alguna manera. Como si una parte de mí estuviera en otro lado, en otro lugar del mundo. Una parte que no puedo ver ni tocar, pero que sé que está ahí.

Sacudí la cabeza y le apreté la mano con más fuerza.

—No lo entiendo. Es como si te conociera, pero no te conozco.

Max me rodeó los hombros con el brazo y me estrechó contra su pecho. Una cálida sensación de paz y serenidad inundó mi corazón y todo mi ser.

—Todo irá bien. Ya lo resolveremos. Pero, antes, tenemos que superar con éxito el día de hoy y esta reunión. Ha llegado la hora, cariño —dijo, y me instó a salir del ascensor.

Tenía la cabeza hecha un lío de nostalgia entremezclada con el presente.

Cerré los ojos brevemente y vi al niño de mis sueños, con aquellos ojos tan parecidos a los míos. Me quité esos pensamientos de la mente, levanté la barbilla y apreté la mandíbula. Saqué mi generoso pecho, enderecé la espalda y me preparé para la batalla. No importaba lo que estuviera sucediendo entre Max y yo ni lo que hubiese sucedido en nuestro complicado pasado. Lo que importaba ahora era el presente. Su patrimonio, la empresa que su familia había levantado de la nada y había poseído durante generaciones, dependía de que esos inversores creyeran que yo era su hermana. Me aferré fuertemente a su mano mientras abría la puerta de cristal que daba a la enorme sala de juntas, desde la que podía divisarse el frondoso paisaje y el campus que había tras las hectáreas de árboles.

—Démosles caña —susurré, y Max soltó una carcajada.

A continuación me guio hasta una silla que había al frente de la sala. Sólo quedaban dos vacías, y al menos otras dos docenas más estaban ocupadas por personas que también llevaban trajes. En el tercer asiento a partir del que Max me había designado estaba Sofia Cunningham. Su mirada de desprecio y su rechazo hacia mi persona eran evidentes mientras yo me alisaba la parte trasera de la falda y me sentaba con la espalda bien recta. Max no se sentó. En lugar de hacerlo, permaneció de pie tras su silla y apoyó las manos en el respaldo.

—Damas y caballeros, he convocado la reunión de hoy para ponerlos al corriente de un acontecimiento tremendamente emocionante. Como saben, hace varios meses, mi padre, Jackson Cunningham, nos sorprendió a todos con su testamento. Tras su muerte, se nos informó de que el cuarenta y nueve por ciento de Cunningham Oil & Gas le correspondía a mi media hermana, una mujer cinco años menor que yo cuya existencia desconocía.

De repente, los murmullos fueron aumentando entre pequeños grupos por toda la habitación.

—¡Silencio, por favor! —Max extendió los brazos hacia los lados y la algarabía cesó—. En la última voluntad de mi padre constaban el nombre y la fecha de nacimiento de la mujer con la que comparto linaje. Su nombre es Mia Saunders. Nacida el 14 de julio, cinco años después que yo. La persona que está a mi izquierda es esa mujer. Tengo el inmenso orgullo de presentarles a mi hermana, una mujer a la que apenas acabo de conocer, pero con la que ya siento un fuerte vínculo familiar: la señorita Mia Saunders. Levántate, hermana.

Me puse en pie y todos los pares de ojos de la habitación se centraron en mí. Un puñado de personas susurraba comentarios que resonaban a través de la sala:

—No se parecen en nada.

—Lo veo en sus ojos...

—Qué guapa es.

—La verdad es que se parecen.

—Es imposible que sea su hermana. Mírala...

—Tiene el pelo negro, y él es rubio. No están emparentados.

Esta vez, cuando Maxwell mandó callar a la sala lo hizo con un potente rugido:

—¡Basta!

Las expresiones de las personas sentadas alrededor de la mesa eran de desasosiego, algunas de indignación. Por fin, Sofia levantó la mano.

Max inclinó la cabeza.

—Sofia, ¿quieres decir algo?

La mujer colocó las manos delicadamente delante de ella sobre la mesa de juntas de madera de caoba, formando la viva imagen de la razón.

—Como miembro de esta familia y como inversora, no puedes esperar que todos los miembros del comité y los inversores presentes en la sala acepten tu palabra sin más en este asunto. Hay miles de millones en juego, y generaciones de Cunningham han puesto su buen nombre en esto. ¿Qué pruebas tienes de que haya realmente consanguinidad entre vosotros?

Miré a Max y vi cómo hundía los dedos en el negro cuero de la silla con la suficiente fuerza como para dejar la forma de las uñas en él.

—Mi palabra y mi honor como director general de esta empresa y como cabeza de familia deberían bastar, ¿acaso no es así? —dijo desafiando a su prima delante de toda la sala.

Sofia echaba fuego por los ojos, y su maliciosa sonrisa demostraba lo que ya me había imaginado. No pararía hasta que tuviera pruebas sólidas e irrefutables. Estaba dispuesta a luchar, y ansiaba su parte del dinero. Un escalofrío de temor me recorrió la espalda mientras me retorcía los dedos sobre el regazo, preguntándome cómo iba a conseguir disuadirla Max.

Él inclinó de nuevo la cabeza y miró a su prima.

—Si necesitas pruebas, las tendrás.

Hizo un gesto con la mano, y la menuda Diane, su alegre asistente personal, entró muy deprisa en la sala con un mando a distancia. La seguía una mujer afroamericana elegantemente vestida con un traje blanco invernal. El conjunto brillaba tanto en contraste con su piel de ébano que no pude evitar sentir celos. Las mujeres negras tenían una piel magnífica, y ésa en concreto era impresionante. Llevaba el pelo dividido en un montón de trencitas entretejidas desde el cuero cabelludo y recogido a la altura de la nuca, desde donde descendían hasta el culo. Precioso.

—Gracias, Diane.

Maxwell sonrió, y a ella se le iluminó la cara, le dio unas

palmaditas en el pecho, directamente sobre el corazón, se dirigió hacia las dos sillas vacías que había en un rincón de la sala y se sentó en una de ellas. La atractiva mujer negra la siguió, deslizó el maletín en la mesa y se acomodó con la espalda erguida. El vivo color rojo de las suelas de sus vertiginosos Louboutin brilló cuando se cruzó de piernas. Necesitaba amigas sexis como ella. Siempre sabían cómo vestirse. Debería tomar notas sobre moda empresarial de una mujer como ella.

Max pulsó unos cuantos botones del mando a distancia y una pantalla de LCD descendió por la pared negra. La luz del centro de la sala se reflejaba en la oscura pantalla. Después de pulsar algunos botones más, apareció la foto de mi carnet de conducir, expedido en Nevada.

Sin perder ni un instante, Max comenzó a decir:

—Queríais pruebas. Prueba A. El carnet de conducir de Mia Saunders no sólo demuestra que su nombre se corresponde con el que aparece escrito en el testamento, sino que también coincide la fecha de nacimiento.

Eso me confundió. Creía que tía Millie y Max habían dicho que el nombre estaba escrito de tal modo que no podía confirmarse lo que ponía. Tendría que comprobarlo.

—¿Os parece suficiente prueba, o necesitáis más? —dijo dirigiendo la pregunta a Sofia.

—Cualquiera puede falsificar un carnet de conducir —respondió ella haciendo un gesto de desdén con la mano hacia la pantalla, aunque parecía tremendamente indignada.

—Muy bien. Prueba B. La tarjeta de la seguridad social de Mia Saunders, en el que aparecen su nombre y su nacionalidad. ¿Sigo?

Sofia bufó y respondió de forma altiva:

—Por supuesto. Estás haciendo un magnífico trabajo, pero aún no he visto nada que no pueda refutarse en los tribunales.

La siguiente diapositiva me dejó sin aliento. Se me inundaron los ojos de lágrimas que amenazaban con desbordarse. Me di unos toquecitos en el rabillo de los ojos y miré la pantalla, sumida en una tormenta de recuerdos.

—Ésta es una foto que tenía mi padre de mi madre sosteniéndome, al lado de una foto de Mia. El parecido es asombroso. —La voz se le quebró ligeramente, y carraspeó para aclararse la garganta.

¿Cómo era posible? No cabía duda de que aquella mujer, aunque mucho más joven, era mi madre. La habría reconocido en cualquier parte. Y, en la foto, tenía en brazos a un niño pequeño, de un año, tal vez, con el pelo rubio y rizado como un halo. Sacudí la cabeza y las lágrimas se derramaron de manera desenfrenada.

Los cuchicheos habían alcanzado un volumen insoportable.

Sofia habló con voz cansada, aunque resultaba obvio que no se daba por vencida. Desde luego, era la tenacidad personificada.

—Mucha gente se parece, Max.

Él asintió.

—Cierto, pero hay más. —Levantó una mano hacia la mujer de aspecto elegante y la instó a acercarse.

—Señores miembros del comité, mi nombre es Ree Cee Zayas, y soy la representante legal del difunto Jackson Cunningham y de Maxwell Cunningham. El señor Cunningham me contrató para que demostrara la legitimidad de la herencia de Mia Saunders y su relación familiar. —Hablaba con voz fría, tranquila y culta.

Me gustó al instante, pero de inmediato temí sus siguientes palabras.

—Si miran la pantalla, verán una copia del certificado de nacimiento de Maxwell Cunningham, de Dallas, Texas, al lado del certificado de nacimiento de Mia Saunders, de Las Vegas, Nevada. Como pueden comprobar, la mujer que aparece inscrita como madre, Meryl Colgrove, así como su número de la seguridad social, coinciden con exactitud en ambos documentos jurídicamente vinculantes. Este documento serviría como prueba en un juzgado, y demuestra que Maxwell Cunningham y Mia Saunders comparten la misma madre biológica.

La sala se quedó en silencio. No se oía nada en absoluto. De repente, un sinfín de sensaciones me golpearon con fuerza. Dejé de respirar y me eché a temblar al ver la prueba que tenía ante mí. Ajena a la marea de emociones que me estaban volviendo loca, las lágrimas empezaron a descender a mares por mis mejillas. Maxwell me oyó intentar contener un sollozo. Se agachó a mi lado, puso una rodilla en el suelo y me agarró las manos con tanta fuerza que me hacía daño. Pero no me importaba. No sentía nada, estaba demasiado desolada.

Posó los labios en mis manos y me besó el dorso una y otra vez.

—Debería haberte dicho la verdad —susurró—. Perperdóname...

Sus palabras estaban tan cargadas de sentimiento que se trabó al intentar expresarlas.

Era incapaz de responder nada, pero la cosa no acababa

ahí. No, la bella mujer a la que posteriormente consideraría «el ángel oscuro de los acontecimientos que te cambiaban la vida», continuó:

—Debido a la naturaleza extrema de la herencia y de la cantidad económica que está en juego en la empresa, consideré aconsejable ir más allá y realizar una prueba de ADN. Se tomó una muestra de pelo del cepillo de la señorita Saunders y los resultados se compararon con los del señor Cunningham. Como pueden ver en la pantalla, los resultados son concluyentes: Maxwell Cunningham y Mia Saunders comparten marcadores genéticos maternos idénticos que demuestran, sin lugar a dudas, que son hermanos, descendientes de la misma madre.

Entonces perdí los cabales, como el resto de los presentes en la sala. El clamor de las conversaciones alrededor de la mesa no me dejaba pensar. Así que me quedé allí sentada, sin moverme, tratando de ordenar las piezas de mi vida de manera que algo se pareciese a una realidad que pudiera entender. Pero no lo conseguía. No había ninguna pista que me iluminara, ni ninguna analogía que explicara cómo las pequeñas casillas y líneas de la pantalla que tenía delante me habían cambiado la vida... para siempre. Ya no era Mia Saunders, la chica que había criado a su hermana menor, cuya madre la había abandonado a los diez años y con un padre que era un puto borracho. Ya no era sólo la mujer que estaba completamente enamorada de un hombre mucho mejor que ella. Cada vez tenía más claro que era mucho más.

Yo, Mia Saunders, era la hermana biológica de Maxwell Cunningham. Un hombre al frente de un imperio y de una familia de la que no sabía absolutamente nada. Los documentos no mentían: Max era mi medio hermano.

—Mia, Mia..., pequeña, por favor, di algo. Lo que sea —me rogaba Max desde su posición, arrodillado delante de mí.

Bajé la vista y miré a esos ojos del mismo color verde claro que mi madre me había dado a mí, a Maddy, y también a él.

—Eres mi hermano. —Las palabras brotaron de mi boca como un suspiro.

Él asintió.

—Lo soy. —Estudió mi rostro, como si estuviera mirando directamente en mi alma y buscando una parte de sí mismo.

—Mi hermano de verdad —repetí.

—Sí. Y tú, tú eres mi hermana pequeña. —Tragó saliva y se humedeció los labios.

Las líneas de expresión que rodeaban sus ojos parecían más pronunciadas bajo el peso de lo que había estado ocultando en su interior.

—Dios mío. No puedo... —Inspiré hondo—. ¡Maddy!

Las lágrimas descendieron por mis mejillas, y él me cogió la cara y me las secó con los pulgares, acariciándome los pómulos.

—Sí. ¿Entiendes ahora por qué era tan importante traerla aquí? Merece saber la verdad.

Cerré los ojos y entonces pensé en Maddy y en cómo le afectaría esa información, en cómo afectaría a nuestra dinámica familiar. Con un gesto dramático, empujé la silla hacia atrás y Max tuvo que apoyarse en el suelo para no caerse. A continuación me puse de pie y estudié el área buscando la salida más cercana.

Tenía la imperiosa y dolorosa necesidad de huir. Pero

entonces me di cuenta del peso de la situación. Ya no estábamos fingiendo. Max me había llevado allí porque conocía la verdad todo ese tiempo y había esperado a que estuviéramos delante de todos estos extraños para revelarla.

Había deseado ser la hermana de Maxwell. Me lo había planteado en multitud de ocasiones durante los últimos diez días. Pero en ese momento tenía tal lío en la cabeza que sólo quería gritar, arañar y aullar hasta que todo, incluida mi vida, pero más que nada la verdad, volviese a cobrar sentido y hasta que la caja de Pandora se cerrase y se enterrase de manera que nadie la encontrara jamás. Salí corriendo de la sala con un único pensamiento en mente: «Ten cuidado con lo que deseas, porque puede hacerse realidad y hacer que tu mundo entero se tambalee».

9

El capó de la camioneta estaba frío al tacto. Me congelé las manos al apoyarme en él, doblada a la altura de la cintura, mirando mis pies.

«Respira. Dentro... Fuera... Dentro... Fuera. Repite. Pronto todo tendrá sentido.»

Me repetí ese mantra una y otra vez hasta que oí cómo crujía la gravilla y un par de botas negras de cowboy aparecieron en mi campo de visión. Estuvo un rato sin decir nada, cosa que agradecí. Finalmente, el acelerado martilleo de mi corazón cesó y comenzó a latir con normalidad. Me incorporé y me di la vuelta, pero dejé que la parte delantera de la camioneta me sostuviera.

Max estaba delante de mí, con los hombros caídos y el ceño muy fruncido, lo que deslucía sus rasgos por lo demás atractivos.

Sus ojos, copias exactas de los míos, estaban nublados y parecían inseguros.

—Mia, yo...

Alcé una mano para impedir que me diera una excusa.

—Lo sabías y no me lo dijiste.

Inspiró, colocó las dos manos delante de su cuerpo y se crujió los nudillos.

—No tengo excusa. Sólo quería conocerte y pasar un tiempo contigo. Pensé que tal vez la verdad surgiera de manera natural...

—¿Te parece natural que me entere en una sala llena de putos extraños donde no puedo reaccionar? ¡¿En qué coño estabas pensando, Max?! —grité, dando rienda suelta a toda mi ira—. Ahora sólo puedo pensar en qué razones podías tener para hacerme daño. —Inspiré hondo al sentir que las lágrimas amenazaban con derramarse de mis ojos de nuevo.

Él levantó las manos y se acercó a mí. No podía retroceder ni huir, ya que sus brazos me retenían contra el duro metal de la camioneta y me impedían realizar ningún movimiento.

—Mia, jamás te haría daño a propósito. No pretendía que saliesen así las cosas. No sabía que Sofia iba a hacer todas esas preguntas, y ha pasado todo muy rápido. —Sacudió la cabeza—. Por los clavos de Cristo... Eres mi hermana. Pequeña, eres mi hermana y te quiero. —Sus ojos claros se tornaron oscuros y atormentados, apretó la mandíbula y vi que tenía un tic en la barbilla—. Mia, moriría antes que permitir que nada te hiciera sufrir.

Cerré los ojos. No podía ver cómo la realidad nos destrozaba a ambos. Me quería. Mi hermano. Tenía otro hermano que vivía y respiraba. Joder, eso era muy fuerte, y no tenía ni puñetera idea de cómo manejar la situación. Lo único que sabía era que tenía que largarme de allí.

—Llévame a casa.

—¿A Las Vegas? —preguntó con la voz rota.

—¡No, joder! —exclamé sin aliento—. Al rancho. Necesito tiempo. Y necesito pensar en cómo cojones voy a contarle a Maddy todo esto.

Max asintió, abrió la puerta de la camioneta y la sujetó para que entrara. Después ocupó su sitio y arrancó el vehículo. Cuando estábamos a unos diez minutos del rancho, posó la mano sobre mi rodilla.

—Sé que esto no significa mucho ahora mismo, y sé que estás intentando digerirlo todo, pero me alegro enormemente de que seas mi hermana. Cuando mi padre murió, antes de que encontrásemos su testamento, me sentía del todo perdido. Descubrir que tenía una hermana, una persona que compartía mi sangre, me proporcionó un nuevo propósito, algo bueno en lo que centrar la atención. Cuando vi tu foto en esa página y vi que eras la viva imagen de mi madre..., supe que todo iba a cobrar sentido. Supe que por fin dejaría de sentirme solo.

—Pero tú tienes a Cyndi y a Isabel, y pronto tendrás a tu hijo. Nunca estás solo. —Cubrí su mano sobre mi rodilla con la mía. El hielo de mi corazón se había derretido al oír su confesión.

Asintió.

—Sí, y son mi futuro perfecto. Pero hay algo especial en el hecho de compartir un progenitor. Es como si fuéramos dos caras de la misma moneda. Además, tuve una corazonada, como acabo de decirte. Cuando te vi y recordé que nos habíamos visto un par de veces hace mucho tiempo, supe que era cierto.

Me humedecí los labios y miré por la ventana.

—Me he pasado toda la vida soñando contigo. Bueno, no sabía que eras tú, pero soñaba con un niño que jugaba conmigo en un parque. —Me eché a reír y recordé la búsqueda que llevamos a cabo aquel día—. Y que recorríamos el casino en busca de una nueva mamá para ti.

Sonrió.

—Sí, he pensado mucho en esa primera vez. Me preguntaba qué habría sido de aquella mujer que tenía tan prendado a mi padre y a su hija. Ahora todo tiene más sentido. Desde mi punto de vista, mi padre quería cazar a nuestra madre, pero ella no quería que la cazaran.

Resoplé y me crucé de brazos.

—Sí, bueno, mi padre tampoco pudo retenerla. ¿Sabes dónde está?

Maxwell negó con la cabeza e hizo una maniobra para esquivar a una mofeta muerta que había en la carretera.

—Nunca he intentado buscarla.

—Con todo el dinero y los contactos que tienes, supongo que te resultaría bastante fácil encontrarla.

Me miró con el rabillo del ojo, pero siguió centrado en la carretera.

—Lo haría. El único problema, pequeña, es que cuando una mujer abandona a su bebé, vuelve a casarse, forma una familia durante una década y luego la abandona también, es evidente que no quiere formar parte de sus vidas, o de lo contrario no se habría marchado. A veces las personas no quieren que las encuentren, o no huirían en primer lugar.

Deliberé sobre la lógica que contenían sus palabras mientras llegábamos al rancho. Sin duda, lo que decía tenía sentido, pero esa sensación que tenía sobre el modo en que se había marchado mi madre, especialmente después de haberlo recordado en sueños la noche anterior, me llevaba a considerar otra alternativa.

—Y ¿no has pensado que tal vez quería que alguien fuese corriendo detrás de ella? —sugerí.

Max apagó el motor de la camioneta, se quitó el sombrero y se pasó los dedos por el pelo.

—Pues no, nunca lo he visto así. ¿Tú qué opinas? —Se volvió hacia mí y nos quedamos mirándonos durante unos instantes.

—Creo que nuestra madre la cagó mucho. Y, cuando alguien está acostumbrado a cagarla, muchas veces no quiere que esa mierda manche lo único bueno que tiene en la vida. A lo mejor nos quería más de lo que pensábamos.

Max cerró los ojos y frunció el ceño.

—En ese caso, tal vez deberíamos averiguarlo.

—Estoy de acuerdo.

La decisión estaba tomada. Max utilizaría sus recursos y buscaría a nuestra madre. Tenía algunas preguntas que hacerle. Y la primera era por qué nunca nos contó que teníamos un hermano.

En el momento en que la puerta de la limusina se abrió y el pelo rubio de mi hermana ondeó en la brisa, perdí mi capacidad de respirar. Madison Saunders, mi hermana pequeña, era una aparición con vaqueros cortados, tacones de cuña y un top sencillo. Maddy extendió el brazo con el bolso en la mano y Matt llegó a cogerlo por los pelos cuando ella salió corriendo hacia mí con los brazos abiertos y una inmensa sonrisa en la cara. Me preparé y esperé a que su peso impactara contra mí. Cuando lo hizo, fue como si una nube de amor me hubiese rodeado y me hubiese inundado de felicidad.

Mads dio un pequeño alarido en mi oreja. Normalmente habría dado vueltas con ella haciendo de la hermana mayor gigantona, pero esa vez la estreché con tanta fuerza que habría hecho falta una palanca para separarme de ella. La sensación de temor que me invadía al pensar en soltarla, en no tenerla cerca, me envolvía como una densa niebla. Mi niña siempre lo había sido todo para mí, y sabía, por mucha ilusión que me hiciera verla, que la información que tenía que contarle era una carga que pesaba sobre esa visita.

Liberándose de mis brazos, Maddy frunció el ceño, me cogió la cara y pegó su frente a la mía.

—¿Qué pasa? ¿Por qué estás triste? —preguntó, y me secó la humedad de unas lágrimas que no sabía que había derramado.

Me aclaré la garganta y respiré lentamente.

—Es sólo que te echaba de menos —respondí intentando tranquilizarla.

Ella entornó los ojos hasta formar una fina rendija.

—No estás siendo sincera conmigo. No me gusta, pero ya te interrogaré cuando estemos a solas.

Solté una carcajada, mitad risa, mitad ronquido.

—Vale, pequeñaja. ¡Deja que te mire! —La sostuve a la distancia de mis brazos y ella brilló como el sol que asomaba en un día nublado—. Eres la chica más guapa del mundo entero, pero...

—Sólo cuando sonríe —intervino Matt, terminando mi frase.

La cogió de la cintura y tiró de ella hacia su costado, alejándola del calor de mis brazos. Pagaría por ello.

Lo miré con recelo.

—¡Esa frase es mía! —exclamé.

Se echó a reír.

—Lo sé —repuso meneando las cejas—. ¡Maddy me lo ha dicho un millón de veces! Estoy deseando que algún día se la diga ella a nuestros hijos —dijo, y acarició la nariz de mi hermana con la suya.

Me entraron ganas de vomitar y de abrazarlo a partes iguales.

Una voz atronadora detrás de mí se aclaró la garganta o maldijo, no estoy muy segura.

—Maddy, quiero presentarte a, eh..., unas personas.

Al volverme, vi a Maxwell cogiendo de la cintura a su mujer. Isabel estaba dando brincos por los escalones del porche detrás de ellos, perdida en su propio mundo, como la mayoría de los niños de cuatro años.

Max tenía unos ojos como platos y la boca semiabierta de una manera poco atractiva. Cyndi también parecía un ciervo ante los faros de un coche, pero ella al menos se estaba tapando la boca abierta. Ninguno de los dos dijo una sola palabra cuando agarré a Maddy de la mano y la acerqué.

—Eh, chicos, ¿hola? —Pasé la otra mano varias veces por delante de ambos, y, de repente, logré que salieran de su estado de pasmo al mismo tiempo.

—Jesús... —susurró Max.

—Dios mío —exclamó Cyndi en tono ronco.

Me volví hacia Maddy.

—Normalmente no son tan raros, pero éste es Maxwell Cunningham, y ella su mujer, Cyndi. Chicos, ésta es mi hermana pequeña, Madison Saunders, y su prometido, Matt Rains.

Maddy levantó las cejas al ver que Max y Cyndi seguían mirándola como unos pirados. Maxwell no apartaba los ojos de su cara. Era como si lo hubiesen dejado aturdido con una pistola eléctrica. Tenía la boca un poco abierta y examinaba con atención el rostro de mi hermana de una forma inusualmente lenta.

Cyndi fue la primera en hablar, aunque lo que dijo no tenía ningún sentido para Maddy.

—Es... Dios mío, es idéntica a ti. —Pronunció esas palabras como si a ella también le hubiesen dado con una pistola eléctrica.

—Es increíble —dijo Max por fin, e inclinó la cabeza a un lado.

Matt cogió a Maddy de la cintura y tiró de ella para que retrocediera un paso.

—¿Qué está pasando aquí? Es como si hubieseis visto un fantasma.

Dijo exactamente lo que yo estaba pensando. Aunque entendía que debía de ser raro ver a tu hermana por primera vez, sobre todo a una que se parecía tanto a ti. Cerré los puños con fuerza mientras los dos pasmarotes observaban a Mads. Me preocupaba que fuesen a soltárselo todo sin darme la oportunidad de que yo se lo dijera antes. Tenía que ser yo quien la pusiera al tanto de que tenía otro hermano.

De repente, Isabel se abrió paso entre las piernas de sus padres y miró a la nueva invitada.

—¡Vaya! Eres tan guapa como una princesa. —Isabel le dio unas palmaditas a Maddy en la pierna.

Ella se agachó sobre una rodilla para que la pequeña pudiera verla cara a cara. A Maddy y a mí siempre se nos habían dado muy bien los niños, pero mi hermanita pequeña tenía unos poderes especiales con ellos. Los atraía como las videoconsolas a los adolescentes. La niña cogió un rizo de Maddy y abrió unos ojos como platos.

—¡Eres rubia como yo y como papi!

Observé la cara de la pequeña y vi lo mucho que se parecían las dos. Después miré a Maxwell con nuevos ojos. Su pelo era del mismo color dorado. Incluso el tono de su piel y la forma de sus rostros se correspondían. Ellos sí que parecían hermanos, mientras que Max y yo nos parecíamos sólo en algunos detalles menores. Ahora que los veía uno al lado de la otra, me daba cuenta de que la semejanza entre ambos era escalofriante.

Maddy miró a Max y sonrió. Y entonces lo vi. No sólo el ambiente que nos rodeaba estaba cargado de un aire de familiaridad, sino que al ver la carita de Isabel junto a la de ella, me percaté de que sus sonrisas eran idénticas, y, con la de Maxwell, ya eran tres iguales. Era como si estuviera mirando por un microscopio leyendo sus códigos genéticos, sólo que lo estaba haciendo en vivo y a todo color. Físicamente, Maddy, Maxwell y su hija Isabel compartían la misma sonrisa, pero no con nuestra madre ni conmigo. Me habían dicho mil y una veces que Meryl y yo compartíamos la misma sonrisa. Siempre había pensado que Maddy tenía algunos rasgos de mi padre, pero, en ese momento, no recordaba ni una sola vez en que los hubiera comparado a ambos y hubiese pensado que se parecían.

Mi hermana le acarició la cabeza a Isabel.

—¿Cómo te llamas? —preguntó.

—Isabel, pero también me llaman Bell.

Maddy le dio unos toquecitos en la nariz.

—Bien, pues yo creo que tú eres la niña más guapa que he visto en mi vida, así que si piensas que yo parezco una princesa, ¡tú debes de ser mi reina! —exclamó, y se llevó la mano al pecho a modo de reverencia.

Isabel soltó unas dulces risitas.

—Tal vez podamos jugar un poco durante el tiempo que esté aquí de visita, después de que conozca a tu mamá y a tu papá y haya pasado un rato con mi hermana. ¿Qué te parece?

—¡Muy divertido! —exclamó, y dio unas palmadas.

Después, salió disparada hacia los escalones gritando:

—¡Voy a coger mi corona!

Subió los escalones de madera dando fuertes pisotones, golpeó la puerta mosquitera y entró en la casa.

Maddy soltó una carcajada, se incorporó y extendió la mano.

—Es un placer conocer a los amigos de Mia. Y gracias otra vez por el avión y la limusina. ¡Es la primera vez que voy en limusina! —dijo, y sonrió ampliamente.

Max sacudió la cabeza como si estuviera espantando moscas.

—El placer es todo mío, cielo. Venga, vayamos adentro. —Alargó la mano y les indicó el camino hacia el porche—. Cyndi ha preparado sus mejores platos texanos tradicionales: pechuga de pollo frita, quimbombó frito, macarrones con queso caseros y una tarta recién hecha de nueces pacanas.

Después de haberme pasado las últimas dos semanas comiendo los manjares de Cyndi, se me estaba haciendo la boca agua.

—En serio, su comida es la mejor. Vamos.

—Guíanos —respondió Maddy.

Cogí a mi hermana de la mano y le di un golpecito con el hombro.

—Gracias por venir. Te echaba de menos.

Ella se inclinó contra mi hombro como lo había hecho cien mil veces antes a lo largo de los años.

—Tengo que aprovechar todas las oportunidades que me surjan de verte. ¡Y más si para ello tengo que viajar en un jet privado! —dijo entre risas—. ¡Madre mía! Deberías haberlo visto. A Matt y a mí nos han servido champán... ¡en un avión! —exclamó emocionada—. ¡Y ni siquiera nos han pedido el carnet de identidad! —susurró para que sólo yo la oyera.

Los secretos entre hermanas eran algo común entre nosotras, pero eso estaba a punto de cambiar. De repente sentí un pinchazo en el corazón. Max también era su hermano, y yo tenía la enorme responsabilidad de buscar el modo de revelárselo.

Siempre habíamos estado solos Maddy, mi padre y yo. El trío de corazones solitarios a los que la esposa y madre había abandonado Dios sabía por qué. Ahora sabía que había una nueva parte de nosotros, algo que afectaba sobremanera a quiénes éramos y qué tipo de familia íbamos a ser en el futuro. Todavía no me había acostumbrado a que Matt formara parte del círculo. Me preguntaba si la propia Maddy había podido hacerlo con los estudios y todos los cambios recientes que había habido en su vida de por medio.

Eran muchas cosas para una chica de sólo veinte años. Su padre en coma, su hermana recorriendo el mundo como escort, su reciente compromiso, irse a vivir con su prometido, y ahora tenía que añadir un nuevo hermano a la mezcla. Un hermano que ni siquiera sabía que tenía. A mí misma me costaba asimilarlo. Me preocupaba que aquello pudiera ser la gota que colmara el vaso de Maddy. Era más frágil que yo en cierto sentido. Era esa parte de ella lo que la hacía tan especial, aunque con frecuencia me recordaba que no era una muñeca de porcelana y que no se iba a romper cada vez que recibía una mala noticia. Aun así, me había pasado los últimos quince años protegiéndola de todas las mierdas que la vida pudiera poner en su camino. Y todavía no estaba segura de si eso era algo bueno o algo malo.

El hecho de considerar a Max y a su familia como otro de nuestros problemas hizo que me sintiera igual que una zorra insensible, pero se trataba de la pura verdad. Nos habíamos enfrentado a realidades muy duras durante la última década y media, y eso era como si nos lanzaran un bombazo.

Un hermano. Peor..., un hermano mayor que ya teníamos antes incluso de haber nacido. Mamá sabía que existía y nunca se había molestado en comentárnoslo. Joder, había visto al chico dos veces. Había tenido la oportunidad de sincerarse y había decidido no hacerlo. Me preguntaba si mi padre estaría al tanto, pero descarté la idea de inmediato. No, seguro que no lo sabía. De ser así, nos lo habría contado. La familia era algo demasiado importante para él, aunque tuviese una manera muy particular de demostrarlo.

Y, por otro lado, sentía lástima por Max. Meryl lo había abandonado cuando era apenas un bebé. Era tan pequeño cuando lo hizo que ni siquiera se acordaba de ella, como Maddy. Maddy no tenía ningún recuerdo de nuestra madre. Yo..., yo me acordaba de todo. De todos los putos detalles. Cuanto más pensaba en ello, más me cabreaba.

¿Cómo había podido dejar a Max de esa manera? ¿Cómo había podido largarse a Las Vegas, tenerme a mí, casarse con mi padre, tener a Maddy y abandonarnos también a nosotros? ¿Qué le pasaba con sus hijos que hacía que le resultase tan fácil abandonarlos?

Miré a Maddy, que se estaba riendo de algo que Max le estaba contando mientras cogía a Matt de la mano por encima de la mesa. La luz en sus ojos centelleaba con alegría. Era algo etéreo y resultaba difícil no quedarse fascinado al mirarla. Su sonrisa..., joder, no es que yo fuera poeta, pero sentí que podía componer algunos sonetos dignos del mismísimo Shakespeare sólo de ver que mi hermana era capaz de convertir cualquier pesar en alegría. Yo jamás sería capaz de renunciar al amor y a la confianza de Maddy, pero nuestra madre lo hizo, y no con uno, sino con tres hijos. Y, lo que es peor, nos abandonó de un modo imperdonable al no hablarnos a los unos de los otros. Max tenía treinta años, yo tenía veinticinco y Maddy veinte. Eso eran más de dos décadas de relación fraternal que nunca podríamos recuperar.

Mientras me sentaba y pensaba en todas las vacaciones, los cumpleaños, las graduaciones y las reuniones familiares que nos habíamos perdido, empecé a sentir una inmensa rabia. Un horrible monstruo colérico y vengativo comenzó a crecer en mi interior. Tuve que esforzarme mucho para no reaccionar. Meryl Colgrove-Saunders, mi madre, había cometido el peor pecado que una mujer pudiera cometer.

Les había roto el corazón a dos hombres, y había hecho que dejaran de creer en el amor después de estar con ella.

Había abandonado a sus tres hijos.

Y les había negado a esos hijos el amor de sus hermanos.

Ver a Maddy y a Max interactuar y pensar en todas las veces que eso debería haber sucedido hizo que el monstruo en mi interior rugiera y se preparara para atacar, desmembrar y hacer daño. Ahora deseaba encontrar a mi madre más que nunca. De hecho, necesitaba hacerlo. Esa vez tendría que responder por sus actos. Si no lo hacía por los hombres a los que había destrozado, tendría que hacerlo por sus hijos. Ya no me sentía mal por ella. Me sentía mal por mí, por Maddy y por Maxwell. Los tres hijos a los que había abandonado.

A lo largo de los años me había preguntado con frecuencia por qué se había marchado, qué había hecho yo tan mal, qué había hecho la dulce Maddy, qué había hecho papá para que nos dejara. Ahora que sabía que también había abandonado a Jackson y a Maxwell, un profundo odio se había apoderado de cada nervio y cada poro de mi cuerpo.

—Mia, despierta. —Mads me pasó una cerveza fría—. Vamos a brindar.

—¿Por qué brindamos? —preguntó Max, y nuestras miradas se encontraron de un lado al otro de la mesa.

Su mirada era alegre y triste al mismo tiempo, y pensé que seguramente la mía había sido igual durante los últimos quince años.

—Porque no hay nada más importante que el presente. Por eso se dice que es un regalo —dije, y todo el mundo levantó sus cervezas.

—Beberé por eso —dijo Max, y sus palabras contenían una emoción que sólo Cyndi y yo captamos.

—¡Y por el futuro, por que sea tan fantástico como el día de hoy! —añadió Maddy en un tono repleto de felicidad.

—Por el futuro.

«Por que sea como siempre soñamos.»

10

¡Maldita fuera! Había llamado a Wes cinco veces y sólo había conseguido hablar con su buzón de voz. Por desgracia, me había mandado un mensaje de texto el día que había descubierto que Maxwell era mi hermano de verdad en el que me decía que tenía que viajar a la localización donde se estaba rodando la película. En esa ocasión se trataba de un lugar remoto en el centro de Asia. Al parecer, un actor había sufrido un grave accidente de coche, lo que significaba que tenían que grabar de nuevo algunas de sus partes en el campo de batalla. Supuse que eso significaba que estaría ilocalizable durante un tiempo, pero, aun así, había intentado llamarlo todos los días durante los últimos cinco.

No tener a Wes para desahogarme con él al contarle los nuevos acontecimientos me estaba pasando factura. Se había convertido en uno de los pilares de mi vida en muy poco tiempo. Tal vez en eso consistiese el auténtico amor. En que la pareja se apoyase mutuamente hasta el punto de que ninguna otra fuente servía. Sí, tenía a Ginelle en Las Vegas, pero no quería cargarla con todo eso todavía. Además, Maddy merecía saberlo antes que mi mejor amiga. Eso la atañía, y todavía no sabía cuál era el mejor modo de decirle que Maxwell era nuestro medio hermano. Lo que sí que había hecho era robarle el cepillo del pelo y pedirle a Max que su gente realizara la misma prueba de ADN. Quería tener una prueba en la que constara su nombre que demostrara que era su hermano de verdad. No es que no lo creyera. Joder, cuanto más tiempo pasaba con los dos, más me sentía como la extraña.

No sólo se parecían, eran también todos sus gestos, el modo en que inclinaban la cabeza cuando pensaban o la manía que tenían de pasarse los dedos mil veces por el pelo sin más motivo que el de tocarlo. Y la facilidad que tenían para sonreír. Esos dos compartían algo que no alcanzaba a comprender. Y no quería hacerlo. Maddy siempre había sido mía, y ahora tenía que compartirla. Aunque, todo sea dicho, Max era fantástico.

A mí ya me trataba como a su hermana pequeña, aunque respetaba que fuera yo quien hiciera lo mismo con respecto a Maddy. Afortunadamente, comprendía nuestra relación y todo a lo que yo había tenido que renunciar por ella durante años y no intentaba pisarme el terreno en ese sentido. Sin embargo, todos los días me preguntaba cuándo íbamos a contárselo. Sólo faltaban dos días para que ella y Matt se marcharan, y otro más antes de que yo regresara a Malibú. Aunque no sabía si Wes estaría allí. Ni siquiera sabía cómo me sentiría estando sola en esa casa tan grande. Se suponía que ahora era mi hogar, pero no había tenido tiempo para acostumbrarme a la idea y sentirla como mía. De momento, para mí era donde descansaba entre cliente y cliente. Con el tiempo, ya dejaría mi huella.

De pronto oí unos golpes en la puerta de mi habitación.

—Adelante.

Cerré el diario en el que había estado escribiendo mis pensamientos y sonreí al ver entrar a Max. Era tan grande que casi llenaba todo el hueco de la puerta, pero lo que me sorprendió fue ver a la mujer que lo acompañaba. Era Ree Cee Zayas, la abogada. Joder, seguía tan elegante como aquel día. Y allí estaba yo, con mis pantalones de yoga y una camiseta de tirantes, descalza, con el pelo recogido en un moño despeinado y sin maquillaje, mientras ella entraba vestida con un fantástico traje rojo que hacía juego con su pintalabios carmesí. Sus ojos, negros como el carbón, tenían una expresión amable mientras entraba y dejaba su maletín sobre la cama.

—Eh..., ¿qué pasa? —pregunté alternando la mirada entre Max y Ree Cee.

—Tengo una información inesperada respecto a la prueba de ADN de la señorita Madison Saunders que el señor Cunningham solicitó.

Por su manera de decirlo, un escalofrío de temor recorrió mi espalda, así que enderecé mi postura en estado de alerta.

—¿Qué pasa? ¿Ella está bien? —No tenía ni idea de que una prueba de ADN pudiese revelar nada con respecto a la salud, pero sólo pensar que hubieran encontrado algo «inesperado» hizo que me agarrara a la colcha con los dos puños.

Max se sentó a mi lado y me rodeó los hombros con un brazo.

—Relájate, pequeña. Maddy está perfectamente. Es el resultado de la prueba genética lo que resulta sorprendente. Le he pedido que venga aquí para que te lo diga ella en persona, y quería estar presente para que sepas que estoy contigo en todo esto.

Tragué saliva, agarré su mano y me llevé las dos mías al pecho.

—Max, me estás asustando.

Dejó caer los hombros, me cogió de las mejillas y me acercó los labios a la frente, donde me plantó un beso muy largo.

—Tranquila. Todo va bien. —Se aclaró la garganta—. Adelante, señorita Zayas, cuéntele lo que ha averiguado.

De repente se hizo un rotundo silencio en la habitación. Sentía el aire denso alrededor de mi cuerpo, como si una niebla nos envolviera, y vi cómo la mujer sacaba un montón de papeles y los disponía sobre la cama.

—Será más fácil que se lo muestre.

Colocó tres montones en una línea ordenada de cara a mí para que pudiera verlos bien. En uno de ellos aparecía el nombre de Mia Saunders, en el siguiente, el de Maxwell Cunningham, y, en el último, el de Madison Saunders. Eran las mismas hojas que había mostrado en la pantalla de LCD en la reunión de la semana anterior. Las casillas y las líneas me resultaban familiares de verlas en aquella diapositiva.

—¿Ve cómo coinciden sus marcadores genéticos con los del señor Cunningham? —Asentí, y entonces pasó a la hoja de Max y señaló la de Maddy—. Y ahora, ¿ve cómo coinciden estos marcadores genéticos?

Eran idénticos, copias exactas.

—Sí. ¿Eso qué significa? —pregunté con el ceño fruncido mientras intentaba encajar las piezas para componer la imagen final.

—Bien, ahora compare los suyos con los de la señorita Madison Saunders.

Colocó mi resultado al lado del de Maddy. No todas las casillas coincidían, pero muchas sí.

Me encogí de hombros.

—¿Qué significa esto?

Max me frotó la espalda mientras yo intentaba encontrar la respuesta a la que obviamente querían que llegara sin usar las palabras.

Ree Cee suspiró.

—Señorita Saunders, esta prueba se realizó tres veces por solicitud expresa del señor Cunningham para que no hubiese ninguna duda con respecto al resultado.

—¿Y? —Sacudí la cabeza—. Soltadlo ya. Ya sabemos que Maddy es también hermana de Max. ¿Qué tiene esto de raro?

Maxwell cerró los ojos, pero esperó a que la abogada respondiera.

—Señorita Saunders, esto demuestra que Madison Saunders y Maxwell Cunningham tienen un parentesco sanguíneo del cien por cien. Comparten la misma madre y el mismo padre. Usted comparte la misma madre con ambos, pero tiene un padre diferente.

El mundo se detuvo. Todos mis músculos, mi respiración, cada átomo de mi cuerpo entró en pausa. En varios momentos, se me puso todo negro, y el corazón me latía tan fuerte que creía que alguien estaba pisándome el pecho.

—Dios santo, se está desmayando —fue lo último que oí antes de que todo se volviera negro.

Me desperté más tarde sintiendo calor por todo un lado de mi cuerpo. Tenía la mano derecha totalmente dormida. Algo me la estaba cogiendo con fuerza mientras sentía un calor insoportable en mi costado izquierdo. Parpadeé unas cuantas veces y vi el techo de la habitación de invitados del rancho de los Cunningham. Estaba a oscuras, y sólo la iluminaba la débil luz de una lámpara que había en un rincón.

Un murmullo iba y venía, como si unas ráfagas de viento transportasen el sonido en fragmentos. Si me esforzaba, oía que procedía de mi derecha.

—Por favor, haz que esté bien. No puedo perderla ahora que la he encontrado. No puedo perderla ahora. No puedo. Por favor, haz que esté bien.

Era Max quien pronunciaba esas amortiguadas palabras.

Al volver la cabeza, vi que estaba inclinado sobre la cama, con la frente pegada a nuestras manos unidas. Sostenía la mía con tanta fuerza que estaba convencida de que ya no me circulaba la sangre. Meneé los dedos y levantó la cabeza de inmediato.

—¡Gracias a Dios! —Se acercó a la cabecera y dibujó un halo de besos en mi frente.

Cuando se apartó, vi que tenía los ojos húmedos.

—¡Menudo susto nos has dado! Has estado inconsciente una hora.

Intenté volverme, pero tenía un peso en el lado izquierdo que me lo impedía. Era Maddy, que estaba acurrucada a mi lado con un brazo en mi cintura. Tenía la cabeza sobre mi caja torácica, y podía sentir su suave respiración en mi cuello.

—¿Qué ha pasado? —susurré.

No quería echar a perder el momento. Había pasado mucho tiempo desde la última vez que había estado tan cerca de mi pequeña.

—Te has desmayado y has entrado en un sueño muy profundo. Incluso he hecho venir a un médico para que evaluase tu estado. Ha dicho que estabas bien, que sólo estabas profundamente dormida. Decía que el cuerpo a veces hace eso cuando una persona se enfrenta a una información que la mente no puede asimilar. Lo siento, Mia. No sabia que lo que te ha dicho Ree Cee te iba a afectar así.

Sacudí la cabeza.

—Bobadas. Estoy bien. Es que no he dormido bien últimamente porque estaba preocupada por todo esto. —Señalé con la mano a la habitación en general, aunque él sabía a qué me estaba refiriendo—. Y también he estado preocupada por mi novio. No sé nada de él desde hace días, y está en un rodaje en Asia. Así que, cuando tu abogada me ha dicho todo eso, creo que mi cerebro simplemente ha desconectado.

Max asintió con una expresión compasiva y comprensiva. Maddy se movió y abrió los ojos.

—Hola, ¿estás bien? —preguntó mientras se incorporaba.

Acaricié su pelo con los dedos y admiré cada uno de los preciosos rasgos de su rostro: esos ojos idénticos a los míos, su pequeña naricita respingona y esos labios rojos de querubín. Pese a todo, seguía siendo mi hermana, aunque sólo fuese a medias, lo que suponía un nuevo conjunto de problemas.

—Estoy bien. Siéntate. Tenemos que contarte algo.

Me incorporé a mi vez, me apoyé en la cabecera de la cama y jugueteé con los hilos de la colcha. Habría apostado lo que fuera a que había sido la propia Cyndi quien la había tejido. No me sorprendería nada. Era la representación perfecta de la esposa sureña. Max se sentó a los pies de la cama y apoyó su cálida mano sobre mi rodilla. Estaba empezando a acostumbrarme a ese reconfortante gesto de mi hermano mayor.

—Maddy, cielo, hemos descubierto cierta información sobre nosotras y nuestra familia.

Ella frunció el ceño.

—¿Qué clase de información?

—Verás, resulta que nuestra madre tuvo un hijo antes de nacer nosotras. —Echó la cabeza atrás con brusquedad y se quedó boquiabierta—. Lo sé, créeme, yo también me quedé pasmada. Pero, eh..., pequeñaja, Max... Max es nuestro hermano. —Intenté suavizarlo para tocar su fibra compasiva. De las dos, ella era sin duda la más afable.

Maddy abrió unos ojos como platos y después hizo algo que no esperaba. Una lenta sonrisa se dibujó en su rostro.

—¿Eres nuestro hermano de verdad? —preguntó totalmente fascinada.

Él asintió.

—Sí, cielo, lo soy.

—Pero ¿cómo es posible? —preguntó con un hilo de voz cargada de incertidumbre.

—Encontré cierta información en el testamento de mi difunto padre, en el que le dejaba la mitad de la empresa de mi familia a una mujer llamada Mia Saunders.

—¡No puede ser! —exclamó ella, y se llevó la mano a la boca.

Max se echó a reír con suavidad.

—Sí puede ser. Pero, bueno, le pedí a un detective privado que investigase a Mia Saunders y, en cuanto vi una foto suya, supe que se trataba de mi hermana. Nos habíamos conocido en el pasado, cuando mi padre fue a Las Vegas, antes de que tú nacieras.

—Y Max encargó unas pruebas de ADN de las dos que confirmaran que éramos hermanos.

Maddy se puso de rodillas y apoyó las manos en los muslos. Todo su cuerpo se encendió como un petardo. Se lo estaba tomando mejor de lo que había imaginado.

—¡Esto es genial! —exclamó, y se abrazó a Maxwell—. ¡Siempre había querido tener un hermano! —gritó con regocijo.

Sí, muchísimo mejor de lo que había esperado. Y yo que llevaba una semana agobiada con el tema... Pero la cosa no había acabado ahí.

Le di unas palmaditas a Maddy en la espalda y Max la soltó. Ella se secó las lágrimas de los ojos y sonrió.

—Cariño, hay más, y no sé muy bien cómo decírtelo.

Su sonrisa se esfumó e inclinó la cabeza a un lado.

—Dímelo sin rodeos, Mia. Lo que me habéis revelado es algo fantástico. Nuestra familia es más grande. No estamos solas. Ahora tenemos un hermano y una cuñada... y, ¡ay, sí! —Juntó las manos—. ¡Tenemos una sobrina y un sobrinito que viene de camino! ¡Estoy deseando contárselo a Matt y a papá! Éste va a ser el mejor año de mi vida. Tú estarás en la boda, e Isabel puede ser la niña de las flores... —Y continuó hablando, y hablando.

Suspiré, y Max le puso una mano en el hombro.

—Cielo, tu hermana está intentando decirte algo que

tal vez no sea tan fácil de digerir. Me gusta..., Dios, me entusiasma que te alegre tanto que seamos familia. A mí también me hace mucha ilusión.

Maddy le sonrió de oreja a oreja como sólo ella sabía hacerlo. Joder, eso era una mierda. ¿Por qué tenía que ser todo tan difícil? Era como si yo fuera siempre la portadora de las malas noticias. Esa vez me habría gustado dejarlo en que Maxwell era nuestro hermano, celebrarlo, empezar a tener reuniones familiares y a conocernos, etcétera. Pero no. Tenía que venir acompañado del importante hecho de que el hombre al que había considerado su padre durante toda su vida, no lo era: «Ah y, por cierto, tu verdadero padre está muerto, así que nunca podrás conocerlo».

Empecé a llorar sin darme cuenta. Inspiré profundamente y lo dejé fluir:

—Mads, la abogada ha descubierto algo sobre tus genes. —Me sequé las lágrimas, enfadada de que estuvieran cayendo sin que pudiera remediarlo.

Max me ofreció su mano, sus ojos delataban la tristeza que sentía. Sabía lo que me estaba costando decir eso, y él estaba allí, compartiendo mi dolor. Detestaba saber que yo estaba sufriendo y que lo que tenía que decir iba a causar más dolor. Siempre había deseado tener una gran familia, y ahora tenía dos hermanas para añadir a su rebaño.

—¿Te importa que lo haga yo? —me preguntó, y en ese momento vi con claridad que no estaba sola.

Puede que Max sólo llevara una semana siendo mi hermano mayor, pero estaba dispuesto a ejercer como tal y a arrimar el hombro en los momentos difíciles, a decir lo que había que decir, a cargar con el dolor por mí. De modo que asentí, pues no sabía qué otra cosa hacer. Mi ser estaba repleto de emociones tan dañinas que sentía cada sollozo como un fuerte golpe en el pecho.

—Maddy, cielo, lo que Mia está tratando de decirte es que la abogada ha descubierto que tú y yo tenemos los mismos padres.

Mi hermana parpadeó unas cuantas veces, pero no se movió.

—¿Quieres decir que los tres compartimos los mismos padres? Pero eso significaría que mi padre es tu padre también, aunque él no lo supiera, ¿no? —dijo, y levantó las cejas hasta el nacimiento del cabello.

Al pronunciar las palabras que le cambiarían la vida para siempre, tuve una angustiosa sensación de pánico.

—No, pequeña. Papá no es tu padre. Maxwell y tú compartís los mismos padres. Eso significa que tu verdadero padre era Jackson Cunningham.

De repente, un torrente de lágrimas empezó a descender por las suaves líneas de su rostro. Era como ver un alud de barro bajar por la ladera de una montaña californiana. Mi hermana arrugaba el rostro hecha un mar de lágrimas, sorbía y sollozaba.

—Pero, pero, papá..., no lo entiendo. —Sacudió la cabeza y se cubrió la cara con las manos mientras lloraba.

Tiré de ella hacia mí y hundió la cara en mi cuello, como siempre hacía en los malos momentos.

—Pero tú sigues siendo mi hermana —dijo a trompicones, afectada de tanto llorar.

—Sí, cariño, sí. Seguimos siendo hermanas biológicas, pero sólo a medias.

—¡Para mí no es sólo a medias! —gritó mientras me mojaba la piel de la clavícula con sus lágrimas calientes.

Le besé la frente y le acaricié la cabeza una y otra vez, susurrándole que la quería, que siempre estaría allí para ella y que nada cambiaría entre nosotras. Intenté centrarme en el hecho de que Maxwell era nuestro hermano para ayudarla a salir de su crisis emocional. Por fin, dejó de temblar y su respiración se tornó lenta y estable. Había llorado hasta quedarse dormida. Eso no era raro. Cuando salía con chicos en el instituto y éstos le rompían el corazón, casi siempre acababa así.

Max se levantó y se paseó por la habitación.

—¿Estará bien? —Parecía un animal enjaulado.

Se lo veía tenso, con las manos apretadas en unos inmensos puños, y su postura parecía indicar que estaba listo para la batalla. Ni siquiera nos conocía y estaba a la defensiva, dispuesto a lo que fuera con tal de proteger a su nueva familia.

—Sí, estará bien. Imagino que ha sido un golpe muy fuerte para ella. Para mí también, pero estamos acostumbradas a sobrevivir a situaciones difíciles.

No debería haber dicho eso, porque frunció el ceño y me miró, y vi que sus ojos claros eran fríos como el hielo.

—Eso se acabó. Ahora tenéis a nuestra familia, dinero y contactos.

Fruncí el ceño.

—No queremos tu dinero ni tus contactos.

Él negó con la cabeza.

—Me da igual. Los recibiréis de todos modos. La abogada ya está trabajando para poner ese cuarenta y nueve por ciento de la empresa a tu nombre.

—¿Qué? Dime que estás de broma.

Se detuvo y puso los brazos en jarras sobre sus caderas.

—No ha cambiado nada, Mia. El testamento es incuestionable. Es evidente que mi padre no sabía de la existencia de Maddy, pero tú recibirás casi la mitad de la empresa.

—¡No la quiero!

—¿No quieres formar parte de mi familia? —dijo, y su voz reflejaba tensión, e incluso dolor.

—Por supuesto que seremos familia, pero no necesito tener tu empresa para ser tu hermana. Además, ¿qué pasa con Maddy? ¡Ella es tu hermana de verdad! —Mi tono era severo e implacable.

—¡Y tú también! Me da igual que sea al cincuenta por ciento o al cien.

Cerré los ojos e intenté pensar, pero una infinidad de emociones distintas me lo impedían.

—Entonces quiero darle mi mitad a ella.

Max se echó a reír. Una risa de ésas en las que echas la cabeza completamente hacia atrás y te sujetas la barriga, casi rozando la histeria.

—¿Vas a darle miles de millones de dólares en acciones y todo lo que eso conlleva a nuestra hermana pequeña?

Me encogí y apreté los labios.

—Ella es la única persona que importa.

Bufó.

—Sí, y te estás esforzando mucho para pagarle los estudios, y vas de sitio en sitio haciendo lo que cualquier extraño te pide que hagas para poder pagar la deuda de tu padre, pero ¿no quieres aceptar un dinero que te pertenece en derecho? Eres increíble, pequeña.

—Yo misma se lo diré a la abogada.

—Demasiado tarde. Ya le he dicho que redacte un documento formal para dividir la empresa en tres partes.

Pronto, tú y Maddy vais a ser unas mujeres muy ricas, pero tendrán que pasar entre seis meses y un año para que se cumplan las condiciones dispuestas en el testamento, y después ambos tendremos que cederle una parte a Maddy.

—Pero Jackson no era mi padre. ¿Por qué iba a corresponderme nada? Divídela entre vosotros dos.

Él sacudió la cabeza con vehemencia.

—Eso no era lo que mi padre quería. Él sabía quién eras tú, sabía que no eras suya, y quiso dejarte la mitad de la empresa de todos modos. De haber sabido que Maddy era suya, estoy absolutamente convencido de que la habría dividido entre los tres. Ésa es la clase de hombre que era. El honor y la familia lo eran todo para él.

—No vas a cambiar de parecer, ¿verdad? —respondí.

—No.

—¿Siempre eres así?

—¿Así, cómo?

—Mandón, obstinado, reacio a entrar en razón. —Una lenta sonrisa se dibujó en mis labios, a pesar de que no lo pretendía.

Max también sonrió, se sentó en la cama y me cogió la mano.

—En lo que respecta a mi familia, no te haces una idea.

El timbre del teléfono me despertó de un sueño profundo. Era la clase de sueño que uno tiene después de haberse tomado un par de Benadryl. Cogí el móvil a tientas y contesté sin mirar siquiera quién llamaba. Seguramente fuera tía Millie. Le había enviado un mensaje para decirle que me mandara los datos del siguiente cliente, pero que me dejara pasar unos días en Malibú antes de partir. Ella había accedido, y yo ni siquiera me había molestado en ver quién era mi próximo cliente. Me daba igual, pero seguramente me estaba llamando para ver si estaba todo bien al respecto, ya que cogía el avión de regreso a Malibú al día siguiente. Maddy volvía con Matt a Las Vegas ese mismo día en el avión privado de Maxwell, sabiendo que tenía un hermano, que estaba a punto de ser rica y que el hombre que la había criado no era su padre biológico.

—Hola..., ¿hablo con Mia Saunders? —oí que decía una voz nasal en mi estado somnoliento.

Me aclaré la garganta.

—Eh..., sí. Soy Mia Saunders. ¿Quién es usted?

—Soy Wilma Brown, de la Clínica de Reposo Kindred de Las Vegas, en Nevada.

Me incorporé como si acabaran de echarme un jarro de agua fría por encima.

—¿Qué le pasa a mi padre? —pregunté a toda prisa. Necesitaba oír que estaba bien.

—Señorita Saunders, me temo que su padre ha empeorado. Ha contraído una infección vírica que le ha afectado al sistema nervioso. Por desgracia, no disponíamos de ninguna historia clínica previa, ya que su padre no se había sometido anteriormente a muchos tratamientos, y le administramos el antibiótico más potente del que disponemos para combatir la infección.

«Ay, no, ay, no.» Su tono me indicaba que la cosa era muy grave. Grave de cojones.

—Pero ¿estará bien? —pregunté.

—Lo lamento, señorita Saunders, pero el antibiótico le ha provocado una reacción alérgica. Sufrió varias convulsiones antes de que pudiésemos administrarle medicación adicional para contrarrestar los ataques y la reacción anafiláctica, pero resultó ser también alérgico al anticonvulsivo y ha entrado en parada cardíaca.

Se. Le. Ha. Parado. El. Corazón.

Se le ha parado el corazón.

Se le ha parado... el corazón.

Daba igual la cantidad de veces o de formas diferentes que esa frase se repitiera en mi cabeza, todas y cada una de ellas me dejaban sin aliento.

—¿Señorita Saunders? Está vivo, pero está en estado crítico. La cosa no pinta bien. Lamento decirle esto, pero está muy grave. Usted y su familia deberían venir cuanto antes.

—¿Qué?

La última vez que lo visité estaba bien. Maddy acababa de decirme que tenía muy buen aspecto, que los médicos no entendían por qué no se había despertado aún.

—Puede que no le quede mucho tiempo. Tienen que venir pronto si quieren despedirse.

—Gracias. Cogeré el próximo vuelo. Por favor, hagan todo lo que puedan —rogué.

—Lo haremos. Adiós, señorita Saunders.

«Estado crítico. No pinta bien. Venir pronto. Despedirse.»

Cerré los ojos; las palabras flotaban por debajo de mis párpados como la información que se desplaza en la parte inferior de los canales de televisión de noticias.

Por muchas veces que viera las palabras y por más que las repitiera en silencio, el resultado era siempre el mismo. Mi padre se estaba muriendo.

SEPTIEMBRE

1

Paredes blancas. No había nada más que paredes blancas con la pintura levantada y descascarillada y placas de escayola en el techo con manchas de óxido. Parpadeé varias veces, levanté la cabeza y la giré de lado a lado, adelante y atrás. La contractura que tenía en el hombro era del tamaño del monte Everest, y llevaba ahí casi una semana.

«Lo lamento, querida. No está mejorando nada.»

«Mia, estamos aquí para lo que necesite.»

«Seguiremos rezando para que suceda un milagro.»

«Me temo que las probabilidades de que salga de ésta son muy escasas.»

«Debería avisar al resto de la familia.»

«Hable con él. Despídase.»

Los fragmentos de las condolencias y las respuestas del médico se repetían en mi cabeza como uno de esos viejos discos de vinilo. Levantaba el brazo y volvía a bajarlo hasta que se repetía la melodía.

Con los ojos demasiado cansados, miré al único hombre que siempre me había querido. El hombre que me había visto dar mi primer aliento, que me había enseñado a jugar al béisbol y que me había animado en mis estudios, hasta que mi madre nos dejó y se vino abajo. Me quería incluso cuando tenía la cara y los ojos rojos y arrastraba las palabras. Y yo contaba con que ese amor nos ayudaría a salir adelante. Y así había sido la mayor parte del tiempo.

Sentada junto a su cama, lo cogía de la mano y esperaba que ese contacto, que el calor que le transmitía a su palma, se abriera paso a través de su cuerpo y le dijera que luchara. Que luchara por sus hijas. Que luchara por mí, sangre de su sangre. Me había pasado la última década y media batallando por él, por Maddy, y ahora tenía que comportarse como un hombre. Tenía que estar ahí. Tenía que esforzarse para regresar con nosotras. Puede que no fuéramos demasiado, sólo dos jóvenes que intentaban abrirse camino en la vida, pero éramos suyas, y yo necesitaba creer que valía la pena luchar por nosotras, o, de lo contrario, lo perderíamos... para siempre.

La nueva enfermera del turno de mañana entró en la habitación. Fue muy sigilosa, y no hizo ningún ruido mientras comprobaba las constantes vitales de mi padre y anotaba algo en su historia clínica antes de ofrecerme una sonrisa pesarosa. Eso era todo lo que había recibido durante los últimos días. Lamentos, caras de compasión, intentos de condolencias. Miré a Maddy, acurrucada en posición fetal sobre el pequeño sofá, dormida. Al igual que yo, se había negado a marcharse para algo más que no fuera darse una ducha rápida y cambiarse de ropa. Si nuestro padre iba a dar su último aliento, queríamos estar allí para acompañarlo.

Todavía no habíamos hablado del tema tabú, de aquel que me pesaba tanto en el pecho que juraría que me había roto algunas costillas. Me costaba respirar profundamente sabiendo que Maddy estaba sufriendo. Saber que Jackson

Cunningham era su verdadero padre había sido un duro golpe, un golpe que nos había impactado en la cabeza y nos había hecho chocar la una contra la otra. Esa información nos hacía andarnos con pies de plomo entre nosotras, y nos había separado de un modo que me ponía la carne de gallina. Necesitaba a Maddy ahora, más que nunca antes, y ella parecía estar huyendo, sin saber cuál era exactamente su lugar. Detestaba eso, y odiaba a nuestra madre aún más por ser la causante de esa realidad.

Lo único bueno de todo eso era Maxwell. Nos había enviado allí en su avión privado y llamaba todos los días. Incluso nos había pagado un hotel durante el mes entero que estaba a un corto paseo de la clínica. Nuestro nuevo hermano había pensado en todo, y se había asegurado de que el dinero no fuera un problema. De repente, contábamos con los mejores médicos y con un equipo de personas que acudían para comprobar el estado de nuestro padre y que investigaban su historia clínica. Buscaban señales, no sólo para comprobar su estado neurológico y descartar un coma irreversible, sino también para saber si podría superar las consecuencias físicas de una infección vírica mal curada, con dos reacciones anafilácticas al tratamiento incluidas que habían hecho que se le parase el corazón.

Algunos de los médicos se temían lo peor. Hasta que el nuevo equipo de especialistas llegó, la clínica lo había dado por perdido. Nos habían dicho que no había nada que se pudiera hacer y nos recomendaron desconectarlo del soporte vital.

Soporte vital.

Desconectarlo de la máquina que lo mantenía con vida. No podía hacerlo. Si yo hubiera estado en una circunstancia similar, ¿mi padre se habría rendido y habría detenido las máquinas que me proporcionaban el aire que me mantenía con vida? No, habría preferido morir congelado antes que hacer eso. Ese hombre se habría puesto sobre mí, me habría bombeado el pecho y me habría hecho la reanimación cardiopulmonar sin parar si eso me hubiera mantenido con vida aunque fuera sólo durante un minuto. Yo tenía que darle a él la misma oportunidad.

—Buenos días, señorita Saunders —dijo el doctor McBuenorro mientras sacaba la historia de mi padre del extremo de la cama y le echaba un vistazo.

Durante unos minutos, tomó notas, comprobó algunas cosas, pasó páginas y demás.

Yo me levanté, estiré los brazos por encima de la cabeza y doblé ligeramente la espalda para intentar aliviar el constante dolor que sentía en el centro de la columna, el típico que uno tiene después de haberse pasado casi una semana sentado en una silla de plástico. Mi espalda protestó, y me encogí de dolor. El doctor McBuenorro sacudió la cabeza y me miró por encima de un par de gafas de montura negra. Tenía el pelo negro y rizado tan corto que casi daba la impresión de que le brillaba el cuero cabelludo. Parecía que lo llevaba mojado y, por la fresca fragancia que desprendía, habría dicho que acababa de salir de la ducha. Al oler el limpio aroma del jabón, caí en la cuenta de lo mucho que necesitaba yo misma una ducha. Hacía dos días que no salía de la clínica, y ningún desodorante podía enmascarar el tufillo que empezaba a emanar de mis sobacos.

—Buenos días, doctor. ¿Cuál es el pronóstico? ¿Ha mejorado algo? —Intenté no parecer demasiado esperanzada, porque todos los días durante casi siete días había fruncido el ceño y se había limitado a sacudir la cabeza. Sin embargo, ese día había habido un instante en el que supe, simplemente lo supe, que nuestra suerte estaba cambiando.

El joven médico se reunió conmigo en mi lado de la cama y me puso una mano en el hombro. Me lo apretó, y yo intenté no gemir al sentir la liberación de tensión que aquel pequeño apretón me había proporcionado. Me dolía tanto que cualquier contacto, por breve que fuera, era un tremendo alivio.

—Según las lecturas, en algún momento de la noche los pulmones de tu padre empezaron a moverse contra las máquinas. Es una respuesta ligeramente positiva, ya que indica que es posible que pueda respirar por sí solo, pero no quiero vender la leche antes de ordeñar la vaca.

No encontraba las palabras para expresar mi agradecimiento por ese minúsculo rayo de esperanza. Así pues, no dije nada, me lancé contra su cuerpo y lo abracé por la cintura. Vertí todo lo que tenía en ese abrazo, y me aferré a él como si mi propia vida dependiera de ello. A él no pareció importarle. De hecho, me devolvió el abrazo. Rodeó mi cuerpo con los brazos y me mantuvo pegada a su pecho. Permanecimos así un rato, una mujer hecha polvo y un hombre de la medicina, un sanador. Me apoyé en ese hombre y recé a Dios para que le concediera la capacidad de salvar a mi padre, lo mereciera o no. Necesitaba creer que todo el mundo merecía una segunda oportunidad. Si lograba salir de ésa, creo que papá estaría de acuerdo. Tal vez eso fuera lo que necesitaba para darse cuenta de que valía la pena vivir la vida.

El teléfono empezó a sonar e interrumpió la euforia de

mi único momento positivo en la mayor parte de la semana. Me aparté de un brinco y miré los ojos azul cielo del doctor McBuenorro.

—Disculpa. Es que son muchas... —empecé, pero él me interrumpió.

—Mia, no te disculpes nunca por necesitar un abrazo. Se nota que eres una joven muy fuerte, pero todo el mundo necesita apoyarse en alguien. Sigamos rezando para que suceda el milagro. Volveré dentro de un par de horas para comprobar su estado.

Asentí y, al volverme, vi a Maddy con su móvil pegado a la oreja.

—Eh..., sí, está aquí, tía.

Mads me ofreció su teléfono mientras se apartaba de la cara el pelo rubio y revuelto de haber estado durmiendo. Daba la impresión de estar tan cansada como yo me sentía, aunque estoy convencida de que, si me hubiese mirado en un espejo, habría parecido salida de *La noche de los muertos vivientes*.

Exhalé un largo suspiro y me llevé el móvil a la oreja.

—¿Sí?

—¡¿Qué coño te pasa?! ¡No has respondido a mis llamadas, no has cogido el avión y, definitivamente, no te has presentado en Tucson, Arizona, donde te esperaba el cliente número nueve!

Intenté responder, pero no se me ocurría nada. Debía disculparme; debía decir algo, pero lo cierto es que en ese momento nada me importaba.

—Tía Millie...

—¡Déjate de «tía Millie»! ¡Estás en un buen lío, jovencita! Si lees la letra pequeña del contrato, verás que, si dejas plantados a los clientes, no sólo pierdes los cien mil dólares de paga, ¡sino que les debes cien mil dólares a ellos por los inconvenientes ocasionados!

Desplazándome todo lo rápido que mis piernas me lo permitían, salí de la habitación de papá y me dirigí por el pasillo hasta la puerta del jardín. Era temprano, de modo que todavía no había salido nadie.

—¡¿Me estás diciendo que ahora le debo a un rico cabrón cien mil dólares?! —rugí al teléfono.

—¿Me estás gritando? —replicó ella con una voz letal cargada de veneno—. Te lo has buscado tú solita.

—¡No tenía elección! ¡Mi padre se está muriendo!

—Y ¿por qué no me llamaste para decírmelo? Mia, de haber avisado al cliente con tiempo, esto podría haberse evitado. Ahora mismo tienes un agujero de doscientos mil dólares. No había suficiente dinero en tu cuenta como para realizar el pago mensual a Blaine.

Ay, no. Mi cuerpo empezó a temblar y las piernas no me sostenían en pie. Muerta de miedo, me dejé caer sobre el banco más cercano.

—He fallado en el pago... —dije, y el pánico controlaba mi lengua.

—¡Sí! Te he estado llamando varias veces al día. Al final, intenté llamar a Maddy, pero no ha respondido a mis llamadas hasta hoy.

—Tengo el teléfono apagado. Mi padre ha estado muy mal esta última semana, tía Millie. Y su estado aún es crítico. No puedo dejarlo solo. —Me pasé una mano temblorosa por el pelo, ésta se quedó atascada en las raíces, y el agudo dolor que sentí trajo consigo una claridad mental que estaba intentando asimilar.

—Yo no puedo ayudarte, Mia. Tengo mi dinero comprometido en el negocio y en una nueva empresa en la que acabo de invertirlo todo. Tendrás que hablar con alguno de tus amigos ricos. ¿Tal vez con alguno de los que pagaron el extra? —sugirió, como si fuera así de fácil.

Sexo y dinero. Ése era el nombre de su juego.

¿Que les pidiera a Wes o a Alec doscientos mil dólares? De eso nada. Ni hablar.

—Ya se me ocurrirá algo.

—Pues espero que se te ocurra rápido. Tu próximo cliente es Drew Hoffman.

El nombre me sonaba un montón, y entonces me vino a la cabeza.

—¿El médico de las estrellas? ¿El que tiene su propio programa diario de televisión, su propia línea de vitaminas, ropa deportiva y DVD? ¿Estás de broma?

—El mismo. Al parecer, vio tu campaña de ropa de baño. Quiere darte un espacio diario en su programa que se llamará «Belleza y vida». Mia, si esto sale bien, podrías tener una sección fija en el programa a principios del próximo año. Sólo tendría que esperar un par de meses a que pudieras empezar. Sin presiones. —Se echó a reír a carcajadas.

Era la típica risa de las brujas de las películas de serie B. De haber estado cerca de ella, me habría costado un mundo no estrangularla.

«Sin presiones.» Tía Millie lo decía como si tal cosa. Me apreté las sienes con los dedos. Toda la sangre de mi cuerpo parecía dirigirse a toda prisa a mi corazón y hacía que éste latiera con más fuerza de lo normal. Si no hubiera estado allí, con mi padre, en ese mismo instante, habría sido una noticia fantástica. Las críticas que había recibido me habían dado a conocer, aunque fuera un poco, en el mundillo de la interpretación. Los medios de comunicación se habían fijado en mí, y cuando el videoclip de Anton se presentó al mes siguiente, coincidió convenientemente. Sin embargo, la oportunidad de participar de manera regular en un espacio de televisión con el doctor Hoffman era una auténtica locura. Era la gran ocasión que necesitaba para encontrarme, para encontrar mi propio camino.

Maldita fuera, necesitaba hablar con Wes. Necesitaba que me diera su opinión, saber si conocía personalmente al famoso médico y si sabía algo del tema. Pero, claro, no podía hacerlo porque no sabía nada de él desde hacía dos semanas. No sabía dónde estaba, ni cuándo volvería. Lo único que sabía era que Judi me había contado que había tenido que irse de la noche a la mañana. Le había dicho que no regresaría hasta dentro de un par de semanas o tres, y que me dijera que me llamaría. Eso fue lo único que pudo decirme. Me dejó un breve mensaje en el buzón de voz que se oía tan mal que apenas entendía nada. Que volvería pronto a casa y que me quería. Nada más.

Por otro lado, debía dar también con el modo de conseguir doscientos mil dólares y de convencer a Blaine de que me concediera más tiempo.

—Con un poco de suerte, papá estará pronto fuera de peligro. No canceles el trabajo de octubre hasta que te diga algo. Intentaré estar más disponible por teléfono, pero me está resultando difícil en estos momentos, tía Millie. También tengo algunos asuntos familiares que comentarte. Cosas graves que tienen que ver con mamá.

—¿Has sabido algo de Meryl? —dijo en un tono tan

bajo como un suspiro, tanto, que tuve que pegarme el teléfono con fuerza a la oreja.

Al oír su ridícula pregunta, sacudí la cabeza, lo que confirmaba que no tenía ganas de entrar en el tema en ese momento. Papá estaba allí, luchando por su vida. Nuestra madre, la hermana de tía Millie, y las horribles decisiones que había tomado durante las últimas tres décadas no iban a ser el centro de atención. En lo último que quería pensar en ese momento era en mi madre y en sus secretos.

—No, qué va. Pero ha surgido algo. Te llamaré cuando papá esté a salvo, ¿de acuerdo?

Tía Millie suspiró desde el otro lado de la línea.

—Y ¿va..., eh..., a ponerse bien?

Un sonido a medio camino entre una risotada y un ronquido salió de mi boca.

—No finjas que te importa una mierda lo que le pase a mi padre. Siempre lo has odiado. Lo culpas por no habernos llevado a California cuando mamá nos dejó en la estacada. Él lo hizo lo mejor que supo.

Oí una exclamación de incredulidad.

—Lo mejor habría sido que os hubiera permitido tener una vida. Cuando mi hermana estaba allí, todos erais felices. Fue incapaz de ocuparse de su familia cuando ella se fue —dijo con una voz tan gélida que me heló hasta los huesos.

De repente sentí una necesidad visceral de defender a mi padre. Me daba igual que fuera mi tía, estaba haciendo leña del árbol caído y alguien tenía que ponerla en su sitio.

—Al menos, él no nos dejó. Ésa fue tu hermana. La mujer a la que tanto echas de menos abandonó a sus dos hijas, una con diez años y otra con cinco, pero supongo que eso es lo de menos, ¿verdad? Y no era la primera vez que dejaba colgada a una familia. Joder, hasta donde sabemos, podría tener un montón de ellas repartidas por todo el país. Seguramente tengo un puñado de hermanos más cuya existencia desconozco.

Tía Millie se sorbió la nariz y dijo con voz temblorosa:

—Tu madre nunca estuvo bien, preciosa. Y lo sabes. En el fondo, sabes que no estaba hecha para ser esposa y madre. Su espíritu necesitaba vagar libremente; de lo contrario, se sentía encerrada en su propia vida.

—¿La estás excusando?

—Mia, ella te quería.

Bufé.

—Claro, y como nos quería tanto, nos abandonó. No, mi madre no sabía lo que era querer.

Ahora que tenía a Wes, estaba convencida de ello. Cuando quieres tanto a alguien, te importa más su felicidad que la tuya propia. Haces sacrificios que le benefician a ellos, no a ti. Por supuesto, es un toma y daca, pero en eso consiste compartir la vida, tener una familia.

—Mi madre no sabía lo que era querer, tía Millie —repetí.

—No digas eso. Lo que pasa es que Meryl no estaba muy bien de la cabeza todo el tiempo. Siempre fue así, desde pequeña.

En ese mismo instante, decidí que necesitaba una buena dosis de realidad sobre su querida hermana.

—Ya he oído suficiente. Hazte un favor: ¿por qué no indagas un poco en el nombre de Maxwell Cunningham una vez más?

—¿Tu último cliente? Ya lo investigué, y lo sabes —dijo entre aburrida y enfadada.

—Hazlo, tía Millie. Mira lo que pone en su partida de nacimiento.

Se oyeron unas interferencias cuando me dirigía a la puerta para entrar de nuevo en la clínica. Necesitaba un chute de cafeína, y rápido.

—Mia, lo que dices no tiene sentido. ¿Su partida de nacimiento?

—Sí.

—Y ¿qué esperas que descubra en ella?

Me eché a reír, una carcajada mitad ronquido de cerdo, mitad risotada de hiena, echando el cuerpo hacia adelante completamente. Un grupo de profesionales médicos pasaron por mi lado en el pasillo y me miraron como si acabaran de salirme alas y les hubiera dicho que era un hada. Me daba igual. Los delirios estaban a la orden del día allí, y supongo que esa gente trataba suficientes enfermedades mentales como para no darme ninguna importancia.

—Pues vas a descubrir que el nombre de la madre de Maxwell Cunningham es Meryl Colgrove y, su padre, Jackson Cunningham.

—¡¿Qué?! Eso debe de ser alguna especie de broma de mal gusto. No puede ser. Te está mintiendo. Alguien te está mintiendo. —El pánico y la sorpresa en su voz eran palpables.

Al menos ahora sabía que mi tía no era cómplice de la inmoralidad de su hermana.

—Sí, Meryl abandonó a su hijo cuando éste tenía sólo un año. Tres años más tarde, se casó con mi padre, y, un año después, me tuvo a mí.

No tenía intención de ponerla al tanto de mi puto árbol

genealógico, pero me había sacado de mis casillas al defender a la única mujer que no se lo merecía.

—Eso no puede ser. Yo lo habría sabido... —dijo totalmente estupefacta.

Cuando por fin llegué a la cafetería, me acerqué a la máquina, metí cincuenta centavos y puse un vaso de papel debajo de la boquilla. El café de la clínica estaba asqueroso, pero me ayudaba a mantenerme despierta. Bueno, al menos durante una hora, y después volvía a repetir mi paseo zombi hasta la cafetera. Ésa era otra de esas rutinas que repetía varias veces al día.

Inspiré hondo y pegué la frente a la máquina mientras ésta cobraba vida y vertía el café. El zumbido y la vibración que emitía aliviaron un poco mi dolor de cabeza.

—Pues es verdad. Pero la cosa no acaba ahí.

—Mia, no —dijo mi tía con la voz ahogada entre sollozos.

Sinceramente, a esas alturas, me daba igual. En las últimas dos semanas había experimentado más mierdas de las que debería vivir cualquier persona normal. Ella también debía cargar con el peso de la verdad.

—Max Cunningham, además de ser nuestro hermano, comparte con Maddy ambos progenitores. ¿Sabes qué significa eso, tía Millie? ¿Eh? —dije, y la ira hizo que elevara la voz sin poder evitarlo—. Eso significa que tu hermana engañó a mi padre. Tuvo una aventura con Jackson Cunningham una década después de que hubiesen tenido su primer hijo y se quedó embarazada de Maddy. Esa perra rastrera le hizo creer a mi padre que era hija suya, y jamás se molestó en contar la verdad. Ésa es la clase de mujer que es tu hermana. Aprende a vivir con ello. Yo lo he hecho, joder.

Corté la llamada, cogí el café y me lo bebí de un trago. Estaba tan caliente que me quemó la lengua, arrasando todas las papilas gustativas a su paso. Pero no me importó. Al menos, el dolor me proporcionaba algo en lo que centrarme que no fuera la peliaguda situación en la que se encontraba mi padre.

Me saqué un billete de un dólar del bolsillo, lo metí en la máquina, añadí diez centavos y dejé mi vaso vacío a un lado y puse uno nuevo para Maddy en el otro. Una vez más, pegué la frente en la máquina. Esta vez, el zumbido duró más tiempo. Durante un minuto, sucumbí a la oscuridad.

—Dios mío, pequeña, ven aquí —pidió la voz más dulce del mundo después de la de mi Wes.

Luego, me dio la vuelta, y el que había resultado ser mi hermano me acogió en sus inmensos brazos.

—Max —dije con voz ahogada contra su pecho.

Me agarré a su espalda y dejé que las lágrimas fluyeran. Descendían de manera rápida y furiosa, como una lluvia torrencial, empapando la camiseta negra de cuello redondo de Maxwell, pero él sólo me agarró con más fuerza. Por primera vez desde que había recibido aquella llamada, me sentí segura. Protegida.

—Gracias. Gracias por venir —dije entre sollozos.

Entonces me estrechó con más fuerza todavía, y me sentí cómo rodeaba de calor mi gélido ser.

—¿Dónde iba a estar mejor que acompañando a mis hermanas en un momento tan difícil como éste? Apóyate en mí, pequeña.

Y lo hice. Durante mucho mucho rato.

Cuando un sollozo ascendía por mi pecho y escapaba

por mi boca, me abrazaba con fuerza. Cuando me fallaban las rodillas y era incapaz de ponerme de pie, me levantaba. Cuando rogaba que mi padre viviera y le rezaba a Dios, él susurraba las palabras adecuadas conmigo.

Nunca había podido contar con nadie, nunca había tenido a una persona que lo dejara todo para estar ahí cuando lo necesitaba. Y, en ese momento, en el refugio de sus brazos, grabó su huella en mi alma. Tenía un hermano y, ahora que era así, no quería saber cómo sería la vida sin él.

2

—Mia, pequeña, estás muerta. Tienes que echar un sueñecito o tu cuerpo dejará de funcionar cuando menos te lo esperes.

Me separé del calor de su abrazo, me froté los ojos con la manga de la blusa e inspiré hondo unas cuantas veces para relajarme.

—Estoy bien. En serio, Max. Estaré bien.

—No, no lo estás —intervino la voz de Maddy desde atrás mientras se dirigía hacia nosotros. Miró la cafetera y la señaló—. ¿Uno de ésos es para mí?

Asentí y seguí sus movimientos mientras ella preparaba ambos cafés. Incluso se molestó en añadir leche y azúcar. Yo me lo había tomado solo, aunque detesto el café negro. De todas maneras, no me sabía a nada. Me pasaba lo mismo con la comida. Y no sólo prácticamente todo había perdido su sabor, sino que además el mundo a mi alrededor había perdido también su color.

Maddy se acercó a Max y se acurrucó directamente en su pecho. Era la primera vez que lo hacía. Él la rodeó con los brazos con vacilación y la estrechó mientras le acariciaba el pelo. Cerró los ojos, como si ese momento lo superara un poco emocionalmente hablando. Sabía que quería estar cerca de Maddy y de mí, pero lo de Texas había sucedido tan rápido que no habían tenido mucho tiempo para conectar. Primero descubrimos que Maxwell era nuestro hermano, después que ella era su hermana biológica completa, y entonces nos llamaron de la clínica y tuvimos que irnos corriendo.

Maddy levantó la cabeza y apoyó la barbilla en su pecho.

—Gracias por venir, Max.

—Como le dije a tu hermana, ¿dónde iba a estar mejor en este momento?

—*Nuestra* hermana —respondió ella, y su voz tembló ligeramente.

Max frunció el ceño.

—¿Qué te pasa, cielo?

«Cielo.» Desde que nos conocía, la llamaba a ella *cielo* y, a mí, *pequeña*. Me gustaba bastante mi apelativo cariñoso.

—Nuestra hermana —repitió Maddy—. Antes has dicho *tu* hermana. Te estaba corrigiendo. Estamos todos emparentados, y quiero dejar bien claro que me da igual quién tenga más o menos sangre en común. Mia siempre será *nuestra* hermana al cien por cien.

Max apretó los labios.

—Tienes toda la razón. No pretendía decir nada con eso. Lo siento.

¿Que lo sentía? ¿Qué?

—Max, no hace falta que te disculpes, en serio. Maddy se muestra demasiado sensible. Estamos las dos con los sentimientos a flor de piel con todo lo que estamos viviendo.

Mads entornó los ojos.

—No estoy demasiado sensible. Sólo digo las cosas como son, tal y como tú me has enseñado todos estos años.

«Nunca te escondas detrás de una mentira. Nunca te muerdas la lengua cuando hay que hablar de algo importante...» No quiero seguir dándole vueltas a esto. Max tiene que saber que tú eres lo más importante en el mundo para mí. Si vamos a ser una familia, pase lo que pase, yo ocuparé el mismo lugar que ocupes tú. Eso es así, y punto. Me da igual quién sea mi padre biológico. —Señaló hacia el pasillo—. Ese hombre de ahí es mi padre. Y ningún análisis de sangre va a cambiar eso.

Max inspiró lentamente, y yo tracé unas marcas negras con el pie en el suelo de linóleo mientras pensaba en el mejor modo de lidiar con ese arrebato. Estaba claro que Maddy se sentía rara con toda la situación, estaba a la defensiva con respecto a nuestra relación y tenía un conflicto interno en cuanto a papá y a su linaje.

—Maddy..., Max, su mujer, Cyndi y la pequeña Isabel, así como el bebé que está en camino, forman parte ahora del clan Saunders, ¿vale? No lo veas como un cambio, sino como un añadido. Que ellos sean Cunningham no significa que tú lo seas.

Fue entonces cuando Max cometió un tremendo error.

—Bueno, técnicamente es una Cunningham, pero no lo sabía.

Vi el momento exacto en que esa afirmación hizo diana en mi pequeña. Se puso del todo rígida, hinchó el pecho y parecía lanzar dardos con los ojos hacia Max. Lo señaló con el dedo, un gesto que yo detestaba cuando iba dirigido a mí, y empezó a golpearlo en el pecho con él varias veces. «¡Ay!» Sabía por experiencia que ese dedo huesudo hacía daño.

—¿Es que estás loco? —le espetó—. Sé que en Texas las

cosas se hacen de otra manera, pero escúchame, y hazlo con los oídos bien abiertos. Yo soy, siempre lo he sido, y siempre lo seré, Madison Saunders. ¿Lo pillas? Estaba perfectamente siendo quien soy, y eso no va a cambiar sólo porque una prueba de ADN demuestre nada. Admito que me ha sorprendido el hecho de tener un hermano, y eso me alegra, la verdad, pero no me vas a ganar como si fuese una especie de premio de consolación. ¿Entendido?

—Pequeñaja... —dije con tanta tristeza que mi propia voz sonaba irreconocible mientras rodeaba los hombros de mi hermana con un brazo.

Ella dejó caer todo su cuerpo contra mi pecho y hundió la cara en mi cuello.

—¡Soy Madison Saunders! ¡No soy una Cunningham! —sollozó, el denso velo de mi cabello cubriendo su rostro.

—Cariño, nadie quiere cambiarte. Ni el nombre ni quién eres. Siempre serás mi hermana. Siempre serás la hija de papá. Es sólo que ahora tenemos otra parte de familia a la que querer y conocer. Eso no cambia nada, Mads. Nada. Seguimos estando tú y yo frente al mundo, ¿de acuerdo? —Ella asintió, pero siguió llorando—. Lo digo en serio. Max no ha venido a cambiar nada, ¿verdad, Max?

Él se aclaró la garganta y puso una pezuña gigante en la cabeza de mi hermana.

—Cielo, yo ya os quiero a ti y a Mia muchísimo. Sois mis hermanas menores, y, desde el momento en que nos conocimos todos, tuve esa sensación de que éramos familia, de que siempre lo hemos sido. Os he querido toda mi vida. Deseaba esa familia. Y, ahora que la tengo, soy muy feliz, preciosa. Cyndi, Isabel y el pequeño Jackson podrán disfrutar de unas mujeres maravillosas, y me siento muy afortunado. Eso es todo, cariño. Para eso he venido. Para apoyaros mientras cuidáis de vuestro padre.

Al cabo de unos momentos, Maddy levantó la cabeza. Yo la agarré de las mejillas y le sequé las lágrimas.

—No ha cambiado nada, ¿vale?

—P-pues tengo la sensación de que han c-cambiado muchas c-cosas —dijo, y se limpió los mocos con la manga. Puaj. Las dos éramos unas marranas.

—Aunque ahora tengas esa sensación, no ha cambiado nada. Tú sigues estudiando, vas de camino a convertirte en la esposa de Matthew Rains, y me tendrás siempre. Sólo que ahora tienes un hermano vaquero enorme y rico.

—Bueno, ricos somos todos —intervino Max intentando ayudar, aunque no ayudó nada.

Joder. Debería haber tenido un botón de apagado. ¿Los hermanos no venían con uno incorporado? Con todo lo de mi padre, no había tenido tiempo de hablarle a mi hermana de Cunningham Oil & Gas.

Maddy frunció el ceño y una pequeña arruguita se formó encima de su nariz. Cuando era pequeña, le besaba esa arruguita y le decía que no frunciera el ceño porque se le quedaría la marca y, cuando fuera mayor, se arrepentiría.

—No somos ricas, Max —respondió airada—. Ni mucho menos.

Maxwell me lanzó una mirada severa.

—¿No se lo has dicho? —me preguntó mientras cruzaba sus brazacos sobre el enorme pecho.

Quería morirme. Habían pasado demasiadas cosas como para lidiar con esa conversación en esos momentos. Primero tía Millie, y, ahora, Max y Maddy. Ay, Dios...

—¿Decirme qué? —inquirió Maddy.

—Max, estábamos pasando por algo muy difícil. Lo último que necesitaba era añadir otro problema.

—¿Qué problema? —preguntó mi hermana.

—No es ningún problema. Es más bien una ventaja —añadió Max.

—¿Cuál? —insistió Maddy.

En lugar de participar, estaba demasiado cansada como para pensar en un modo de decirlo suavemente, y Max parecía estar deseando hacerlo, así que, ¿por qué no dejarlo? Bebiéndome el café y deleitándome con el cremoso líquido, que, sin duda, estaba mucho más bueno cuando otra persona lo preparaba (o podría ser por el hecho de que esta vez sí llevara leche y azúcar), observé cómo Max le explicaba a Maddy que los tres íbamos a llevarnos una parte de Cunningham Oil & Gas, aunque había conseguido convencerlo de que dividiera mi parte y la de Maddy por la mitad para que él se quedara con la mitad de la empresa. Era su derecho natural y su legado, no algo que nosotras hubiésemos anhelado tener toda la vida. Cada una de nosotras se quedaría un veinticinco por ciento, lo cual suponía una increíble cantidad de dinero, pero no nos veríamos obligadas a participar en las decisiones cotidianas ni a trabajar en la empresa si no queríamos hacerlo. Yo, desde luego, no quería. A Maddy, en cambio, con la carrera que estaba estudiando, quizá le interesara la opción en un futuro.

Cuando Max hubo terminado de ponerla al día, ella permaneció inmóvil en el sitio, en *shock* o sumida en sus pensamientos, no lo tenía muy claro. Por fin, volvió en sí y su cara se iluminó. Un rubor se instaló en sus mejillas, y el alegre talante de mi hermana salió a la superficie.

—Poseo el veinticinco por ciento de una de las empresas petroleras más importantes del país.

—Sí, señora. —Una leve sonrisa se dibujó en los labios de Max.

—¡Qué fuerte! —Se llevó las dos manos juntas al pecho y las apretó—. Es surrealista.

—Surrealista es tener hermanas. Formar parte del negocio es tu derecho natural —anunció Max con orgullo.

—Entonces, cuando termine la carrera, si quiero, ¿puedo trabajar en la empresa?

Tal y como sospechaba, la empollona científica de mi hermana sí estaba por la labor.

Max se echó a reír.

—Por supuesto. Me encantaría que las dos vinierais a trabajar en la sede de Dallas.

Me encogí y negué con la cabeza.

—Lo siento, pero esta chica de Las Vegas es ahora californiana.

—Ya lo veremos. —Max sonrió y nos rodeó a las dos con los brazos—. De momento, tengo que encargarme de que comáis algo decente. —Me olisqueó el pelo—. Y de que os duchéis. Y de que durmáis al menos cuatro horas.

Maddy y yo nos disponíamos a protestar, pero él nos obligó a pasar por delante de la habitación de nuestro padre sin entrar. Nada había cambiado en los últimos quince minutos que habíamos estado en la cafetería y lo habíamos dejado solo.

—No podemos dejar solo a papá —dijo Maddy.

—No vais a hacerlo. Me he encontrado con tu novio. Su madre y él han venido para que descanséis un poco. Ellos le harán compañía. No admito discusiones. No le hacéis ningún bien así. Seguro que se enfadaría si supiera que no os estáis cuidando —repuso Max en tono firme.

Emití un sonido que estaba a medio camino entre una risa y un resoplido, pero no respondí. A papá le importábamos. Nos quería muchísimo, pero estaba siempre tan ebrio que no se daba cuenta de si Maddy y yo pasábamos días sin comer.

Una vez, no comimos en dos días. Yo tenía doce años y era demasiado pequeña para trabajar, y Maddy tenía siete. Habíamos acabado con toda la comida que había en casa, incluidos los alimentos secos y enlatados. Después de esos dos días, estaba desesperada. Así que recorrí la avenida principal hasta el atestado restaurante bufet de un casino y llené una bolsa de panecillos y piezas de pollo cuando la gente no miraba. Me aseguré de ponerme muy cerca de una familia con otros niños para no llamar la atención. Salí a hurtadillas del bufet y mi hermana y yo comimos durante tres días de lo que yo había hurtado, hasta que a papá se le pasó un poco la curda y volvió a llenar la casa de comida. Tuve que hacer eso varias veces más a lo largo de los años cuando la cosa estaba mal. Así que la respuesta a la anterior afirmación de Max era un no rotundo. Papá no se habría enterado de si sufríamos, estábamos cansadas ni de nada por el estilo. Él, en cambio, me conocía a mí tan sólo desde hacía un mes, y a Maddy de hacía poco más de una semana, y ya sabía lo que necesitábamos.

Guiadas por un hermano autoritario, Mads y yo dejamos que nos arrastrara al otro lado de la calle, hasta el hotel con la lujosa suite doble que nos había reservado una semana antes, una suite en la que no habíamos dormido ni una vez. Sólo la usábamos para ducharnos, y únicamente cuando el tufillo que despedíamos era ya insoportable. Max encendió el aire acondicionado y se sentó en la cama.

—Vosotras, a la ducha, ya —dijo señalándonos a Maddy y a mí.

Después cogió el auricular del teléfono.

—Sí, quería... Eh..., un momento. ¿Os gustan las hamburguesas?

Se me hizo la boca agua al pensar en una suculenta hamburguesa con queso. Había perdido el apetito y llevaba días sin comer nada mínimamente decente. Mi dieta se había basado en café, barritas de Snickers y surtidos de frutos secos, y eso sólo cuando me obligaba a mí misma a meterme algo en el cuerpo. Ah, y la perfecta futura suegra de Maddy había venido todos los días a traernos algo de comer, pero no había sido capaz de llevarme nada a la boca. Papá no podía comer. ¿Por qué debería hacerlo yo? Ahora, con unos cuantos kilos menos y un estómago que se devoraba a sí mismo, sabía que no podía seguir así.

—Unas hamburguesas están bien, Max, gracias —respondí, y Maddy se limitó a asentir.

Por su modo de andar y su postura encorvada, supe que estaba perdiendo el control de la situación y que el peso de todo estaba empezando a pasarle factura.

Puesto que era una suite doble, había dos cuartos de baño. Yo me duché en uno, y Mads en el otro. Cuando salí, me encontré una camiseta de hombre y un bóxer en el banco del lavabo. Ni siquiera se me había pasado por la cabeza la idea de traer un pijama. Salí al salón y vi a Maddy devorando una hamburguesa gigante. Ella también llevaba puesta una camiseta y un bóxer.

—Parecemos gemelas —bromeé, y Maddy estuvo a punto de atragantarse con la hamburguesa al reírse.

—Necesitabais algo que poneros —dijo Max—. No habéis traído nada para dormir. ¿Qué os habéis estado poniendo hasta ahora?

Miré hacia la ventana y básicamente hacia todas partes menos a él para evitar la pregunta.

Maddy decidió ser sincera.

—Max, no nos hemos movido de la clínica.

Él echó la cabeza hacia atrás y se agarró las rodillas.

—¿Me estás diciendo que no habéis dormido en una cama desde que os fuisteis del rancho?

La pobre Maddy no captó el tono de reproche que había en su voz.

—Sí, casi todas las noches yo me dormía en el sofá y Mia en la silla.

Max me atravesó con la mirada.

—¿Llevas una semana durmiendo en una silla? —dijo señalándome—. Y tú debes de haberte retorcido como un *pretzel* para caber en ese sofá —continuó dirigiéndose a Maddy—. Por el amor de Dios, no me extraña que tengáis esas caras de zombis. Y ¿dónde demonios están vuestros hombres?

Frunció el ceño y se agarró las rodillas con más fuerza.

—Buena pregunta —mascullé con la boca llena de patatas fritas.

Estaban perfectamente crujientes y en su punto justo de sal y de grasa. Tras engullir al menos diez, cogí la hamburguesa.

Maddy tragó la comida que tenía en la boca.

—Mia no quería marcharse. Yo no quería dejar a Mia.

Estamos juntas en esto, ¿verdad, hermanita? —dijo, como si ver cómo se moría nuestro padre fuese algo que necesitásemos hacer para tachar la solidaridad entre hermanas de la lista.

Aun así, era algo muy dulce por su parte. Sabía que ella quería que papá saliera de ésa tanto como yo, pero también temía lo que pudiera pasar cuando él se enterara de que no era su padre biológico.

Max se levantó, se paseó por la habitación y sacudió la cabeza.

—Bien, yo me quedaré unas dos semanas, a menos que la situación dé un giro positivo antes. Después tengo que volver con Cyndi. No puedo dejarla sola durante el último mes de embarazo. Aunque tal vez debería traer a las chicas también aquí. Así todos pasaríamos juntos por esto, suceda lo que suceda.

¿Podía existir un hombre más amable y generoso? No lo creo. Nunca había conocido a nadie como él, y probablemente nunca volvería a hacerlo. Sí, había conocido a algunos hombres muy especiales durante ese último año, unos que acabarían siendo magníficos amigos, amantes excepcionales y algo más en algún caso. Pero Max era único. Su amor por su familia rivalizaba con el de Tai y el clan samoano de los Niko en Hawái. Eran una piña, pero la ferocidad que exudaba Max, el modo en que se contenía, en que nos trataba a Maddy y a mí, cómo nos cuidaba como si quisiera hacerlo y quisiera hacerlo para siempre, significaba mucho más. No tenía palabras para describirlo sin sonar como una de esas postales cursis que vendían en Hallmark.

Comimos durante los siguientes diez minutos. Max señalaba el plato cada vez que una de nosotras se daba un respiro y se echaba hacia atrás para apoyarse en el respaldo. Quería ver los platos limpios, y no pensaba aceptar excusas. Cuando, por fin, Maddy y yo nos habíamos hinchado hasta reventar, sin darnos cuenta nos apoyamos la una en la otra, hombro contra hombro, y nos pesaban tanto los párpados que apenas podíamos mantener los ojos abiertos.

—Venga, chicas. —Max me dio un empujoncito con el codo, pero eso sólo hizo que me apoyara más en Maddy.

De repente, su peso abandonó mi costado izquierdo y tirité al sentir el cambio de temperatura. Seguían pesándome demasiado los párpados como para abrirlos. Necesitaba dejarlos descansar unos minutos, y después estaría perfecta.

De repente, me volví ligera, como si estuviera volando con unas finas alas hacia un destino desconocido. Tras unas incómodas sacudidas, me colocaron sobre una nube de capas de algodón y me envolvieron con un mullido edredón. Sin abrir los ojos, me froté la mejilla contra su suavidad.

—Sólo unos minutos y después vuelvo a la clínica —farfullé.

Sentí algo cálido y húmedo en la frente.

—Claro, pequeña, sólo unos minutos. Por supuesto. —Max dijo algo más, pero no conseguí entenderlo.

Cuando me desperté, todavía no había anochecido. Me incorporé y miré la cama que había al lado de la mía. Maddy estaba profundamente dormida. Me volví y me levanté. En el instante en que puse un pie sobre la mullida moqueta, me sentí mareada y grogui. Estaba más que cansada. Estaba agotada. Eran las siete en punto.

Joder. Habíamos dormido más de ocho horas. «¡Papá!»

Al recordar que mi padre estaba al otro lado de la calle luchando por su vida, me puse en marcha. Me coloqué unos vaqueros y una camiseta de pico limpia, un par de calcetines limpios y las Converse. Tardé cinco minutos en estar lista. En la mesilla de noche, encontré una goma del pelo, la cogí, y me hice una larga cola de caballo mientras salía de la habitación. Max estaba sentado en el sofá viendo la televisión.

—Te has despertado.

—¡He dormido ocho malditas horas, Max! —rugí de camino al mueble donde estaban la llave de la habitación y mi cartera.

Él no pareció inmutarse ante mi pequeña explosión.

—Lo necesitabas, Mia.

Hay veces en la vida en las que te dan ganas de pegarle un guantazo a una buena persona. Ésa era una de esas veces, pero no lo hice.

—Necesito estar con mi padre. ¿Y si se despierta y está solo? O, peor, ¿y si...? —Ni siquiera era capaz de pensar en las palabras, y mucho menos de pronunciarlas.

Max se levantó e hizo un gesto con las manos delante de mí intentando tranquilizarme.

—Relájate. Acabo de hablar con Matt y Tiffany Rains. No ha habido ningún cambio.

—¡Te he dicho que me despertaras al cabo de unos minutos! —grité mientras ponía la mano sobre el pomo de la puerta—. ¿Cómo voy a confiar en ti si no me escuchas cuando te pido algo tan simple como eso? —dije al tiempo que salía de la habitación. Intenté dar un portazo, pero, como estábamos en un hotel, la puerta se cerró lentamente gracias a su eficaz sistema hidráulico.

Mi nivel de ira aumentó de manera exponencial.

—¡Mia! —oí que gritaba Max mientras yo corría hacia el ascensor y pulsaba el botón con fuerza una y otra vez.

Eso no iba a hacer que llegara antes, ¡pero hacía que me sintiera mejor, joder!

Max salió de la habitación y se acercó con cautela a mi lado.

—Mia, lo siento mucho. Pero necesitabas dormir. He estado en permanente contacto con la familia para asegurarme de que pudiéramos estar allí en dos minutos si algo cambiaba. No pretendía controlarte.

Puse los ojos en blanco y me crucé de brazos.

—Ya, bueno, ¿qué quieres que te diga? Estoy preocupada por mi padre. Y, además, no sé dónde está mi novio exactamente, llevo dos semanas sin saber de él.

—¿No has sabido nada de Weston desde hace dos semanas?

—¿Es que hablo en chino? Joder... —Me toqué la frente al sentir que volvía aquel dolor perenne.

Maxwell frunció el ceño y me puso una mano en el bíceps.

—Haré algunas llamadas. Si alguien puede conseguir algo de información, ésa es Aspen. Tiene muchos contactos en la industria cinematográfica. ¿Te ayudaría eso?

¿Una ofrenda de paz? La aceptaba.

Asentí.

—Sí, gracias.

La puerta del ascensor se abrió y me metí en él. Max se quedó en el pasillo.

—Esperaré a que Maddy se despierte —dijo.

—No la despiertes. Necesita descansar.

Abrió unos ojos como platos y sonrió con malicia.

—Y ¿acaso tú no lo necesitabas? Ya veo cómo funcionan las cosas aquí. Tú puedes proteger a Maddy, pero cuando yo intento ayudarte, soy un capullo, ¿verdad? —dijo, y puso esa sonrisa de medio lado que hacía que Cyndi se derritiera.

—Yo soy la hermana mayor —contesté, como si eso respondiera a todas las preguntas del universo.

Se señaló el pecho con el pulgar.

—Hermano mayor. —Sonrió de oreja a oreja, y yo sonreí por primera vez en toda la semana.

—Sí, bueno, ese título es nuevo. Tendrás que ganarte ese honor, Maximus.

Sus ojos centellearon mientras evitaba que la puerta del ascensor se cerrara.

—Pienso hacerlo durante el resto de mi vida, pequeña.

Dejó que las puertas se cerraran y él se despidió con la mano antes de dar media vuelta y regresar a la habitación. Lo había dejado claro: había venido para quedarse, y no iba a permitir que no nos convirtiéramos en una gran familia feliz. Ahora tenía un par de hermanas. Dos hermanas que compartían la sangre de su madre y de su padre, algo que no tenía hacía unas semanas. Y, por la clase de hombre que era Max, le sacaría el máximo provecho a eso y se entregaría por completo a Maddy y a mí. Joder, ya lo había hecho, pero yo tenía demasiadas cosas en la cabeza y mi corazón estaba cargado de preocupación, así que era incapaz de expresar lo mucho que significaba para mí que él estuviera allí. Cuando ese año terminase, pensaba poner todo mi empeño en formar parte de su vida y estaba deseando hacerlo. Le dedicaría todo el tiempo que pudiera. Seguro que habría tiempo para ello. O, al menos, eso esperaba.

3

—¡Traigo regalos! —exclamó Ginelle cuando entró contoneándose en la habitación de la clínica.

En un brazo llevaba una planta, no flores, y, en el otro, una misteriosa bolsa marrón de papel.

Gin colocó la maceta con una variedad de plantas suculentas del desierto cerca de los pocos ramos de flores que había, se acercó a papá y le dio un beso en la frente con cuidado de no tocar ninguno de los tubos que tenía a su alrededor.

—Despierta, hombre. Tus hijas están envejeciendo viéndote dormir —dijo.

Gin era una experta en ser dulce y borde a la vez. Observó su rostro durante un momento, como si esperara que la obedeciera y abriera los ojos. No lo hizo. Decepcionada, mi amiga se volvió y me miró con la cabeza inclinada hacia un lado. Me observó de arriba abajo y chasqueó la lengua.

—Vaya, tienes mejor aspecto. Sigues estando horrible pero, al parecer, por fin has dormido decentemente y has decidido hacernos el favor de darte una ducha. —Se inclinó hacia adelante y me olisqueó la cabeza haciendo ruido—. Sí, fresca como una rosa.

Le di un empujón en el pecho y sonreí.

—Cállate, zorra. ¿Qué traes en la bolsa?

Parpadeó rápidamente mientras se llevaba un dedo a la mejilla.

—¿A qué te refieres?

Me medio reí. Su sola presencia ya hacía que me sintiera mejor. Gin se dirigió al sofá contoneando las caderas y meneando de forma exagerada los brazos, se sentó y sacó los artículos que traía en la bolsa.

—Vale, como ha pasado una semana y tu culo gordo no ha salido de esta habitación, he pensado que te vendría bien tener algo con lo que entretenerte. —Cogió cada uno de los artículos y me los mostró—. Una baraja de cartas, crucigramas, sudokus...

—¿Sudokus? ¿Qué coño es eso?

Ginelle se encogió de hombros.

—Una especie de juego de matemáticas.

—¿Me has traído un juego de matemáticas? ¿A mí?

Ella sonrió con malicia y pasó algunas páginas del cuadernillo.

—No sé. Es que había un chico muy mono trabajando en la tienda y nos hemos puesto a hablar. Le he dicho lo que estaba buscando y me ha señalado toda esta mierda. Así que la he cogido y he seguido ligando con él. —Se quedó mirando por la ventana, como rememorando el momento—. En fin, me ha dicho que era su pasatiempo favorito, que le encanta intentar resolver todos los puzles, y tal. La verdad es que yo estaba más centrada en ver cómo movía la boca y me preguntaba de qué manera podía conseguir que usara esos morritos en mi... —Se señaló la entrepierna.

—¡Gin! —Miré a mi padre—. Chica, que puede oírte.

Frunció el ceño.

—¿En serio? ¿Tú crees?

—Sí, lo creo. Así que no digas nada de que quieres que un dependiente te..., ya sabes —dije señalándome mis propias partes.

Ginelle puso los ojos en blanco.

—Lo que tú digas. En fin, Mads puede hacerlos también. —Bien pensado. Maddy era el cerebro de la familia—. Además he traído algunas revistas de moda y, cómo no, tu favorita... —dijo, y sacó el último número de la revista de motos *Street Bike Magazine* y lo agitó delante de mi cara.

Había una conejita de Playboy tremendamente maciza en la portada posando junto a la nueva Yamaha YZF-R1, una motaza. Era tan resbaladiza como la autopista del desierto después de la primera lluvia. Tenía detalles en un vivo azul real y un montón de reluciente cromado para cegar a aquellos que la admiraran cuando deberían estar conduciendo. Su motor de cuatro cilindros y doce válvulas era una maravilla de la técnica, con su cigüeñal *crossplane*, bielas de titanio y cámaras de combustión compactas. Aquella magnífica bestia debía de rondar los ciento noventa y nueve kilos de peso. Habría dado mi teta izquierda por tener algo tan bonito. Bueno, no. Bueno, puede.

Se me empezaron a llenar los ojos de lágrimas. Joder. Tenía la mejor amiga del mundo.

—Gracias, Gin —dije con la voz cargada de emoción.

Ella cruzó sus pequeñas pero tonificadas piernas una sobre la otra, se inclinó hacia atrás y extendió los brazos.

—Venga, ponme al día. ¿Dónde está el surfista? ¿Por qué no está aquí?

Con esa sola pregunta, el peso emocional del mundo volvió a cargarse sobre mis hombros. Había hablado con Judi, el ama de llaves, e incluso había llamado a su hermana, Jeananna, y a su madre, Claire. Nadie sabía nada, y todo el mundo estaba empezando a preocuparse. No les parecía tan raro que Weston estuviera inaccesible, ya que en algunas ocasiones habían estado hasta un mes sin saber de él, pero el hecho de que yo no supiera nada les extrañó. ¿A mí? También. Especialmente desde que habíamos decidido tener una relación y desde que me había trasladado a su casa. Estábamos deseando pasar tiempo juntos. Se suponía que él iba a estar en casa cuando yo terminase en Texas, así que esperaba poder verlo antes de pasar a mi cliente número nueve. Pero no sabía nada de él.

Por fin, llamé a Jennifer, la mujer del director de la película. Estaba en su último mes de embarazo, de modo que su marido no había acompañado a Wes. Ése era también el motivo por el que mi chico había tenido que irse, y durante mucho más tiempo del que esperaba. Al final había adoptado el papel de director principal. Lo último que el director había oído había sido de boca de un asistente, que le había comentado que todo iba de perlas, pero que no tenían cobertura para realizar llamadas ni para conectarse a internet. Estaban en una isla remota del sureste asiático con un pequeño equipo de rodaje de tan sólo unas quince personas, una de las cuales era Gina DeLuca. Todo encajaba, aunque me daba rabia y se me encogía el corazón de pensarlo. Sabía que su personaje estaba en medio de un triángulo amoroso en la trama y, puesto que uno de los actores había fallecido, había tenido que volver a grabar todas las escenas, pero eso no respondía a la pregunta de cuándo iban a regresar o por qué no podía encontrar el modo de realizar una llamada.

—Lo único que sé es que está en algún lugar remoto de Asia porque tenían que volver a rodar unas escenas, pero nadie sabe nada más —le expliqué a Gin.

—Debería estar aquí, Mia. Así no está ganando ningún punto con tu mejor amiga. Cada día que pasa que no está aquí, va subiendo más y más en mi lista de tíos mierda.

Suspiré resignada y me froté el cuello para masajearme las contracturas.

—Créeme, estaría aquí si supiera lo que está pasando. Tiene el buzón de voz repleto. Ya ni siquiera da tono. Cuando llamo me sale directamente un mensaje que me indica que el buzón está lleno y que lo intente más tarde.

—¿Crees que puede haberle pasado algo? —preguntó, y, de repente, su mirada se tornó cálida y apretó los labios hasta formar una línea recta.

Miré por la ventana, y después a mi padre. Por mucho que me doliera decirlo, admití ante ella lo preocupada que estaba.

—Sí, Gin. Empiezo a creer que ha pasado algo muy grave y que nadie lo sabe.

—¿Quieres que llamemos a la policía o algo?

—Es demasiado pronto. Le he preguntado a su familia, y ellos no quieren que esto llegue a oídos de la prensa si algún poli filtra la información, pero, si te soy sincera, a mí me la pela. En mi opinión, cuanta más gente lo sepa, mejor, aunque quizá me esté mostrando demasiado egoísta. No conozco suficientemente el mundo del cine como para saber hasta qué punto es raro lo que está ocurriendo. Tal vez esté exagerando. Seguro que todo está bien. Todo va bien —repetí mientras intentaba convencerme a mí misma, aunque no podía desprenderme del horrible presentimiento que tenía.

Gin juntó las palmas de las manos, apoyó los codos en las rodillas y la barbilla en sus dedos entrelazados.

—Y ¿qué vas a hacer?

No era su intención herirme, pero saber que no había nada que pudiera hacer me dolió en lo más profundo del alma. El hombre al que amaba estaba desaparecido en combate, llevaba ya más de dos semanas incomunicado, y nadie sabía nada de él. Y lo peor de todo es que yo era la única que parecía estar realmente preocupada. Tal vez por eso me inclinaba a pensar que estaba haciendo una montaña de un grano de arena.

Me encogí de hombros y me recliné sobre el respaldo de la silla, inclinando la cabeza hacia atrás encima del borde de plástico duro y mirando las placas del techo.

—No lo sé. Max ha llamado a Aspen Reynolds, una amiga suya...

—Espera..., ¿qué? Para el carro. Retrocede. ¿Aspen Reynolds? ¿La fantástica Aspen Reynolds de AIR Bright Industries? ¿Esa rubia insoportablemente guapa que está casada con un enorme vaquero que es justo lo contrario de ella? ¿La misma Aspen Reynolds que tiene la niña pequeña más adorable del mundo llamada Hannah?

—Pues... sí. Me sorprende muchísimo que sepas tanto sobre una mujer a la que acabo de conocer.

Se puso de pie.

—¿La has conocido? —Puso los brazos en jarras con una postura de enfado.

Ay, no, por Dios. Eso era justo lo que menos necesitaba

en esos momentos. Ese día no estaba mentalmente preparada para aguantar el carácter de Gin.

—No me lo puedo creer. Te lo juro, no paras de vivir situaciones en las que podrías echarme una mano, ayudar a tu mejor amiga, pedazo de zorra, ¡pero tú te lo pasas por el forro!

Me presioné las sienes con las dos manos.

—Gin, dime por qué es tan importante el hecho de que conozca a Aspen.

Emitió un sonido a medio camino entre un gruñido y una arcada.

—Es la persona más importante del sector. Modelos, revistas, actrices, los grandes espectáculos de Las Vegas... —dijo resaltando sobre todo lo de los espectáculos.

—¿Lleva algunos espectáculos en los que tú quieres participar? —pregunté directamente para que pudiéramos llegar al motivo de su frustración más deprisa.

Cuanto antes acabase con eso, mejor.

—Haces que parezca que estoy siendo una egoísta o algo así. En serio. Aspen lleva un montón de cosas en los dos mundillos. Todo el mundo la conoce. Es como una de las mujeres más ricas del mundo, ¡y sólo tiene treinta años! —dijo, y su voz fue subiendo de volumen conforme su excitación aumentaba.

Recordé aquel día en el rancho, cuando conocí a aquella rubia de piernas largas. Era muy dulce e iba vestida de forma muy elegante, pero llevaba puestas unas chanclas. Eso me indicó que la ropa era algo que se ponía como todas las demás, pero que le gustaba ir cómoda después de un largo día de trabajo. La rubia también vivía en un rancho modesto en una zona apartada, a las afueras de Dallas, justo al lado del de Max. Tenían una hacienda bonita, pero no era en absoluto lujosa ni nada del otro mundo. Era una preciosa casa de campo con un terreno fantástico, caballos y algo de ganado, pero, sobre todo, era un lugar tranquilo en el que vivía una pequeña familia.

—A mí me pareció una tía muy normal.

Ginelle cortó el aire con la mano.

—No es normal. Perfecta, sí. Normal, no. No soy lesbiana, pero estoy enamorada de ella.

La miré con recelo.

—Creía que sólo estabas enamorada de mí —dije fingiendo hacer pucheros.

La tensión que había en el ambiente se relajó un poco cuando Gin se echó a reír y se dejó caer de nuevo sobre el sofá.

—Es la chica de mis sueños. ¿Crees que podrías presentarnos?

—Sí. Si vamos alguna vez al rancho de Max y ellos están en casa, claro.

Empezó a dar palmas y a soñar despierta mirando la pared que había detrás de mi cabeza.

—Eso sería genial.

Pues vale.

—Estás loca.

—Mmm, por ti —bromeó con voz seductora.

Al día siguiente, mi móvil empezó a sonar mientras quitaba las flores marchitas de los ramos que le habían enviado a papá. Las margaritas que Judi Croft había mandado de parte de Wes, a pesar de que él todavía no sabía lo que estaba pasando, seguían perfectas. Sus bonitos pétalos blancos y sus botones amarillos me recordaban momentos muy buenos. Esperaba que se tratara de una metáfora de la resistencia de nuestra relación y de su amor, pero, sobre todo, de su vida.

Miré el teléfono y vi que en la pantalla ponía «Número desconocido». Contesté.

—¿Sí?

—Hola, ¿hablo con Mia Saunders? —preguntó una voz de mujer.

—Sí, soy yo. ¿Quién es?

De repente, se me erizó el vello de la nuca. Algo no iba bien. Había tenido esa misma sensación cuando me llamaron de la clínica para decirme lo de mi padre, y había acertado.

—Soy Aspen Jensen. ¿Recuerdas que nos conocimos...? —empezó, pero la interrumpí.

—Sí, hola. Perdona, Aspen. No había reconocido tu voz por teléfono. ¿En qué puedo ayudarte?

Se hizo una larga pausa al otro lado de la línea.

—Mia, no sé cómo decirte esto, pero Max me pidió que averiguase el paradero de Weston.

Pánico. De repente sentí un asfixiante pánico que me aplastaba desde ambos lados de mi cuerpo como si me hallara entre dos planchas de metal. No podía respirar.

—Lo sé. Me lo dijo. Y te agradezco que hayas recurrido a tus contactos. ¿Has averiguado algo? —pregunté, sabiendo muy bien que lo que estaba a punto de decirme me iba a doler.

—Mia, cielo, su equipo al completo está en paradero desconocido. Bueno, no exactamente todos ellos. Según me han informado, mientras estaban rodando en una de las islas del sureste asiático, llegaron tres botes repletos de hombres armados. Se sabe que forman parte de una célula terrorista extremista radical y religiosa. Los hombres empezaron a gritar que estaban purificando su tierra y que iban a seguir el ejemplo de los estadounidenses. —Hizo una pausa durante unos momentos, se aclaró la garganta y continuó—: Cielo, dispararon a nueve miembros del equipo, siete de los cuales murieron, les robaron todo el material y capturaron a los seis restantes. Los dos heridos fueron evacuados por vía aérea hasta un hospital, donde uno de ellos murió mientras lo estaban operando. El otro sigue luchando por su vida en estos momentos. Mia, a los otros seis los tienen retenidos como rehenes. Cielo..., lo siento muchísimo. Nuestro gobierno está al tanto. El presidente está al tanto.

«No... puede... ser...»

—¡No lo entiendo! ¿Me estás diciendo que podría estar muerto, luchando por su vida en el hospital o que unos terroristas lo tienen secuestrado? —Se me hizo un nudo del tamaño de una pelota de golf en la garganta al asimilar la gravedad de la situación.

A Aspen se le quebró la voz, y supe que estaba llorando.

—Lo siento. Lo siento...

Entonces el teléfono se quedó en silencio durante un instante, y de pronto se oyó una voz masculina.

—Querida, soy Hank. Sé que estarás muy asustada, pero no sabemos si él era uno de los hombres a los que dispararon o secuestraron. Podría estar vivo. Estamos haciendo todo lo posible por obtener más información.

Me caí al suelo justo cuando Max entraba en la habitación.

—Pero ¿qué coño...? —Me levantó, me sentó en el pequeño sofá y cogió el teléfono.

—Soy Maxwell Cunningham. ¿Con quién hablo?

Dejó de hablar y escuchó durante bastante rato. Su cuerpo se fue poniendo duro como una roca justo delante de mí. Tensó la mandíbula y gruñó con los dientes bien apretados.

—¿Qué se está haciendo? Quiero información. Necesito los nombres de las personas que no sobrevivieron y de los dos a los que se trató en el hospital. Necesito esa información para ayer, Hank. ¿Tenéis Aspen o tú algún contacto en el gobierno?

De repente, mientras observaba cómo Max se paseaba por la habitación golpeando con sus botas de vaquero el suelo de linóleo, caí en la cuenta. Yo tenía un contacto en el gobierno: Warren Shipley. Y ese hombre me debía un gran favor por no haber denunciado a su hijo por intentar violarme.

—Yo sí —dije.

Me salió como un suspiro, ya que la enorme bola que tenía en la garganta me impedía hablar con normalidad.

Max seguía hablando, pero puso una mano sobre el micro del teléfono.

—Un momento. ¿Qué, hermana?

Obligándome a quitarme de encima el peso que me aplastaba y el deseo de hacerme un ovillo y llorar hasta perder la conciencia, me incorporé.

—Eh..., mi cliente de junio. Warren Shipley. Su hijo es senador por California, y Warren se encarga de los acuerdos de los altos niveles gubernamentales entre Estados Unidos y otros países de todo el mundo. Conoce al presidente. Tiene una foto en la que aparecen juntos en su despacho. Y me debe un favor.

Max entornó los ojos e hizo una mueca. No pensaba explicarle por qué ese hombre me debía un favor, y nunca lo haría. Había pasado página. Lo había superado, y estaba bien mental y físicamente. Hasta que ocurrió todo eso.

Tener un plan, el que fuera, me ayudaba a creer que podría sobrellevar la situación hasta que obtuviéramos más información. Wes, mi amado Wes... Podía estar en las garras de unos hombres que se pasaban el tiempo torturando y matando a aquellos que no compartían sus creencias. O, peor aún, podía estar muerto ya, o luchando por su vida en algún hospital remoto de Asia.

«Por favor, Señor, por favor..., haz que esté vivo. Por favor, deja que vuelva conmigo.»

Después de asearme en el hotel, me senté y, temblando como una hoja, llamé a Warren. Se alegró de oírme hasta que le expliqué el motivo de mi llamada. Me prometió que usaría todos los recursos a su disposición, incluido su contacto personal con el presidente, y que me llamaría al día siguiente, si no antes. Dijo que tenía personas en Filipinas que eran buenas obteniendo información sobre grupos terroristas. Tan buenas que lo habían ayudado a evitarlos a la hora de transportar sus bienes por Asia hacía apenas un mes.

Las siguientes seis horas se me hicieron eternas. La gente iba y venía y se reunía a mi alrededor, pero yo no reconocía su presencia. No en el sentido mental. Puede que los saludara con la cabeza, que les contestase que sí o que no en algún momento, pero la mayor parte del tiempo estaba vagando entre la clínica y el hotel como un zombi. Porque lo era. El inmenso terror que sentía era como una corriente que atravesaba todo mi cuerpo. Si alguien me hubiera tocado, seguramente se habría llevado un buen calambrazo. Y no podía hacer nada al respecto. Sólo podía esperar, preguntarme qué estaría pasando y preocuparme. Joder, mi preocupación por la seguridad de Wes era algo vivo y físico, un ser aterrador que controlaba todos mis pensamientos y mis acciones. Había dejado de ser yo misma. Sólo quedaba la preocupación.

La preocupación no me dejaba comer. La preocupación no me dejaba mantener conversaciones básicas con personas a las que quería y que se preocupaban por mí. No. Se había adentrado tanto en mi subconsciente que Mia ya no estaba allí. Pero ese algo vivía en mi interior y llenaba mi cerebro con sus horribles y angustiosos pensamientos. Y esos pensamientos se transformaban en imágenes de mi querido Wes acurrucado en un rincón, desnudo, aterrorizado, herido, sufriendo horribles dolores, gritando que lo soltaran, que lo liberaran. Pero en su mente sabía que jamás saldría de allí, que probablemente moriría en aquel lugar.

Corrí al baño y arrojé el pequeño bocado de desayuno que había tomado un rato antes esa mañana. Me dio una arcada y me agarré a la taza intentando expulsar a la maligna bestia que tenía dentro, la que me insistía en imponer la desesperación hasta tal punto que no me dejaba ver nada más. Ya no podía percibir la belleza, ni siquiera al mirar el rostro de mi hermana pequeña. El único rostro en el mundo en el que siempre había hallado consuelo, hasta que conocí a Wes.

—¡Wes! —grité, y vomité en la taza—. ¡Vuelve, maldita sea! ¡No me dejes aquí! ¡Me prometiste el paraíso! —aullé.

Ni siquiera era consciente de que estaba en el baño de la habitación donde mi padre estaba luchando por su propia vida, y mis lágrimas fluyeron junto a la bilis y el ácido estomacal que salían de mi cuerpo.

—¡Pequeña! —Max se agachó, colocó los muslos alrededor de mis caderas y me apartó el pelo—. No estás sola, Mia. Yo estoy aquí, hermana. Siempre estaré aquí. No estás sola —susurró contra mi frente cuando mi estómago se relajó.

Me cubrió con su cuerpo como si fuera una manta, protegiéndome del frío del que no había podido librarme desde que había llegado a Las Vegas hacía ya más de una semana. Me ayudó a levantarme, me colocó contra el mueble del lavabo, mojó unas toallas de papel y me limpió la boca. Después, cogió más y me limpió la cara entera.

—No podré vivir sin él —susurré.

Max cerró los ojos y pegó su frente a la mía.

—Yo mismo me encargaré de que lo hagas. Maddy te necesita. Tu padre te necesita y..., Mia, cielo, yo te necesito.

—Pero, Max, yo lo quiero.

Exhaló un suspiro de pesar.

—Lo sé, cariño, lo sé. Si algo le pasara a Cyndi, yo me volvería loco. Pero tú no puedes hacerlo. Ahora no. No sabemos lo que está ocurriendo todavía. Dale un poco de tiempo. Deja que tu amigo averigüe lo que pueda. Después, dependiendo de lo que nos digan, ya veremos qué hacemos. Juntos. ¿De acuerdo?

Me humedecí los labios y restregué mi frente dolorida contra la suya. Rodeé su cabeza con los brazos, hundí mi rostro en su cálido cuello y dejé que las lágrimas fluyeran. Él me abrazó y permitió que llorara mientras yo le susurraba todos mis miedos: que perdería a Wes, que perdería a papá, que perdería a Maddy cuando se casara, y que, ahora que tenía a Max, también lo perdería a él. Una y otra vez, me aseguró que ninguna de esas cosas iba a pasar. Dijo que necesitábamos tener un poco de fe en Dios, en la fuerza de mi padre y de Wes, y que todos saldríamos de ésa oliendo como una tarta de manzana recién hecha.

Deseaba más que ninguna otra cosa creer en lo que él me prometía. Por primera vez en mi vida, lo dejé todo en manos de Dios, del universo, de cualquiera que me estuviera escuchando y que pudiera hacer que mis seres queridos salieran de esa situación sanos y salvos.

4

—Señor, yo..., eh..., sé que no te rezo muy a menudo, y no voy a la iglesia tanto como debería —murmuré, e inspiré profundamente—. Es mentira. Sabes que es mentira. Nunca voy a la iglesia. Ni siquiera me acuerdo de cuándo fue la última vez que pisé una.

Fruncí los labios, me los apreté con los dedos y cerré los ojos. Estaba inclinada sobre un lado de la cama del hotel. El sol acababa de ponerse, y Maddy y Matt se habían ido a cenar antes de hacer el turno de noche con papá. Representaba que yo tenía que estar descansando, pero, en realidad, no podía dormir. No paraba de pensar en Wes; estaba muy preocupada por él y tenía un miedo atroz a lo que pudiera estar pasando. Deseaba con todas mis fuerzas subirme a un avión y volar hasta la isla donde lo habían visto por última vez, pero no sabía con exactitud de qué isla se trataba. Warren no había llamado, y habían pasado ya doce horas. Doce horas enteras de nada en absoluto.

Ni una palabra, ni una esperanza, nada.

Y eso fue lo que me llevó a arrodillarme delante de la cama, a unir las manos y a rogarle a un Dios con el que nunca antes había llegado a conectar.

—Señor, deja que empiece otra vez. Puedo hacerlo,

¿vale? —Sacudí la cabeza—. Puedo hacerlo. A ti no te importa. Sabes que no soy perfecta. Vale, allá va. —Mi cuerpo entero se estremeció cuando volví a empezar—. El hombre al que amo ha desaparecido. Me niego a creer que haya muerto. Supongo que lo sabría si así fuera, ¿no? Me refiero a que Tú creas esas conexiones entre las almas gemelas, ¿verdad? Y las almas gemelas sienten al otro de una forma que no se puede explicar. De modo que, si mi media naranja ya no estuviera sobre la faz de la Tierra, yo lo notaría.

Mientras esperaba a ver si Dios respondía, me sentí vacía por dentro. Si hubiera podido enviarme una señal, una especie de energía, una onda vibratoria, lo que fuera que me diera a entender que estaba en lo correcto, habría sido genial.

Pero los momentos pasaban, y no había respuesta.

Gruñendo, exhalé un largo suspiro.

—Hagamos un trato. Wes significa más para mí de lo que jamás me he atrevido a admitir ante él. Si me lo quitas, no tendré la ocasión de decírselo. —Suspiré y me armé de valor para decir lo que necesitaba decirle a Wes, aunque lo estuviese canalizando a través de una oración.

»Haces que amar a alguien parezca fácil, cuando siempre ha sido difícil. Estando contigo me siento como si estuviera sentada en la superficie del Sol sin quemarme. El amor que siento por ti me ha cambiado. Me ha convertido en una persona diferente, en una mujer merecedora de ese más que me has prometido, de nuestro paraíso.

Entonces, las lágrimas empezaron a caer.

—Por favor, Señor. Por favor, no te lo lleves al paraíso sin darme antes la oportunidad de respirar el mismo aire que él, de empaparme de su calor y de deleitarme en las profundidades de su belleza.

Empecé a mecer el cuerpo adelante y atrás mientras repetía las palabras susurradas una y otra vez como un cántico.

—Por favor. Por favor, no me quites a Wes.

»No me quites a Wes.

»No me quites a Wes.

Varios sonidos me obligaron a despertar de un sueño irregular. Me había quedado dormida de rodillas, apoyada en la cama, mientras rezaba. Lo último que recordaba era haber estado rogando a Dios que no se llevara al hombre que amaba. Sólo el tiempo diría si se había compadecido de mí.

La pantalla de mi móvil parpadeaba contra la pared que estaba al lado de la mesilla de noche, donde lo había dejado cargando. Como una anciana con artritis, coloqué mis rodillas agarrotadas y mi cuerpo extenuado en una posición que me permitiera levantarme. Alcé los brazos hacia el techo, apoyé los dedos de los pies y me elevé hacia los cielos, estirando unos músculos que hacía mucho que no usaba. Varias articulaciones crujieron, protestando después de haber pasado semana y media sentada en sillas de plástico, arrodillándome junto a las camas y no descansando lo suficiente.

Me puse frente a la cama y me dejé caer en ella. A continuación cogí el teléfono.

«¿Y si son noticias sobre Wes?»

De repente me invadió una mezcla de inquietud y expectación cuando bajé la mirada y fruncí el ceño.

De: Blaine Cabrón Pintero

Para: Mia Saunders

Mi preciosa Mia, no he recibido el pago. Me lo debes.

¡¿Que se lo debía?! ¿Cómo podía ese cerdo tener tanta cara?

Apretarme las sienes con los dedos no alivió la tensión que sentía ante la necesidad de tratar con Blaine. La pura verdad era que no tenía el dinero, y que éste no iba a aparecer por arte de magia. No sólo iba a tener cien mil dólares de menos por no cobrar el pago de este mes, sino que el dinero del mes pasado había ido a parar al cliente al que había dejado colgado. Así que, técnicamente, tenía un agujero de doscientos mil dólares porque tampoco podría pagarle cuando acabara septiembre. Hasta la fecha, le había pagado seis meses al término de cada mes, lo que hacía un total de seiscientos mil dólares del millón que mi padre le debía. Tía Millie no había tenido más remedio que pagar al soltero número nueve los cien mil dólares que Max había pagado por el mes de agosto para salvar su propio trasero y a la empresa. Por lo general no cobraba hasta finales de mes, y, puesto que en septiembre no iba a trabajar, perdería otros cien mil dólares. El negocio era el negocio, y un hombre que podía permitirse pagar cien de los grandes para contratar a una escort podía tener a tía Millie de juicios durante años. Lo habría perdido todo. Y ahora era yo la que iba a perderlo todo... otra vez. ¡Joder!

¿Qué podía hacer? Si Wes estuviera allí, se ofrecería a pagar la deuda. Y, obviamente, lo haría. A esas alturas, no tendría más remedio que aceptar su ofrecimiento, al menos hasta recibir el dinero extra como nueva propietaria de

Cunningham Oil & Gas. Podía pedirle a Max el dinero. Él me lo daría..., pero..., uf, no podía hacerle eso. No hay nada peor que una hermana a la que acabas de conocer y que te pide pasta. «Hola, soy tu nueva hermana. Gracias por el veinticinco por ciento del legado de tu familia. ¿Podrías prestarme doscientos mil dólares hasta que gane dinero a tu costa el año que viene y te lo pueda devolver?»

Me dejé caer sobre la cama y leí el mensaje una vez más. Tenía que pedirle que me concediera más tiempo.

De: Mia Saunders

Para: Blaine Cabrón Pintero

Mi padre está mal. No voy a tener ingresos estos dos meses. Necesito más tiempo. Cinco meses más y te pagaré con intereses.

Imaginé que lo de los intereses lo convencería. Ante todo, Blaine era un hombre de negocios, y el dinero era su kriptonita.

De: Blaine Cabrón Pintero

Para: Mia Saunders

Vamos a cenar y lo hablamos. En nuestro sitio. Ya sabes cuál.

Al instante, pasé de estar nerviosa a cabreada como una mona. ¿Cómo se atrevía a pedirme que saliera con él cuando mi padre estaba muriéndose y mi novio en paradero desconocido? Vale, él no sabía lo del novio, pero me daba igual. ¿Qué pretendía? La última vez que había ido a Las Vegas, me había pedido salir. Y ahora, otra vez. Era como si se hubiera olvidado de que me había puesto los cuernos, no con una mujer, sino con dos, a la vez, el mismo día en que me pidió matrimonio. Cuando lo hizo, quise tomarme un tiempo para meditarlo. Necesitaba decidir si quería ser una mantenida. Blaine me había ofrecido el mundo entero: joyas, un ático con vistas a la Franja, y otras cosas por el estilo. Me había dicho que no tendría que preocuparme por nada más que por estar guapa y cuidar de mi hombre. En su momento me pareció que me había tocado la lotería. Además, se ofreció a pagar los estudios de Maddy si accedía a ser su mujer.

Al ser tan joven, necesitaba pensarlo. Por un lado, eso me habría permitido salir de un infierno en vida, pero podría haber acabado metiéndome directamente en otro. Sabía que Blaine no era sólo un hombre de negocios. Había visto las reuniones clandestinas, la extraña necesidad de tener guardaespaldas todo el tiempo. Las personas con las que nos encontrábamos en los casinos o por la calle lo conocían o habían oído hablar de él, y lo que les habían contado inundaba sus ojos de temor, un temor que no podían ocultar. Eso me echaba para atrás. Y fue después de encontrármelo con la polla metida hasta las pelotas en el coño de su recepcionista y saboreando las mieles del chocho asqueroso de su hermana gemela cuando descubrí en qué consistía en realidad su trabajo principal. Cuando me dijo que se dedicaba a las operaciones activas, no se refería a casas de corretaje ni de banca. Era una clase de préstamos muy diferente, en la que, si no pagabas a tiempo y con intereses, acababas cayendo desde un muelle a unas aguas infestadas de tiburones llevando unos zapatos de cemento.

Ésa era la clase de hombre que Blaine Pintero era en realidad, y yo había tenido la jodida suerte de tener que tragar con su mierda porque había jodido a mi padre, y a mí en el proceso.

De: Mia Saunders

Para: Blaine Cabrón Pintero

No puedo. Mi padre se está muriendo. Dime tus condiciones.

De: Blaine Cabrón Pintero

Para: Mia Saunders

No negocio por escrito. Cena. Nuestro sitio. No me desafíes. Te arrepentirás.

¿Qué podía hacerme que no me hubiera hecho ya desear estar muerta? ¿Hacerle más daño a mi padre? Además, ya le había pagado seiscientos mil dólares. Le había demostrado que merecía la pena esperar. Hice cálculos mentales y puse los dedos en marcha, intentando que mordiera el anzuelo. La angustia que sentía en el estómago no ayudaba demasiado. Necesitaba comer algo más que las sobras de un paquete de galletas saladas que Max había traído el día anterior si iba a tener que enfrentarme a hijos de puta como Blaine.

Para: Blaine Cabrón Pintero

De: Mia Saunders

No. Recibirás el siguiente pago a finales de octubre, con un 5 por ciento de intereses. Es todo cuanto puedo ofrecerte.

Lo leí varias veces y le di al botón de enviar. Luego me quedé allí sentada, con el teléfono en la mano, esperando a que apareciera en la pantalla la pequeña marca de que lo había leído. Y entonces recé con todas mis fuerzas. «Por favor, que esta vez acepte el trato.» Esperaba que al menos en esa ocasión me tocara la tarjeta de «Queda libre de la cárcel».

De: Blaine Cabrón Pintero

Para: Mia Saunders

Eso son dos pagos atrasados. Lo siento, guapa. Tendrás que darme lo que quiero y cenar conmigo el viernes por la noche o ya no habrá una mierda que pagar.

¡Joder! ¿Por qué nada me salía bien? De repente, un portazo me sacó de mi ensimismamiento y la enorme figura de Maxwell entró en la habitación.

—Oye, ¡tu padre está mejor! —dijo en tono triunfal y alegre.

Tenía el pecho agitado, como si acabara de correr los cien metros lisos.

Me levanté demasiado rápido y me apoyé al sentir que me mareaba. Unas estrellitas brillantes inundaron mi campo de visión y empecé a parpadear.

—¿Qué ha pasado?

Cuando me recuperé, me acerqué hasta él y juntos salimos de la habitación, bajamos en el ascensor y cruzamos la calle.

—La verdad es que no lo sé. El médico ha dicho que iban a quitarle el respirador. Por lo visto, respira por sí mismo.

Detenerse en medio del paso de peatones de una calle muy transitada de Las Vegas no es buena idea, pero estaba tan emocionada que lo hice de todos modos. Un inmenso alivio se apoderó de mí, controlando todos mis pensamientos e interrumpiendo mi capacidad de avanzar.

Max se echó a reír y me rodeó los hombros con el brazo.

—Venga, hermana. Vayamos a ver cómo está tu padre y lo que dice el médico.

Cuando entramos en la habitación, Maddy estaba allí, acurrucada en los brazos de su prometido, Matt. Sus padres estaban de pie a un lado, ofreciendo su apoyo en silencio. El médico estaba apretando varios botones de las máquinas de papá y levantó la vista al ver que me acercaba.

—Ah, estupendo. Gracias, señor Cunningham, por traerla tan rápido —le dijo a Max, y después se centró en mí—. Ahora que tu hermana y tú estáis aquí, os informaré a las dos. Al parecer, el señor Saunders ha empezado a respirar por su cuenta. Sus esfuerzos son ahora lo suficientemente fuertes como para que ajustemos el respirador de manera que respire por sí mismo si la saturación de oxígeno baja de cierto nivel.

Me humedecí los labios e inspiré poco a poco, intentando pensar.

—¿Significa eso que está mejorando? ¿Que la medicación funciona?

El médico inspiró hondo.

—No lo sabemos seguro, pero, sin duda, es buena señal. En mi experiencia, los pacientes que empiezan a respirar por su cuenta acaban recuperando las fuerzas más rápido. El problema en el caso de tu padre es que ya estaba en coma. Un coma que no podíamos explicar. Todas sus lecturas eran normales en su momento. Hasta que cogió el virus y sufrió las dos reacciones anafilácticas, que supusieron un tremendo impacto sistémico. También existía el riesgo de que se volviera dependiente del respirador. Es bueno que haya empezado a respirar por sí solo, pero esta clase de recuperación requiere tiempo, de modo que tendremos que esperar a ver qué pasa. Deberíamos saber algo más en los próximos días, pero, por el momento, yo diría que el pronóstico es mucho mejor —dijo antes de cerrar el historial de mi padre, colgarlo en la cama y salir de la habitación.

Maddy se acercó hasta mí.

—Eso son buenas noticias, ¿no? —Le temblaban los labios como cuando era pequeña e intentaba mostrarse valiente.

La estreché entre mis brazos y ella me rodeó con los suyos.

—Eso creo, hermanita. Papá es fuerte. Ha sufrido mucho, pero nos tiene a nosotras, y eso debería ser suficiente para que quisiera volver a despertar.

Max se acercó por detrás y nos cobijó en la calidez de su pecho.

—Es suficiente. Creedme, chicas, vosotras dos sois más que suficiente.

—Opino igual —dijo Matt, y le sonrió a mi hermana.

Otro punto para Matt. Había estado junto a Maddy todo ese tiempo. Sólo la había dejado por la noche, cuando acababa el horario de visitas, pero volvía corriendo a su lado a la primera ocasión. Sus padres también acudían a diario durante un par de horas. Los Rains eran, sin duda, un gran apoyo. Esa familia querría a Maddy durante toda su vida y se encargaría de mimar y de que no les faltara de nada a los hijos que la pareja pudiera tener por el camino.

«Buen trabajo, Mia», me dije dándome palmaditas mentales a mí misma en la espalda. Al menos había algo que había hecho bien en esa vida. Había criado a mi hermana para que fuera algo más, para que anhelase y trabajase por todo lo que la vida pudiera ofrecerle. Estaba en el buen camino para conseguirlo todo, y yo no podía estar más feliz por ella. Si el buen karma tuviera a bien que Wes volviera a casa y que mi padre regresara al mundo de los vivos, yo también lo tendría todo.

Dicho eso, me saqué el móvil del bolsillo y le envié un mensaje al único hombre al que no quería ver, por muy caro que fuera a pagarlo.

De: Mia Saunders

Para: Blaine Cabrón Pintero

Cenarás solo el viernes por la noche. Asúmelo.

Y, sin más, le di al botón de enviar. «Que le den, a él y a sus mierdas.»

Más tarde, esa misma noche, recibí la llamada que había estado esperando todo el día.

—Hola, Warren —respondí tan rápido que casi me trabé con las palabras.

—Hola, Mia. —Su voz no era cálida, pero tampoco fría. Era firme y estaba cargada de pesar.

«No, por favor...»

Me senté a un extremo de la mesita de café y me preparé para lo peor. Max me miró a los ojos, se inclinó hacia adelante y apoyó las palmas sobre mis rodillas. Cogí una de sus manos con la mía y la apreté con tanta fuerza que se me pusieron blancos los nudillos.

—Dímelo sin rodeos. ¿Está muerto?

Los dos segundos que pasaron antes de que Warren respondiera se me hicieron eternos. Jamás olvidaré lo que sentí en ese pequeño espacio de tiempo. Estaba destrozada. Hundida. Rota. Las tres cosas que no quería volver a estar nunca más en mi vida cobraron vida en ese minúsculo momento. Afortunadamente, la cosa no fue a más.

—No, cielo, no lo está. —Inspiró hondo y se aclaró la garganta.

—¿Está en el hospital?

Warren exhaló un largo suspiro. No hacía falta que dijera nada más. Lo sabía. Joder, lo sabía. Estaba vivo, pero por poco tiempo. El hombre al que amaba, el hombre con el que quería pasar el resto de mi vida, el hombre por el que, después de siete meses, había derribado mis barreras, estaba cautivo en manos de unos terroristas a medio mundo de distancia, y yo estaba allí, sentada a la mesita de un hotel, enfrente de la clínica en la que mi padre luchaba por sobrevivir. Estaba pasando por el peor momento de mi vida, y no sabía qué hacer para cambiarlo.

—Escúchame, el presidente y el secretario de Estado están trabajando en esto. Nuestro país no negocia con terroristas, pero estamos hablando con otros oficiales de Indonesia.

—¿Indonesia? ¿Es ahí donde estaban filmando? —pregunté confundida.

—No, estaban filmando en un área muy remota en la parte septentrional de Sri Lanka. En ese lugar de la isla no había habido ningún ataque terrorista desde 2009, y existe una importante presencia militar en el país, pero no tan al norte. Se considera una zona peligrosa.

—Y ¿por qué coño estaban grabando allí si era peligroso?

Warren gruñó.

—Cielo, el equipo de producción había oído hablar de un par de sitios únicos para grabar una escena, y tu chico quería que quedara perfecta.

«Maldita sea, Wes.» Estaba dispuesto a llevar su nuevo papel de director hasta el extremo.

—Qué idiota —mascullé con los dientes apretados.

—En fin, sea como sea, entre los rehenes se encuentran Weston y Gina DeLuca, la actriz protagonista de la película.

—Gina DeLuca —farfullé a pesar de mi estado de nervios.

—Los tienen a ellos dos y a cuatro hombres más. Pero la cosa pinta mal, Mia. Cielo, hay algo que tengo que decirte. —Su voz adoptó un tono más grave. Un tono que me decía que debía escucharlo y que lo que estaba a punto de explicarme iba a sacudir mi mundo.

Me tragué el miedo y esperé a que prosiguiera. La cálida mano de Max me transmitía cariño y apoyo. Yo seguía estrangulándosela, pero él no movió ni un músculo.

—El ejército recibió un vídeo, y nos lo han enviado.

—¿Qué aparece en el vídeo, Warren?

Un escalofrío de terror ascendió por mi espalda, y me senté más erguida. Se me hizo un nudo tan grande en el estómago que no pude hacer nada más que contener la respiración.

—En el vídeo, tu chico estaba hablando. Estaba de rodillas, cara a cara con otro miembro del equipo de grabación. Lo obligaron a decir lo que ellos querían que dijese. —Su voz se cortó y pude oír su respiración agitada.

Las lágrimas empezaron a descender por mi rostro como si mi cuerpo supiera antes que mi mente que la situación había pasado de ser horrible a ser devastadora. Max intentó enjugármelas, pero yo sacudí la cabeza.

Warren se aclaró la garganta y continuó con estoicismo:

—Verás, decía que querían demostrarles a los occidentales de todo el mundo lo que les sucedería si contaminaban su país con su vil política liberal y con sus asquerosas creencias religiosas. Cielo, mientras Wes hablaba, un hombre enmascarado sacó un machete y le cortó la cabeza a uno de los miembros de su equipo.

Un gemido escapó de mis pulmones.

—Dios mío, no... No, Señor... ¡No, por favor! —grité.

Max cogió el teléfono, conectó el altavoz y lo dejó sobre la mesita para poder oír la conversación.

—¡¿Qué te ha dicho?! —rugió Max, adoptando con ferocidad su postura protectora.

—¡Le cortaron la cabeza a un miembro del equipo delante de Wes! —grité mientras las lágrimas descendían por mi cara como las cataratas del Niágara.

El rostro de Max se tornó severo y sus labios formaron una línea recta y blanca de tanto que los apretaba.

—Mia, cálmate. Tienes que calmarte, cariño. ¿Qué más, señor Shipley? Soy Maxwell Cunningham, el hermano de Mia. Puede hablar libremente.

Warren carraspeó y procedió a narrarnos que los terroristas habían llegado en barco con los seis rehenes a Indonesia, un país mucho más grande donde les resultaría más fácil ocultarse. Nuestro ejército ya tenía una idea de dónde podían estar retenidos, y, después de que enviasen ese vídeo, iban a investigar todos los lugares que barajaban como posible escondite. Había cinco posibilidades. Se había reunido a varios equipos de las fuerzas especiales y, una vez que tuvieran clara la ubicación de los rehenes, llevarían a cabo una misión para garantizar su seguridad. Dijo que podían pasar días antes de que supiéramos el resultado de la operación.

Cuando la llamada terminó, me quedé allí sentada, con la mirada perdida. Mi tranquilo surfista que hacía películas, el hombre de mis sueños, había visto cómo asesinaban a un compañero de trabajo y, conociendo a Wes, un amigo, delante de sus narices. ¿Cómo coño se superaba algo así? Costara lo que costase, yo estaría allí para apoyarlo. Si Dios permitía que sobreviviera, le besaría hasta la última de sus heridas, mentales y físicas. Lo borraría todo con mis palabras, con mi cuerpo, y amándolo más de lo que pudiera haber imaginado en toda su vida.

—Te quiero, Wes —dije en voz alta. A él, para él.

Aunque Wes no estaba cerca, tal vez, sólo tal vez, esas palabras viajarían por el aire hasta ese lugar remoto de Indonesia, donde, como mínimo, esperaba que las sintiera..., que las sintiera en su piel, en su corazón y en su alma.

5

Dos semanas en Las Vegas, y el ambiente zombi había alcanzado nuevos niveles de horror. Tanto Maddy como yo nos desplazábamos arrastrando los pies la una alrededor de la otra, como esos pequeños robots que limpiaban el suelo de forma automática pero no llegaban a chocar con otro. ¿Roomba se llaman? Como si las dos tuviéramos un sensor a treinta centímetros de nuestros cuerpos, nos movíamos día tras día con el piloto automático puesto, sin tocarnos. Tal vez necesitábamos tocarnos, sin embargo ninguna de las dos era capaz de hacer ningún esfuerzo. A mi padre le habían quitado la respiración asistida hacía un par de días. Definitivamente, respiraba solo, y los medicamentos estaban por fin actuando sobre la infección. Los médicos se mostraban muy satisfechos con el nuevo pronóstico.

Maddy y yo también estábamos aliviados, pero el hecho de que siguiera repleto de tubos por todos los orificios no nos gustaba tanto. Dentro de otra semana, Maddy y Matt volverían a la facultad. Ella tenía que prepararse para ese cambio. Era su tercer año de carrera y se había matriculado en todos los créditos, como de costumbre. Mi hermana, siempre tan aplicada. En el fondo, me encantaba que se cargara tanto peso sobre los hombros, porque eso significaba que aún tardaría en casarse.

Eso me recordaba que aún tenía una charla pendiente con el puritano de Matt sobre el tema de presionar a mi hermana para que se casara. Si la quería, debía esperar, terminar los estudios y demostrarle la clase de hombre que era. Además, me preguntaba cómo reaccionaría cuando Maddy le comentara sus intenciones de trabajar en Cunningham Oil & Gas, en Texas. ¿Acabaría eso con su compromiso? Matt tenía una familia estupenda en Las Vegas, una de ésas de las que no quieres alejarte mucho. ¿Lo haría por ella? Imaginaba que sólo el tiempo lo diría.

Mi móvil empezó a sonar en mi bolsillo, y lo saqué. Era un mensaje con un vídeo de un número desconocido. Fruncí el ceño y pulsé para abrirlo. Lo que vi casi hizo que me cayera de rodillas. El vídeo no se estaba reproduciendo, pero en el fotograma fijo vi una cara que conocía tan bien como la mía propia. Era Ginelle. Tenía los ojos tapados con una tira de tela negra y un chorro de sangre descendía desde su nariz hasta su boca.

Sin mediar palabra, corrí literalmente al jardín y pulsé la flechita que reproduciría el vídeo.

¿Qué coño había hecho?

El vídeo empezó a reproducirse y me mostró a una Ginelle asustada, cuyas lágrimas descendían por sus mejillas por debajo de la tela que tenía atada alrededor de la cabeza. Se pasó la lengua por los labios y sollozó. Tenía un corte hinchado y amoratado en el labio inferior. La cámara se alejó y entonces vi que iba vestida con uno de sus trajes de trabajo. Las plumas y las lentejuelas estaban hechas jirones y, de repente, apareció en la pantalla la mano de un hombre que acarició con los pulgares el espacio que había entre sus pechos en una repugnante manifestación de poder. Quise gritar, chillar y estampar el teléfono, pero no podía. Gin estaba allí, en alguna parte, recibiendo abusos de unos hombres que daba por hecho eran los matones de Blaine.

El muy hijo de puta había ido a por mi mejor amiga.

No se me había pasado por la cabeza que pudiera secuestrarla. Me quedé mirando horrorizada cómo el hombre ponía su mano rolliza alrededor de su yugular, como si fuera a partirle el cuello.

—¡Mia! —gritó Gin.

Me agaché y todo lo que me rodeaba se volvió negro. El sol había desaparecido. El jardín había desaparecido. Sólo estábamos yo, la oscuridad y el momento en el que estaba viendo cómo mi mejor amiga suplicaba muerta de miedo por su vida.

—¡Dilo, zorra! —le ordenó el matón, y apretó con más fuerza las manos alrededor de su cabeza y de su cuello.

Ginelle tosió, se atragantó y asintió.

—Mia..., eh..., cena a las siete..., esta noche. Ya sabes dónde. Si llamas a la poli, ellos... —Se le quebró la voz y el hombre la sacudió con violencia. Otro hilo de sangre fluyó desde su nariz hasta su boca. Ella se la lamió y gritó cuando el hombre la agarró del pelo con fuerza—. Me m-matarán si se lo dices a alguien. —Cuando la imagen empezó a alejarse, Ginelle susurró—: No es culpa tuya. Te quiero, Mia.

La pantalla se quedó en negro, y el sonido de un mensaje entrante me sacó de mi estupor. Pulsé la pantalla para leerlo.

De: Blaine Cabrón Pintero

Para: Mia Saunders

Es una muñequita muy dulce. A mi amigo le gusta mucho. A las 19.00 en punto. No faltes.

Como si estuviera poseída, tecleé mi respuesta en un tiempo récord y le di a enviar sin leerla.

De: Mia Saunders

Para: Blaine Cabrón Pintero

Iré. Por favor, por favor, no le hagáis daño.

Blaine respondió antes de que me diera tiempo a secarme los mocos y las lágrimas de la cara, y me dio un vuelco el corazón.

De: Blaine Cabrón Pintero

Para: Mia Saunders

No vuelvas a desafiarme o dejaré que haga lo que quiera con ella. Ponte guapa. Tenemos planes.

Me caí de culo al suelo y me di en toda la rabadilla. Pero aquel dolor no era nada comparado con el de mi corazón y el que me provocaba el ácido que me perforaba las paredes del estómago. Blaine y sus matones tenían a Ginelle. Unos terroristas tenían a Wes. Mi padre estaba en coma. La vida se había convertido en un retorcido thriller de acción, y yo era el pobre personaje con pocos recursos y estaba emocionalmente hecha polvo.

No me quedaba más remedio que obedecer a Blaine. Quería que nos viéramos en un lugar que él denominaba *nuestro sitio*, y allí estaría. Retorcido hijo de puta.

El sitio al que se refería era el Luna Rosa, el restaurante italiano al que me había llevado la primera vez que salimos. Nos habíamos sentado fuera, en la terraza que daba al lago Las Vegas. Las parpadeantes luces blancas que rodeaban las palmeras le conferían a su piel un brillo etéreo. En su momento, estaba completamente enamorada de Blaine. Metro noventa y tres, unos años mayor que yo, con un pelo oscuro que combinaba a la perfección con su perfecto traje azul marino. Con ese cuerpo tan esbelto y esa estructura ósea podría haber sido modelo. Sus ojos, de un color verde amarillento único, eran algo que siempre había actuado en su favor. Podría haber fundido las bragas de cualquier chica en un momento con una sola mirada.

Blaine me embrujó desde el momento en que le serví aquella primera bebida en el casino en el que trabajaba hacía años. Esa noche, vino, pidió tres dedos de whisky y estuvo observándome durante veinte minutos enteros mientras yo trabajaba y él se bebía la copa. Ése fue el principio del fin. No me quitaba los ojos del trasero, de las tetas y de todo lo demás, y hacía que me sintiera sexi, importante y deseada de un modo que había echado de menos desde que Benny desapareció, aunque luego descubrí que me había plantado para salvar el culo.

Le entregué a Blaine la cuenta y él me dio una propina de cien dólares y se fue de la barra sin decir nada y sin mirar en mi dirección. En aquel instante le quité importancia y pensé que no le gustaba tanto como pensaba, ya que no me había invitado a salir. Supuse que había preferido entretenerse mirándome a mí en lugar de los deportes y las noticias que aparecían en las pantallas del bar. No pensé mucho en ello, y estaba más que agradecida por aquellos cien dólares con los que mi hermana y yo podríamos comer durante semanas. Después, cuando acabó mi turno, mientras esperaba un taxi para volver a casa, un zapato brillante asomó por la puerta abierta de un BMW con las lunas tintadas, y Blaine se ofreció a llevarme. El coche era una pasada, pero nada comparado con lo bueno que estaba su propietario.

De modo que aquella Mia estúpida de veintiún años se subió en el coche con aquel extraño tremendamente sexi y dejó que la llevara a casa. Aquella primera vez no me tiró la caña. Se comportó como un caballero todo el tiempo, me acompañó hasta la puerta, me dio un beso en la mejilla y me preguntó si podía invitarme a salir la noche siguiente. Yo accedí, y el Luna Rosa fue donde empezamos la velada. Pedimos pizza y un vino caro, cosa que me pareció genial. Podría haberme invitado a algún asador pijo y haber empezado a pedir un montón de platos gourmet para impresionarme o llevarme a la cama. Pero, en lugar de eso, estuvimos hablando, nos bebimos dos botellas de vino y comimos pizza, seguida del tiramisú más delicioso que había probado en mi vida.

Una vez al mes, durante los dos años que estuvimos juntos, volvíamos a «nuestro sitio» y nos poníamos hasta arriba de pizza y vino. Después, nos íbamos tambaleándonos hasta el Town Car, y uno de sus guardaespaldas nos llevaba en coche hasta el casino. A veces, estábamos tan cachondos en el ascensor que yo rodeaba con las piernas sus caderas y él me la metía hasta el fondo antes de que las puertas del ático se abrieran. Entonces, me follaba contra la pared. A Blaine no le importaba nada que los individuos que pudieran vivir o haber reservado las otras pocas habitaciones de la planta superior nos pillaran. Joder, creía que lo amaba, y que él me amaba a mí.

Era tan joven, tan estúpida y estaba tan ciega que me tragaba todas las mentiras que me decía. Sólo quería hacer locuras y vivir el momento. Pero ya no. Había aprendido esas lecciones a las malas. Si Blaine creía que iba a ganar puntos conmigo por citarme en el Luna Rosa, lo llevaba claro.

No había cogido nada elegante que ponerme del rancho de Maxwell porque..., en fin, vivíamos en el rancho. Nos pasábamos prácticamente todo el tiempo en casa, reuniéndonos con sus amigos y disfrutando de la hacienda.

Sentí un pinchazo en el corazón al acordarme de Max. Cuando mi padre mejoró, nos dijo que tenía que volver con su mujer y su hija. A Cyndi le quedaba un mes para dar a luz al pequeño Jackson, y mi hermano tenía que comprobar cómo iba el cambio de la propiedad de la empresa y encargarse de sus actividades empresariales más urgentes mientras estuviera allí. Aun así, había prometido que llamaría a diario.

Nunca había aspirado a ser rica, pero no podía evitar pensar que, si el cambio de propiedad avanzara más rápido y pudiera acceder a mi parte, tal vez podría pagarle a Blaine y toda esa mierda terminaría. Viviría en Malibú, practicaría surf y besaría y haría el amor con el hombre con el que quería pasar el resto de mi vida. Por desgracia, Max me había advertido que el proceso de ultimar el testamento y de poner nuestra parte a nuestro nombre usando las muestras de ADN como prueba de nuestra relación llevaría un tiempo, pero que al final todo habría valido la pena.

Si salía con vida de todo eso, tal vez se demostrara que tenía razón. Por ahora, me costaba mucho ver la luz al final del túnel. En esos momentos tenía la sensación de que la vida me llevaba por una carretera resbaladiza sin semáforos en medio de un huracán en un coche con el limpiaparabrisas y los frenos rotos.

Llegué al Luna Rosa a las siete en punto. Maddy me prestó un vestido que yo le regalé cuando había ido de compras en Chicago con Héctor. Era bastante sencillito, de color berenjena oscuro, con un escote en V muy pronunciado en la espalda. La falda llegaba hasta la mitad del muslo, y la tela se ceñía en el pecho. De no haber estado tan enfadada al pensar por quién me lo estaba poniendo, me habría sentido guapísima. Pero, en lugar de eso, me sentía como una mierda chafada, aunque desde fuera nadie lo notaría. Me cubrí las ojeras y las bolsas de los ojos con una buena capa de corrector y me puse un poco de colorete para darles un tono rosado a mis mejillas. Por suerte, era una de esas chicas que no necesitaban llevar mucho maquillaje para girar cabezas, y sabía exactamente lo que a Blaine le gustaba. Me dejé el pelo suelto y me lo coloqué por delante de un hombro, algo que un día me dijo que le encantaba.

Me abrí paso a través de la clientela y lo vi fuera, en la terraza. Cómo no, había escogido el sitio más romántico posible en la misma mesa que ocupamos la primera vez que cenamos allí.

Al ver que me acercaba, se levantó y me miró de arriba abajo como un depredador que evaluara a su presa, de manera sigilosa y rápida, sin perder ni un detalle.

—¿Has reservado esta mesa para intentar ganar puntos? —pregunté, y me senté con el ceño fruncido.

Sus rasgos, por el contrario, se iluminaron considerablemente.

—Veo que todavía te acuerdas. Me alegro mucho, preciosa Mia.

Me encogí. Joder, odiaba que utilizara ese viejo apelativo cariñoso conmigo. Cuando estábamos juntos, no paraba de repetirme lo guapa y lo preciosa que era, y que nunca nadie le gustaría tanto como yo..., hasta que, cómo no, encontró aquel dos por uno con la recepcionista y la perra de su gemela. Además, ¿quién se tira a dos hermanas? Qué asco.

Antes de que pudiera responder, el camarero llegó con una botella de vino. Reconocí la etiqueta. La habría reconocido en cualquier parte.

—*Signore*, el Cignale, colli della Toscana Centrale, elaborado con cabernet sauvignon —anunció, y vertió el líquido carmesí en la copa de Blaine.

Él la levantó, meneó el contenido en la copa, lo olisqueó y dio un sorbo.

Era tan pretencioso que me daban ganas de vomitar.

—¿Es de 2006? —preguntó al camarero.

—Por supuesto, *signore*.

Blaine asintió, y el camarero llenó un cuarto de nuestras copas. Cogí la mía y me la bebí de un trago.

Blaine miró a nuestro alrededor y sonrió antes de posar una mano sobre la barandilla que daba a las serenas aguas del lago Las Vegas y coger con la otra el tallo de su copa. No me quitaba los ojos de encima.

—Me tomaría otra —dije, y él sonrió de oreja a oreja, se inclinó hacia adelante y me sirvió más vino.

Esa vez bebí un sorbo y esperé a que hablara. Pero, después de mucho rato, no lo hizo. Se limitaba a observarme, como si estuviera estudiando mi aspecto. Al final, no pude soportar más el silencio.

—¿Dónde está Ginelle? —le espeté.

Sus ojos de serpiente se tornaron oscuros y penetrantes.

—Está en buenas manos, te lo garantizo —dijo en tono dulce.

Solté un bufido.

—¿En serio? ¿Así es como llamas a secuestrar y darle una paliza de la hostia a una mujer inocente que iba camino del trabajo? —respondí con los dientes apretados.

Me estaba agarrando a la mesa de madera con tanta fuerza que creo que llegué a dejar las marcas de las uñas en ella.

Blaine hizo un gesto de desdén con la mano y se inclinó más hacia mí.

—Mia, ambos sabemos que si hubiese querido matar a tu amiga ya lo habría hecho. Ahora, relajémonos y disfrutemos de nuestra cita.

«Cita. ¿El muy pirado acaba de llamar *cita* a esta coacción?»

Parpadeé con rapidez para intentar dejar a un lado la ira que sentía. Me daban ganas de coger el cuchillo que tenía tan convenientemente a mano y hundírselo en ese frío corazón. Por desgracia, era probable que al muy cabrón ni siquiera le doliera. Ya estaba muerto por dentro.

—No sé para qué querías que viniera. Sabes que voy a pagarte —susurré, y miré a mi alrededor—. Jamás se me ocurriría tangarte.

Sonrió de oreja a oreja.

—Ay, mi preciosa Mia, ahora que dices eso, no te imaginas cuánto echo de menos tus tangas —dijo intentando hacerse el gracioso, y meneó las cejas de manera sugerente.

Me entraron ganas de vomitar sobre la mesa. En su día estuve del todo colada por Blaine. Era dolorosamente atractivo, tremendamente encantador y muy bueno en la cama. Pero ahora no soportaba verlo y detestaba lo que representaba.

—Blaine, le has hecho daño a una persona a la que quiero mucho, y ¿quieres hablar de sexo?

Enarcó las cejas.

—No quiero hablar de ello, no. Preferiría estar haciéndolo contigo, si es eso lo que deseas saber.

Tensé la mandíbula.

—Eso no va a pasar, así que más te vale ir quitándotelo de la cabeza. Tú mismo jodiste lo que teníamos..., literalmente. Jamás volvería contigo, jamás —dije en un tono bajo de advertencia.

Él sacudió la cabeza, frunció los labios y meneó el vino en círculos.

—Aquellas dos no significaban nada para mí. Sólo necesitaba desahogarme un poco porque no habías respondido que sí a mi petición de matrimonio.

—¿Acostándote con dos mujeres?

—Pues claro, Mia. Un hombre tiene necesidades y orgullo. Me habías hecho daño. —Me soltó la excusa como si tuviera todo el derecho del mundo a hacer lo que había hecho como varón de sangre caliente que era.

—¿Así que te follaste a dos fulanas para sentirte más hombre?

Su mirada se tornó severa, y su voz, gélida.

—Precisamente tú no tienes ningún motivo para insinuar que no soy lo bastante hombre.

Sacudí la cabeza.

—¿Por qué estamos teniendo esta conversación?

—¿No es evidente? —Me miró y parpadeó despacio.

—Para mí no.

Sólo había un único motivo por el que había acudido allí, y ése era Ginelle.

Blaine apoyó los codos en la mesa y la barbilla en la palma de su mano. Era la calma, la serenidad y la compostura personificadas, mientras que yo estaba muerta de preocupación y de miedo.

—Quiero que vuelvas. A mi cama. A mi vida. Como mi mujer.

Sus palabras cayeron como una bomba atómica y lo devastaron todo a su paso. Eché un vistazo a mi alrededor para ver si alguien más había sobrevivido a la explosión. Así de destructoras habían sido, aunque, por desgracia, sólo en la minúscula insignificancia que yo llamaba *mi vida*.

Decir que no me lo esperaba habría sido quedarme corta. Habría esperado la segunda venida de Nuestro Señor antes que esa declaración.

—Blaine —susurré, casi incapaz de hablar—. No puedes estar hablando en serio.

—Y tan en serio. Estoy dispuesto a negociar los términos. Aquí y ahora.

—Esto tiene que ser una pesadilla. Blaine, ¿te estás oyendo? Acabas de decirme que quieres retomar las cosas donde las dejamos cuando rompimos.

—Sé lo que quiero, y es a ti. Creo que lo he dejado bien claro. Ahora, cállate y escucha lo que te ofrezco.

Y lo escuché, no porque me lo hubiera ordenado, sino porque estaba tan pasmada que no me venían a la mente los pensamientos que se necesitan para formar palabras. Ese tío estaba total y absolutamente loco de atar. No había otra explicación posible.

Antes de que empezara a explicarme su oferta, el camarero nos trajo dos pizzas recién horneadas, una margarita y una suprema. Empecé a salivar sólo de olerlas. Llevaba dos días sin comer de forma decente. Los Rains y Maxwell habían intentado que tomara algo, pero era incapaz de hacerlo al pensar que Weston con toda probabilidad estaba muriéndose de hambre y mi padre recibía sus alimentos a través de una sonda. El único motivo por el que iba a cenar esa noche era para acabar con eso cuanto antes.

—Verás, todo este tiempo que hemos pasado separados, he estado reflexionando sobre nuestra relación y sobre nuestra vida juntos —dijo.

¿«Este tiempo que hemos pasado separados»? Rompimos. Me fui del estado, había sido escort durante los últimos ocho meses y había estado seis viviendo en Los Ángeles antes de eso. En total, hacía más de un año que no estábamos juntos, y por sus palabras cualquiera diría que lo había dejado la semana anterior. Había estado con otros hombres, me había enamorado. Eso no tenía ningún sentido.

—Blaine, hace más de un año que lo dejamos... —empecé, pero él me interrumpió con un movimiento de la mano.

—El tiempo y la distancia no importan. Ahora estás aquí, y he llegado a la conclusión de que eres la mujer de mi vida.

—Y ¿llegaste a esa gran conclusión antes o después de follarte a esas dos zorras gemelas porque sí?

—¡Estoy intentando conectar contigo, Mia! —rugió—. Haz el favor de controlar tus modales. Sólo voy a hacerte esta oferta una vez.

—No hay trato. No quiero lo que me estés vendiendo.

Se apoyó en el respaldo de la silla y se cruzó de brazos.

—Creo que, si me escucharas, verías que es una oferta que no vas a poder rechazar. Todos tus problemas se solucionarían, y todo volvería a ser como tiene que ser. Los dos juntos controlaríamos todo esto —dijo, y abrió los brazos como si tuviera todo Las Vegas en la palma de la mano.

Menuda pieza.

—No, Blaine, ya tuve lo que me ofreces y me alejé de ello. —Me levanté y la silla cayó al suelo formando un gran estrépito detrás de mí—. Y eso mismo voy a hacer ahora también. Esto ha sido un error. Voy a llamar a la policía.

—Tu amiga estará muerta por la mañana —dijo con el volumen justo para que sólo yo lo oyera.

Me volví con todo mi cuerpo encendido de ira y con el vello tanto de los brazos como del cuello de punta. Ese tono... Ese tono ya lo había oído antes, cuando ladraba órdenes por teléfono y disponía planes para hacer pagar a la gente. Hería a cualquiera que osara contrariarlo del modo más vil y violento posible. Era con ese hombre con quien estaba hablando en ese momento, no con el que me había abrazado, me había besado y me había amado hasta hacerme perder la razón. Ése era el hombre del que me había enamorado. Ése era su *alter ego*. Todo el mundo le tenía un miedo atroz a esa cara suya. Era su mundo. El resto de los mortales sólo vivíamos en él.

—¿Qué tengo que hacer para que la dejes marchar? —pregunté con voz temblorosa y cargada de angustia.

Levanté la silla y miré a mi alrededor. La mayoría de los clientes estaban mirándonos directamente, atentos a cómo evolucionaba la escena. Seguramente daban por hecho que era una discusión de enamorados. Y, en cierto modo, lo era.

—Antes he sentido nostalgia, al estar aquí, al verte ahí sentada frente a mí sabiendo que eso es lo que quiero ver durante el resto de mi vida. —Su mirada se tornó dura y entornó los ojos—. Pero ahora que te has dejado en evidencia y, por ende, a mí, con tus tonterías, ya no me siento tan generoso.

—Ponle un precio —me limité a decir.

—Los cuatrocientos mil que me debes, o tú, por una sola noche, en mi cama.

6

Los ojos verde amarillento de Blaine brillaban. Eran los mismos ojos que había visto en el pasado cada vez que me besaba, me tocaba y me hacía el amor. La conversación que acabábamos de tener, esa que me había hecho querer acurrucarme en posición fetal y morirme..., a él lo había excitado. Joder, a ese tío le encantaba tener poder sobre las personas y las cosas. Lo ponía cachondo.

—¿Y bien? ¿Qué me dices?

Me humedecí los labios, bebí un buen trago de vino y dejé que me quemara la garganta como si fuera ácido. Me quedé mirando el lago y reflexioné sobre mi dilema. Podía acabar con todo eso fácilmente dejando que me follara. Lo había hecho antes. Y él era bueno en la cama, siempre lo había sido. Era entregado, cariñoso, y siempre se preocupaba de que yo también disfrutara. Podía beberme un par de botellas de vino y dejar que se saliera con la suya conmigo, y todo eso terminaría de una vez por todas.

—Si dejo que me tengas una noche, ¿darás por saldada nuestra deuda, soltarás a Ginelle y dejarás en paz a mi familia, incluido a mi padre?

Los labios de Blaine formaron una sonrisa petulante. Si con eso hubiera cambiado algo, le habría dado un puñetazo en esa cara de engreído que tenía para que todo el mundo viera el asco que me daba. Bebió un poco de vino y emitió un gemido de cavilación. De repente, sentí un escalofrío en la espalda y se me revolvieron las tripas. En su día, adoraba ese sonido, trabajaba para oír ese sonido, de rodillas, mientras veneraba su polla. Ahora, ese leve gemido era como la advertencia antes de una explosión. La pequeña luz láser roja que apuntaba al criminal antes de que las fuerzas de seguridad le volaran la cabeza como hacían en las películas.

Por fin, Blaine respondió.

—Sí. La deuda de tu padre quedará zanjada, liberaremos a tu amiga sana y a salvo y tu familia y tú dejaréis de estar en nuestro punto de mira. —Blaine me miró el pecho, ladeó la cabeza y se relamió—. Estoy deseando saborear tu coño y oírte gritar cuando use mis dientes y mi lengua en ese dulce botón. Será música para mis oídos.

Inspiró aire entre dientes. Tenía los ojos nublados de deseo, y habría apostado lo que fuera a que se le había puesto la polla dura como una piedra sólo con imaginarse todas las cosas que me haría. El único problema era que yo no reaccionaba de la misma manera. Antes me ponía oírlo decirme cosas guarras. Antes. Pero ahora no. Siempre me había mojado las bragas cuando un hombre me decía obscenidades, y Blaine lo sabía mejor que la mayoría. Era algo que me ponía a cien. Pero, ahora, él era el hombre equivocado, con la voz equivocada.

Sacudí la cabeza cuando me vinieron a la cabeza imágenes de Wes y de mí retozando en su cama, riéndonos, disfrutando el uno del otro de un modo que jamás había vivido con nadie. Recuerdos de nosotros haciéndolo con imperiosa urgencia contra la pared hasta que los dos perdíamos la razón. O de cuando pasábamos horas usando nuestras bocas y besándonos mutuamente cada centímetro de nuestros cuerpos. De chupársela una y otra vez hasta que me dolía la boca y a Wes ya no podía volver a ponérsele dura. Luego, él me lo devolvía. Me provocaba tantos orgasmos con la lengua que acababa doliéndome el cuerpo y perdía el conocimiento. De hecho, después me sentía rara cuando no tenía su boca pegada a mi sexo. De las noches en Miami, donde habíamos hecho el amor y nos habíamos jurado nuestro compromiso entre susurros, con nuestras bocas pegadas. Y eso era en lo único que podía pensar. Todo se reducía a él, al hombre al que amaba, y por nada del mundo podía traicionar su confianza.

No podía hacerle eso a Wes, ni siquiera aunque la vida de Ginelle estuviera en juego. Tenía que haber otra manera. Blaine esperó con paciencia, meneando su copa de vino con dos largos dedos, como si tuviera todo el tiempo del mundo, el muy cabrón presuntuoso. ¿Por qué no me había dado cuenta de todos esos defectos antes de involucrarme tanto con él?

—Blaine, necesito un poco de tiempo para pensarlo. —Pestañeé de manera coqueta en un intento desesperado de persuadirlo.

Frunció las cejas.

—No. Vas a decidirlo ahora, esta noche.

Su tono denotaba que no era negociable. Incluso su cuerpo se había tensado visiblemente. Agarró el tallo de la copa con tanta fuerza que esperaba que se rompiera y le destrozara la palma de tal manera que necesitara puntos.

Soñar despierta sobre su destrucción no me ayudaba a

pensar en el modo de evitar darle lo que quería y salvar a mi amiga al mismo tiempo.

—¿Y si añado alguna cosita a mi petición? —dije jugueteando con mi pelo, enroscándome un rizo alrededor del dedo—. Un incentivo para ti, para que me des un poco de tiempo para pensar.

Ladeó la cabeza y me miró fijamente a los ojos.

—Y ¿qué clase de incentivo sería, preciosa Mia?

—Un beso —decidí sin pensar.

A Blaine le encantaba besarme, me lo había dicho millones de veces cuando estábamos juntos. Una vez, incluso llegó a decir que podría vivir sólo de mis besos, que no necesitaba pan ni agua. Ése era mi único as. El resto de mis cartas eran un auténtico farol. Y, si lo besaba y hacía que resultara lo bastante convincente, creo que le gustaría el reto. Blaine disfrutaba de una buena cacería, y le encantaba acumular deseo antes de obtener lo que quería.

—Hummm, se te da bien negociar, preciosa Mia. ¿Cuáles son tus condiciones?

—Dos semanas, y sueltas a Ginelle esta noche, ya, de inmediato.

Frunció el ceño y su mano formó un puño.

—Y ¿cómo sé que no vas a desaparecer y a dejarme colgado?

Me eché a reír.

—Me encontrarías.

Sus ojos se iluminaron como la bola de Times Square que desciende en Nueva York para anunciar el comienzo del año nuevo.

—Además, no podría sacar a mi padre de la clínica y esconder a Maddy y al resto de mis seres queridos. Olvidas,

Blaine, que conozco perfectamente tu manera de trabajar, y no existe un sitio lo bastante alejado como para huir de tus garras. ¿Me equivoco?

Se apoyó en el respaldo de su asiento y se frotó la barbilla antes de pasarse el pulgar por el labio inferior, un gesto que en su día hacía que se me mojaran las bragas al instante. Ahora, estaba más seca que el desierto del Sáhara. Su encanto, su atractivo y sus gestos seductores ya no tenían ningún efecto en mí. Ahora sólo me servía ese surfista de carácter tranquilo que hacía películas y había tomado la horrible decisión de pisar terreno desprotegido en un país tercermundista. Se me partía el corazón al pensar en Wes, pero respiré profunda y lentamente, enfriando mis motores para no averiarme. No podía permitirme grietas en mi blindaje al tratar con el diablo. Ya lloraría cuando estuviera sola, pero sabía mejor que nadie que nunca había que mostrarse débil ante el enemigo, pues éste golpeaba cuando tus puntos débiles quedaban expuestos. Jamás volvería a darle esa oportunidad.

—No, no te equivocas. Te doy una semana —repuso.

De repente sentí un alivio y una emoción tremendos. Estaba cediendo, y todo por un beso. Me entraron ganas de saltar y bailar, pero me conformé con levantar de forma imaginaria un puño victorioso.

—Hecho.

Blaine se sacó el móvil del bolsillo y yo contuve el aliento. Pulsó unos cuantos botones y se lo llevó a la oreja.

—La chica. Llévala a casa. Libérala —ordenó. Después de unos instantes, continuó—: No, no puedes tirártela. No le toques ni un pelo. Como me entere de que le ha pasado algo, será tu vida la que esté en peligro. Te doy una hora para llevarla a casa.

Pulsó con fuerza un botón de su teléfono y se lo guardó en el bolsillo de la camisa.

—Ya está. Tu amiga volverá pronto a casa.

Asentí y me terminé la copa de vino. Menos mal. Ginelle estaría a salvo. De momento.

—Disfrutaré de mi beso esta noche, cuando te deje. Después tendrás una semana para venir a mí. Mientras tanto, tu amiga será liberada y nosotros disfrutaremos del resto de nuestra cena. Come. Necesitarás fuerzas para tomar decisiones esta semana.

Cuando llegamos al hotel, Blaine me acompañó hasta la habitación.

—Dame la llave. —Extendió la mano con la palma hacia arriba.

Negué con la cabeza.

—Maddy está dentro con su prometido.

—¿No tienes tu propia habitación? —Se acercó más a mí, y yo retrocedí dos pasos, hasta que mi espalda quedó pegada contra la pared.

No era una buena posición. Quería mantener el control. De lo contrario, él podría llevar las cosas hasta un límite que no podría soportar.

—No vas a entrar —repliqué—. Recuerda nuestro trato. Sólo un beso.

Se acercó de nuevo y apoyó las manos en la pared, a ambos lados de mi cabeza. Sus ojos se habían oscurecido y habían adoptado un tono dorado. En su día me gustaba observar cómo cambiaban de color, especialmente cuando estaba cachondo. Ahora, me sentía muerta por dentro.

—Ay, mi preciosísima Mia, yo siempre recuerdo los términos de todas mis negociaciones. —Inclinó la cabeza y pude sentir su aliento en mi cara.

Cerré los ojos y pensé en Wes, en que estaba haciendo eso por Ginelle, por mi padre, por mi hermana y para conseguir tiempo, lo único que no había estado a mi favor desde que había iniciado ese viaje hacía nueve meses.

Sentí los labios cálidos y húmedos de Blaine cuando rozaron los míos de forma breve.

«Wes, perdóname...»

Realizando lentos movimientos, levanté las manos hasta la cintura de Blaine y acaricié su firme torso. Él gimió y me dio un mordisquito en el labio inferior. Le devolví el gesto mordiéndole levemente el suyo superior y chupándolo para introducirlo en el húmedo calor de mi boca. Siempre jugábamos antes de llegar a la parte buena. Blaine se pegó a mí y sentí su polla larga y gruesa contra mi cadera. Una de sus manos descendió hasta mi pecho y me lo apretó. Abrí la boca para protestar al ver que intentaba colarla por debajo. Su lengua no era vacilante. No, ése era el beso de un amante que sabía cuándo dar y cuándo tomar. Un compañero de baile familiar. Bajó la mano hasta mi cintura, me agarró del culo y tiró de él para restregarse contra mí. No pude evitarlo. Gemí. Había pasado más de un mes desde la última vez que había tenido algún tipo de alivio sexual, y aunque detestaba cada segundo que estaba pasando con él, sus movimientos y el modo en que me tocaba se estaban abriendo paso en mi cerebro hasta ese centro de placer en el que Wes habitaba.

De repente, ya no estaba besando a Blaine. Estaba devorando a Wes. Levanté las manos para atrapar sus suaves mejillas y lamí la boca de mi hombre, saboreándola, provocándola y disfrutando de la libidinosa danza de nuestras lenguas. En mi imaginación podía incluso percibir la esencia de Weston, y su masculino olor a mar me sumió en un caos de necesidad y de deseo. Meneé las caderas, hundí la lengua en su boca y me deslicé por toda la superficie de su cuerpo como si fuera una serpiente que se enroscaba alrededor de su presa.

«Wes...»

—Joder, cuánto te he echado de menos, cariño —dije en su boca.

Él gimió y sentí unas oleadas de calor que me encendían. Tenía sus manos por todas partes, por debajo del vestido, agarrándome del culo. Meneó las caderas y restregó con fuerza su erección contra mi clítoris. Sofoqué un grito de placer y levanté una pierna más alto, clavándole el tacón de aguja en la parte más carnosa de su muslo para obligarlo a pegarse más a mí.

Cerré los ojos con fuerza y monté a mi hombre con ropa, añorando su tacto, su cuerpo.

—Mia, vas a hacer que me corra. Vayamos adentro para que pueda follarte bien, o si no te arrancaré las bragas aquí mismo.

Esa voz... Ése no era...

—¿Wes? —dije. Abrí los ojos y salí al instante de mi estado de excitación.

Blaine apartó la cabeza del reguero de besos que me estaba dejando en el cuello. De repente empecé a sudar, presa del pánico, y gotas de humedad comenzaron a formarse en la línea del nacimiento del cabello mientras jadeaba para recuperar el aliento.

—¿Quién cojones es Wes?

«Oh, mierda...» Acababa de restregar mis partes femeninas por todo el cuerpo de Blaine contra la pared imaginándome que era mi novio. Se me revolvió el estómago y sentí una arcada. Estaba a punto de vomitar.

La puerta de al lado de donde estábamos se abrió. Maxwell captó la delicada situación y sus orificios nasales aletearon. Estoy convencida de que mi rostro debió de reflejar la sorpresa y el pánico que sentí al verlo allí en ese momento.

—¡Apártate de ella! —rugió Max, y le dio un empujón a Blaine en el pecho con su inmensa mano.

Éste salió volando contra la pared de enfrente.

«Mierda. Mierda. Mierda.»

Me tragué la angustiosa respuesta que tuvo mi cuerpo al darme cuenta de que había estado a punto de follarme a Blaine otra vez mientras soñaba despierta que era Wes. Joder, lo habría echado todo a perder. Wes jamás me lo habría perdonado. Una vez más, ese foso desalmado al que llamaba estómago empezó a revolverse como un ciclón en el océano.

—¿Eres Wes? —inquirió Blaine con furia.

Max se volvió de repente hacia mí.

—¿Quién es este listo?

—Eh..., mi ex, eh..., Blaine Pintero.

Blaine se colocó bien la chaqueta, se la alisó y se abrochó un botón en el centro.

—Mia y yo tenemos un pasado.

—Pues ahora vas a pasar a ser historia.

Max corrió hacia él y lo agarró del cuello en un abrir y cerrar de ojos. Para ser tan corpulento, lo cierto es que se movía muy rápido.

—¿Tú eres el cabrón que la ha estado amenazando?

—¿Amenazándola? ¿Es eso lo que estábamos haciendo, Mia? Creo recordar que estabas disfrutando de nuestro pequeño momento de intimidad hace un instante. Un minuto más y habría estallado como un petardo en el Cuatro de Julio.

«Oh, oh...»

—¡Blaine, no...! —Intenté pronunciar las palabras, pero fallé, bastante.

Antes de que pudiera detener a Max o decir algo para proteger a Blaine, mi hermano echó su brazo tamaño tronco de árbol hacia atrás y le propinó un puñetazo a mi ex en la mandíbula.

—Escúchame bien, pedazo de mierda. Estás hablando de mi hermana.

Max sacudió a Blaine contra la pared. Éste se quedó algo aturdido, pero al final parpadeó unas cuantas veces y volvió al presente. Iba a pagar por eso. ¡Mierda!

—¿Tienes un hermano? —me preguntó con unos ojos como platos.

—Pues... sí. Max, suéltalo —le pedí.

Pero pasó de mí completamente.

—¡Como vea que tocas a mi hermana otra vez, iré a por ti y te desollaré vivo con un cuchillo desafilado! —Lo levantó contra la pared y la cabeza de Blaine golpeó la superficie varias veces con un sonido sordo.

—¡Joder, tío! ¡Suéltame, monstruo de feria! —rugió Blaine con los dientes rojos de sangre.

Ya se le estaba hinchando la cara, y, la verdad sea dicha, no me sentía culpable por ello, y menos sabiendo lo que les había hecho a Ginelle y a mi padre.

—Max, en serio, estoy bien. Blaine y yo hemos llegado a un acuerdo esta noche. Estoy bien.

—¿Va a dejarte en paz?

Blaine bufó y se alisó la ropa una vez más cuando aparté a Max de él y lo coloqué delante de la puerta de nuestra habitación de hotel.

—Eh..., podría decirse que sí.

—Eso no me sirve, pequeña. ¡Quiero oír cómo lo dice este pelele! —rugió, y tensó la mandíbula.

Lo agarré del bíceps y tiré de él en un intento de hacer que volviera a la habitación, pero fue en vano. Cuando Max no quería moverse, no lo movías ni con un camión.

Blaine se sacó un pañuelo y se limpió la sangre alrededor de la boca.

—Tranquilo, grandullón. Mia y yo hemos llegado a un acuerdo, por así decirlo. Mia, te dejo con tu..., eh..., hermano. —Miró a Max de arriba abajo con cara de asco—. Recuerda: una semana. —Después se volvió y pulsó el botón del ascensor.

Las puertas se abrieron al instante, y, al cabo de dos segundos, se había largado.

Suspiré y me dejé caer sobre el quicio de la puerta.

Max se pasó la mano por el pelo.

—¿A qué coño ha venido eso? Estabas encima de ese capullo. ¿Qué pasa con Weston?

Gruñí y lo esquivé para entrar en la suite. Él me dejó pasar, pero entró conmigo. Tiré el bolso de mano, me acerqué al minibar, saqué una botella de whisky minúscula, le quité el tapón y me la bebí de un trago.

Max se apoyó en el borde del sofá.

—Ya te has tomado un trago; ahora, habla —dijo, y se

cruzó de brazos para dejarme claro que no pensaba irse a ninguna parte hasta que se lo contara.

—No ha venido a nada. Lo que has visto no debería haber pasado. —Me di un poco de aire en la frente, que me ardía, y cogí otra botellita de whisky—. ¿Qué haces tú aquí, por cierto?

—Ésa es una muy buena pregunta, querida. Verás, estaba ocupándome de algunos asuntos en casa, asegurándome de que todo estuviese listo para la llegada de mi chico, cuando he recibido una llamada agitada de nuestra hermana pequeña. No paraba de repetir que algo te había asustado mucho y que estaba muy preocupada. Ha dicho que nunca te había visto tan agobiada. Así que, como hermano tuyo que soy, y el único apoyo que tienes en estos momentos teniendo en cuenta que tu hombre no está, he decidido volver pitando. Siempre tengo el avión preparado por si lo necesito.

—No deberías haber venido —repuse—. Tienes que estar con Cyndi y con Isabel, esperando la llegada de tu bebé. Te necesitan.

Arrastrando los pies como si llevara puestos un par de esquís, me acerqué al sofá y me dejé caer.

—Y me tendrán. En cuanto sepa qué sucede contigo. Maddy me ha dicho que está pasando algo y que sabe que no es bueno. ¿Por qué no me has llamado, Mia? —dijo con voz cansada y cargada con ese tono ronco y grave que había empezado a apreciar.

Su volumen y su timbre se traducían en: «Soy un hombre que se preocupa por ti, que te quiere y que haría lo que fuera para protegerte». Necesitaba eso en mi vida, y más ahora.

—Los matones de Blaine secuestraron a Ginelle. Le dieron una paliza como un modo de llamarme la atención.

—¿Por qué? Creía que tenías todo esto controlado. El mes pasado me dijiste que todo iba bien —replicó en tono acusatorio, y sus palabras me atravesaron el corazón como un cuchillo.

Invadida por la rabia, me levanté y me paseé por la habitación. Necesitaba soltar toda esa mierda.

—¡Iba bien! —grité—. Pero entonces papá empeoró. Y dejé colgado a mi cliente de este mes.

—¿Y?

—¡Pues que en mi contrato pone que, si un hombre me reserva para un mes y lo dejo tirado, soy yo la que le debe a él los cien mil dólares!

—¡Por todos los santos, Mia...! —Estaba tan angustiado como yo, aunque no era su culo el que estaba en juego.

Había estado encargándome de toda esa mierda yo sola y, hasta ahora, todo iba bien.

—Entonces, como tía Millie tuvo que entregarle al cliente el dinero que tú me habías pagado, no pude pagarle a Blaine. En octubre tendré que trabajar el mes entero antes de poder realizarle un pago, así que me estoy retrasando, y él quiere demostrar que puede hacer conmigo lo que quiera. —Los ojos se me llenaron de lágrimas, y éstas empezaron a descender por mis mejillas—. ¡Todo esto es una mierda! —exclamé, y me dejé caer sobre la silla.

Max se acercó y se sentó delante de mí, sobre la mesita de café. Al hacerlo, la madera crujió bajo su inmenso peso.

—¿Cuánto le debes?

Parpadeé y dejé que las lágrimas siguieran cayendo.

—Ahora mismo, doscientos de los grandes.

Frunció el ceño.

—¿Eso es todo?

Sacudí la cabeza.

—No, le debo los doscientos de agosto y septiembre.

—Cariño, ¿cuánto le debes en total? —Su tono era ahora suave, repleto de preocupación.

Dejé caer los hombros hacia adelante como si cargara directamente sobre ellos el dinero en pesados lingotes de oro.

—Cuatrocientos mil —respondí.

—Y ¿a qué clase de acuerdo habéis llegado?

Me humedecí los labios, sorbí por la nariz, inspiré hondo y lo miré a los ojos, esos ojos iguales que los míos.

—No te va a gustar.

—Pequeña, no me gusta nada de esto. Tú dímelo.

Lo cogí de las manos y las lágrimas fluyeron de nuevo y descendieron por mi rostro.

—Puedo pagarle los cuatrocientos mil o... —Tragué varias veces intentando empujar el nudo gigante que se me había formado en la garganta para poder hablar y admitir la realidad de lo que había considerado hacer, aunque sabía que no podía.

—¿O...? —Max me miraba con ojos amables y la boca ligeramente fruncida.

—O acostarme con él. Una noche en su cama.

Se inclinó hacia adelante y pegó su frente a la mía.

—Cariño, eso sólo pasará por encima de mi cadáver —dijo en tono firme e inflexible, cien por cien seguro de sí mismo.

Solté una risotada ante el retorcido pensamiento que se me pasó por la cabeza. Lo que Max no sabía era que Blaine era la clase de hombre que podía hacer que sucediera y sin sentir el menor remordimiento.

Mi teléfono comenzó a sonar entonces y a vibrar en mi muslo. Lo había estado llevando encima todo el tiempo, teniéndolo siempre a mano por si recibía noticias de Wes.

Miré la pantalla. Gracias a Dios. Era Ginelle.

—Gin... —respondí, desesperada por oír su voz y asegurarme de que estaba bien.

Blaine me había prometido que la soltarían y que estaría en casa en el plazo de una hora.

—Estoy en casa —fue su única respuesta antes de que se cortara la llamada.

7

¡Los taxistas de Las Vegas son lo más! Les das un billete de cien dólares y son capaces de saltarse absolutamente todas las normas de tráfico. Saber que mi amiga estaba en casa, que la habían secuestrado, golpeado y liberado, y todo en un día, me tenía loca de preocupación. Todas mis terminaciones nerviosas echaban chispas como un cable de alta tensión expuesto y listo para atacar a cualquiera que osara acercarse.

Cuando el taxista se detuvo delante de su apartamento, le tiré un puñado de billetes de veinte dólares que guardaba como dinero para emergencias, además de los cien que ya le había prometido. Salí pitando del coche y subí corriendo los escalones hasta la puerta.

En lugar de golpearla como si mi vida dependiera de ello como quería, saqué el llavero con la tabla de surf que tenía cinco llaves: la de la casa de Wes; la de la casa de mi padre; la del apartamento de Maddy; la de *Suzi*, mi moto, y la del apartamento de Ginelle. Cinco recuerdos de metal de las personas que más me importaban en este mundo, aunque de repente me había salido una horda de amigos nuevos.

Introduje la llave en la cerradura, abrí la puerta y entré

de puntillas sin hacer ruido. La lámpara de la mesita auxiliar que estaba junto al sofá estaba encendida, pero no se oía ni una mosca. Pasé por delante del sofá gigante de color bermellón, que era demasiado grande para el espacio pero también el mueble más cómodo del universo. Cuando me sentaba en él, se amoldaba a mis muslos y a mi espalda como si me estuviera dando un esponjoso abrazo de bienvenida. Sí, era el mejor.

Las luces de la cocina y el pasillo estaban apagadas, sin rastro de vida. Avancé lentamente por el pasillo hacia los dos dormitorios. Gin siempre dejaba una habitación como cuarto de invitados. Decía que quería asegurarse de que siempre tuviera un sitio donde quedarme allá donde viviera. Ésa era la clase de mejor amiga que ella era. La luz de su dormitorio estaba encendida. Llamé a la puerta.

—Gin, soy Mia —dije.

—Vete. —La oí farfullar entre sollozos.

Abrí la puerta. Estaba hecha un ovillo en un rincón del cuarto, vestida todavía con el atuendo del trabajo hecho jirones. Tenía sangre seca alrededor de la nariz y de la boca y también en el cuello. Las lentejuelas rosa centelleaban con el reflejo de la intensa luz. Había encendido la lámpara del techo, las de las dos mesillas de noche y la del cuarto de baño. Aquella habitación estaba tan iluminada como la cabalgata de Disneylandia. Tanto era así que resultaba imposible mantener los ojos totalmente abiertos. Entornándolos, me acerqué poco a poco a ella y me agaché. Su cuerpo tembló como una hoja. Coloqué una mano sobre su rodilla y ella dio un respingo castañeteando los dientes. Las lágrimas descendían por sus mejillas y dejaban negras y pegajosas manchas de rímel y maquillaje mezcladas con porquería por su cara. Tenía el pómulo hinchado, el ojo se le estaba poniendo de un color morado que no me gustaba nada, y puede que necesitara puntos en el labio.

En ese momento me invadió una ira como nunca antes había sentido. Era tan abrasadora que temía escaldar a mi mejor amiga sólo con tocarla. Sabiendo que me necesitaba, apreté la mandíbula y los dientes con tanta fuerza que los oía rechinar desde dentro. Me hervía la sangre al ver su cuerpo menudo maltratado, magullado y destrozado. Inspiré hondo varias veces y cogí sus manos entre las mías.

—Ven, cielo. Voy a cuidar de ti.

Ginelle sacudió la cabeza violentamente.

—No, tienes que ir-irte. Si v-vuelven, se te ll-llevarán. Dijo, dijo q-que iba a hacerte s-suya, Mia. No p-pararán hasta que t-te tengan. —Me agarraba de los bíceps con tanta fuerza que sabía que a la mañana siguiente tendría las marcas de sus dedos en forma de moratones—. Esta vez n-no p-parará hasta que t-te tenga —balbuceó mientras castañeteaba los dientes con los ojos de un intenso azul aciano.

La pobre estaba acojonada, y detestaba el hecho de que fuera por culpa mía. Habían hecho daño a mi mejor amiga por mí. Pero, por suerte, estaba bien, y me aseguraría de que siguiera estándolo.

Estreché su cuerpo entre mis brazos. Al cabo de un segundo, las lágrimas se tornaron en sollozos, y éstos en un llanto agitado. A lo largo de veinte minutos dejé que se desahogara, que exorcizara los demonios de lo que le había sucedido. Jamás desaparecería. Probablemente durante mucho tiempo estaría mirando por encima del hombro y comprobando dos y hasta tres veces las puertas antes de irse a dormir. Era muy posible que necesitara ayuda psicológica para superarlo. Necesitara lo que necesitase, yo se lo daría. Haría lo que fuera por ayudarla a salir de ésa.

—Venga, cielo. Vamos a limpiarte —dije, y le pasé la mano por el pelo y la espalda en largas y tranquilizadoras caricias.

Ella asintió y permitió que la ayudara a levantarse. Cuando pude ver su ropa, estuve a punto de perder los papeles una vez más. Tenía la parte delantera rajada hasta el ombligo. La fina tela apenas cubría sus pechos. También tenía cortes cerca de ambos muslos, como si el muy cerdo hubiera intentado tener unas buenas vistas de sus partes bajas. Le di la vuelta y la dirigí hacia el cuarto de baño. Me mordí la lengua con tanta fuerza que sentí mi propia sangre en un intento de no gritar, chillar y destruirlo todo a mi paso hasta encontrar a esos hijos de puta y meterlos en un agujero a dos metros bajo tierra con mis propias manos.

Dejé correr el agua de la ducha y la ayudé a quitarse la ropa. Se cubrió los pechos inmediatamente, como si no se los hubiese visto un millón de veces ya. Gin no era pudorosa, ni yo tampoco. Nos conocíamos de toda la vida, pero si eso la ayudaba, no iba a decirle nada. Comprobé que el agua estaba bien de temperatura, me quité la camiseta y los pantalones y me quedé en bragas y sujetador. Después me metí con ella en la ducha.

Con un esfuerzo tremendo, la limpié, poniendo especial cuidado con los numerosos cortes, arañazos y magulladuras que tenía por todo el cuerpo. Ojalá hubiéramos podido denunciarlo, pero conociendo a Blaine y sabiendo el montón de gente del Departamento de Policía que tenía en el bolsillo, no habría servido de nada. El muy cerdo se reiría en nuestra cara. Vertí una copiosa cantidad de gel de ducha en la esponja de flor y fui dándole instrucciones como a los niños pequeños de que levantara un brazo y luego el otro, y después un pie, y luego el otro. Vertí más jabón en la esponja y se la puse en las manos.

—Lávate las tetas y el chocho, Gin.

Ella asintió y me obedeció como si fuese un robot que sólo seguía órdenes. Cogí un poco de champú y lavé su cabello largo y rubio, frotándole el cuero cabelludo lentamente con la esperanza de que mi masaje la ayudase a sentirse menos tensa. Cuando llegué a la nuca, suspiró, y por fin sus hombros tensos se relajaron y cayeron. ¡Un punto para Mia!

Repetí el proceso con el acondicionador, atenta a mis movimientos, sin tocar el resto de su cuerpo. De pequeñas y de adolescentes nos habíamos duchado juntas cientos de veces, pero, después de lo que había pasado ese día, quería asegurarme de transmitirle cariño, no abusos. Quería que sintiera que respetaba su espacio, y que estaría allí para lo que me necesitara.

Esa mujer era, a todos los efectos, mi hermana, y la quería más que a mi propia vida. Si hubiera podido cambiarme por ella, lo habría hecho de buena gana con tal de ahorrarle hasta el más mínimo dolor.

—Cariño, lávate la cara muy suavemente con esto, ¿vale? —dije, y le pasé el jabón facial.

Frotó las manos sobre la barra como si se las estuviera calentando. Le quité la pastilla, y ella llevó las manos a su rostro e hizo lo que le había dicho. Cada vez que se acercaba al labio, al pómulo o al ojo, hacía una mueca y sofocaba un grito de dolor. Cada uno de sus sonidos era como un clavo más en el ataúd de Blaine. Quería que pagara por lo que le había hecho a Ginelle. Joder, quería que muriera desangrado por lo que les había hecho a mi padre y a mi mejor amiga. Lo de secuestrarla para demostrarme de lo que era capaz había sido demasiado. Tenía que pensar en algo. No podíamos vivir eternamente atemorizados, con la preocupación de que cada vez que alguien a quien yo quería saliera de casa o del trabajo uno de los matones de Blaine pudiera llevárselo y torturarlo sólo para tenerme dominada.

Cuando terminó de lavarse entera, observé cómo el último remolino de jabón y sangre se colaba por el desagüe. Salí de la ducha y la dejé a solas un rato.

Mientras me secaba, me dirigí a su dormitorio y cogí un par de bragas. Me quité las mías mojadas y me puse unas suyas y uno de sus sujetadores de deporte. Para lo pequeñita que era Ginelle, tenía sus buenas curvas, pero yo tenía las tetas mucho más grandes y jamás me cabrían en uno de sus sujetadores con aros. Después, saqué dos camisetas de tirantes y dos pantalones de cuadros de vellón del cajón de los pijamas. A mí me quedarían como para ir a pescar, pero daba igual. Como no quería dejarla sola demasiado tiempo, me puse rápido el pijama y llevé el resto de la ropa al cuarto de baño.

Cuando entré, no se había movido. Ni un centímetro. Estaba allí plantada, con el agua cayendo sobre su espalda y la mirada perdida hacia el otro extremo de la ducha. Me acerqué, cerré el grifo, cogí la toalla gigante que había al lado de la ducha y la envolví con ella. Gin no se quejó ni dijo nada mientras la secaba; mantenía la mirada baja y perdida hacia un lado, sumida en sus propios pensamientos.

—¿Quieres hablar de ello? —le pregunté.

Negó con la cabeza. Era el primer movimiento que hacía por voluntad propia, sin que se lo ordenara.

—Está bien, no tienes por qué hacerlo.

Cerró los ojos e inspiró hondo. Las lágrimas empezaron a descender por sus mejillas, pero no dije nada. Si hubiera querido hablar de ello, lo habría hecho. De momento, me limitaría a cuidar de ella y a estar allí. Era lo mejor que podía hacer por ella. Después de vestirla, la guie hasta el inodoro y la senté sobre la tapa. Después le levanté la barbilla con el índice y el pulgar para inspeccionar su rostro. Tenía el labio bastante abierto, pero no tanto como para que no se le curase por sí solo.

—Ahora mismo vuelvo —dije, y me di la vuelta, pero antes de que pudiera llegar a alejarme un paso, me agarró de la camiseta de tirantes y me retuvo allí.

—No me dejes sola —pidió con voz temblorosa.

Le cogí las manos y le abrí los dedos para que soltara la camiseta.

La miré directamente a los ojos, que ahora estaban de un color entre verde pálido y azul aciano.

—Gin, no voy a dejarte sola. Voy a por el botiquín que está en el pasillo para curarte la cara, ¿vale?

Tenía las pupilas tan dilatadas que parecían dos agujeros negros gigantes. Estaba temblando, pero se limitó a asentir. Le di un apretón en las manos y después me incorporé y salí muy despacio de la habitación. En cuanto traspasé el umbral de la puerta, corrí hasta el armario y rebusqué hasta que di con la caja roja con la gran cruz blanca en la parte superior. Embutí las cosas que se habían caído a mi alrededor de nuevo en el armario y corrí otra vez junto a

Ginelle. En esta ocasión tampoco se había movido, estaba allí quieta, mirando al vacío. Vi cómo se le ponía la carne de gallina cuando me acercaba.

—Una cosa más.

Corrí al armario y cogí su sudadera favorita. Era rosa eléctrico y tenía unas deslumbrantes bolitas de metal en la parte de atrás que formaban unas alas de ángel que cubrían toda la espalda. Le puse la capucha por encima del pelo mojado, la ayudé a meter los brazos y le subí la cremallera. Una vez más, suspiró y colocó las manos debajo de las sisas para sentir la prenda pegada a su cuerpo.

Intentando ser lo más cuidadosa posible, le apliqué un poco de pomada en los numerosos cortes y le puse unas tiritas donde era posible. Después le di cuatro ibuprofenos.

—Esto te aliviará el dolor. ¿Tienes hambre?

Sacudió la cabeza, y la ayudé a ponerse de pie. Retiré las mantas de la cama y la metí dentro. Me aseguré de que toda la casa estuviera bien cerrada, envié un mensaje a Maddy y a Max para decirles dónde estaba y me metí en la cama con Gin. Me volví, puse un brazo alrededor de su cintura, me pegué a su espalda y me acurruqué contra su cuello.

—Todo irá bien, Gin. Yo estoy aquí. Lo siento, siento que te haya pasado esto, pero te juro, te juro por Dios que no volverá a pasar jamás. Te lo prometo.

Se llevó mis dos manos al pecho para sentirme aún más cerca. Entonces, una vez más, se echó a llorar, y con ganas. La abracé, la consolé, y le hablé con voz suave hasta que al final se quedó dormida. Después, agotada, yo también me sumí en el mundo de los sueños.

Una suave caricia ascendía y descendía por mi brazo. Abrí los ojos adormilada y me encontré frente a frente con la única persona a la que necesitaba ver más que respirar.

—Estás aquí —susurré, con miedo de que, si parpadeaba, desaparecería.

Wes acarició mis brazos con las yemas de los dedos para consolidar su presencia.

—Claro que estoy aquí, nena. ¿Dónde creías que estaba? —Inclinó la cabeza hacia un lado y una sonrisa petulante se dibujó en sus labios. Qué guapo era.

Tragué saliva para contener la emoción que me embargaba.

—Lejos. Creía que te había perdido.

Él se inclinó hacia adelante y recorrió mi cuello con los labios por encima de la camiseta de tirantes, dándome besos y pequeños mordisquitos.

—Al único sitio al que voy a ir, nena, es al que hay entre esas piernas. Sepáralas —dijo, y me agarró la parte interna de los muslos con determinación.

Sin pensarlo dos veces, lo obedecí y me abrí completamente para él.

Él se sentó sobre los talones y me puso el pulgar en mi punto caliente como si tuviera rayos X en los ojos y pudiera ver a través de mis bragas la carne rosada que había debajo. Movió el dedo en círculos, masajeando mi ansioso núcleo de necesidad. Estaba concentrado en la tarea que tenía delante, con los ojos fijos en el espacio que tenía entre las piernas.

—Vaya, mira cómo se empapa el algodón ante mis ojos.

Ronroneé y levanté las caderas, desando más, necesitando más.

—Cariño... —dije sin aliento, meneando las caderas al ritmo de sus benditos circulitos.

—¿Crees que puedo hacer que te corras sin llegar a tocar tu cuerpo desnudo? ¿Hacer que grites de placer tocándote sólo con el pulgar? —Su mirada era ardiente, y cada uno de sus lentos parpadeos reflejaban su intenso deseo.

Se relamió y vi cómo sus labios se humedecían. Deseaba besarlo más que nada en el mundo. Movió el pulgar con movimientos rápidos y pequeños y no pude evitar arquearme.

—¿Qué me dices, Mia? ¿Crees que puedo?

Sabía perfectamente lo que se hacía. Me estaba diciendo obscenidades y jugando conmigo. El hecho de que me estuviera tocando con una barrera de por medio me estaba poniendo a mil.

Se inclinó hacia adelante sujetándome las piernas con sus potentes bíceps y apoyó los codos a ambos lados de mis muslos para impedir que me moviera. Rozó mi clítoris con la nariz e inhaló profundamente.

—Dios mío, nena, qué bien hueles. Echaba tanto de menos enterrar el rostro en este calor... Es el mejor lugar del mundo.

Pasó la nariz por mi sexo cubierto por la tela y frotó mi clítoris erecto. Tenía la boca justo donde yo la quería y podía sentir el húmedo calor de su aliento a través de las bragas. Entonces pasó al siguiente nivel y comenzó a lamer y a chupar la tela húmeda mientras gemía del placer que le provocaba saborearme a través de la prenda. Aquello me proporcionaba una nueva sensación, una que no había experimentado antes, pero estaba deseando arrancarme las bragas para que me saboreara entera, sin barreras.

—Wes... —Meneé las caderas lo mejor que sabía hasta que volvió a inmovilizarme.

—No te muevas, cariño. Quiero obligar a tu cuerpo a aceptar cada pizca de placer que te proporciono. —Y entonces se puso a trabajar.

Wes empezó a lamerme y a chuparme tanto los labios menores como el clítoris a través del tejido de algodón que me cubría. No tardé en estar tan mojada que me daba igual si me estaba devorando por encima de la ropa interior, era una sensación increíblemente placentera. En el instante en que frotó mi punto más dulce con el pulgar y hundió la lengua en mi sexo, noté el roce del algodón sobre el hipersensible tejido y todo mi cuerpo se tensó. Empecé a sentir una presión en mi sexo que ascendía hasta mi pecho, envolvía mi corazón y se extendía hacia mis extremidades, hasta que comenzaron los espasmos. Aquel placer me electrificaba, pero Wes no se detenía. Me sostuvo quieta y me obligó a aceptar el placer una y otra vez hasta que me apartó las bragas y hundió su lengua profundamente en mi hendidura, y lo hizo con tanta avidez que sus movimientos me empujaron hasta la cabecera de la cama. En ningún momento le parecía que estaba lo bastante cerca, y sus sonidos eran carnales, casi animales. Joder, podría correrme sólo después de oír esos sonidos.

Wes jadeaba mientras me lamía, me chupaba y daba pequeños mordisquitos, hasta que perdí la razón y levanté mi cuerpo contra su cara. Me agarré a su pelo rubio ceniza como si no hubiera un mañana y él mantuvo abiertos los pétalos de mi sexo y continuó chupándome durante tanto tiempo y con tanta fuerza que físicamente no podía dejar de correrme.

Por fin, apartó la boca y levantó la mano. Se limpió mis jugos con el antebrazo, elevó mis caderas y, manteniendo mis piernas separadas, me metió la polla, dura y tiesa, hasta el fondo.

Grité mientras mi cuerpo temblaba con el esfuerzo de estar tan perfectamente lleno.

—¡Despiértate de una maldita vez, zorra de las pelotas! —Ginelle sacudía mi cuerpo del mismo modo en que Wes lo hacía en mi sueño, sólo que él lo hacía percutiendo mi coño húmedo.

La nueva sensación era extraña. Unos minúsculos dedos huesudos me sacudían el torso de manera desagradable e insidiosa.

Abrí los ojos y parpadeé rápido varias veces. Miré a mi alrededor y me di cuenta de dónde estaba. Era el apartamento de Ginelle. Inspeccioné la habitación. Wes había desaparecido. No estaba por ninguna parte. Maldita fuera, sólo había sido un sueño. Un bonito sueño que me había dejado empapada por completo entre las piernas, que era lo último que quería cuando estaba en la cama con mi mejor amiga.

—Pero ¿qué cojones te pasa? —Su voz sonaba como si se hubiera tragado una caja de piedras.

—Gin, lo siento. ¿Te he despertado?

Me incorporé apoyándome sobre los codos y me aparté el pelo enmarañado de los ojos.

Se sentó sobre los talones, con el pelo revuelto hecho un amasijo de rizos rubios. Entornó el ojo bueno, y el hinchado lo cerró del todo. Verla allí, viva y a salvo a mi lado..., juro que jamás había estado más encantadora.

—Sí, me has despertado, ¡mientras intentabas follarme!

—Frunció el ceño y soltó una carcajada contra su mano—. ¡Zorra asquerosa!

Estoy convencida de que abrí tanto los ojos que podrían habérseme salido de las cuencas como los de uno de esos muñecos antiestrés a los que les aprietas el cuerpo y se les salen los ojos y que, cuando los sueltas, vuelven a la normalidad. Así era como me sentía en esos momentos.

—Venga ya.

—¡Es verdad! No parabas de moverte y de hablar en sueños. —Se puso de rodillas y empezó a pasarse las manos por las tetas y por la cintura—. Ay, Wes..., cariño, sí, sí... —Hizo una mueca de dolor y se llevó la mano al labio partido—. ¡Au! —Sacó una pierna y me pegó una patada en el muslo, no tan fuerte como para dejarme un moratón, pero lo suficiente como para dejarme claras las cosas—. No hagas que me mueva y que me ría. ¿No ves que estoy toda jodida?

Me tapé la cara con las dos manos.

—¡Ufff! Lo siento, Gin. Han pasado semanas desde que Wes y yo lo hicimos, y anoche me estaba enrollando con Blaine, y Max me interrumpió, por suerte, antes de que la cosa fuese a más.

—¿Te estabas enrollando con Blaine, el cabrón que me secuestró? —Sus ojos se tornaron azul oscuro, lo que me indicaba que se había enfadado.

—¡No! Bueno..., sí, pero tiene una explicación. Escúchame.

Ginelle frunció los labios e hizo una mueca de dolor que supuse que era debido al corte, y entonces se cruzó de brazos.

—Espero que sea buena. Despertarse con una tía loca montándote la espalda requiere una buena explicación.

Le conté todo el episodio desde el momento en que recibí su mensaje con el vídeo. Le expliqué lo de la cita con Blaine y lo que pasó en el restaurante hasta nuestro acuerdo del beso a cambio de una semana de tiempo y de que la soltara. Se relajó bastante al saber que lo había hecho por ella, pero le preocupaba que me hubiese dejado llevar con lo del beso. A mí también me preocupaba, pero por otros motivos muy diferentes.

No tenía ninguna intención de montármelo con Blaine de ninguna de las maneras, y no me apetecía nada traicionar a Wes teniendo que follármelo para saldar la deuda. Sin embargo, dejando todo eso a un lado, todavía no sabía qué hacer.

—Entonces ¿lo estabas besando y de repente te imaginaste que era Wes?

Asentí.

—Era muy real. Blaine me besó, y entonces fue como si se transformara en Wes. Gin, si Max no nos hubiera interrumpido, no sé qué habría hecho.

—¿Tanto te dejaste llevar por la imaginación?

—Sí. Te lo juro, era como si pudiera olerlo a él y esa esencia a mar que desprende su piel incluso después de ducharse tras haber terminado de hacer surf.

Mi amiga sacudió la cabeza y sonrió lo mejor que pudo con el labio partido.

—Estás muy colgada de ese tío, ¿eh?

Pensé en Wes y en cuánto estaría sufriendo, y sentí un dolor físico en el estómago.

—Gin, estoy enamorada hasta las trancas de él. Es el hombre de mi vida.

Abrió mucho su ojo no hinchado.

—¿Tanto como para casarte con él?

Casarme. La verdad es que nunca había pensado en ello, ya que el matrimonio de mis padres había sido un auténtico fracaso, como el de la mayoría de la gente que había conocido durante mi infancia. Pero, en ese momento, sentada en la cama con mi mejor amiga magullada, mi corazón se abrió completamente para que pudiera mirar en su interior, y asentí.

—Creo que sí —admití con un susurro.

—Vaya. Pues estás bien jodida.

Lo triste era que Ginelle tenía razón porque, si Wes no salía de ésa con vida, perdería mucho más que al hombre al que amaba. Mi corazón y mi cordura se irían con él.

8

Gin se cogió una semana de baja y explicó en el trabajo lo que le había pasado. Su jefe se apiadó de ella y le dijo que se tomara todo el tiempo que necesitara. Todo el mundo sabía quién era Blaine y cómo controlaba los bajos fondos de Las Vegas. Puesto que ninguna de las dos teníamos prisa por alejarnos la una de la otra después del trauma del día anterior, Ginelle me acompañó hasta el hotel. Seguía estando un poco consternada, pero definitivamente, a cada hora que pasaba, iba volviendo a ser la chica vivaz que siempre había sido y a la que tanto quería. Nos pasamos la mañana hablando sobre Wes y de adónde creía que se dirigía nuestra relación, siempre que lograra regresar de una sola pieza. Ginelle me confesó que le preocupaba que me fuera a vivir con él, pero ahora que veía lo mucho que me afectaba la idea de pensar en no volver a verlo, lo de los sueños y lo de la imaginación, había entendido que estaba loca por él y me apoyaba. Así, sin más.

Cuando entramos en el hotel, Max estaba sentado en el restaurante con Maddy y Matt. Se había quedado toda la noche con ella, puesto que yo me había ido. En la mesa había comida suficiente para alimentar a un ejército entero.

Max se levantó al vernos, vino hacia mí y me alzó en un

inmenso abrazo de oso. Yo me agarré a él como si no hubiera un mañana mientras él me estrujaba tanto que casi no podía respirar.

—Estaba preocupado por ti, pequeña. Me alegro de ver que estás de vuelta, y con tu amiga.

Me dejó lentamente en el suelo y pegó su frente a la mía.

—¿Estás bien? —me preguntó.

Le cogí las mejillas, me aparté y le besé la frente.

—Estoy bien, Maximus. —Sonreí para tranquilizarlo, y él me devolvió el gesto.

Luego se volvió hacia Gin, que estaba allí plantada, algo incómoda, meciéndose de lado a lado.

—Hola, bonita, ¿te encuentras bien?

Levantó la mano hacia su rostro, y Gin retrocedió un paso. Max dejó caer la mano, su mirada de ojos claros se tornó severa y empezaron a aletearle los orificios nasales.

—Es horrible que un hombre sea capaz de ponerle la mano encima a una mujer de esa manera.

Bufé.

—Si eso te parece mal, te recuerdo que estuvo a punto de matar a mi padre. Ese tío y sus matones son pura maldad. Ahora sólo necesito pensar qué voy a hacer para dejar todo esto atrás.

Max estaba a punto de responder cuando mi teléfono comenzó a sonar. Miré a mi alrededor y vi que todo el mundo me observaba. Se suponía que las fuerzas especiales iban a intervenir la noche anterior en Indonesia. Saqué el teléfono y vi el nombre de Warren Shipley en la pantalla.

—Hola, ¿Warren?

—Sí, soy yo, Mia. Tengo noticias. —Su voz era tranquila pero firme—. ¿Estás sentada?

Me acerqué hasta la silla más próxima y me dejé caer sobre ella con el teléfono muy pegado a la oreja.

—Ahora sí. Estoy preparada. ¿Lo han encontrado?

El corazón empezó a latirme con tanta fuerza que habría jurado que lo sentía desde las puntas de los dedos de las manos hasta las puntas de los dedos de los pies. Era como si todo mi cuerpo fuera un gran latido.

—Lo tienen, pero la operación se complicó. Se perdieron muchas vidas.

Cerré los ojos y recé en silencio por todos aquellos que no habían sobrevivido.

—Cuéntame qué pasó y dónde está Wes.

—Está a salvo, lo están tratando en un lugar secreto.

De repente sentí como si me quitaran un yunque de dos toneladas del pecho y sustituyeran el peor de mis temores por un peso mucho más pequeño. Ahora sólo necesitaba verlo, besar sus labios, abrazarlo y reclamar lo que era mío... para siempre.

Entonces asimilé las palabras de Warren. ¿«Un lugar secreto»?

—¿Qué? ¡Necesito verlo!

Se aclaró la garganta.

—Cielo, no puedes. Aún no. Tratan a las víctimas de forma médica y después las interrogan respecto a lo que puedan saber sobre la célula terrorista. Toda la información que tengan podría ser vital para ayudar en la lucha contra el terrorismo. Ese grupo era especialmente cruel. No te imaginas las cosas que les estaban haciendo a las mujeres y a los niños que no compartían su fe. Y eso ni siquiera incluía a los dieciocho turistas que se rescataron durante la intervención.

—¿Dieciocho turistas? Creía que sólo habían retenido a Wes y a los otros cinco miembros del equipo.

Max se sentó a mi lado y puso una mano sobre mi rodilla. No paraba de rebotar como un niño de cinco años en una cama elástica. Maddy, que estaba sentada a mi otro lado, me cogía y me besaba la mano. Yo me aferré a la suya y me la llevé al rostro, hallando consuelo y calor en su presencia mientras escuchaba a Warren.

—Da igual. ¿Sabes cómo está? —Esperé con el alma en vilo a que me diera la más mínima información sobre su estado.

—Lo único que sé es que, cuando el equipo intervino, empezaron a matar a los rehenes. Al parecer, decidieron que, si iban a morir, se llevarían a los viles estadounidenses y su propaganda religiosa consigo. A un hombre lo utilizaron de escudo humano. Lo vistieron con su ropa y lo obligaron a sostener un arma descargada y a salir del lugar donde lo tenían retenido. Los francotiradores no sabían que no se trataba de uno de los terroristas, así que lo mataron a él y al hombre que lo llevaba a punta de pistola nada más verlos.

—Dios mío. —Se me encogió el corazón.

La voz de Warren se tornó grave.

—Cielo, las cosas que le hicieron a esa mujer, a la actriz, no se las deseo ni a mi peor enemigo.

Gina DeLuca.

Joder. Odiaba a esa mujer, no porque tuviera ningún derecho a odiarla, sino porque durante un tiempo había mantenido una relación sexual con Wes. Había estado obteniendo de él lo que yo quería pero no era lo bastante fuerte como para tomarlo por mí misma. Sin embargo, pese a todo, no le deseaba ningún mal. Tal vez que publicaran alguna foto horrible suya comiéndose un perrito caliente en alguna revista de cotilleos, pero no que sufriera en manos de unos psicópatas retorcidos.

—Y... ¿ella está bien?

Warren exhaló un largo suspiro.

—Física y mentalmente, no. ¿Vivirá? Sí.

Parpadeé para reabsorber las lágrimas que humedecían mis ojos intentando mantener la calma.

—¿Ha sobrevivido alguien más?

—Un momento. —Oí que Warren se sonaba la nariz en la distancia—. Estoy bien, Kathy, estoy hablando con Mia. Tengo que acabar con esto. Sí, un té me vendrá bien. Gracias, querida —le dijo a Kathleen.

Kathleen era la mujer de la que por fin había admitido estar enamorado después de todos esos años. Estaban juntos, y me alegraba saber que existían las segundas oportunidades en el amor.

—Perdona, Mia. Estas cosas nunca son fáciles de contar, ni siquiera a mi edad.

—Me lo puedo imaginar. —Inspiré hondo, apreté la mano de Maddy y tragué saliva—. ¿Cuándo volverá a casa?, y ¿cuándo podré hablar con él?

—Mis contactos me han dicho que estará en casa en un plazo de dos semanas. Está recibiendo tratamiento médico y psicológico. Están muy desnutridos, apenas han dormido, si es que han llegado a hacerlo, los han torturado y golpeado, y han presenciado cosas espantosas.

Sentía que me iban clavando agujas en todos los poros de mi cuerpo con cada palabra que Warren pronunciaba. Necesitaba dolorosamente ver a Wes, tocarlo, amarlo.

—Warren, necesito verlo. Necesito hablar con él.

—En cuanto sepa más sobre dónde está y cuándo puedes verlo, te lo haré saber. Deja que pasen unos días, ¿de acuerdo?

Me levanté y empecé a pasearme por la habitación.

—¿Unos días? ¿Quieres que espere unos días para hablar con el hombre al que amo, el hombre que lleva tres semanas desaparecido? ¿Estás loco? Warren, esto es absurdo. ¿Ha pasado de estar retenido por unos extremistas radicales a estar detenido por el gobierno? ¡Los putos Estados Unidos! ¡La tierra de la libertad! —rugí gritando tanto que Max me puso las manos sobre los hombros, me robó el teléfono de nuevo y conectó el altavoz.

—Shipley, soy Max. ¿Qué hay que hacer para conseguir que mi hermana pueda llamar a su hombre?

Warren gruñó y resopló sonoramente.

—Mover muchos putos hilos.

—Entonces creo que va a tener que convertirse en un maestro titiritero. Según tengo entendido, le debe usted un favor a mi hermana.

—Mia, ¿se lo has contado? —La voz de Warren se volvió gélida.

—¡No! —respondí.

Me cabreaba incluso que pensara que me arriesgaría a contárselo a alguien más, aunque mi hermano no era cualquier persona.

El color de los ojos de Max pasó de un verde claro a un oscuro verde bosque, y sus pupilas se dilataron y se tornaron amenazadoras. En ese momento, mi medio hermano se dio cuenta de que la información que callaba sobre Warren era lo bastante importante como para joder y bien a un hombre muy rico y poderoso. Normalmente, eran cosas que podían llevar a alguien a la cárcel. Si a Aaron se le ocurría cagarla faltando a alguna clase para aprender a controlar la ira o a alguna sesión de terapia, yo podría poner una denuncia formal y él perdería su estatus como senador de California. Tampoco sería una gran pérdida para el Estado. Con una sola llamada telefónica, podría destruir la carrera de Aaron Shipley. Y no sólo eso. Sabía que podría joder a Warren en el proceso, y no tenía la más mínima intención de destruir el bien que había hecho con su iniciativa de ayudar a los países del Tercer Mundo. Y menos ahora que sabía de primera mano la clase de horrores que sucedían en esos países.

—Veré lo que puedo hacer, Mia, pero no te prometo nada.

—Cualquier cosa ayudaría. Cualquier cosa, por favor —rogué mientras las lágrimas empezaban a descender por mis mejillas.

Maddy me abrazó. Yo me aferré a ella, una de las cosas más sólidas que tenía en la vida. Mi hermana.

—Si necesita dinero o cualquier recurso extra, llámeme —dijo Max con su tono de «poseo un imperio empresarial»—. Cueste lo que cueste, haga que suceda, ¿me ha oído?

—Alto y claro —respondió Warren.

En ese momento estaba demasiado afectada como para hablar. Ni siquiera podía pensar con claridad. Mi hombre se había salvado, pero se habían perdido más vidas. Muchos de los turistas habían sobrevivido, pero no podía ni hablar con él ni tampoco verlo. Ahora, el gobierno lo tendría encerrado en un lugar secreto durante otro par de semanas. Joder. ¿Cómo iba a sobrevivir los próximos catorce días sin hablar con él? No podría.

—Muy bien. Consiga que la llame al móvil, y enseguida —le exigió Max a Warren, y al oírlo sonreí a pesar de las lágrimas.

Mi nuevo hermano era capaz de mover montañas. De hecho, era lo bastante poderoso como para hacerlo solo. Y ahora entendía cómo había llegado a dirigir un imperio tan grande. No sólo era contundente y justo, sino que, cuando hablaba, la gente lo escuchaba. Tenía madera de líder. Eso era lo que sucedía al tener un padre como Jackson Cunningham. No había conocido a ese hombre, pero el hijo que había criado era digno de admiración.

Después de la llamada, me fui a la cama. Ginelle durmió en la otra, y Maddy se acurrucó a mi lado. Al parecer, se había pasado toda la noche preocupada a pesar de que le había mandado un mensaje para decirle dónde estaba. Quería venir a verme, pero Matt la había obligado a quedarse con él. Matt.

Parpadeé para espabilarme, me levanté sin despertar a mi hermana y a Ginelle y me dirigí de puntillas a la otra habitación con un par de vaqueros limpios y una camiseta de manga larga en la mano. Después de darme una ducha bien caliente, y sabiendo que Wes estaba a salvo —inaccesible, pero a salvo al fin y al cabo—, me sentía mucho mejor. Mi padre respiraba por sí solo, los medicamentos estaban haciendo efecto contra la reacción alérgica, y los médicos consideraban que su pronóstico era bueno.

Ahora sólo me faltaba solucionar lo de Blaine, pero antes tenía una charla pendiente con el novio de mi hermana. Entré en el salón y me encontré a Max acostado en el sofá. Las puertas del balcón estaban abiertas y dejaban entrar una suave brisa en la estancia, que estaba iluminada con el resplandor naranja y rosa del amanecer. Matt estaba sentado fuera, con los pies apoyados en la barandilla.

Cogí una botella de agua del minibar, salí al balcón y cerré la puerta. Matt se volvió y me miró a través de las oscuras lentes de sus gafas de sol. Vestía una camisa de cuadros y unos bonitos vaqueros oscuros lavados. En los pies llevaba unas Converse altas. Era el típico aspecto de un universitario. Bueno, de uno con pinta de empollón.

—¿Cómo está Maddy? —preguntó cuando me senté, y noté que se ponía tenso, alerta.

Apoyé a mi vez los pies en la barandilla, me eché el pelo hacia atrás y me quedé observando Las Vegas. Las montañas del desierto que rodeaban la ciudad eran algo impresionante y formaban parte del atractivo que hacía que los turistas acudiesen en manada. Eso y los casinos, claro.

—Tranquilo, está bien. Sigue durmiendo.

Matt relajó los hombros y se recostó en su silla.

—Anoche estaba muy preocupada por ti.

Solté una carcajada.

—Sé cuidar de mí misma.

—Apóyate en tu hermana. No tienes por qué cargar tú sola con toda la presión.

Incliné la cabeza a un lado y lo miré con recelo.

—Ya que hablamos de presión, ¿a qué venía esa insistencia por casaros ya?

Abrió unos ojos como platos.

—Eh... Te lo ha contado —dijo, y se volvió. Se sentó a

horcajadas en la silla, se inclinó hacia adelante y dejó la cabeza colgando.

Pobrecillo. No tenía ni idea de con quién estaba tratando.

—Matt, dejemos un par de cosas claras. He estado protegiendo a Maddy desde que tenía cinco años. Soy su hermana, pero la mayor parte del tiempo he tenido que ser su madre también. Estamos muy unidas —dije levantando dos dedos bien pegados.

—Sí, ya lo sé, pero creía que lo que había pasado había quedado entre nosotros. Cometí un error —repuso en tono de arrepentimiento.

—Un error que espero que no se vuelva a repetir.

Frunció el ceño.

—Aún quiero casarme con ella. Y lo haré en cuanto ella me lo permita —respondió acelerado.

Levanté las manos.

—Ya. Yo no le dije que no se casara contigo. La verdad es que creo que hacéis una pareja estupenda. Le haces mucho bien, y lo has demostrado todo este tiempo. —Meneé las manos en el aire—. Es sólo que Maddy necesita algo de tiempo para adaptarse. Sólo lleváis unos meses juntos. Disfrutad el uno del otro, haced locuras, salid con vuestros amigos, y estudiad mucho. No dejes que las prisas por crecer demasiado rápido hagan que os perdáis la mejor parte: el viaje.

Me quedé mirándome el pie y la frase tatuada que había acabado significando para mí mucho más de lo que jamás habría imaginado. Las letras entrelazadas con las semillas mecidas por la brisa me recordaron que tenía que darles un toque a mis amigos, además de añadir algunas semillas más. Aunque mi vida parecía estar fuera de control, debía sacar tiempo para todas esas personas que habían acabado significando tanto para mí. Alec, Mason, Rachel, Tony, Héctor, Angelina, Tai, Heather... y Anton. Recordar sus rostros me trajo a la memoria mejores tiempos y me puso una sonrisa en la cara.

—¿Por qué tenías tantas prisas por casarte? —le pregunté, y me fijé en su lenguaje corporal.

Parecía... vencido, y no entendía por qué. No era la clase de tío que le pondría los cuernos a mi hermana y, si lo hiciera, lo mataría, así que eso no podía ser. Los Rains eran unas personas maravillosas, y no parecían ser de esas familias que dan mucha importancia al matrimonio. Los padres de Matt parecían estar encantados de que su hijo hubiese encontrado a una buena chica, y los habían apoyado en su decisión de irse a vivir juntos.

Matt negó con la cabeza.

—Te va a parecer una estupidez.

Me reí.

—Probablemente, pero dímelo de todos modos.

Él sonrió, y su sonrisa desapareció tan deprisa como había aparecido. Luego exhaló un largo y lento suspiro.

—En la facultad hay un grupo de tíos. Son los típicos atletas, guapos y fuertes. Y siempre están hablando con Maddy después de clase, intentando convencerla para que los ayude a estudiar y con los trabajos de clase. Incluso se ofrecen a pagarle las clases.

—Y ¿ella accede?

Su expresión se transformó en un gesto de repulsión.

—No, claro que no. Ella nunca haría eso.

Sabía la respuesta antes de preguntar, pero quería ponerlo a prueba. Un punto para Matt.

—Continúa.

—Es que ellos no paran de insistir, y son los típicos triunfadores, de familias ricas. Podrían darle todo lo que ella quisiera, y son deportistas. A Maddy le encantan los deportes. Yo sólo los veo por ella.

Solté mi risa de cerdo.

—¿Ves los deportes por mi hermana? —No pude evitar echar la cabeza atrás y reírme con ganas.

Joder, era buenísimo. Cómo no, mi hermana tenía que encontrar al único hombre al que no le gustaban los deportes. Eso demuestra lo mucho que los polos opuestos se atraen.

Matt se rio también.

—Pues sí. A ella le encantan. Dice que los veíais con vuestro padre, en familia, y como yo quiero formar parte de su familia, pues también los veo.

Qué mono, por favor... Mi hermana no podría haber elegido mejor.

—No entiendo cuál es el problema. ¿Estás celoso de esos atletas?

Sus hombros cayeron de nuevo.

—No lo sé. Puede. Yo soy más de plantas. Trabajaré para empresas relacionadas con la agricultura, la botánica y demás. Ellos acabarán siendo deportistas profesionales, dirigirán negocios familiares y podrán darle una vida que yo no puedo darle. Sólo soy un empollón con mano para las plantas. Y Maddy... Dios, ella es tan bonita, amable, cariñosa e inteligente. Podría tener a quien quisiera con sólo chasquear los dedos.

Vale, ya lo pillaba. Se sentía inseguro.

—Eso es verdad. Mi niña es maravillosa. Pero ¿sabes qué, Matt?

Me miró con ojos tristes.

—¿Qué?

—Maddy te quiere a ti. Maddy quiere casarse contigo. Te ha dado algo muy especial, y tú eres el único hombre al que ha querido ofrecérselo. ¿Entiendes lo que te digo?

Sonrió y se puso un poco colorado. Qué mono, joder. Hablabas de sexo y se ruborizaba. Sí, definitivamente era perfecto para mi pequeña.

—Creo que sí. Es sólo que pensé que, si conseguía que fuera mi mujer, yo no..., bueno, ya sabes.

—¿No la perderías?

Asintió, y yo le di unas palmaditas en el hombro.

—Matt, sólo puedo decirte que confíes. Que confíes en vuestro amor y en Maddy. Ella nunca te haría daño, no es de esa clase de personas.

Me dio unas palmaditas a mí en la mano.

—Tienes razón. Hablamos de ello y le expliqué cómo me sentía. Pensó que estaba loco y me dijo que era el tío más bueno que había conocido en su vida, y entonces se abalanzó sobre mí y me demostró lo mucho que me quería.

Un punto menos para Matt.

—Por favor, ¿en serio acabas de contarme a mí, la hermana de tu prometida, que echasteis un fantástico polvo de reconciliación? Puaj. ¡Qué asco!

Se echó a reír.

—¿Es demasiado pronto?

—Joder, pues sí. ¡Ah! Ahora voy a tener que ir al otorrino a que me limpie los oídos. ¿Cómo puedes ser tan retorcido? ¿Primero me hablas de plantas y después de sexo? Madre mía, no sé cómo Maddy lo soporta. —Sonreí y le guiñé el ojo.

Nos pasamos la siguiente hora juntos, estrechando lazos, riéndonos y hablando de las cosas divertidas que hacían mi hermana y él para pasar el día, de todo menos de sexo. Le pregunté qué le parecería trasladarse a Texas si Maddy quisiera trabajar en Cunningham Oil & Gas. Él dijo que accedería. Que iría allá adonde ella quisiera ir. Matt entendía que, hasta que Max apareció, yo había sido su única familia, y quería que fuera feliz. Además, Max le caía muy bien, y le gustaba la zona donde vivía. Al parecer, él y Maddy habían estado hablando acerca de comprar un terreno en Texas donde él labraría la tierra. Tal vez abriera su propio negocio de venta de productos locales o algo así. Todo eran ideas buenas y sólidas para el futuro. Estaba de acuerdo en que la boda se celebrara definitivamente después de que ambos se graduasen.

Tras hablar con Matt y haberme desprendido del ligero cabreo que tenía por el hecho de que hubiera presionado a Maddy con lo de la boda, sentí que me había quitado otro peso más de encima. El último problema que me quedaba por solucionar, aparte de poder acceder a mi hombre, era más peliagudo. El cabrón de Blaine Pintero.

9

Ya era viernes y todavía no sabía cómo iba a apaciguar a Blaine sin darle el dinero y sin meterme entre sus sábanas. Papá estaba mejorando. Maddy y Matt estaban bien y habían retomado su plan de vida. Max continuaba en la ciudad, y Ginelle estaba a salvo. De momento. En cuanto a mí... Mi vida era un puto desastre. Habían transcurrido varios días y Wes todavía no había llamado y tampoco había recibido más información por parte de Warren, a pesar de que lo había estado llamando tres veces al día desde que me había dicho que Wes estaba vivo. Al parecer, había decidido no cogerme el teléfono. En una ocasión, Kathleen lo cogió y me explicó que estaba trabajando en ello y que no pararía hasta que supiera algo del paradero de Wes, pero que de momento no podía conseguir nada si no paraba de escuchar mi voz rota. Y lo entendía perfectamente. Yo tampoco podría hacer nada si una psicópata emocional no dejara de llamarme cada cinco minutos hecha una mierda pidiéndome información.

«El infierno debe de ser algo como esto.» Saber que el hombre al que amaba, la persona por la que habría dado mi vida, estaba sufriendo mental y físicamente y que yo no estaba allí para acariciarlo, para cogerlo de la mano y apoyarlo en su proceso de sanación era una auténtica mierda.

Tenía un dolor crónico en el cuello de estar mirando el teléfono sin parar, esperando, deseando recibir alguna llamada de un número desconocido. Cada vez que el puto trasto sonaba, todo mi sistema entraba en acción, todas las sinapsis se disparaban, y mi corazón latía frenéticamente, hasta que comprobaba que se trataba de Max, de Maddy o de Gin. Uf.

La noche anterior por fin me había decidido a hacer algunas llamadas a mis amigos. Héctor se había echado a llorar cuando le había contado lo que le había pasado a Wes. Tony se enfadó y me preguntó si necesitaba dinero, billetes de avión o cualquier cosa que pudiera ayudar, siempre dispuesto a solucionarte los problemas. Le aseguré que lo tenía todo controlado y que confiaba en que pronto volviera a casa, aunque era una mentira como una casa de grande. Ambos me dieron órdenes estrictas de que los llamara la semana siguiente para mantenerlos informados y me dijeron que, si no lo hacía, vendrían a por mí. No tenía la menor duda de que cumplirían su amenaza. Mason no fue tan cordial. Se cabreó. Estaba dispuesto a saltarse los últimos partidos de la temporada, a pesar de que los Red Sox lo estaban petando y él era su lanzador estrella. Recordé nuestra conversación:

—Mia, esto es una mierda. ¿Por qué esperas a que las cosas estén tan jodidas para llamar? —La voz de Mason sonó más distante, como si hubiese apartado la boca del receptor—: No, Rach, no voy a calmarme. Esto no me mola nada. Somos su familia.

Me sentí fatal al oírlo decir que me consideraba de su familia. No tenía ningún derecho a guardarme todo ese drama para mí sola cuando había gente a la que le importaba y que me quería tanto como yo a ellos. Ya era hora de que empezara a contar más con ellos, si no físicamente, al menos sí emocionalmente.

Volvió a la línea.

—No me puedo creer que hayas descubierto que tienes un hermano. Qué locura.

—Sí, pero la verdad es que es un tío genial, y, no te lo pierdas: ahora poseo el veinticinco por ciento de Cunningham Oil & Gas.

—¿Qué? ¿Me estás tomando el pelo?

—No. Al parecer, Jackson Cunningham sabía de mi existencia y quería que recibiese una parte de su legado por ser hermana de Max. De lo que no sabía nada era de la existencia de Maddy, quien, por cierto, resulta que además es su hija. Aunque mi madre nos hizo creer a todos que era hija de mi padre.

—Joder con tu madre...

Pensé en Mason y en su madre, que había fallecido a causa de un cáncer de mama cuando él era más joven. Su madre habría dado lo que fuera por pasar un día más con sus hijos, y mi madre había abandonado, no a uno ni dos, sino a tres niños que la necesitaban. Eso era algo casi imposible de perdonar. Entonces me pregunté si Max habría tenido ocasión de pedirle al detective que averiguara el paradero de nuestra querida madre. Si llegara a encontrar a Meryl Colgrove, ¿sabría qué decirle? ¿«Das asco»? Le restregaría por la cara lo bien que nos iba. Bueno, a Max y a Maddy les iba genial. A mí..., estaba trabajando de escort para pagar la deuda del hombre al que ella había abandonado.

Al despedirme de Mace, prometí estar más presente en sus vidas, ir a visitarlos al año siguiente y presentarles a Wes. Después llamé a Anton y a Heather. Como siempre, Anton le dio un enfoque filosófico a la situación, preguntándome cómo afectaba eso al panorama general y cómo me sentía al respecto. En serio, debajo de todas esas cadenas de oro que el Latin Lov-ah llevaba al cuello se escondía un auténtico hippy. Heather, en cambio, no paraba de repetir «no puede ser» y «madre mía». Estaba preocupada por mí y por cómo me estaba tomando la desaparición de Wes. No tenía mucho que decir, porque, si lo hacía, acabaría hecha un mar de lágrimas, y debía mantenerme fuerte por Wes. Tenía que seguir luchando, y eso era lo que pensaba hacer.

Y, por supuesto, Alec fue... Alec. Escuchar su voz y notar su amor genuino hizo que me sintiera mejor. Tenía un pico de oro, y me dijo que confiaba en mi capacidad para sobrevivir otro día más. Por otro lado, si yo quería, estaría encantado de enviarme en un avión a Francia, donde cautivaría mi cuerpo y llenaría mi alma de luz. Tales fueron sus palabras. Aunque las dijo en un francés tan elocuente que sentí un cosquilleo por todo el cuerpo. Tuve que cortar aquello con una dulce advertencia, cosa que mi franchute entendió. El amor era el amor para él, pero aceptaba la monogamia y respetaría mis deseos, lo que significaba un futuro de nada de ñaca-ñaca con artistas franceses de lengua obscena. Tuve que decir esa parte en inglés y repetirla en francés para dejarla bien clara.

Me esperé adrede a llamar a Tai el último. Como había imaginado, no se tomó las noticias nada bien. Tanto es así que ni siquiera se lo conté todo, porque si llego a decirle lo de Blaine, lo de las amenazas y lo del secuestro, habría venido en el siguiente avión con media docena de samoanos dispuestos a derramar sangre. La sangre de Blaine. Eso, desde luego, me habría hecho las cosas más fáciles, pero esos hombres habrían acabado mal. Los tíos como Blaine eran demasiado pomposos como para luchar con sus propias manos, como demostraba el episodio que había tenido con Max en el pasillo. Blaine ni siquiera había intentado golpear a mi hermano. No, Blaine usaba matones, cuchillos y, por supuesto, pistolas. Y no pararía hasta que todo el clan Niko estuviera muerto y enterrado a dos metros bajo tierra en algún lugar perdido del desierto de Nevada. Y yo no iba a permitir que eso le sucediera a mi samoano sexi. Ni hablar.

Sí que le conté lo de mi padre y lo de Max, y eso sólo ya hizo que su medidor de preocupación alcanzara el máximo nivel. Hablamos hasta bien entrada la noche. Me pregunté por un instante qué pensaría Amy acerca de nuestra larga charla, sin embargo, en mitad de ella, le dio un beso de buenas noches y le dijo que lo esperaba en la cama. No había ni un ápice de preocupación, malicia ni ansiedad en su tono. Cuando le pregunté a Tai al respecto, simplemente me dijo:

—Amy lo lleva bien. Entiende que para mí eres como de la familia.

Y ahí estaba otra vez esa palabra: *familia*. Cuando inicié ese viaje hace nueve meses, esa palabra la conformaban cuatro personas en total: Maddy, Ginelle, mi padre y mi tía

Millie. En ese momento no podía contar con los dedos de las dos manos la gente a la que consideraba parte de mi amplia familia, por no hablar de la nueva relación de sangre que me unía a Max, a Cyndi, a Isabel y a Jack, el bebé que estaba en camino. Con estos últimos sumaba cuatro parientes nuevos más. Me costaba asimilar lo mucho que había cambiado mi vida en esos últimos nueve meses, más de lo que nunca podría haber imaginado en mis veinticinco años de vida.

Y luego estaba Wes. Miré mi teléfono una vez más. Nada. Con el ceño fruncido, me vestí seleccionando cuidadosamente lo que me ponía. Si iba a suplicar y a arrastrarme ante Blaine para que me concediera más tiempo, al menos quería ir vestida acorde con la situación.

Recibí un mensaje en el teléfono y corrí a mirar la pantalla rezando para que fuera de Weston. Lo que vi me enfureció. Mi fuerza vital se estaba agotando.

De: Blaine Cabrón Pintero

Para: Mia Saunders

Espero que todo vaya bien y que o tengas mi dinero o estés preparada para aceptar mis condiciones. Acude a nuestro sitio dentro de una hora. Te estaré esperando.

Por supuesto que me estaría esperando, retorcido hijo de puta. Mientras agarraba mi bolso y me lo colgaba al hombro, Max cogió un juego de llaves y se me quedó mirando.

—¿Qué haces? —pregunté.

Él apretó los labios y su usual color rosado desapareció. Su lenguaje corporal era rígido y confuso.

—Voy a llevarte.

Me encogí.

—Eh..., no. Estaré bien. No va a hacerme daño, Max. Quiere follarme, no matarme.

Apretó la mandíbula y vi cómo empezaba a palpitarle un músculo.

—Secuestró a tu mejor amiga, Mia. No debes tomarte esto tan a la ligera.

Suspirando, puse una mano en su bíceps, que se endureció por acto reflejo.

—Max, no le gustará verte allí. Sé muy bien a qué o, mejor dicho, a quién, me enfrento. Significo demasiado para él económica y físicamente, no hará ninguna estupidez. Estaré bien —mentí de forma descarada mirándolo a los ojos.

Blaine era impredecible. Nunca sabías qué podía cabrearlo, hacerlo reír o cuándo iba a transformarse en el mal encarnado. Esperaba pillarlo de buen humor y jugar con su deseo por acostarse conmigo para conseguir más tiempo. O tal vez sacarles partido a sus ansias de dinero y prometerle más. Mucho más. Podía seguir trabajando para tía Millie y conseguir el dinero que me faltaba, además del que obtendría de Cunningham Oil & Gas. Sé que Max no quería que ese dinero financiara a un criminal, pero no tenía elección si quería disfrutar de algo parecido a una vida normal.

—Confía en mí. Yo me encargo de esto —dije, erguí la espalda y eché los hombros hacia atrás.

Max sacudió la cabeza y abrió la puerta.

—No, tú eres quien debe confiar en mí. —Se señaló el pecho—. Yo me encargo de esto. Te lo he dicho antes y te lo vuelvo a repetir, cariño. Yo cuido de mi familia. Fin de la discusión.

Dejé caer los hombros hacia adelante y lo seguí, primero hasta el ascensor y después hasta su coche de alquiler. No dijimos nada durante el trayecto hasta el Luna Rosa. No tenía ni idea de qué decirle, y creo que él se reservaba algunas palabritas que yo prefería no oír.

Entramos en el restaurante y, como de costumbre, Blaine se encontraba sentado en la terraza, a nuestra mesa. Había unos parasoles abiertos para proporcionar sombra. El agua del lago hacía que la temperatura en la terraza fuera directamente diez grados más fresca que en el resto de la calurosa ciudad de Las Vegas. Tan pronto como nos acercamos, Blaine se levantó. Llevaba un traje gris que le quedaba como un guante y una camisa de vestir de color coral con el cuello desabrochado que resaltaba el tono de su piel y de sus ojos. Sus ojos me recordaban a los de un gato en la oscuridad, parecían brillar con un resplandor amarillo verdoso.

Le ofreció la mano a Max y señaló con la cabeza la mesa que teníamos al lado.

—Veo que has traído tu propio músculo, como yo. —Sonrió.

Sus matones se abrieron las chaquetas y revelaron los cañones negros de sus 45 mm.

Max me apartó la silla y me senté, y entonces procedió a girar su silla para asegurarse de poder ver a Blaine y a sus dos guardaespaldas. Un movimiento muy inteligente. Ojalá se me hubiera ocurrido a mí. Por un momento agradecí que Max hubiera insistido en acompañarme, aunque lo cierto es que lo quería fuera de ese lío.

—¿Queréis tomar algo? —Blaine levantó un pinot grigio que parecía muy frío.

De repente, se me secó la boca, y asentí. Me sirvió una copa y mantuvo la botella en alto hasta que Max la miró y negó con la cabeza. Estaba demasiado ocupado imponiéndose como para beber vino.

Di un sorbo y no pude evitar gemir de placer. Blaine tenía un gusto realmente excepcional para los vinos. Era algo que se pasaba mucho tiempo haciendo: degustaciones y visitas a las bodegas para probar las últimas selecciones y reservas. En su día, había llegado a envidiar su selecto paladar.

—Vayamos directos al grano, ¿os parece? —dijo, y casi me atraganto con el vino.

Todavía no había pensado en cómo salir de ese dilema, pero moriría intentándolo. En serio, moriría, porque Blaine seguramente me dispararía en el acto, pero no tenía elección. Tenía que enfrentarme a ello.

—Mira, Blaine, sé que dijiste que no me dabas más tiempo, pero están pasando muchas cosas que tú no sabes y, en fin, yo...

Los ojos de Blaine se oscurecieron, y entonces me interrumpió:

—Espero que me estés diciendo que piensas escoger la puerta número dos, que lleva a mi dormitorio, porque sabes que no acepto excusas, guapa. Todo el mundo tiene una, pero a nadie le gusta recibirlas.

Inspiré hondo y las lágrimas empezaron a acumularse bajo mis párpados.

—Entonces no vas a tener otro remedio que matarme —repuse.

Blaine sofocó un grito de sorpresa al tiempo que el puño de Max impactaba sobre la mesa como un martillo, haciendo temblar los vasos y derramando mi vino. Agarré la copa corriendo para salvar todo lo que pudiera antes de que cayese al suelo.

—Esto es una gilipollez —rugió Max, y a continuación se levantó.

Mi hermano era gigante de por sí, sin embargo, cuando tú estabas sentada, parecía una montaña. Se llevó la mano al bolsillo trasero y entonces la tensión en el ambiente pasó de cien a mil. Blaine se agachó y sus matones se movieron como ninjas. En sólo un segundo, Max tenía el cañón de una pistola apuntándole a la sien y otro en la nuca. Se puso tenso.

—Espero que tengas una muy buena razón para llevarte la mano al bolsillo de los pantalones, vaquero, o mis hombres te sacarán de aquí y se encargarán de ti como se hacía en el viejo Oeste. Esta puta ciudad es mía —dijo Blaine con los dientes apretados—. Y la poli de por aquí está en mi nómina. Piénsalo bien antes de hacer tu próximo movimiento.

Max parpadeó e inmediatamente después fulminó a Blaine con la mirada.

—Iba a sacar un sobre. El tipo que tengo detrás puede comprobar que no llevo ninguna arma.

—Está diciendo la verdad, jefe —dijo el hombre rollizo, que parecía salido de una película de serie B sobre la mafia, por encima de su hombro.

Blaine hizo un gesto rápido con la barbilla y Max extrajo el sobre. Se inclinó hacia adelante, lo puso encima de la mesa y le dio unos golpecitos con el dedo índice.

—Aquí tienes todo tu dinero. Los cuatrocientos mil dólares.

La palabra *sorpresa* no alcanza a explicar lo que sentí en ese momento. Eran un montón de emociones a la vez. Alivio. Miedo. Orgullo. Amor. Pero la última me cogió por sorpresa.

Asco.

En ese instante sentí asco de mí misma porque mi hermano, probablemente el hombre más dulce sobre la faz de la Tierra, y que no merecía nada de eso, estaba pagando mi deuda. La deuda de mi padre. Una deuda bastante grande. No era como si le hubiera dicho: «Oye, ¿me prestas cincuenta pavos?». No, eran cuatrocientos mil dólares. Casi medio millón.

—No puedes hacer eso, hermanito —susurré, y mi voz sonaba como si estuviera hablando a través de una bola de algodón.

Max me miró a los ojos.

—Demasiado tarde porque ya lo he hecho. Nadie amenaza a mi hermana ni le hace daño a mi familia si yo puedo evitarlo.

—¿Se puede rastrear este dinero? —preguntó Blaine mirando dentro del sobre lo que debía de ser un cheque, ya que abultaba poco.

Cuatrocientos mil dólares, incluso en billetes de cien, formarían un buen fajo.

Max asintió.

—Hasta mí, sí. Es de mi cuenta personal. Si lo quieres en efectivo, lo tendrás esperándote al final del día en la recepción de tu casino. He traído el cheque como muestra de buena fe.

Blaine enarcó las cejas.

—¿Te importa que haga una llamada para comprobar que tienes fondos?

Max bufó.

—En absoluto.

Blaine lanzó una orden silenciosa con un movimiento de la cabeza y uno de sus matones cogió el cheque y se dirigió a la parte trasera de la terraza. Por primera vez, miré a mi alrededor y vi que no había ningún cliente más, a pesar de que era viernes al mediodía y de que estábamos en un distrito comercial. Imaginé que Blaine se había asegurado de antemano de que nuestra reunión fuera privada. Me bebí de un trago la nueva copa de vino que él me sirvió y esperé con impaciencia. No sabía qué hacer ni qué decirle a Max. ¿Qué podía decir para hacer que esa situación fuese algo mejor?

Con movimientos temblorosos, puse las manos sobre las de mi hermano. Él me cogió una de ellas y me cubrió la otra con su enorme palma. Lo miré a los ojos, de verde a verde, e intenté por todos los medios transmitirle todos mis sentimientos y emociones, por él y por lo que había sacrificado para salvarme la vida a mí y a Maddy, a Ginelle y a mi padre.

—Gracias —dije conmovida.

Él pegó su frente a la mía y, en el instante en que nos tocamos, sentí esa chispa de familiaridad. Esa sensación que alguien tiene cuando está con su familia. Me había sucedido desde el primer día, cuando lo conocí en el aeropuerto y le estreché la mano.

—Mia, tienes que saber que lo haría una y mil veces más con tal de que estuvieras a salvo y de tenerte en mi vida. Te quiero, hermana —dijo Max en voz baja y cargada de afecto.

Sus palabras se abrieron paso hasta mi pecho y se establecieron en mi corazón.

—Yo también te quiero, Maximus. —Entonces tiré de él y lo abracé con fuerza—. Ya encontraré la manera de devolvértelo.

Soltó una carcajada.

—Cielo, en tan sólo unos meses serás una mujer muy rica. Encontrarás la manera. —Se inclinó hacia atrás, me cogió de las mejillas y luego me secó las lágrimas con los pulgares.

—Todo en orden, jefe, el hombre tiene fondos —dijo el matón.

Al oír al hombre, Blaine juntó las manos formando un triángulo.

—Es una lástima, preciosa Mia. Estaba deseando tenerte debajo de nuevo.

Al oír sus palabras, me entraron escalofríos y me estremecí.

Entonces, Max decidió que ya era suficiente.

—Hora de irse, pequeña... —Me tiró del bíceps con tanta fuerza que me levantó de la silla—. Tendrás tu dinero esta tarde a las siete. Ya he informado al banco de que podría necesitarlo en breve y lo están reuniendo.

—Magnífico. —Blaine se levantó, se abrochó un único botón de la chaqueta y alargó la mano.

Max se la quedó mirando, sin embargo al final decidió estrechársela. Joder, el tío era demasiado bueno. Debería haber un millón de hombres más como él dirigiendo el mundo. Sería un lugar mucho más feliz y mucho más pacífico.

A continuación, mi hermano me puso una mano en las lumbares y me instó a moverme.

—¡Espera! —gritó Blaine, y me volví.

Se acercó lentamente hacia mí, como un león a punto de abalanzarse sobre su presa. Inspiré hondo y esperé a que posara sus manos frías sobre mis brazos.

—Supongo que aquí se acaba todo, ¿no?

—Mi deuda está pagada —respondí.

Me acarició los brazos arriba y abajo.

—Eres libre, preciosísima Mia. —Se inclinó hacia adelante y sentí que Max se ponía tenso mientras Blaine me besaba en las mejillas.

Por último, levantó una mano, me cogió la cara y me acarició el labio inferior con el pulgar.

—Siempre he querido lo mejor para ti. A mi manera. Cuídate.

Y, tras esa frase de despedida, dio media vuelta y salió del restaurante con determinación. Max me instó a salir en dirección a su coche, pero antes de que abriera la puerta, lo agarré de la mano, tiré de él y hundí el rostro en su pecho. Rodeé su cintura con los brazos y lo estreché con todas mis fuerzas. Puse todo lo que sentía en ese abrazo.

Miedo.

Dolor.

Alivio.

Y acabé con una enorme dosis de gratitud.

Jamás podría pagarle lo que había hecho, y no me refería al dinero. Devolverle el dinero no sería ningún problema entre el trabajo y lo que iba a recibir de la empresa. Lo que no podría pagarle era el regalo de su persona. El que estuviera allí cuando lo necesitaba. Que cuidara de mí como lo hacía. Lo único que sabía era que me iba a pasar el resto de mi vida agradeciendo la existencia de Maxwell Cunningham, mi hermano mayor, hasta el día de mi muerte. Había ascendido puestos en mi vida hasta colocarse al mismo nivel que mi hermana pequeña, y ésa era una posición que jamás pensé que nadie más aparte de Wes pudiera ocupar.

10

Dicen que la libertad es un privilegio, no un derecho. Yo no me sentía ni muy privilegiada ni verdaderamente libre. La deuda con Blaine estaba pagada, pero mi corazón seguía encerrado en una mazmorra, suplicando ser liberado. Mi padre estaba mejor, su pronóstico era bueno. Aunque su mente seguía perdida en algún lugar.

Mi salvador, mi hermano Max, había tomado el avión de vuelta a casa con su mujer, Cyndi, con la esperanza de que el pequeño Jackson pronto hiciera acto de presencia. Maddy y Matt habían empezado las clases y habían regresado a la comodidad de su apartamento cerca de la universidad. Ginelle había decidido volver a trabajar, armada con un buen maquillaje que cubriera sus moratones, que aún no habían desaparecido del todo. Sus propios planes habían cambiado desde el ataque. Le habíamos pedido cita en un psicólogo para que superara lo ocurrido, pero ella me había dicho que, cuando yo volviera a casa y me estableciera con Wes, ella también quería marcharse de allí. Quería cambiar de escenario, buscar otro empleo. Básicamente, quería largarse de Las Vegas, y no se lo reprochaba. Había demasiados malos recuerdos allí. Haría lo que hiciera falta para ayudarla a recuperarse y, si eso incluía meterla en la casa de invitados de Wes, lo haría.

Llevaba un tiempo pensando en el significado de la palabra *hogar*. Aunque la ciudad del pecado había sido mi hogar durante la mayor parte de mi vida, lo cierto es que allí no me sentía yo misma del todo. Malibú me estaba llamando, pero ¿quién me recibiría cuando acudiera? Todo el mundo había seguido con su vida. Todo el mundo menos yo. Se suponía que dentro de una semana tenía que empezar en el programa de televisión con el médico de las estrellas, el doctor Hoffman, pero no me sentía preparada para dar ese salto. Sin embargo, no podía pagarle los cien mil dólares por rajarme, así que, pasara lo que pasase, tenía que ir. Me había contratado para encargarme de una nueva sección a raíz de mi propio minuto de fama. Y la sección se llamaba acertadamente «Belleza y vida».

El único problema era que, para mí, la vida ya no tenía color. Lo único que veía eran tonos de gris, negro y blanco. La belleza que me rodeaba había desaparecido, y me sentía vacía.

Tumbada en la cama de la habitación del hotel, me quedé mirando al cielo. Estaba oscuro, cubierto de nubes, amenazando al desierto con una tormenta de verano. Reflejaba perfectamente mi estado de ánimo. No solía haber tormentas en esa época del año, pero tampoco eran inauditas. Me senté a lo indio, con el teléfono en la mano. Vi un fogonazo de luz en la distancia y empecé a contar.

Uno.

Dos.

Tres.

Cuatro.

¡Bum! Se oyó el estruendoso trueno. Había oído en alguna parte que, si pasaban cinco segundos entre el relámpago y el trueno, significaba que la tormenta estaba aproximadamente a un kilómetro y medio de distancia. Un nuevo estallido de luz atravesó el cielo como un flash demasiado intenso y me cegó por un momento. Desapareció tan pronto como había surgido. Igual que Wes.

Weston Channing III entró en mi vida sobre una ola. Literalmente. Desde el instante en que se bajó de la tabla de surf, pisó la arena y observé cómo caminaba hacia mí. Un dios del sol. Bronceado, con el pelo húmedo de punta y las lágrimas del océano cayendo por un pecho que podría haber sido tallado en piedra de lo firme que era. Sus ojos, del color del césped recién cortado, se encontraron con los míos en un día primaveral, pero no fue eso lo que me atrajo de él, sino su seguridad en sí mismo, su peculiar sonrisa, su manera desenfadada de caminar, de hablar y de hacer el amor. Era como si su cuerpo estuviera diseñado para estar cerca del mío, para tocarme, para cobijarse en la seguridad de mis brazos.

O tal vez fuera al contrario. Mi cuerpo necesitaba estar cerca de él. Anhelaba sus caricias, su corazón, su alma.

—Por favor, vuelve conmigo —rogué en voz alta.

De repente, mi móvil empezó a sonar y me sacó de mi estado melancólico. Miré la pantalla.

«Número desconocido.»

Sentí un inmenso calor en el fondo de mi ser, un calor que me quemaba desde dentro al tiempo que un presentimiento instantáneo me ponía el vello de los brazos de punta. El dispositivo volvió a sonar y lo levanté, le di al botón de responder e inspiré hondo.

—¿Diga? —grazné al teléfono, demasiado asustada como para decir nada más.

—Mia —respondió una voz sin aliento, como si le costara un tremendo esfuerzo pronunciar las tres letras.

Las lágrimas empezaron a descender por mis mejillas.

—Wes —dije sin saber qué más decir, pero necesitando decirlo todo a la vez.

Tenía el corazón en un puño y mi cuerpo temblaba a causa de la tensión. Me aferraba al teléfono con tanta fuerza que me dolía la mano, pero me daba igual.

—Cariño, tu voz. Dios mío, nena, me alegro tanto de oírte... —Se aclaró la garganta y suspiró.

Fue un suspiro tan profundo que pude sentir la presión a mi alrededor.

—Wes, dime que estás bien. —Por fin había logrado articular más de una palabra seguida.

Empezó a toser de un modo muy feo.

—Estoy bien. Sólo estoy un poco hecho polvo.

Únicamente mi chico podía hacer bromas en un momento como ése.

—Necesito verte y tocarte para creerme que es verdad que estás aquí.

—Lo sé —respondió respirando con dificultad—. Yo también me muero por verte. Pero no puedo. Tengo que, eh..., quedarme aquí un poco, ¡aaahhh!

—¿Qué pasa? ¿Qué tienes? ¿Estás herido? —Estaba tan preocupada que no sabía si había dicho lo que creía haber dicho.

Habría preferido que me clavasen un cuchillo en el corazón a saber que Wes estaba sufriendo, que lo habían herido de alguna manera y que no podía estar con él físicamente.

—Sí, nena, estoy herido. Recibí, eh..., un disparo en el cuello. Pero estoy bien. De verdad, estaré bien. —Gruñó y empecé a oír unos ruidos, pero todo empezó a nublarse un poco después de lo que había dicho.

«Recibí un disparo en el cuello.»

¡El cuello! ¿Quién recibe un balazo en el cuello y sobrevive para contarlo?

—Wes, cariño, necesito verte. Joder, necesito verte ahora mismo. ¿Dónde estás? Dime dónde estás y saldré en el próximo vuelo. Tengo amigos que tienen aviones privados. Mi hermano podría prestarme el suyo —dije a toda prisa, pensando ya en a quién tenía que llamar para llegar hasta él cuanto antes.

—¿Tu hermano? —preguntó confundido, y no me extrañaba.

Me apreté las sienes con los dedos.

—Sí, tengo un hermano. Un hermano de verdad, demostrado mediante pruebas de ADN. Y él, eh..., ha saldado la deuda de mi padre.

—¿Qué? ¿Quién es? —se limitó a responder, pero no sabía si era porque le dolía la herida o por estar escuchando esa sorprendente información por primera vez.

—Maxwell Cunningham.

Tosió y profirió un quejido.

—¡Joder! —dijo sin aliento de nuevo—. Ya vale con el tensiómetro. Estoy intentando hablar con mi prometida. ¡Déjame en paz! ¡Dame un minuto! —gritó.

¿Su prometida? De momento lo pasaría por alto. Seguramente sólo quería asegurarse de que la persona que lo estaba interrumpiendo supiera que era una llamada importante. Seguramente. Creo.

—¿Con quién hablas? —pregunté.

—¡Con la autoritaria y estricta enfermera Ratched![1] —respondió, pero estaba segura de que se lo decía más a quien fuera que lo estuviera atendiendo que a mí.

—Wes, cielo, ¿dónde estás? —Mi cuerpo entero se moría por recibir la más mínima pista.

—En Australia, creo.

¿Qué coño hacía en Australia?

—Me dijeron que estabas en Indonesia.

—Sí, pero en el momento en que intervinieron las fuerzas especiales, tuvieron que evacuarnos a muchos de allí, y como nos habían llevado hasta Indonesia y nos habían mantenido secuestrados, quisieron que estuviéramos en un sitio más seguro con el que nuestro gobierno tuviese buenas relaciones.

Me recosté en la cabecera de la cama y me quedé mirando hacia el cielo oscuro.

—¿Cuándo podré verte?

Suspiró.

—De verdad, nena, no lo sé. Están interrogando a los prisioneros lo más rápido posible, pero también quieren asegurarse de que estamos a salvo. Tu amigo, el señor Shipley, no ha parado de mover sus hilos y ha estado encima de todo el mundo, se ha hecho famoso por aquí. —Soltó una carcajada y después profirió un quejido.

Joder, ojalá pudiera estar allí para aliviar su dolor con mis besos. Tendría que llamar a Warren para decirle lo

1. La enfermera jefe Mildred Ratched es un personaje de la película y del libro *Alguien voló sobre el nido del cuco* (1975), interpretado en el cine por Louise Fletcher.

mucho que había significado para mí que hubiera usado sus contactos.

Mi voz se quebró cuando le dije cómo me sentía.

—Cariño, quiero cogerte de la mano. Observarte mientras duermes. Sentir cómo tu pecho sube y baja. Escuchar los latidos de tu corazón. Necesito que vuelvas a casa.

—Y yo no deseo nada más que regresar a casa contigo, nena. Será pronto, te lo prometo. Haré todo lo posible por salir de aquí.

—¿Puedes llamarme todos los días hasta que vuelvas?

Una vez más, se rio, pero esta vez más suavemente.

—Nos han dado un móvil a cada uno. Podemos hablar todo lo que queramos.

El inmenso elefante que tenía sentado sobre mi pecho se levantó y se alejó sin prisa. Todavía sentía el remanente de la carga, pero sabía que con el tiempo disminuiría.

—Así que... tu prometida, ¿eh? —No pude evitar tomarle un poco el pelo, bromear con mi chico como siempre solíamos hacer.

Él murmuró y el sonido fue directo a mi parte feliz. Wes había vuelto. Gracias, Señor.

—Tenemos mucho de que hablar, pero, sí, tú y yo, eso es lo que va a pasar. No pienso esperar. Voy a cargarte sobre mis hombros por mucho que grites y patalees y voy a casarme contigo. No pienso vivir ni un día más de mi vida preocupándome por ti, por qué habría sido de ti si yo hubiera muerto allí.

—No, Wes, no quiero ni que lo digas.

Los lagrimones empezaron a caer de nuevo.

—Mia, no podemos escondernos de la vida. Nunca se sabe cuánto tiempo nos queda ni qué va a ser de nosotros mientras la vivimos. Lo único que sé es que voy a vivirla contigo a mi lado. Para siempre. Tú y yo. Tú serás mi mujer.

Me reí entre lágrimas y disfruté de la sensación de estar a punto de explotar de alegría.

—¿Y si te digo que no? —pregunté en tono de broma.

—No es una opción —respondió en voz baja, adoptando ese tono seductor que hacía que me mojara al instante.

—Sí, Wes. Dios mío, Wes, sí. Dame más, Wes. Sí, me casaré contigo.

Él volvió a murmurar y el sonido me atravesó como si me hubiese impactado uno de los rayos que atravesaban el cielo al otro lado de la ventana.

—Soy buen tío, te ofreceré opciones.

Pataleé y grité para mis adentros. Mi chico era increíble. Estaba encerrado en un hospital militar en algún lugar de Australia después de haber pasado casi un mes secuestrado y no se le ocurría otra cosa que ponerse a hablar de matrimonio y a bromear con su novia tras haber recibido un tiro en el cuello.

—Estaba muy asustada —admití en un hilo de voz.

—Yo también. Y por eso quiero ayudar a otros que pueden estar todavía en esa situación. Tengo que ayudar. Si quedándome aquí una semana más consigo salvar aunque sea a una sola persona, cariño, merecerá la pena. Tenemos toda la vida para estar juntos.

—Tienes razón —dije intentando quitarle peso al asunto y haciéndome a la idea de pasar una semana más sin él.

Si Wes había sido capaz de sobrevivir a un mes infernal, yo podía sobrevivir a una semana.

—Te quiero, Mia.

Que Wes pronunciara esas palabras y poder oírlas salir de sus propios labios era como una bebida fresca en un día caluroso.

—Yo te quiero más a ti, Wes. Mucho más. —Tragué saliva y me limpié los mocos con la manga.

—La enfermera Ratched tiene que cambiarme el vendaje —dijo mientras daba un largo bostezo y después profería un quejido.

—Vale. ¿Me llamas cuando te despiertes mañana? —Lo expresé como una pregunta, pero en realidad era una súplica.

Él bostezó una vez más y farfulló algo.

—¡Wes! —El pánico invadió todo mi cuerpo al ver que no respondía.

—Sí, perdona, nena. Creo que me ha drogado. Se me están cerrando los ojos.

—Te quiero —dije otra vez por el mero hecho de que me sentía bien al hacerlo.

—Mmm, yo también, Mia... —Sonaba borracho y medio dormido.

Y entonces se cortó la llamada.

Con las extremidades pesadas, me colé bajo el edredón con el teléfono cerca. Me tapé bien y me quedé mirando el espectáculo de luces del exterior. Todos mis pensamientos eran para Wes. Me aliviaba saber que estaba a salvo y que estaba recibiendo asistencia médica, pero me sentía frustrada por no poder estar allí para ayudar. También medité acerca de lo de casarme con él y pasar una larga vida juntos. Todo empezaría en cuanto él volviera a casa.

Tenía tantas cosas que contarle, y quería saber todos los detalles sobre su cautiverio. Quitarle a besos todas las heridas que no se veían. Después de lo de Aaron, sabía por experiencia que esas cosas podían perdurar mucho tiempo. Lo mío no había sido nada comparado con lo que Wes había tenido que vivir. No sería tan fácil pasar página de algo tan espantoso. Sabía que había visto cómo sus amigos, personas que le importaban, morían ante sus ojos. Ahora mismo sólo podía dar gracias por que estuviera vivo. Mi chico había sobrevivido, y juntos superaríamos eso. Los dos.

Ver dormir a alguien a quien quiero es uno de mis pasatiempos favoritos. De pequeña, era Maddy. Solía quedarse dormida mientras yo le leía, le acariciaba el pelo y le contaba cuentos. Y, cuando lo hacía, me quedaba observándola durante un buen rato. Memorizaba el tono exacto de dorado de su cabello, el arco de sus cejas, los pliegues de sus labios rosados. Incluso dormida, mi pequeña era un ángel. Disfrutaba muchísimo sabiéndome capaz de hacer que mi hermana descansara tranquila. Cada día era un nuevo objetivo. Cuando estuve con Alec, jugaba con su pelo hasta que se despertaba sonriendo, se daba la vuelta y me amaba dejando que sus preciosos rizos castaños cayeran como un velo alrededor de mi rostro. Con Wes hacía lo mismo. Él era el que dormía de forma más plácida y, cuando lo hacía boca arriba, sus labios siempre estaban ligeramente curvados hacia arriba, como si mereciera la pena sonreír por cualquiera que fuera su sueño, incluso en reposo. Me encantaba eso de él. No hay hombre más guapo en el mundo cuando descansa que aquél al que amas con toda tu alma y tu corazón.

Ahora me dedicaba a observar a mi padre. Le habían

quitado el respirador, así como los tubos de la nariz y los que tenía alrededor de la cara. Aún tenía la sonda gástrica, el catéter urinario, el tensiómetro y la vía. Pero, aparte de eso, era como si estuviera echándose una siesta. Creo que ésa era la parte más dura de que hubiera estado en coma tanto tiempo. Mientras lo velaba junto a su cama, no paraba de esperar que abriera los ojos. Y con cada visita me iba deprimiendo cada vez más porque no se despertaba.

Los médicos decían que, a pesar de las convulsiones, de que casi había estado a punto de morir a causa de dos reacciones alérgicas y de la infección vírica, tenían esperanzas de que despertara, pero que no se sabía con certeza. Lo único que me daba esperanzas era que, según el neurólogo, había actividad cerebral, pero nadie sabía qué pasaría si o hasta que se despertara. No dejaba de hacerles la típica pregunta de cuándo creían que se despertaría. Y ellos siempre me contestaban lo mismo. Que cuando quisiera hacerlo. La verdad es que era imposible saberlo. No había ningún botón mágico ni ningún despertador que uno pudiera programar para hacer que sucediera. Y, creedme, ¿eso de los ruidos? Sí, lo había intentado. Había golpeado las barreras de la cama. Le había puesto auriculares en los oídos con heavy metal porque sabía que lo detestaba, para que así despertara y me dijera que apagara esa música del demonio, pero nada. Silencio. Ni el más mínimo movimiento.

Cogerlo de la mano suponía otro mal trago. Siempre la tenía caliente, pero inerte. La sangre corría por sus venas, pero el magnetismo, la energía, la fuerza de la vida o lo que sea que nos convierte en quienes somos lo había abandonado.

Me quedé allí sentada observando cuánto le habían crecido el pelo y el vello facial. Ginelle se había encargado de mantenerlo guapo en mi ausencia, pero necesitaba un retoque, por no hablar de que no le habría venido mal que le diera un poco el sol. Tenía ese tono pálido grisáceo de las personas que llevan mucho tiempo sin salir de casa. Mi padre llevaba nueve meses en coma. El tiempo que tarda una mujer en tener un bebé desde que se queda embarazada.

—¿Cuándo vas a despertarte, papá? Tengo mucho que contarte. Demasiado. —Inspiré hondo varias veces antes de continuar—. Mañana vuelvo a Malibú. Por más que quiera quedarme contigo, nuestras vidas no pueden seguir en pausa más tiempo. Se ha saldado tu deuda, papá, pero no sin sacrificio. A veces, cuando pienso en todo lo que ha pasado este año, creo que debería darte las gracias. Si no te hubieras endeudado, jamás habría conocido a toda esa gente maravillosa. Gente que seguirá formando parte de mi vida durante mucho tiempo, Max entre ellos. Mi hermano.

Me levanté y empecé a pasearme por la habitación.

—Mamá tuvo un bebé antes de tenerme a mí, papá. Un niño. Cinco años mayor que yo. Ahora tiene treinta. Se llama Maxwell, y es el mejor hermano que una chica pueda desear. Seguro que has pillado lo del nombre. Maxwell, Mia y Madison. Igual que ella y tía Millie. Si algo tenía mamá es que era predecible.

Pensé en el modo en que nos abandonó a todos y mi corazón se llenó de resentimiento hacia la mujer que me había dado a luz.

Sí, era muy predecible.

Me detuve en el sitio y miré por la ventana. Las oscuras

nubes de la noche anterior habían desaparecido y habían dejado un precioso cielo azul a su paso. Me acerqué a mi padre y hundí los dedos en su pelo negro. Siempre había sido suave y sedoso, y eso no había cambiado a pesar de su estado.

—Esta experiencia me ha llevado hasta un chico, papá. Un chico del que estoy profundamente enamorada y que sé que es el hombre de mi vida, mi alma gemela. —Me quedé mirando con fijeza su rostro, esperando ver alguna señal de vida, una leve sonrisa, algo..., pero no.

»Bueno, me voy ya. No sé cuándo volveré. Maddy y Matt se pasarán a ver cómo estás. Matt te caería bien. Es perfecto para ella y la trata como la reina que es. Los médicos de la clínica harán lo posible para conseguir que vuelvas, pero todo depende de ti, papá. Necesitas luchar con fuerza. Tienes que luchar por nosotras. —Cerré los ojos e inspiré hondo—. Si hay algún cambio en tu estado, cogeré el primer avión de vuelta.

Me incliné hacia adelante y le besé la frente.

—Me alegro de que hayas sobrevivido a este susto. Joder, me alegro de que todo el mundo haya sobrevivido a este susto.

Me dirigí a los pies de la cama y miré al hombre que me había criado. Nunca había sido perfecto, y él lo sabía, pero nos quería, a pesar de que se detestaba a sí mismo.

—¿Sabes qué, papá? No estuvo bien que pidieras prestado todo ese dinero, y desde luego no estuvo bien dejar que toda esa carga recayera sobre mis hombros, pero no me arrepiento de las decisiones que he tomado este año ni del camino que he recorrido hasta ahora. No cambiaría lo que he vivido por nada del mundo. Gracias a eso siento que me estoy encontrando a mí misma, cada vez más con cada mes que pasa. Tal vez cuando llegue diciembre tenga aún más claras las cosas. Si me lo preguntaras, si alguien me lo preguntara... volvería a hacerlo todo otra vez. Y el viaje todavía no ha terminado.

AGRADECIMIENTOS

A mis editoras, Ekatarina Sayanova y Rebecca Cartee, de Red Quill Editing, LLC. Vuestro saber no conoce fronteras. No dejo de sorprenderme de lo que sois capaces de hacer. ¡Gracias por hacerme brillar! (www.redquillediting.net)

A mi extraordinaria y talentosa asistente personal, Heather White (alias *la Diosa*), gracias por dejar que me desahogara, que protestara, que me quejara, que gritara y que me pusiera histérica y demás sin perder la paciencia conmigo. Tú me proporcionas paz mental, y ése es un don maravilloso. Gracias por todo lo que haces a diario. Te quiero muchísimo, preciosa.

Todas las autoras saben que no valen su peso en oro a menos que su historia cuente con el respaldo de las fantásticas primeras lectoras. ¡Y yo tengo a las mejores!

A Jeananna Goodall. Mi primera lectora, y la persona que mejor responde a los giros en mis argumentos. Me encanta dejarte de piedra. ¡Me encanta quererte, señorita!

A Ginelle Blanch. No sólo encuentras esos errores que me harían quedar como una idiota, sino que eres el medidor perfecto de cómo van a experimentar la historia las lectoras. Adoro eso de ti. Gracias por tu sinceridad y por ser siempre tan directa. ¡Eso hará que siga escribiendo buenos libros!

A Anita Shofner. No tengo claro de dónde sacas tu talento, pero si tuviera que apostar algo, diría que es un don divino. Gracias por compartir tus cualidades conmigo y por ayudarme a mejorar este libro.

A Rosa McAnulty. Gracias por salvarme el culo con el español del buenorro de Anton Santiago. Gracias por asegurarte de que no hiciera el ridículo.

Gracias a las chicas de Give Me Books y a Kylie McDermott por difundir este libro por el extenso y amplio mundo social virtual.

Gracias también a mi superfantabulosa editorial, Waterhouse Press. ¡Gracias por ser una editorial tradicional no tradicional!

Y al equipo de los Ángeles de Audrey. Juntas podemos cambiar el mundo, un libro detrás de otro. *KISSES* para siempre, os adoro.